Thomas H. Cook, né en 1947, a fait paraître son premier roman alors qu'il était bachelier dans une petite ville du Sud des États-Unis et n'a cessé de publier depuis lors. Il a aussi été professeur d'histoire et secrétaire de rédaction du magazine *Atlanta*. Avec une dizaine de titres dans la collection « Série noire » de Gallimard et vingt-cinq romans parus aux États-Unis, Thomas H. Cook est un auteur reconnu, salué par la presse des deux continents. Il a reçu l'Edgar Award en 1996 pour *Au lieu-dit Noir-Étang* et le Barry Award en 2008 pour *Les Feuilles mortes*.

Thomas H. Cook

LE DERNIER MESSAGE DE SANDRINE MADISON

ROMAN

Traduit de l'anglais (États-Unis) par Philippe Loubat-Delranc

Seuil

TEXTE INTÉGRAL

TITRE ORIGINAL
Sandrine's Case
ÉDITEUR ORIGINAL
The Mysterious Press, an imprint of Grove/Atlantic Inc., 2012

ISBN 978-2-7578-4967-5
(ISBN 978-2-02-111412-6, 1re édition)

Toujours, toujours, pour Susan et Justine.

Sandrine : prénom dérivé du grec ancien, diminutif d'Alexandrine, féminin d'Alexandre qui signifie « celui qui protège les Hommes ».

PREMIÈRE PARTIE

Les membres de l'université de Coburn ont la tristesse de vous faire part du décès prématuré de Mme Sandrine Madison, la très appréciée professeur d'histoire. Mme Madison, qui avait fait ses études supérieures à la Sorbonne, à Paris, en France, enseignait dans notre université depuis vingt-deux ans. Elle laisse dans le deuil son mari, Samuel Madison, également professeur à l'université de Coburn, et leur fille, Alexandria.

Coburn Sentinel
16 novembre 2010

Premier jour

Déclaration préliminaire : l'accusation

Les espoirs inassouvis cachent un glaive sous leurs habits, avait noté Sandrine dans la marge de son exemplaire de *Jules César*. C'est drôle, de tout ce qu'elle a pu dire ou écrire, c'est cette phrase qui, me revenant à l'esprit, me déchira le cœur au dernier jour de mon procès. La vie devrait nous rebattre les oreilles de mises en garde, me dis-je en revoyant Sandrine inscrire ce commentaire à côté d'une des tirades mélancoliques de Cassius, mais elle reste sourde à nos cris de nouveau-nés.

C'est la conclusion à laquelle j'en étais arrivé au moment où le premier juré se leva pour énoncer le verdict rendu contre moi et où j'allais peut-être entendre grincer le plancher de la potence. D'un certain côté, la décision du jury n'avait plus tellement d'importance. Je savais ce que j'avais fait, comment je m'y étais pris et par quels moyens j'avais essayé de m'en tirer. Quel que soit le verdict, mon procès avait tout déballé au grand jour, ce qui m'avait appris que c'est une chose de jeter un coup d'œil dans le miroir, mais une tout autre de voir ce qui s'y trouve réellement.

Au premier jour d'audience, il est vrai que j'étais loin d'avoir une compréhension aussi totale de ce qu'est un meurtre ou quoi que ce soit d'autre. Toute grande prise de conscience se paie au prix fort, m'avait dit un jour Sandrine, peut-être en guise d'avertissement. Mais jusqu'à l'épreuve que fut pour moi mon procès, toutes les miennes avaient été infimes et peu cher payées.

En fait, une seule vérité me semblait acquise dès le début : Harold Singleton, le procureur, était décidé à avoir ma peau.

– Tu es le faux coupable idéal pour n'importe quel proc, Sam, m'avertit mon avocat, Mordecai Salberg, dit Morty, le jour où je fus officiellement inculpé du meurtre de Sandrine.

En dépit de certains éléments matériels indiscutables, nous avions lui et moi été surpris par ma mise en examen et, sur le coup, assis dans son bureau lambrissé, j'avais repensé au moment où, quelques semaines plus tôt, l'inspecteur Alabrandi s'était penché vers moi, ses yeux sombres se faisant aussi menaçants que sa voix : *Vous êtes cuit.*

Sinistre souvenir qui éveilla en moi une crise de panique si fulgurante que mes mains en tremblèrent.

Morty s'en rendit compte et, pour me détendre, se laissa nonchalamment aller contre le dossier de son fauteuil en cuir en disant :

– Tout repose sur des présomptions, Sam. Quant aux prétendues « preuves matérielles » avancées par l'accusation, il n'y en a pas une qui ne puisse être expliquée par le suicide de ta femme.

– Mais j'aurais pu vouloir faire croire à son suicide, suggérai-je du bout des lèvres. Singleton ne va-t-il pas s'employer à en convaincre les jurés ?

Morty agita la main comme pour nier les poursuites pénales engagées contre moi.

– Il te faut bien comprendre une chose, Sam. Cette action publique n'a pas été déclenchée par le poids des preuves apportées.

– Par quoi, alors ?

– Par l'intime conviction de Singleton que tu as assassiné ta femme. Il est vraiment persuadé que tu as tout planifié. Il pense, ajouta-t-il avec un sourire, que tu es un calculateur froid, Sam. Et je dois dire que tu donnes cette impression, alors avant de te présenter devant les jurés, tâche de travailler ton charme.

À cet instant, mes mains devenues toutes moites, je repensai à un petit événement survenu quelques mois plus tôt, le moment où Sandrine, levant les yeux du livre qu'elle lisait, un essai sur Iago, justement, m'avait regardé attentivement avant de se décider à dire : « Les cyniques font de bons assassins. »

J'avais d'abord cru qu'elle parlait de Iago, mais par la suite, il m'était venu des doutes. Sandrine, dans sa clairvoyance habituelle, avait-elle deviné que j'avais sa mort à l'esprit ?

– Le plus sidérant, c'est que Singleton vise la peine capitale, reprit Morty. C'est le type même d'acharnement judiciaire qui peut se retourner contre l'envoyeur. Cela dit, il t'en a sûrement menacé pour faire pression sur toi et t'arracher des aveux. Puis voyant que sa tactique ne marchait pas, il n'a pas pu faire autrement que d'aller jusqu'au bout de sa logique. C'est un peu jouer à qui pissera le plus loin, mais crois-moi, mon jet est beaucoup plus puissant que le sien.

Il haussa les épaules comme pour couper court à cette discussion.

– Ce procès sera vite expédié, tu peux me croire, m'assura-t-il en se levant aussitôt pour me raccompagner à la porte. Ne t'inquiète pas, Sam, ajouta-t-il fort d'une assurance d'airain due aux nombreuses années qu'il avait passées à défendre avec autant d'habileté aussi bien des innocents que des coupables. Tout ce qu'il te faut, c'est une bonne défense, et tu as l'avocat juif le plus habile du comté de Coburn.

Peut-être bien, mais outre la nouvelle que j'avais eu le tort d'écrire pour tenir ma promesse, il y avait des empreintes sur le verre, des mails à April, de curieux résultats des analyses du sang de Sandrine, de troublantes recherches sur Internet, des réactions disproportionnées à différentes questions : une nasse judiciaire qui ne reposait sur rien de solide mais n'en était pas moins une nasse. Sans parler de ma froideur, bien entendu. J'allais devoir travailler ça.

Malgré tout, quand je repartis du cabinet de Morty, ce qui m'inquiétait le plus, c'était le lieu où se tiendrait mon procès. Le problème, pour moi, c'était Coburn, cette petite ville universitaire située à tout juste une centaine de kilomètres d'Atlanta, un endroit tranquille dont l'intimité avait été violée par la couverture médiatique de la mort de Sandrine, de l'enquête qui en avait résulté puis, plus tard, de mon arrestation. Chaque étape de ce processus avait dressé un peu plus la ville contre moi, au point qu'en la retraversant en voiture ce jour-là, je craignais sincèrement que quelles que soient les preuves – ou l'absence de preuves –, ses braves habitants ne me jugent forcément coupable au terme des débats. Sandrine disait que, pour elle, l'enfer, c'était marcher pour l'éternité dans une ruelle obscure. Avec mon procès, moi, j'en étais venu à l'imaginer comme une chute sans fin par la trappe d'une potence.

Au fil de l'année d'enquête sur la mort de Sandrine, j'avais acquis une certitude : ma première erreur avait été de sous-estimer les détails, de ne pas envisager qu'ils risquaient de me porter préjudice. Je ne me serais jamais imaginé, par exemple, que la policière arrivée en premier sur les lieux s'intéresse à la petite feuille de papier jaune posée à côté du lit de mort de ma femme, me demande ce que c'était et note ma réponse sur son calepin. C'est seulement plus tard que je pris conscience qu'en voyant une morte étendue sur un lit, à moitié nue et sans marques apparentes sur le visage ou sur le corps, elle s'était tout naturellement demandé : *Comment cette femme est-elle morte ?* Autrement dit, elle avait pris la chose bien plus à cœur que je ne m'y étais attendu et s'était très vite mise à examiner la pièce plus attentivement, observation minutieuse qui avait eu pour conséquence que son regard s'arrête sur, entre autres choses, cette petite feuille de papier jaune.

C'est ainsi que l'affaire avait commencé, pour devenir plus ténébreuse et plus tragique, d'abord avec l'enquête publique du coroner, puis avec le rapport du médecin légiste et ensuite – la thèse d'un assassinat à l'esprit – avec le passage au peigne fin par l'inspecteur Alabrandi des relevés téléphoniques et des antécédents médicaux, la saisie des ordinateurs, les interrogatoires des proches, des collègues, des voisins – le tout atteignant son apogée avec mon inculpation par un grand jury, laquelle, à son tour, mena à ce premier jour de mon procès, moi-même assis à la table de la défense à côté du meilleur « avocat juif » du comté de Coburn, regardant avec lui en silence le procureur Singleton marcher jusqu'à la barre, jeter un coup d'œil à ses notes et lancer :

– Monsieur le juge, mesdames et messieurs les jurés, dès ce premier jour, et point par point, nous allons apporter la preuve que Sandrine Allegra Madison ne s'est pas suicidée.

Pour cette première journée d'audience, il avait choisi de porter un costume bleu foncé. Celui-ci, mal ajusté, formait un faux pli, comme un petit serpent contre sa nuque. Je voyais très distinctement ce léger renflement car le procureur, faisant face aux jurés, me tournait le dos. Il était petit, fluet, portait des lunettes rondes cerclées de métal qui accentuaient chez lui un air de faiblesse physique, peut-être même de mauvaise santé.

– Singleton donne toujours l'impression qu'il va vous éternuer en pleine figure, chuchota Morty avec un sourire rapide qu'il prit soin de dissimuler aux yeux des jurés.

En effet, me dis-je, et les petits soucis physiques du procureur ne s'arrêtaient pas là. Il était chauve et épongeait fréquemment son crâne rosâtre avec un mouchoir blanc. Quelques mois plus tôt, quand je m'étais présenté à son bureau sur sa demande pour un « entretien préliminaire », j'avais aussi remarqué que toutes ses dents étaient de travers, comme deux rangées de pierres tombales d'un cimetière qu'on aurait profané. Je m'étais demandé s'il avait été un enfant pauvre auquel les parents n'auraient pas eu les moyens d'offrir un appareil dentaire ou s'il était tout bonnement le genre d'homme dont les priorités n'incluaient pas de prendre soin de son apparence. En tout état de cause, sa dentition plus qu'irrégulière lui donnait une expression de créature primitive à demi affamée parfaitement adaptée à survivre dans un environnement hostile.

À ce moment-là, j'avais déjà compris que j'étais le principal suspect de son enquête, le seul et unique homme dans la vie de Sandrine qui, s'il devait en croire ses découvertes, avait une raison – voire plusieurs – de la tuer et l'amoralité requise pour le faire.

En l'observant, cette première entrevue me revint avec précision en mémoire, et en particulier l'assurance qu'il affichait en disant :

– Monsieur Madison, j'aimerais vous informer de plusieurs faits.

Il me prend pour un mou, avais-je pensé sur le moment. *Il croit pouvoir m'intimider parce que je suis un faible, un intellectuel qui vit enfermé dans sa tour d'ivoire, caniche comparé au bouledogue qu'il est.* Pour cette raison, j'avais dissimulé la peur que m'inspiraient ces « faits », plaqué sur mon visage un masque de parfaite innocence à opposer à toute accusation qu'il pourrait porter contre moi et répondu : « Je suis impatient de les entendre », avant de m'enfoncer dans mon siège, croisant les bras sur ma poitrine pour attendre la suite aussi nonchalamment qu'un membre de club ayant hâte de savourer son martini dry de l'après-midi.

Là-dessus, Singleton m'exposa les éléments du dossier à charge sans jamais se départir de sa voix grave, en Grand Inquisiteur énumérant la liste exhaustive de mes péchés et de mes hérésies. Il y avait ceci (les antihistaminiques dans le sang de Sandrine) lié à cela (une sinistre recherche de l'historique de mon ordinateur). Et aussi, il l'avait découverte : la correspondance que j'avais tenté d'effacer. D'autres points tout aussi graves se succédèrent comme autant de coups de marteau, et en écoutant cette litanie, il devint clair pour moi que si je ne craquais pas ou ne faisais pas comprendre que j'étais prêt à négocier avec le juge, Singleton n'aurait de cesse que je sois pendu haut et court. Ça m'avait fait très peur, et ce fut à ce moment-là, c'est-à-dire bien trop tard, que je finis par me décider à faire appel à Morty en l'informant de tout ce qui s'était dit dans le bureau du procureur.

Morty me certifia aussitôt que le dossier était vide et le numéro de Singleton du bluff, si bien que je fus sincèrement étonné quand, par la suite, l'inspecteur Alabrandi se présenta chez moi, flanqué d'un homme que je voyais pour la première fois, imposant, l'air revêche, taciturne, le cou épais, ressemblant beaucoup à un videur de boîte de nuit.

– Vous êtes en état d'arrestation, monsieur Madison, m'annonça Alabrandi poliment mais avec une expression glaciale figée dans les yeux.

Il y a des moments où nous sentons que quelque chose se déplace et nous savons – nous le savons avec une certitude absolue – qu'un rouleau compresseur a commencé de nous broyer. Un beau matin, quelque part dans le royaume des ombres de l'âge moyen, nous nous regardons dans le miroir et voyons que le temps nous inflige ce qu'il a infligé à tout le monde avant nous. Ou bien nous ressentons une brûlure dans la poitrine et prenons conscience que même s'il ne s'agit probablement que de reflux gastriques, il y a le risque, le risque réel à présent que ce soit quelque chose de plus grave.

Vous êtes en état d'arrestation.

C'est à cet instant-là que j'ai commencé à faire l'expérience d'une des plus grandes leçons que la vie m'ait apprises : c'est quand nous sommes le plus vulnérables que nous sommes le plus vivants, pas lorsque la flèche est encore dans son carquois, mais lorsqu'elle a quitté la corde de l'arc et file vers nous. Les rouages inexorables du petit système judiciaire de Coburn ont commencé de grincer, ai-je pensé à cet instant, et toi, mon cher ami, si bien protégé jusqu'alors, distant et doctoral sous la cuirasse de tes diplômes d'études supérieures et de ton vaste savoir d'initié, toi, Samuel Joseph Madison, professeur titulaire de littérature anglaise et américaine, tu es l'eau parfaite à apporter à ce moulin.

– Nous prouverons que c'est cet homme, lança Singleton en se retournant et en me désignant du doigt, cet homme, assis là, qui a ôté la vie de Sandrine Allegra Madison et en a fait sa victime.

Victime ?

Sandrine ?

Je l'ai connue toute jeune. Connue comme amante. Connue comme étudiante puis comme enseignante. À aucun moment de ma vie, je ne l'ai imaginée en victime de quoi que ce soit. Pourtant, au premier jour de mon procès, c'était bien ce que les gens voyaient en elle et, par conséquent, ils voyaient en moi un homme ayant beaucoup d'explications à donner, beaucoup d'aveux à faire, beaucoup de remords à exprimer et beaucoup – voire infiniment – de motifs d'être condamné.

– Sandrine Allegra Madison a été victime d'un stratagème froid et pervers, poursuivit le procureur. Victime d'un meurtre préparé pendant plusieurs semaines, comme nous le verrons, et commis par un homme qui avait de nombreuses raisons de la supprimer.

Il disait son nom en entier depuis qu'il s'adressait aux jurés, mais Morty, plus tôt dans la matinée, m'avait alerté sur le fait que Singleton l'appellerait certainement « Sandrine » au fil de l'avancée des débats, et peut-être même « Sandy » lors de son réquisitoire, diminutif qu'elle aurait, je le savais, détesté. Car Sandrine n'avait rien d'une Sandy. Quand je l'avais rencontrée, elle étudiait l'histoire de l'Antiquité, qu'elle évoquait dans la dernière phrase écrite de sa main : *Je pense souvent à Cléopâtre exilée dans un désert à vingt et un ans, entourée par ces sables brûlants, elle dont les pieds avaient foulé l'onyx.*

Morty m'avait également prévenu que, à un moment du procès, Singleton lirait sûrement ces derniers mots, note, début de lettre ou d'essai, peu importe, laissés par Sandrine, dans le but d'étayer sa thèse selon laquelle elle ne s'était pas suicidée. J'en avais alors suffisamment appris sur les stratégies avocassières pour deviner tout seul que Morty espérait que cette ultime réflexion que Sandrine avait couchée sur le papier donnerait d'elle l'image d'une femme hautaine parce qu'elle avait jugé bon, arrivée à sa dernière heure, de noter un commentaire sur Cléopâtre au lieu de laisser une lettre d'amour – ou à tout le moins d'explications – à son mari et à sa fille. Cet argument, aussi fallacieux soit-il – et cela, Morty me l'avait dit ouvertement –, jouerait en ma faveur si les jurés en venaient à considérer Sandrine comme une intellectuelle. J'en avais donc conclu qu'il est plus facile de faire acquitter un homme du meurtre de sa femme si celle-ci, juste avant de mourir, pensait à Cléopâtre.

En vérité, ce dernier écrit de Sandrine était-il prétentieux ? Ce n'est pas ce que j'avais pensé en le lisant. C'était tout simplement sa manière d'écrire, qui avait toujours eu un petit côté ampoulé mais aussi élégant et bien rythmé. Elle employait des locutions telles que « en qui », « grâce auquel » ou « selon laquelle » pour mieux lier les pensées entre elles, et avait toujours encouragé ses étudiants en ce sens. Pour elle, l'acte d'écrire consistait à relier les idées et les faits ou inversement. « Les phrases doivent être unies comme les doigts de la main », m'avait-elle dit un soir à New

York quand nous étions encore jeunes et la bouteille de vin encore aux trois quarts pleine, « sinon, elles ne retiennent pas l'eau. »

Par « eau », elle entendait la sagesse, les fruits donnés par les vérités payées au prix fort qui toutes mènent inévitablement à ce qu'elle appelait « les fondamentaux », entendant par là les dures réalités de la vie quotidienne.

Une chose est sûre, Sandrine aimait le langage comme d'autres aiment la bonne chère, et il est compréhensible que ce soit la perte de cette faculté qu'elle devait redouter le plus, les derniers temps, l'atroce certitude qu'elle finirait par avoir de plus en plus de difficultés d'élocution, par baver et par geindre.

– Nous prouverons qu'une misérable mascarade a été montée de toutes pièces par cet homme, poursuivit Singleton. Un rideau qui, il l'espérait, occulterait un meurtre.

Un rideau *grâce auquel* il espérait occulter un meurtre, le repris-je en mon for intérieur comme Sandrine l'aurait fait.

– Cet homme ! s'époumona le procureur.

Cet homme, évidemment, c'était moi. Samuel David Madison, époux de la défunte Sandrine Madison et père de notre fille, Alexandria, assise juste derrière moi au premier jour de mon procès, vêtue entièrement de noir, les cheveux coupés très court, jeune femme qui était très loin d'avoir la beauté physique et les capacités intellectuelles de sa mère. Soudain, je me surpris à me demander si la mort de Sandrine n'avait pas, à ses yeux, éliminé une rivale. Après tout, une fois son éblouissante mère morte, Alexandria ne lui serait jamais plus comparée à son détriment, ce qui devait forcément lui ôter un poids. Rien n'est plus cruel que des comparaisons discriminantes, raison pour laquelle je me demandais parfois si la mort de Sandrine était si malvenue pour sa fille unique.

Idées noires.

Très noires.

Compagnes de lit du meurtre.

– C'est un acte d'égoïsme barbare et cruel que Samuel Madison a tenté de maquiller en suicide, martela Singleton.

Je jetai un coup d'œil derrière moi et vis Alexandria prendre un air dédaigneux à cette dernière allégation. Cela étant, il m'était impossible de savoir si elle croyait ce maigrelet et avide procureur de Coburn, ou bien si elle acceptait ma version de la disparition de sa mère : qu'elle s'était donné la mort de ses propres mains et que je n'y étais pour rien. Quelques semaines plus tôt, j'avais dîné avec ma fille au restaurant La Petite Cour, l'idée qu'on se faisait d'un bistro français à Coburn, et elle m'avait demandé de but en blanc :

– Tu ne t'en doutais vraiment pas, papa ?

– Il y a eu des signes avant-coureurs, admis-je. Mais rien de concret.

– Tout de même, cela paraît très étrange qu'elle soit passée à l'acte… sans qu'on le voie venir. Tu vas faire ton cours, tu reviens et tu la trouves morte. Elle a soudain décidé, comme ça, qu'elle… qu'elle n'en pouvait plus.

Je haussai les épaules.

– Ta mère avait un caractère bien trempé.

– Mais ce soir-là, si tu avais su ce qu'elle avait en tête, qu'aurais-tu fait, papa ?

– Je ne sais pas. Si ta mère voulait mourir, n'en avait-elle pas le droit ? Les Grecs anciens ne le lui auraient pas refusé, après tout.

Jetant alors des coups d'œil autour de nous, je remarquai la réaction des autres clients de La Petite Cour, surpris les premiers regards, entendis les premiers murmures et sentis que le bataillon de choc de Coburn fourbissait ses armes contre moi.

Ce qui ne m'empêcha pas d'enfoncer le clou.

– Cette affaire est faite pour ceux qui adorent se repaître de scandales, dis-je.

Le regard d'Alexandria s'assombrit encore plus, mais elle ne réagit pas, si différente de sa mère, pensai-je sur l'instant, moins prompte à m'accuser de tous les crimes possibles et imaginables, sauf de celui que j'avais réellement commis.

– Elle est faite sur mesure pour ceux qui dévorent tous ces journaux à scandales, ajoutai-je. Tout d'abord, elle implique deux professeurs d'université, et les intellectuels sont les personnes les plus détestées sur terre. Que l'un soit accusé d'avoir assassiné l'autre ? C'est de la chair fraîche pour leurs crocs. D'autant plus une femme telle que ta mère, tellement… photogénique. Bon Dieu, que peut-on rêver de plus juteux ?

Pourtant, dans son exposé des faits, le procureur Singleton ne s'était pas privé de les rendre encore plus juteux que les différents médias, aussi bien locaux que nationaux, ne s'y étaient employés. Dans le langage le plus enflammé qui soit, il décrivit un complot macabre éclos dans l'atmosphère confinée d'une université de petite ville où l'on enseignait les arts libéraux, en insistant, bien entendu, sur le mot « libéraux ».

Mais ce n'était pas tout.

Si je ne lisais pas de littérature de genre, j'avais vu assez de films qu'elle avait inspirés pour comprendre que dans le décor immaculé, voire pastoral de Coburn, Singleton avait également introduit une bonne dose de roman noir. Il avait parlé de l'assurance vie de Sandrine, par exemple, en écho à *Assurance sur la mort*. En me fondant sur cette première salve, je me disais qu'à mesure du déroulement du procès, il s'ingénierait certainement à me décrire de manière que les jurés entendent bien le facteur sonner deux fois. Il bâtirait son accusation contre moi pierre par pierre. Au moment du réquisitoire et de la plaidoirie, il aurait brossé le portrait d'un homme arrogant jusqu'à la bêtise – à tous égards immoral – qui avait maladroitement conçu et encore plus maladroitement exécuté un plan pour se débarrasser de sa femme, son mobile étant, au choix, l'argent, le sexe ou l'égoïsme pur et simple. Les jurés entendraient tout cela et, l'ayant entendu, enverraient, le cœur léger, mon souffle se couper et mes muscles se détendre dans l'équivalent de la potence du grand État de Géorgie.

– Sandrine Allegra Madison n'est pas morte de causes naturelles, scanda le procureur Singleton en guise de conclusion de son exposé des faits. Sandrine Allegra Madison a été assassinée.

Sur cette affirmation, vibrante de sincérité et de dignité outragée, il regagna la table de l'accusation. Il n'avait pas le sourire, mais j'étais sûr qu'il était très satisfait de sa petite prestation. Il jeta à coup d'œil à Morty, comme pour dire : *À toi de jouer, petit Juif !*

Déclaration préliminaire : la défense

Je regardai du coin de l'œil Morty qui, effectivement, pouvait passer comme étant l'incarnation pour antisémites du gars frais émoulu d'une yeshiva avec ses cheveux noirs frisés, son nez légèrement busqué et ses épaisses lunettes à monture noire. Il dodelina doucement la tête, adopta sa pose « inquiet, moi ? jamais ! » puis se leva lentement de sa chaise. Une fois debout, il inspira à fond, un peu à la manière d'un comédien de théâtre, et se dirigea avec une décontraction délibérée vers le pupitre en bois placé deux ou trois mètres devant le juge. Acteur consommé, Morty présentait toutes les apparences de l'avocat estimant qu'une déclaration préliminaire de sa part était parfaitement inutile puisque aucun argument avancé par le procureur ne méritait, en réalité, d'être retenu. À son flegme, à sa nonchalance, il ajouta un air de vague lassitude grâce auquel il espérait transmettre aux jurés l'idée qu'il partageait leur opinion que Singleton n'était qu'un petit rigolo qui venait de leur servir une rhétorique vide et qu'il ne doutait pas un seul instant qu'ils aient vu en chacune de ses paroles une prodigieuse perte de temps.

– Monsieur le juge, lança-t-il comme il atteignait le pupitre, mesdames et messieurs les jurés.

Il n'avait pas de notes, si bien qu'il parlait sans cesser de regarder les jurés. À quoi bon avoir des notes, les incitait-il à se dire par ce procédé, quand il n'existe strictement aucune preuve contre ce pauvre Samuel Madison, veuf éploré à présent accusé à tort du meurtre de sa chère et tendre épouse ?

– Sachez tout d'abord que je suis navré que vous, honnêtes citoyens, soyez assis aujourd'hui sur le banc des jurés, commença-t-il, car je suis certain que vous préféreriez être au travail ou bien chez vous en famille. Et franchement, mesdames et messieurs, vous ne devriez PAS être ici parce que avant de déférer quelqu'un devant un tribunal, le ministère public a l'obligation non seulement d'avoir des preuves, mais aussi que ces preuves soient au-delà… de… tout… doute… raisonnable. Non. Permettez-moi de rectifier. C'est une affaire criminelle. Passible de la peine de mort, nous dit-on, et franchement, mesdames et messieurs, j'ai du mal à le croire. Mais nous voilà dans un procès susceptible de déboucher sur la peine capitale, alors non seulement l'accusation a l'obligation de fournir des preuves qui vous convaincront au-delà de tout doute raisonnable, mais aussi sans l'ombre d'un doute. C'est pour cette raison que chacun d'entre vous devrait être à son travail aujourd'hui, mesdames et messieurs, ou bien à la maison en famille en train de vaquer à ses occupations quotidiennes. Parce qu'il n'existe AUCUNE PREUVE dans cette affaire. Rien qui justifie que M. Madison soit traduit en justice, et encore moins qu'il encoure la peine de mort.

Je ne quittai pas des yeux les jurés pendant que Morty parlait, fixant ces douze hommes et femmes qui, j'en étais persuadé, ne demandaient pas mieux que de me tuer. Il était évident pour moi qu'ils me méprisaient, et je savais pourquoi. N'était-ce pas justement des enseignants beaux parleurs comme moi qui farcissaient le crâne de leurs enfants d'athéisme, de socialisme ou pire, insufflaient dans leurs jeunes esprits jusqu'alors sans souillure des rêves fumeux tels que changer le monde ou écrire un grand roman, sans pour autant leur transmettre une seule compétence qui leur permettrait plus tard de trouver un emploi, leur évitant ainsi de retourner vivre chez leurs parents pour rester assis, l'air maussade, devant la télévision, bouillant d'espoirs irréalisables ?

Quelle ironie du sort que je doive être jugé par ces gens-là, songeai-je en laissant mon regard glisser sur eux, tous bien habillés, de sombres expressions sur le visage. Combien d'entre eux avais-je croisés dans la rue ou aperçus dans le parc sans imaginer qu'un jour ils auraient un pouvoir sur moi, et surtout pas celui, redoutable, qu'ils possédaient à présent ?

Pour autant qu'il m'arrivait de penser à eux, c'était comme à des personnages de *L'Anthologie de Spoon River*[1] transplantés à Coburn. Il m'était même arrivé parfois, alors que j'étais assis dans le parc ou sur la place, d'inventer des poèmes comme épitaphes de certains passants, petites rimes cyniques que Sandrine trouvait rarement amusantes au point que parfois, elle bondissait sur ses pieds et allait s'asseoir un peu plus loin.

À quoi pensait-elle alors ? me demandai-je tout à coup, et sur cette question, je la revis interrompant sa lecture de l'essai sur Iago pour me regarder en disant :

1. Ouvrage d'Edgar Lee Masters (1868-1950), ensemble de monologues constituant les épitaphes imaginaires des habitants du village de Spoon River. (Toutes les notes sont du traducteur.)

Les cyniques font de bons assassins. Se pouvait-il que Sandrine ait perçu un danger dans mes facéties, que se lever brusquement et s'écarter de moi n'aient été que ses tout premiers pas sur la distance, l'éloignement qu'elle finirait par imposer entre nous au cours des dernières semaines de sa vie ?

Elle avait tellement changé sur la fin, me dis-je une nouvelle fois en reportant le regard sur le devant de la salle d'audience. Elle était devenue très taciturne, très renfermée, du moins jusqu'à ce dernier soir où le feu couvait sous la braise, qu'elle bouillait de colère et était allée jusqu'à me lancer une tasse à la figure. Jusqu'alors, et parce qu'elle était encore si jeune et qu'il n'y a rien de plus exaspérant que la malchance, je m'étais attendu à ce qu'elle hurle de rage contre la mort plutôt que contre moi, mais elle avait explosé comme une bombe au bord du chemin, en proie à une fureur ardente qui m'avait chassé hors de la maison.

Pourtant, les choses avaient déjà bien changé avant ce soir-là. En fait, au cours de la dernière semaine, une certaine gravité ne la quittait plus, et je la trouvai souvent assise, dans un mutisme total, ne lisant pas, n'écoutant pas de musique, tout simplement là, l'air lugubre, plongée dans ses réflexions. Au cours d'un de ces moments de profonde introspection, en était-elle arrivée à porter un jugement monstrueux sur sa vie ? Est-ce cela que j'avais vu dans notre petit solarium : Sandrine se confrontant à son passé tandis que son avenir se fermait, face au plus cruel de ses « fondamentaux », à savoir qu'elle ne pourrait ajouter une seule seconde de plus au temps, la précieuse seconde qui lui aurait permis de… de quoi ?

Dans le cas de Sandrine, je dois avouer que je l'ignorais purement et simplement.

À cette pensée, et de manière soudaine, tandis que Morty poursuivait sa déclaration préliminaire, je réentendis Sandrine me proposer de refaire ensemble notre premier voyage, en guise de seconde lune de miel.

– Faisons un circuit autour de la Méditerranée, m'avait-elle proposé, tout excitée, quelques mois avant sa mort. Retournons sur les lieux que nous avons visités lors de ce premier voyage.

Elle souriait, radieuse.

– Nous pourrions commencer par Athènes et terminer par Albi, comme nous l'avions fait quand nous étions jeunes.

Pris au dépourvu, je n'avais pas réagi et l'avais laissée poursuivre :

– Nous continuerons par Alexandrie, là où il y avait la grande bibliothèque.

Elle réfléchit un bref instant.

– Oui, Alexandrie, ajouta-t-elle avec le sourire. La ville qui nous a inspiré le prénom de notre fille.

Alexandria, oui, prénom que j'avais toujours pris soin de prononcer d'une voix claire et nette. A-lex-an-dria… pas Alexandra. Sûrement pas Alex ni, grands dieux, Ali.

Oh, que pèsera le prénom de ma fille aujourd'hui, pensai-je tandis que Morty terminait son exposé des faits à l'intention des jurés, une version de notre vie de famille censée les convaincre que tout était parfait dans cette petite maison de la bucolique Crescent Road, maison, bien entendu, d'un couple dévoué, maison tout droit sortie d'une revue de décoration, avec sa pelouse vert tendre, sa mangeoire à oiseaux rouge et ses carillons éoliens tintinnabulant.

– Ce foyer était un foyer chaleureux, affirmait-il à présent au jury. Pas un endroit froid et sombre.

Il ménagea un silence pour opposer aux visages inexpressifs des jurés un regard pénétrant.

– Dans cette maison de Crescent Road, il ne se tramait ni complots ni manigances. Le foyer de Samuel et Sandrine Madison n'était qu'amour.

Je me crispai en entendant Morty conclure sa déclaration par ces mots, mais parvins à refouler le malaise qu'ils provoquèrent en moi. Pourtant, ce langage sentimental me restait sur le cœur car il transformait notre maison en carte postale de supermarché. Certes, il y avait eu de l'amour au 237 Crescent Road. Des années d'amour. Mais les choses étaient-elles toujours aussi simples dans un couple ?

Dans ma tête, je revis la main de Sandrine se soulever du lit et se tendre dans le noir. Sur l'instant, j'avais cru que ce geste était destiné à m'inciter à revenir vers elle après qu'elle eut jeté la tasse. Mais alors, cette même main avait violemment agrippé le drap blanc et l'avait tiré vers le haut comme si Sandrine me refusait désormais le droit de la voir nue. Oh oui, bien sûr, il y avait eu de l'amour dans notre maison de Crescent Road. Mais quoi d'autre encore ?

Les germes du mécontentement ?

Les germes de l'infidélité ?

Les germes… du meurtre ?

Tandis que Morty regagnait la table de la défense, je repensai à Sandrine telle qu'elle était quand nous avions investi cette maison où une vingtaine d'années plus tard, elle mourrait. C'était par une lumineuse journée de printemps, elle portait une robe d'été aux couleurs vives et, l'espace d'un instant exquis, avait paru splendidement heureuse.

– Oh, Sam ! s'était-elle écriée en se jetant dans mes bras. Prenons garde.

Elle avait fait un pas en arrière, m'avait regardé d'un air grave, puis avait ajouté :

– Prenons garde de ne pas changer.

Puis elle m'avait embrassé très gentiment, très tendrement, un pur baiser d'amour qui m'avait apporté, j'en pris conscience brutalement, le seul moment de joie de vivre que j'avais partagé avec elle.

Oh, où sont-elles, m'interrogeai-je en repensant au vers qui, de toute la poésie, éveillait chez Sandrine le plus grand sentiment de tristesse qui soit, et qu'elle m'avait lu, la toute première fois, en français : *Mais où sont les neiges d'antan ?*

Étrange, mais tandis que Morty se rasseyait à la table de la défense et prenait je ne sais quel document, puis se relevait et s'avançait vers le juge, il me parut soudain curieux que, Sandrine m'ayant souvent cité ce vers au cours des vingt dernières années, je n'entende le terrible avertissement qu'il contenait, les dangers toujours imminents du temps qui passe, que maintenant.

Ramené à cette belle journée, je me retrouvai de nouveau sur la pelouse avec elle, son corps plaqué contre le mien tandis que nous marchions jusqu'à la véranda, nous asseyions sur la balancelle et je la réentendis me dire d'une voix douce mais ferme comme si elle répondait au Temps :

– Il n'arrivera rien de mal, Sam. Il n'en tiendra qu'à nous.

Qu'ils commencent tranquillement, j'en prendrais pleinement conscience au dernier jour de mon procès, les voyages de retour sur nos crimes !

Requêtes

Elles tombèrent comme s'il en pleuvait après les déclarations préliminaires : une multitude de requêtes qui s'envolèrent comme autant de papillons jaillissant de la longue incubation de mon procès. Requêtes pour lever les charges retenues contre moi. Requêtes pour les réduire. Requêtes pour en exclure tel ou tel élément. Il y en avait déjà eu beaucoup d'autres avant, bien entendu. Il y en avait eu tant que j'en avais perdu le fil à l'exception de celle qui présentait un réel intérêt, ne serait-ce que du strict point de vue sociologique : la requête de changement de juridiction que Morty s'attendait à voir rejeter, refus qui pourrait peut-être étayer, si besoin était, mon pourvoi en appel. *De toute façon, Sam*, m'avait-il dit, *il est évident qu'ici, à Coburn, on ne t'apprécie guère.*

Je partageais son point de vue, et pour cause. En plus des atrocités que j'imposais à leur progéniture, les habitants de Coburn me reprochaient évidemment le fait que, dans le même temps, je mène une existence dorée en grande partie financée par les frais de scolarité exorbitants exigés d'eux pour que leurs enfants puissent fréquenter l'université. Mais cette hostilité restait en sourdine avant la mort de Sandrine. Après son décès, les médias s'étaient acharnés sur moi à belles dents, ce qui avait comme conséquence qu'au jour de l'ouverture de mon procès, j'étais devenu l'objet de tous les mépris pour les habitants de cette petite ville. À leurs yeux, j'étais un homme ayant une très bonne situation, à peine pouvait-on parler de travail entre les vacances d'été, les congés sabbatiques rémunérés et toutes les fêtes religieuses que connaît l'humanité. J'étais professeur titulaire, ce qui pour la population de Coburn était le ticket gagnant pour une retraite dorée. Je ne pouvais même pas être licencié – c'était ce que les gens du coin supposaient – quoi que je puisse dire en cours, ou même si je ne m'y présentais pas. Mais ce Samuel Joseph Madison-là avait voulu avoir plus, se disaient-ils en leur for intérieur ou entre eux. Une existence tranquille n'avait pas suffi à cet estimé professeur, spécialiste de Melville, de Hawthorne et de Dieu sait combien d'autres figures littéraires moins connues. Voilà un homme qui menait la belle vie alors qu'il n'avait rien bâti, rien inventé, rien sauvegardé, rien vendu. Voilà un homme qui menait la belle vie en… parlant.

Ces gens estimaient que tous les professeurs de l'université de Coburn étaient des privilégiés, mais la mort de Sandrine braquait le projecteur sur moi. C'était une belle femme, ce qui était sûrement pour quelque chose dans l'intérêt ponctuel que lui portaient les médias. Le journal local avait publié des photos d'elle lorsqu'elle avait une vingtaine d'années, presque toutes prises pendant notre unique grand voyage en Europe et en Méditerranée. Sur la plus provocante, elle était en maillot de bain : blancheur d'albâtre de sa peau contre le sable noir de Santorin, galbe parfait de ses longues jambes. Sur une autre, elle adoptait une pose aguichante au milieu des fleurs du jardin de Giverny, tout aussi exquise et épanouie qu'elles. Comment, suggéraient ces photos, une femme si sublime avait-elle pu connaître une fin aussi tragique, aussi désespérée ? Mourir seule ? Mourir dans une pièce plongée dans le noir ? Avoir peut-être été assassinée par son comploteur de mari ? Et alors, insinuaient ces photographies, quel genre d'homme fallait-il que je sois pour avoir souhaité que meure une femme aussi intelligente et aussi belle ? Pour l'amour du ciel, exprimaient ces photos, était-il possible que le mari de cette femme n'ait pas mesuré la chance qu'il avait d'être avec elle ?

Mais que savaient ces gens-là des longues heures, des interminables sessions que Sandrine avait consacrées aux étudiants éternellement médiocres de l'université de Coburn ? Les jeunes avaient-ils jamais eu le sentiment d'être négligés ? S'étaient-ils jamais sentis abandonnés ? Avaient-ils jamais eu l'impression d'être les figurants d'un casting perpétuellement changeant d'étudiants désespérément ternes ? Pourtant, Sandrine les voyait autrement. Pour elle, ils avaient tellement besoin de son aide qu'ils avaient fini par se substituer aux élèves bien plus pauvres encore à qui, au début de sa carrière et de façon assez idéaliste, elle rêvait de faire cours. Le pire, c'est qu'en se dévouant à l'enseignement, elle avait fini par complètement se désintéresser du livre formidable que j'attendais qu'elle écrive.

Un soir qu'elle était rentrée à la maison particulièrement tard et au bord de l'épuisement, je m'étais écrié, à bout de nerfs :

– Encore une soirée que tu gâches alors que tu aurais pu travailler à ton livre.

Elle était passée très vite à côté de moi, puis s'était arrêtée, avait fait volte-face et dit :

– Je n'écrirai jamais de livre, Sam. Pas même un petit livre, et encore moins le grand livre que tu t'imagines que je devrais écrire.

Puis elle avait pointé le doigt sur elle comme si c'était un pistolet.

– Mon livre, c'est moi, avait-elle dit alors avec un regard plus acéré. Et de toi à moi, ce n'est pas le livre que je n'ai pas écrit qui te mine, Sam, c'est le tien.

Comme il avait été facile de vouloir la mort de cette femme, me dis-je tout à coup en jetant un coup d'œil aux jurés, soulagé qu'ils ne puissent lire dans mes pensées.

Mais pourquoi cet échange brutal me revenait-il soudain en mémoire, me demandai-je pendant que Morty et Singleton continuaient de discuter de leurs requêtes avec le juge. Était-ce la lenteur des interminables procédures d'audience qui avait ouvert cette vanne, ou bien la réaction au conseil que Morty m'avait donné un peu plus tôt de bien me souvenir de tout, absolument tout, car dans les enquêtes criminelles, m'avait-il prévenu, il est presque tout aussi néfaste d'avoir des souvenirs inexacts que de mentir.

Me prenais-je au jeu de faire revivre de façon obsessionnelle ma vie avec Sandrine pour mieux me couvrir ? Je n'aurais su le dire. Je savais seulement que dès que je pensais à une phrase qu'elle avait prononcée, je me creusais la tête, cherchant frénétiquement à quelle occasion au juste, dans quelles circonstances exactes, où et quand elle l'avait dite, comment j'y avais réagi. *La sagesse*, avait remarqué Sandrine un jour, *c'est la compréhension du contexte*.

Cette citation orienta mes pensées vers une autre traque. Sandrine m'avait-elle fait cette remarque quand nous étions jeunes ? Avant ou après notre mariage ?

Nous trouvions-nous à l'étranger ou étions-nous enlisés ici, à Coburn ?

Enlisés ?

J'étais surpris qu'un mot aussi fort ait fait surface dans mon esprit. Pourtant, c'était vrai, je l'admettais. Je m'étais senti m'enliser dans Coburn, en homme fonctionnant en pilotage automatique qui ne sentait plus rien bouillonner dans les profondeurs de son être, nul besoin secret tapi en embuscade, jusqu'à l'après-midi où j'avais regardé droit dans ces yeux affamés. Pas ceux de Sandrine. Ni foncés ni pénétrants comme les siens. Mais de petits yeux bleus un peu larmoyants qui n'évoquaient rien de tragique, pas ceux d'une femme embusquée dans de sombres recoins ou tramant de noirs complots.

J'eus soudain conscience de l'extrême lenteur du processus de l'endormissement d'une vie, processus au terme duquel on finit par avoir l'impression que la route qu'on n'a pas empruntée ne vaut pas mieux que celle qu'on a suivie. C'est peut-être à mon endormissement que j'avais tenté d'échapper. Je me surpris à compter sur les doigts de fantaisistes allusions à des lieux lointains, à « fuir » Coburn, à « briser les chaînes », aux « mesures désespérées » informulées qu'il faudrait prendre pour cela, le tout ayant fini par tomber sous les yeux de l'inspecteur Alabrandi.

Une autre remarque de Sandrine me frappa tout à coup, faite, celle-ci, quelques jours à peine après qu'elle avait révélé la nature menaçante des choses de la vie dans l'obscurité non moins menaçante de notre chambre : *On remarque les petites choses qu'on croit avoir perdues, mais jamais les grandes qu'on a perdues pour de bon.*

Qu'entendait-elle donc par là ? Et qui était ce « on » ? Était-ce l'humanité entière ? Était-ce nous ? Ou seulement moi ?

À peine m'étais-je posé la question que je revis nettement Sandrine telle qu'elle m'était apparue le soir où je l'avais trouvée seule dans le jardin derrière la maison, se laissant bercer doucement au rythme de la balançoire suspendue à notre grand chêne. Je lui avais demandé :

– Ça va ?

Elle portait un corsage blanc et une jupe longue bleu foncé qui se soulevait légèrement quand elle partait vers l'avant.

– Sandrine ? dis-je comme elle ne répondait pas.

Elle resta silencieuse un moment, puis, comme si c'était une vérité payée au prix fort, elle murmura :

– Le problème avec les regrets, c'est que ça finit toujours par devenir pathétique.

Est-ce à ce moment-là, me demandai-je à présent, est-ce à ce moment-là, pendant que je tournoyais dans les froids remous de cette vérité payée au prix fort, que j'avais pour la première fois esquissé un geste vers le glaive sous mon habit ?

Je regardai le juge, l'avocat et le procureur qui discutaient toujours des mérites de la toute dernière requête. L'expression du juge me donnait le sentiment qu'il rejetait l'une après l'autre les tentatives de Morty de trouver un moyen d'utiliser la loi à mon profit. Ses arguments, sans doute typiquement talmudiques, ne risquaient pas de faire mouche à Coburn, la pragmatique. Le non-lieu ne serait pas prononcé, je le savais fort bien. Aucune charge retenue contre moi ne serait levée. La main mouvante d'Omar Khayyām l'avait écrit, il en serait ainsi. Je serais jugé pour le meurtre de

Sandrine par un jury de pairs en présence de ma fille et de tous ceux qui trouveraient une place dans cette salle d'audience bondée. Aucune pièce à conviction ne serait exclue. Ma vie serait disséquée comme un corps à la morgue, mes organes luisants alignés sur un plateau en acier inoxydable, étalés à la vue de tous. Telle était la véritable horreur de ma situation, j'en pris conscience à cet instant : le fait brutal que rien n'est trop intime pour être exposé car, pour le dire simplement, un procès est une éviscération.

Aussi étrange que cela me paraîtrait par la suite, jamais avant mon procès je ne me serais imaginé que ma vie puisse être fouillée de fond en comble. Avec un entêtement surréaliste, cette déréalisation avait tenu dans sa main de fer ma lucidité habituelle. Des semaines durant, j'avais agi comme si tout cela n'était qu'un long cauchemar duquel je finirais par m'éveiller. Mais le cauchemar continuait, bien entendu, si bien que je me faisais l'effet d'être aussi perplexe que le Joseph K. de Kafka, jugé, oui, mais sans vraiment connaître le chef d'inculpation. Oh, bien sûr, le meurtre. Mais pas seulement. Il m'avait fallu du temps pour m'en rendre compte, mais ce matin-là, au premier jour d'audience, j'avais regardé les jurés et dans leurs regards inexpressifs, vu très clairement que j'étais accusé, avant tout, du crime d'être l'homme que j'étais.

En assimilant cela, j'avais aussi compris qu'aucune requête au monde ne m'éviterait d'être emporté par ce raz-de-marée.

Si bien que le mystère qui me dépassait était d'avoir pu ne pas me rendre compte avant ce jour que j'étais sur une corde raide. Ce que m'avait dit Alabrandi bien des semaines plus tôt était juste : j'étais cuit, ce qui aurait dû être évident pour moi à la minute où j'avais vu les noms qui figuraient sur la liste des témoins du ministère public. Pourtant, j'étais parvenu à me convaincre qu'à un certain moment tout s'arrêterait de soi-même, que le procureur Singleton finirait par s'apercevoir que ses preuves étaient très ténues, et en homme sensé, doublé d'un fin stratège, consentirait à admettre que même s'il me soupçonnait de meurtre, il manquait d'éléments à charge pour pouvoir m'inculper.

Mais c'est tout le contraire qui s'était produit. Chaque rumeur qui parvenait à ses oreilles, chaque photographie de la charmante et spirituelle Sandrine, chaque rapport du zélé et hautement compétent inspecteur Alabrandi renforçait sa certitude de l'existence de mon crime et sa détermination à faire en sorte qu'il ne reste pas impuni. *Ainsi donc, môssieur le professeur se croit plus malin que les autres*, avait-il dû se dire en substance à un moment de l'enquête, *eh bien je vais l'attendre au putain de tournant.*

Le cercle se brisa et Morty ainsi que Singleton regagnèrent leur place. Le juge s'impatientait – un homme pressé de rentrer chez lui, de laisser ses activités judiciaires au vestiaire, un homme qui lorgnait déjà avec envie du côté de son petit coin salon beige et de son fauteuil en cuir et qui, tout en s'apprêtant à entendre le premier témoin de mon procès, se demandait sans doute s'il dînerait le soir de chair ou de poisson.

– Voilà, c'est bien ce que nous pensions, me dit Morty en se rasseyant à la table de la défense.

J'avais remarqué depuis longtemps qu'avec Morty, tout était « bien ce que nous pensions ».

– Les requêtes sont rejetées, poursuivit-il. L'État peut avoir son procès.

J'avais aussi noté que dans le langage admirablement neutre de Morty, le procureur Singleton n'était plus un homme qui essayait de toutes ses forces et de toute sa volonté d'avoir ma peau. Il était l'État.

– Il n'est pas établi qu'il y ait eu vices de forme préjudiciables aux intérêts d'aucune des parties durant l'enquête, poursuivit-il.

C'était du verbiage, mais je saisis l'idée. Aucun policier ne s'était aventuré dans des domaines hors de ses compétences ou pouvant apparaître comme tels. Aucun auxiliaire de justice n'avait exprimé d'antipathie à mon égard à portée de voix de quiconque aurait pu en référer au tribunal. Aucun magistrat ni membre dûment désigné de la Cour n'avait rien fait qui sortît du cadre de ses attributions. Tous les documents devant être paraphés l'avaient été, et aucun par une personne n'ayant pas autorité en la matière. Juridiquement parlant, tous les points avaient été mis sur tous les *i*.

– En d'autres termes, tous tes droits constitutionnels ont été respectés, résuma Morty.

– Que Dieu bénisse l'Amérique, chuchotai-je.

Morty me foudroya du regard.

– C'est exactement le genre de remarque ironique qui peut te valoir la corde, Sam.

– Désolé.

Mais cette excuse faite à mi-voix ne lui suffit pas.

– Combien de fois vais-je devoir te le répéter ? reprit-il, se rembrunissant. Un procès ne se joue pas sur ce qui s'est passé, mais sur ce qu'un jury finit par croire qu'il s'est passé. Il se joue sur les apparences. Et crois-moi, les sarcasmes sur l'Amérique, ça ne passe pas.

– Désolé, répétai-je en espérant que Morty s'en tiendrait là.

Mais il était parti sur sa lancée.

– Tu n'es pas à une sauterie organisée par une université de l'Ivy League. On est à Coburn, en Géorgie, pour l'amour du Ciel !

– Oh, crois-moi, dis-je avec une pointe de ressentiment. Ça, je le sais.

– Eh bien, je l'espère pour toi, riposta-t-il.

Cette fois, il devrait s'en tenir là, me dis-je, mais je me trompais.

– Tu as entendu parler des procès en sorcellerie, Sam ? Eh bien, nous sommes bons pour en avoir un, si tu ne fais pas attention.

– Je ferai attention, lui assurai-je puisqu'il était évident que c'était cette assurance qu'il cherchait à obtenir.

Il me regarda avec l'air d'en douter.

– Mais si. Je te le promets.

Morty hocha sèchement la tête, puis se plongea dans le dossier. Je jetai un coup d'œil sur le côté et vis que « l'État » faisait de même, son stylo voletant sur la page.

J'attendis.

Enfin, le juge Rutledge s'adressa à Singleton :

– Monsieur le procureur, le ministère public est-il prêt ?

– Oui, monsieur le juge.

– Dans ce cas, appelez votre premier témoin.

– Oui, monsieur le juge, répondit Singleton, puis il regarda vers la foule – ou devrais-je dire la horde – de gens qui se pressait dans la salle pour assister à mon procès et cita son premier témoin.

Mme Chanisa Evangela Shipman est appelée à la barre

Par ces mots, on entra enfin dans le vif du procès, ce qui avait précédé n'ayant été que l'échauffement avant le match.

Je regardai le premier témoin du ministère public s'avancer à la barre, le procureur Singleton ayant souhaité présenter les premiers éléments du dossier de l'accusation par l'entremise d'une robuste petite femme noire, une des nombreuses opératrices téléphoniques de nuit au quartier général de l'organisme qui portait le nom pompeux de Bureau des Urgences et Premiers Secours de Protection Civile de Coburn, que le conseil municipal, avais-je ironisé un jour, avait mis en place après la tragédie du World Trade Center parce qu'il devait s'imaginer que Coburn serait la prochaine cible.

Une fois assise dans le box des témoins, elle prêta serment puis, en réponse à la première question de routine de Singleton, déclina son identité, et en un de ces basculements temporels qui, depuis peu, m'étaient coutumiers, je revécus le soir où j'avais composé le numéro de ces urgences et, pour la première fois, entendu la voix de Chanisa Evangela Shipman.

J'étais rentré après mon dernier cours de la journée et m'étais rendu directement au « scriptorium », noble nom que je donnais à l'espace exigu où Sandrine et moi coincions nos deux petits bureaux en bois, préparions nos cours et nos conférences. Une fois installé, j'avais commencé de corriger les copies souvent à la limite de la cohérence pour ne pas dire de l'illettrisme que les étudiants de mon cours sur les grandes œuvres de la littérature mondiale m'avaient rendues le jour même, bribes d'idées d'une bêtise sans nom truffées de toutes les fautes de grammaire et d'orthographe imaginables jetées sur le papier dans une totale absence de réflexion intéressante. Au coucher du soleil, j'avais réussi à venir à bout de quelques-unes d'entre elles, mais j'avais calé, pris d'une crise de rage, en lisant la première phrase de la toute dernière copie qui me tomba alors sous les yeux : *Vous avez sûrement dû entendre la vieille blague sur la chute de Rome qui serait due au plomb dans les assiettes et les gobelets.*

C'est à ce moment-là que j'étais parti à la recherche de Sandrine et l'avais trouvée non pas dans le petit solarium où elle lisait souvent en fin de journée, mais dans notre chambre, dans le noir, n'ayant même pas allumé la lampe de chevet.

– J'ai envie d'obscurité, m'avait-elle expliqué comme j'ouvrais la porte et entrais dans la pièce.

– Pourquoi ?

– Tout ce que je te demande, c'est de me laisser dans l'obscurité, avait-elle répondu sèchement.

– D'accord, mais… ça va, Sandrine ?

– Reviens plus tard, Sam.

– Tu ne veux pas dîner ?

– Non. Je veux me reposer un moment, puis je veux te parler.

– Me parler ? avais-je répondu, sur mes gardes.

– J'ai une chose à te dire.

– Sandrine, je…
– Plus tard.
– Très bien.
Et je m'étais éclipsé.
Au son de sa voix sombre et dure, teintée de colère, j'avais eu un mauvais pressentiment et senti un frisson me parcourir l'échine. Pourtant, j'étais loin de me douter que les choses allaient aussi mal que l'avenir le montrerait, que ce tout dernier échange n'était que le prélude d'une offensive de grande envergure.
Rien de tout cela n'avait de rapport avec la déposition en cours, naturellement, puisque c'était survenu plusieurs heures avant la mort de Sandrine, et je pris sur moi pour empêcher mes pensées de vagabonder et me concentrer sur ce qui se disait pour le moment.
– Bon, comment souhaitez-vous qu'on vous appelle, mademoiselle Shipman ? demanda le procureur Singleton.
– Je ne suis pas une « demoiselle », rectifia le témoin. Ça fait quatorze ans que je suis mariée et j'ai trois enfants. Appelez-moi Evie, comme tout le monde.
– Très bien, Evie, lui répondit-il aimablement. Très bien, donc, dites-moi, quelle est votre profession ?
Elle était opératrice au 911 depuis six ans. Elle avait d'abord fait des horaires de jour, mais son mari travaillant de nuit, avait opté pour l'équipe de nuit dès qu'un poste s'était libéré. N'eût-elle pas fait ce choix qu'elle n'aurait pas été de service, pas pris l'appel passé au standard des urgences à 1 h 14 dans la nuit du 14 novembre, pas entendu ce qu'elle décrivait à présent comme étant une voix masculine.
– Cet homme a-t-il décliné son identité ? l'interrogea Singleton.

– Oui. Il a dit être le professeur Madison et appeler pour signaler la mort de sa femme.

– Le « professeur » Madison ? Il ne s'est pas présenté en donnant son prénom ?

– Non, monsieur. Il a dit « professeur Madison » et il a dit que sa femme était morte.

– Le « professeur » Madison vous a-t-il indiqué comment sa femme était morte ?

– Non. Seulement qu'elle était morte et qu'il était inutile de se presser.

– Inutile de se presser ?

– Parce qu'elle était morte, j'imagine, expliqua Evie.

Morte, oui, et étendue sur le côté dans notre lit, les draps blancs à peine froissés, je le revis aussitôt. Plus tôt dans la soirée, quand je l'avais laissée, un carnet était posé sur la table de chevet, ainsi que plusieurs stylos, un livre, le tout parmi le désordre habituel, auquel j'avais fini par m'accoutumer, de son côté de la tête de lit : une boîte de mouchoirs en papier, un tube de baume à lèvres, son iPod et ses écouteurs blancs.

– Dites-moi, il y a une procédure à respecter pour les appels de ce genre, n'est-ce pas, Evie ? poursuivit Singleton.

– Oui.

– Quelle est-elle ?

– Eh bien, il faut déterminer si la personne qui est décédée, on s'attendait à ce qu'elle meure.

– Si on s'y attendait ?

– C'est-à-dire si c'est une personne âgée, comme une grand-mère, voyez, ou malade depuis longtemps. Ou en soins palliatifs. Si on s'attendait à sa mort, il nous suffit d'appeler son médecin pour avoir un certificat de décès. Ensuite, on peut contacter l'entreprise de pompes funèbres ou autre pour l'enlèvement du corps. Ce que je veux dire, c'est que, si je reçois ce genre d'appel, je ne dois pas prévenir la police.

– Je vois. Mais là, vous avez contacté la police, n'est-ce pas ?

– Oui.

– Pourquoi ?

– Parce qu'on pose toujours quelques questions et si, par exemple, la personne décédée est jeune, on envoie un policier sur les lieux. C'est le règlement. Là, la morte avait quarante-six ans. C'est assez jeune pour qu'un policier se déplace.

Pendant les minutes qui suivirent, le procureur soumit Evie aux autres questions qu'on m'avait posées cette nuit-là, aucune n'apportant rien de déterminant, mais toutes destinées à établir que Mme Chanisa Evangela Shipman, dite « Evie », était une opératrice téléphonique compétente d'un service public. Je remarquai qu'à aucun moment, il ne l'interrogea sur le ton de ma voix ce soir-là, ne chercha à savoir si je paraissais angoissé, nerveux, mécontent, ou même si j'avais montré une quelconque émotion quand j'avais signalé la mort de Sandrine. J'avais regardé assez de séries judiciaires à la télévision pour supposer que pareilles questions susciteraient des réponses qui risqueraient de passer pour une interprétation de la part du témoin, et donc de soulever des objections de la défense. Ces objections déconcentreraient les jurés et ralentiraient les débats, ce que le procureur, évidemment, souhaitait éviter. La déposition de Mme Shipman était le premier chapitre de l'histoire d'un meurtre, et il avait apparemment décidé qu'il valait mieux que le rythme de ce sombre récit ne soit pas interrompu par de spectaculaires contestations de la défense.

Ainsi donc, l'interrogatoire du témoin se poursuivit un certain temps sur le même registre, vaguement technique : une professionnelle qualifiée s'acquittant tout simplement de la mission correspondant à ses compétences.

Puis tout à coup, beaucoup plus vite que je ne m'y attendais, ce fut terminé.

– Ce sera tout, dit Singleton au témoin. Merci.

Morty se leva, marcha jusqu'à la barre et sourit gentiment à Chanisa Evangela Shipman, dite « Evie ». Trois des jurés étant noirs, il tenait à signifier qu'il éprouvait le plus grand respect pour cette fonctionnaire zélée.

– Me permettez-vous également de vous appeler Evie ? proposa-t-il.

– Bien sûr.

– Bon ! Combien de questions, selon vous, avez-vous posées à M. Madison quand il a appelé pour signaler la mort de sa femme ?

Le regard d'Evie se fit songeur pendant qu'elle faisait le calcul.

– Ma foi, je dirais… une dizaine. On doit demander l'adresse, les numéros de téléphone, toutes ces choses-là.

– M. Madison a-t-il répondu à ces questions sans hésitation ?

– Oui.

– Et plus tard, vous êtes-vous aperçue que les réponses que M. Madison vous avait faites étaient fausses ?

– Non, maître.

– Il vous a dit que sa femme avait quarante-six ans, c'est cela ?

– Oui.

– J'ai ici l'acte de naissance de Sandrine Madison, dit Morty en le tendant à Evie. Voulez-vous bien lire la date de naissance de Mme Madison ?

Evie obtempéra.

– Donc, quel âge avait Sandrine Madison au moment de sa mort ?

– Quarante-six ans.

– En réalité, à chacune de la dizaine de questions que vous lui avez posées ce soir-là, M. Madison vous a répondu la vérité, n'est-ce pas ?

– Pour autant que je sache, oui.

– Il vous a répondu sans hésitation, c'est bien ce que vous avez déclaré tout à l'heure ?

– Oui, c'est vrai.

Morty sourit de plus belle.

– Merci pour tout le travail que vous faites pour notre communauté, précisa-t-il sur un ton presque révérencieux. Je n'ai pas d'autres questions.

Evie quitta le box des témoins et, les chemins tortueux de la pensée étant énigmatiques, il me vint à l'esprit que je l'avais imaginée beaucoup plus grosse qu'elle ne l'était en réalité. Elle avait la voix rauque et tranchante de ces énormes matrones qu'on croise à l'épicerie ou dans le centre commercial, leur large postérieur comprimé dans un pantalon en stretch au point que le tissu semble gémir sous l'effort de devoir contenir le volume de toute cette chair. Mais Evie était petite et frêle, un boxeur poids coq fait femme. Elle avait la démarche souple, et j'imaginais aisément qu'elle devait assurer sur une piste de danse, que cette femme savait s'éclater mais aussi, une fois au travail, être très professionnelle et ne pas prendre les choses à la rigolade.

Elle passa sans me regarder. Une attitude très courante chez les témoins, selon Morty. Ils veulent que les choses restent impersonnelles, à distance. *Désolé si ce que j'ai dit va vous expédier dans le couloir de la mort*, semblent-ils exprimer, *mais, mince, il fallait bien que je le raconte tel que ça s'est passé.*

Quelques instants plus tard, elle avait disparu. Morty et le procureur s'approchèrent du juge pour discuter de quelque point de détail.

Lâchant de nouveau la bride à mes pensées, je me revis sortir de la chambre cette dernière nuit-là, en partir alors que Sandrine était encore vivante, en partir bouillonnant de rage à cause de ce qu'elle m'avait dit, ces paroles si froides et si cruelles qu'elle avait prononcées très calmement : *Sam, j'aimerais encore mieux être morte plutôt que de vivre avec toi une seconde de plus. Tu sais pourquoi ? Parce que tu es un…*

Entendant le mot par lequel Sandrine avait choisi de terminer sa phrase et esquivant la tasse qu'elle me jeta à la figure en le prononçant, j'étais aussitôt sorti en claquant la porte, j'avais marché dans la nuit en regardant les étoiles, cette immensité chargée d'histoire, et j'avais espéré, l'espace d'un instant, trouver la force de surmonter cette agression physique, de revenir vers Sandrine, de faire mon possible pour sauvegarder les vestiges de tout ce que nous avions eu. Mais j'avais bien vite repoussé cet espoir, et par cette ultime renonciation accepté la triste réalité que je ne voulais pas continuer ainsi car elle m'avait clairement fait comprendre que l'amour, quel qu'il soit, qu'elle avait eu pour moi était à présent autant en miettes et aussi irréparable que la tasse qu'elle m'avait lancée au moment où je m'enfuyais de notre chambre.

Un terrible engourdissement m'avait alors saisi, une sorte de neuropathie émotionnelle dont je retrouvai à présent le goût tandis que Morty et Singleton s'éloignaient du juge et regagnaient leurs tables respectives, leur point de désaccord étant réglé, apparemment, de sorte que le procureur était libre de poursuivre en citant son témoin suivant.

Mais moi, je n'étais pas prêt à poursuivre. J'étais toujours Crescent Road, dehors, dans le jardin, scrutant le ciel de la nuit, mais les heures avaient tourné et maintenant Sandrine était morte. Pourtant, je ne ressentais rien. Avait-elle donc dit vrai en portant cette dernière accusation contre moi, me demandai-je, celle qui m'avait tant piqué au vif ? C'est à ce moment-là, pendant que je contemplais encore le firmament déconcerté, qu'il m'était revenu à l'esprit que j'avais une fille et que je devais l'informer de la mort de sa mère. Pourtant, j'avais encore un peu attendu, pour essayer de trouver les mots justes. Je n'y étais pas parvenu tout à fait, si bien que lorsque Alexandria répondit au téléphone, je répétai bien gentiment l'entrée en matière la plus banale qui soit pour annoncer qu'il est arrivé un malheur.

– Alexandria, j'ai une mauvaise nouvelle à t'annoncer.

– Maman, c'est ça ?

Je trouvai étrange que ma fille en vienne immédiatement à cette conclusion, d'autant qu'elle avait vu Sandrine l'après-midi même, assise auprès d'elle dans le solarium, Sandrine portant son caftan vaguement africain, Alexandria très soignée de sa personne en tailleur-pantalon foncé. Néanmoins, je me contentai de répondre :

– Oui, effectivement.

Le temps de reprendre mon souffle, puis :

– Elle est morte, Alexandria. J'ai trouvé des cachets à côté de son lit.

– Donc, elle s'est suicidée ?

– Oui.

Après un silence, Alexandria demanda :

– Pourquoi aurait-elle fait cela, papa ?

– Je crois que tu sais pourquoi.

– Mais elle semblait si pleine de vie. Elle parlait d'un livre.

– Quel livre ?

– Un livre sur Cléopâtre. Elle disait qu'il était meilleur que tous ceux qu'elle aurait pu écrire elle-même.

– Ça, j'en doute, dis-je avec l'amertume que j'éprouvais depuis longtemps à voir que Sandrine, ma brillante épouse, ne s'était jamais donné les moyens d'écrire le grand livre qu'elle portait en elle, j'en avais toujours été certain.

Il y eut un autre silence, tendu celui-ci, curieusement.

– C'est vraiment difficile pour moi d'imaginer que maman pensait au suicide, reprit Alexandria. Elle ne paraissait pas du tout suicidaire.

– Ce n'était peut-être qu'une ruse. Le fait qu'elle se montre si enthousiaste, si motivée, va savoir. Tout bonnement le moyen que ta mère avait trouvé pour brouiller les pistes, pour cacher son jeu.

– Cacher son jeu ? répéta Alexandria comme si elle trouvait l'expression déplacée.

– Sur ses intentions, expliquai-je.

Un troisième silence se fit, durant lequel je pris conscience qu'Alexandria n'avait ni manifesté de surprise, ni fondu en larmes, ni réagi en aucune façon comme on pourrait s'y attendre de la part d'une fille à qui l'on vient d'annoncer le suicide de sa mère.

– Très bien, finit-elle par dire. Je prends ma voiture et j'arrive.

– Tu peux attendre la fin de la matinée, si tu préfères.

– Si je préfère ? s'écria-t-elle sèchement. Ma mère… ta femme vient de se tuer, on ne devrait pas être ensemble ?

– Euh… oui, je suppose.

– Papa, on croirait entendre un…

Elle n'avait pas terminé sa phrase, mais Sandrine s'en était chargée pour elle quelques heures plus tôt sur l'accusation retentissante qu'elle m'avait hurlée en me lançant la tasse au visage : *sociopathe*.

– Je suis sous le choc, je crois, dis-je vivement pour donner une explication.

– Tu parais parfaitement calme.

– Bah, quelle autre réaction devrais-je avoir ? Ce qui est fait est fait.

Alexandria ne répondit rien à cela, si bien que le silence se prolongea avant que je ne dise :

– Alexandria, ça va ?

– Oui, répondit-elle sans conviction. J'arrive.

– Très bien, dis-je, m'apprêtant à raccrocher.

– Papa !

– Oui ?

Je m'attendais à entendre de tendres paroles d'amour pour sa mère, ou de soutien pour moi, si bien que ses derniers mots me prirent entièrement au dépourvu.

– Ne touche à rien.

Depuis le début, me demandai-je tandis que ce souvenir se dissipait, ma fille me soupçonnait-elle de meurtre ? M'avait-elle soupçonné avant même la policière que le procureur Singleton appelait à présent à la barre comme deuxième témoin de mon procès ?

L'officier Wendy Hill est appelée à la barre

D'entendre ce nom prononcé à voix haute me donna envie de rire, mais je me retins. Morty m'avait très clairement fait la leçon : quoi que je voie ou entende dans le prétoire, je ne devais m'en amuser sous aucun prétexte. Mes yeux pouvaient devenir brillants de larmes. J'étais même autorisé à pleurer. En fait, ce genre de grands moments d'émotion avait toutes les chances de jouer en ma faveur. Mais je ne devais surtout pas sourire.

Je regardai donc droit devant moi, de marbre, pendant que Wendy Hill levait la main pour prêter serment.

C'était une femme de taille moyenne, mince, et elle était venue en uniforme de police. Elle avait noué ses cheveux en chignon sur sa nuque pour l'ouverture de mon procès, mais aux premières heures du jour, le 15 novembre, quand elle s'était présentée au 237 Crescent Road, ils étaient coiffés en une petite queue-de-cheval qui, dodelinant d'un côté et de l'autre de sa tête, lui donnait l'air joyeux tandis qu'elle s'avançait vers moi. Je me rappelais très bien cette insouciance si enjouée, si optimiste qu'elle dégageait alors malgré la gravité de la situation car, sur l'instant, j'avais revu Sandrine telle qu'elle était à l'âge que l'officier Hill me paraissait avoir.

En réalité, elle était plus âgée que je ne le pensais, ce qui émergea des réponses qu'elle apporta aux premières questions du procureur.

– Je suis sortie de l'école de police de l'État il y a trois ans. J'avais vingt-trois ans.

– Depuis combien de temps faites-vous partie des forces de police municipales de Coburn ?

– Deux ans.

Auparavant, établiraient ses réponses aux questions suivantes, Wendy Hill avait servi deux ans dans l'U.S. Navy, été envoyée deux fois en mission en Irak, ce qui faisait d'elle un vétéran, et pour cette raison – du moins aux yeux des jurés – une femme loyale, courageuse et digne de foi, soit, était-il sous-entendu, mon exacte opposée, y compris jusqu'au fait que je n'avais jamais porté d'uniforme ni servi mon pays à titre officiel.

– Officier Hill, vers 1 h 33 du matin, le 15 novembre, une opératrice de la police vous a-t-elle signalé une mort récente au 237 Crescent Road dans la ville de Coburn ? poursuivit Singleton.

Chanisa Evangela Shipman, dite « Evie », en avait, effectivement, informé l'officier Hill.

– Qu'avez-vous fait à la suite de cette information ?

– Je me suis rendue à l'adresse qu'elle m'avait indiquée.

L'air était vif et frais en ces toutes premières heures du jour, mais dans la reconstitution que j'en faisais, dramatisée par le souvenir, il était obscur, oppressant, j'avais l'étrange sensation de suffoquer. La voiture de patrouille n'avait pas branché le gyrophare quand elle s'engagea dans l'allée au pas, aurais-je décrit si c'était moi qu'on interrogeait. L'opératrice avait dû préciser qu'il était inutile de se dépêcher. Une femme était morte, il n'y avait plus rien à faire.

– Que s'est-il passé à votre arrivée, officier Hill ?

Elle vint à ma rencontre, ou plutôt ce fut moi qui allai à la sienne, à la porte. Elle était en uniforme, bien entendu, et je remarquai que son pistolet automatique, dans son holster, pendait très bas, comme celui d'un bandit dans un western, et que sa main était légèrement appuyée sur la crosse avec la méfiance de quelqu'un qui se demande ce qui l'attend.

– On m'a signalé qu'il y avait eu un décès, me dit-elle.

J'acquiesçai.

– Ma femme.

– Où est-elle ?

– Dans la chambre. Je vais vous montrer.

Je la précédai dans le couloir puis dans la pièce qu'elle commençait en ce moment même à décrire à la Cour.

– C'était en désordre, expliqua l'officier Hill aux jurés. Il y avait des papiers partout. Des livres. Un vrai capharnaüm, les choses étaient empilées les unes sur les autres. Surtout des livres et des revues.

Notre chambre était toujours en pagaille, si bien que je ne m'en excusai pas auprès de l'officier Hill en l'y faisant entrer. Il n'empêche que j'avais bien pensé mettre un peu d'ordre, mais l'avertissement d'Alexandria m'était revenu à l'esprit, c'est pourquoi je n'avais touché à rien sauf aux débris de la tasse en porcelaine que j'avais soigneusement récupérés dans une pelle à poussière et déposés dans la grosse poubelle en plastique sur la terrasse de derrière, un acte dont j'étais loin de penser qu'il pourrait se révéler compromettant par la suite.

– Où était M. Madison à ce moment-là ? demanda le procureur.

Je me tenais sur le seuil de la chambre, regardant l'officier Hill qui jetait des coups d'œil autour d'elle dans la pièce. Elle semblait trouver étrange qu'il y ait autant de livres et de journaux, un tel désordre, ce qui, je le devinais à présent, avait éveillé ses premiers soupçons que quelque chose ne tournait pas rond au 237 Crescent Road. Se pouvait-il que ce soit pour cette raison, me demandai-je tandis qu'elle continuait sa déposition, qu'elle avait ensuite signalé à l'inspecteur Alabrandi que la chambre était sens dessus dessous ? Le meurtre, ou l'idée qu'on ait pu y en commettre un, avait-il germé dans l'esprit de cette ancienne recrue des Marines parce qu'elle avait eu l'impression qu'une scène de ménage avait eu lieu dans cette pièce ? Nous étions-nous jeté ces livres à la tête, Sandrine et moi ? Étaient-ils tombés pêle-mêle pendant une lutte ?

– Avez-vous remarqué plus particulièrement certains de ces livres ?

– Oui, celui qui était ouvert.

– Où se trouvait-il ?

– Par terre à côté du lit. Je suppose que Mme Madison le lisait. On aurait dit qu'elle l'avait posé là avant de mourir.

– Vous souvenez-vous de quoi parlait ce livre ?

– De Cléopâtre. Il y avait un portrait d'elle, et le titre était en capitales.

– Qu'avez-vous remarqué d'autre ?

– Une feuille de papier jaune. Format standard.

– Où se trouvait cette feuille de papier ?

– Elle aussi était sur le sol à côté du lit.

– Près du livre ?

– Juste à côté.

– Posée à plat ?

– Non. Elle était pliée en deux et calée pour qu'elle tienne debout. Comme une tente.

– Y avait-il quelque chose d'écrit au verso de cette feuille ?

– Non.

– Avez-vous regardé s'il y avait quelque chose d'écrit au recto de cette feuille, officier Hill ?

– Pas à ce moment-là.

Pas à ce moment-là car les secours arrivèrent sur ces entrefaites, sans doute dépêchés sur place par « Evie », selon la procédure de routine en pareil cas. Ils étaient venus en ambulance, Orville Todd et Leno Kaneda, et selon leur rapport, avaient trouvé Sandrine « présentant toutes les apparences du décès », diagnostic confirmé par l'auscultation au stéthoscope (celui de Leno).

Alors que l'officier Hill exposait ces faits, j'en fus quitte pour les revivre : le gyrophare de l'ambulance, la façon dont ses éclairs avaient balayé la chambre, l'air perplexe d'Orville Todd au moment où il vit Sandrine, combien elle était belle, peut-être plus belle dans la sérénité de la mort qu'elle ne l'avait jamais été dans la vie, une beauté que les deux infirmiers urgentistes n'avaient pas manqué de remarquer. J'avais surpris la manière dont ils l'avaient regardée avant d'échanger un coup d'œil entendu comme pour se dire – entre mecs – *Dommage, quelle perte*.

– Bon ! s'écria le procureur.

Il semblait perdre patience devant la façon méthodique mais plutôt léthargique dont l'officier Hill avait chroniqué l'arrivée, les faits et gestes et le départ des infirmiers. Comme témoignage, on n'aurait pu faire plus exhaustif, mais pour les jurés – c'était bien sûr sa crainte –, il était beaucoup trop lent et cassait le rythme réglé au millimètre de sa déclaration préliminaire.

– Bon ! répéta-t-il. Officier Hill, pouvez-vous dire aux jurés si vous avez alors eu l'occasion, après que les infirmiers furent sortis de la chambre, si, à ce moment-là, vous avez eu l'occasion de regarder de plus près cette feuille de papier jaune que vous aviez remarquée un peu plus tôt ?

Il jeta un coup d'œil aux jurés comme pour leur rappeler d'être attentifs.

– Celle qui était pliée et, pour reprendre vos déclarations précédentes, placée debout à côté du lit comme une tente.

L'occasion s'en était présentée pour elle, mais avant de ramasser la feuille de papier, elle m'avait posé une question.

– J'ai demandé à M. Madison ce que c'était, ce papier, indiqua l'officier Hill à la Cour.

– Quelle a été sa réponse ?

– Il m'a dit que c'était sûrement la lettre que sa femme avait écrite avant de se suicider.

– Est-ce là la première allusion que vous a faite M. Madison à la cause du décès de sa femme ?

– Oui.

Le procureur hocha la tête.

– Pouvez-vous nous dire si M. Madison a fait d'autres commentaires au sujet de cette feuille de papier qu'il assimilait à une lettre de suicide ?

– Il m'a dit que je pouvais la prendre.

Parce que je supposais qu'elle le ferait de toute façon.

– A-t-il précisé s'il l'avait lue ?

– Il a dit ne pas l'avoir lue.

Ce qui était la stricte vérité. Je ne l'avais pas lue. Pourquoi ? Parce que pour la lire, j'aurais dû la ramasser, et donc une fois de plus, ma prudence m'avait desservi. Qui aurait pu penser, songeai-je tandis que l'officier Hill poursuivait son témoignage, qu'être prudent puisse avoir de si redoutables conséquences ?

– M. Madison n'avait pas été tenté de lire ce qu'il supposait être la lettre que sa femme avait écrite avant de se suicider ? s'étonna le procureur pour enfoncer le clou.

– C'est ce qu'il m'a dit, oui.

– Et il vous a seulement invitée à la prendre ?

– Oui. Ce sont ses mots. Il m'a juste dit « prenez-la » en agitant la main.

Je regardai les jurés et sentis que tout cela leur paraissait très bizarre. Cet homme n'éprouvait-il donc aucun sentiment ? Aucune curiosité, pour le moins ? Ce professeur d'université s'était-il à ce point éloigné de sa femme ou était-il devenu si indifférent à son sort ou bien le répugnait-elle tant qu'il n'avait même pas eu le réflexe de lire sa dernière lettre ?

Ils étaient plus sensibles à l'atmosphère générale qu'à tel ou tel fait. L'officier Hill ne l'avait pas explicitement décrite, mais j'avais bien peur que des impressions négatives n'aient émané de sa déposition et dérivé jusqu'à eux. C'était comme une odeur, une odeur qui les dérangeait. Ils trouvaient étrange et inquiétant que j'aie dit à l'officier Hill d'emporter la lettre de Sandrine, et encore plus étrange, encore plus inquiétant que je n'aie pas eu la curiosité de la lire.

J'eus la conviction que Singleton, lui aussi, partageait ce sentiment, même s'il n'en laissait rien paraître. Il était beaucoup trop tôt pour qu'il donne l'impression d'être sûr d'avoir mis les jurés dans sa poche. Il voulait se faire passer pour un homme qui n'était rien d'autre qu'un humble serviteur de l'État modestement payé alors qu'il pourrait gagner beaucoup plus d'argent en défendant les ordures indéfendables qui, jour après jour, semaient leur pagaille malveillante aux quatre coins de nos majestueuses montagnes pourprées et des vagues ambrées de nos blés[1]. Il était important que les jurés le considèrent comme l'un d'eux, un homme qui faisait ses courses dans les mêmes magasins qu'eux, achetait les mêmes choses qu'eux, allait au cinéma en famille et regardait avec une fascination enfantine des créatures bleues en 3-D. Le but était de me marginaliser parmi ces gens ordinaires et bosseurs, moi le dévoreur de livres dont la femme portait un prénom français et qui devait sans doute pousser le snobisme jusqu'à lire directement dans cette langue.

Attention, me dis-je, que ton visage n'exprime pas le mépris que t'inspirent la stratégie grossière de Singleton et sa manipulation plus qu'évidente de ce jury sans doute hautement influençable.

– Officier Hill, avez-vous pris ce mot ?

– Non, monsieur le procureur. J'avais seulement répondu à un appel du Bureau des Urgences. Je n'intervenais pas dans le cadre d'une enquête.

Peut-être bien, mais dès cette nuit-là, il avait été clair pour moi qu'elle avait commencé d'enquêter à peine était-elle entrée dans la chambre. J'avais vu la petite étincelle du soupçon s'allumer dans son regard, senti qu'elle trouvait que quelque chose ne collait pas. Elle se déplaçait dans la pièce très lentement, aux aguets,

1. Référence à l'hymne patriotique *America, The Beautiful* : « Oh, magnifique pour tes vastes cieux, pour les vagues ambrées de tes blés, pour tes majestueuses montagnes pourprées. »

comme si, déjà, elle n'abattait pas toutes ses cartes, un comportement que j'avais trouvé un peu excessif. C'est la raison pour laquelle j'avais vu en l'officier Hill l'image même du flic de petite ville, de ceux qui avaient regardé beaucoup d'épisodes de *New York, police judiciaire*, mais n'avaient jamais été confrontés dans la torpeur de Coburn à quoi que ce soit qui ressemble de près ou de loin aux grands drames d'une série télévisée.

Mais à entendre son témoignage, il ne me paraissait pas insensé qu'elle se soit interrogée sur ce qu'elle voyait dans la pénombre autour du lit de mort de Sandrine : l'assiette de nourriture à laquelle elle n'avait pas touché posée par terre à côté du lit, un pyjama roulé en boule jeté dans un coin, cette feuille de papier jaune curieusement pliée en tente. Était-il possible que cette femme ne soit pas morte de causes naturelles ? Qu'elle soit morte d'une autre main que la sienne ? Il relevait du devoir de l'officier Hill de se poser ces questions, alors elle avait fait son devoir, forcément, et tandis qu'elle continuait sa déposition, il me vint à l'esprit que si cette femme avait été professeur et non policier, il est très probable qu'elle aurait eu beaucoup plus de conscience professionnelle que moi.

– Avez-vous eu l'occasion d'observer le lit, officier Hill ? demanda Singleton.

Bien sûr qu'elle en avait eu l'occasion, et ce qu'elle avait vu n'avait fait qu'ajouter une dimension macabre.

– Et Mme Madison dans ce lit ?

– Oui. J'ai vu Mme Madison.

Je savais ce qui allait suivre car des jours durant après la mort de Sandrine, c'était cette image qui refusait de me quitter : le curieux tableau qui m'avait accueilli quand j'étais entré dans la chambre, m'attendant à me trouver devant une certaine scène et stupéfait d'en découvrir une autre, très différente.

– Pouvez-vous décrire aux jurés ce que vous avez vu, officier Hill ?

Ça :

Sandrine, étendue sur le dos, ses cheveux bruns bouclés étalés en éventail sur sa gauche, semblant flotter au-dessus d'elle comme si elle était immergée dans de l'eau.

Sandrine, le drap blanc qui, ayant glissé, exposait son sein superbe, le petit mamelon rose, le galbe blanc, même dans la mort étrangement érotique.

Sandrine, son bras droit au repos sur le drap, ses doigts tenant délicatement la rose séchée qui jusqu'alors se trouvait dans un soliflore du scriptorium.

Sandrine, ses lèvres peintes et un peu de blush sur les joues, les yeux entrouverts, l'air somnolent, comme au seuil du sommeil.

Une scène qui se reflétait dans les flacons en verre et la carafe en cristal posés sur la petite table de chevet, sinistre composition qui avait sûrement dû intriguer l'officier Hill. Lui avait-elle donné l'impression, m'interrogeai-je, que le corps de Sandrine avait été disposé de cette façon à dessein, une mort paisible en apparence mais, en réalité, tout autre chose ?

La réponse à cette interrogation ne se fit pas attendre.

– Officier Hill, face à cette… scène…, avez-vous demandé au professeur Madison si tout était exactement ainsi quand il avait trouvé Sandrine Madison ?

– Oui.

– Pourquoi lui avez-vous posé cette question, officier Hill ?

– Parce que ça m'a quand même paru un peu étonnant qu'une femme sur le point de se tuer prenne le temps de se maquiller. Sans parler de la disposition générale de la pièce, les flacons, par exemple. On aurait dit que tout avait été disposé d'une certaine façon. Il y avait quelque chose qui ne faisait pas naturel. Ça ressemblait plus… comment dire… peut-être à un décor de cinéma.

Oui, me dis-je, « peut-être » à un décor de cinéma, donc il avait été du devoir de l'officier Hill d'explorer la possibilité que la mort de Sandrine ait pu correspondre à un rituel. Avait-elle un temps envisagé que nous ayons fait partie d'une secte satanique, Sandrine ayant été offerte en sacrifice humain ?

– Serait-il juste de dire que, pour toutes ces raisons-là, vous avez commencé de considérer cette chambre comme une possible scène de crime ? suggéra Singleton.

C'était on ne peut plus juste, car ainsi qu'allait le démontrer la suite de sa déposition, l'officier Hill ne s'en était pas privée.

– À votre retour au poste de police de Coburn, avez-vous fait part de ces observations ?

– Oui, monsieur le procureur.

– À qui en avez-vous parlé ?

– J'en ai parlé à l'officier de permanence qui a appelé l'inspecteur Ray Alabrandi. Suite à quoi l'inspecteur est venu au Central de police et je lui ai raconté ce que j'avais vu dans la chambre de Mme Madison.

– Quelle conclusion en a tirée l'inspecteur Alabrandi ?

– La même que moi : qu'il fallait tout de suite prévenir le coroner. Ce qu'il m'a dit qu'il allait faire.

– Et vous-même, pensiez-vous qu'il fallait faire venir le coroner sans attendre ?

– Oui.

– Mais on l'aurait appelé de toute façon, n'est-ce pas, officier Hill ? Puisque M. Madison avait déjà mentionné que la feuille de papier jaune à côté du lit pouvait être une lettre de suicide.

– Oui. S'il y a des raisons de soupçonner un suicide, il doit y avoir une autopsie.

– Mais vous vouliez être sûre que cette enquête officielle démarre immédiatement, c'est cela, officier Hill ?

– Oui.

– Pourquoi donc ?

– Je ne sais pas. Il y avait quelque chose qui me… chiffonnait.

Singleton sourit.

– Au nom des habitants de Coburn, je vous remercie pour le travail que vous faites, officier Hill, dit-il d'une voix douce. Je n'ai pas d'autres questions.

Morty s'avança jusqu'au box des témoins.

– Officier Hill, n'est-il pas exact qu'avant même que M. Madison ait parlé d'une éventuelle lettre de suicide, vous commenciez déjà à avoir l'impression de vous trouver face à quelque chose de pénalement répréhensible ?

L'officier Hill se crispa.

– De pénalement répréhensible ?

– Ce qui vous « chiffonnait », répliqua Morty d'un ton sec.

– Je suppose que oui, admit l'officier Hill.

– Vous supposez que oui ? En tout cas, dès votre retour au Central de police, vous en avez immédiatement parlé à l'officier de permanence, si j'en crois votre témoignage ?

– Oui.

– Et plus tard, à l'inspecteur Ray Alabrandi ?
– Oui.
– Or, l'inspecteur Alabrandi est en charge des affaires criminelles, non ?
– En tant qu'inspecteur, je suppose qu'il enquête sur les homicides, répondit l'officier Hill.
– Quoi qu'il en soit, vous avez fait part de vos observations concernant la scène de décès de Mme Madison à l'officier de permanence au poste de police, puis à un enquêteur à part entière tout en sachant que, de toute façon, le coroner serait forcément appelé sur les lieux, c'est bien cela ?
– Oui.
– Très bien, donc, qu'avez-vous dit à l'inspecteur Alabrandi lorsque vous avez eu l'occasion de lui parler de la mort de Sandrine Madison ?
– Eh bien, tout d'abord, je lui ai décrit la pièce.
– En quels termes la lui avez-vous décrite ?
– C'était un vrai capharnaüm, comme je le disais. Il y en avait partout. J'avais du mal à imaginer qu'une femme puisse avoir une chambre dans cet état, alors, eh bien, j'en suis arrivée à me demander si…
– Si quoi ?
– Si, peut-être, on l'y avait retenue.
– Contre son gré ?
– Oui.
– Donc, c'est le désordre général qui vous « chiffonnait », c'est ça ?
– Oui.
– Parce que les femmes étant maniaques du ménage et Mme Madison étant une femme, vous en avez conclu qu'elle aurait pu être… retenue prisonnière… par son mari ?
– Je ne savais pas par qui.

– Et que, sait-on jamais, Mme Madison n'était peut-être pas morte de causes naturelles ?

– Je savais qu'elle n'était pas morte de causes naturelles. M. Madison m'avait déjà dit que c'était un suicide.

– Mais vous mettiez sa parole en doute, n'est-ce pas, officier Hill ?

– Je ne savais pas quoi penser.

– Ah. Mais si Mme Madison ne s'était pas donné la mort, comment était-elle morte ?

– Je l'ignorais.

– Mais vous aviez un soupçon, n'est-ce pas ? Et ce soupçon, c'était que Mme Madison avait été assassinée. C'était ça la vraie nature de votre soupçon, officier Hill, c'était ça qui vous « chiffonnait » ?

– Oui, c'était ça.

– Donc, nous avons du désordre, une femme et, à partir de là, l'idée de la possibilité d'un meurtre ? demanda Morty qui, s'empressant de lever la main avant que le témoin ne réponde ou que le procureur ne soulève une objection, bombarda sa question suivante.

– Officier Hill, vous rappelez-vous avoir été appelée au 439 Dancers Street la nuit du 10 octobre 2009 ? Au domicile de Mme Janice LePlane ?

– Oui.

Morty prit une photographie dans la pile qu'il avait placée sur le pupitre et la présenta au témoin.

– Est-ce la pièce où Mme LePlane a été retrouvée ? demanda-t-il.

– Oui.

– Comment la décririez-vous ?

– Eh bien, elle est… en désordre. Des magazines par terre. Des barquettes. De celles utilisées par les traiteurs chinois.

– L'état de cette pièce n'est pas radicalement différent de celui de la chambre où vous avez trouvé le corps de Mme Madison, si ?

– Non, maître.

– De quoi était morte Janice LePlane, officier Hill ?

– Elle s'était suicidée. Selon la conclusion du coroner.

– Comment s'était-elle suicidée ?

– En avalant des somnifères.

Morty reprit la photographie des mains de l'officier Hill, la remit au premier juré puis revint sur ses pas et tendit une deuxième photo au témoin.

– Reconnaissez-vous cette pièce, officier Hill ?

– Oui. Mais j'ai oublié le nom de la femme.

– Elle s'appelait Martha Gillespie.

– D'accord.

– Comment décririez-vous la pièce où Mme Gillespie est morte, officier Hill ? Diriez-vous qu'elle est sens dessus dessous ?

– Oui.

– On y voit des assiettes sales et des journaux un peu partout, c'est exact ?

– Oui, c'est vrai.

– De quoi est morte Martha Gillespie, officier Hill ?

– Je ne m'en souviens pas.

– Était-ce un suicide ?

– Je ne crois pas, mais je n'en suis pas certaine.

– Était-ce un meurtre ?

– Non.

– En réalité, Martha Gillespie est morte de causes naturelles, n'est-ce pas ?

– Oui, c'est cela.

Morty prit la photographie que l'officier Hill venait d'identifier et la donna au premier juré, qui y jeta un rapide coup d'œil avant de la passer au juré assis à sa gauche.

Morty était de nouveau devant le box des témoins.

– Officier Hill, après être repartie de chacune de ces deux pièces, ces deux pièces en désordre où avait été retrouvé le corps d'une femme, avez-vous fait part à quiconque, une fois de retour au Central de police, de soupçons que vous auriez pu avoir sur les circonstances de ces morts ?

– Non.

– Dans ce cas, pourquoi avez-vous eu des doutes sur les causes du décès de Mme Madison ?

L'officier Hill, un peu mal à l'aise, changea de position sur sa chaise.

– C'était juste une impression, je suppose.

– Juste une impression, répéta Morty non sans lancer un regard entendu en direction des jurés.

– Oui, maître, admit l'officier Hill avec un peu d'hésitation.

Morty ménagea un silence en faisant mine de consulter ses notes. Puis il s'empara d'une autre photographie qu'il présenta au témoin.

– Cette photo vous dit quelque chose, officier Hill ?

– Oui.

– C'est Mme Madison, n'est-ce pas ?

– Oui, c'est elle.

– Photo prise par le coroner.

– Je ne sais pas qui l'a prise.

– D'accord, mais vous avez mentionné que Mme Madison était maquillée, n'est-ce pas ?

– Oui.

Morty s'accorda le droit de sourire.

– Je remarque que vous portez du rouge à lèvres, officier Hill. Et aujourd'hui, en ce moment même, vous n'avez pas d'autre maquillage ?

– Si, un peu, répondit-elle, méfiante.

– Du blush ?

– Un peu, oui.

– Comme beaucoup de femmes, vous vous maquillez pour vous mettre en valeur ?

– Oui.

– Vous êtes mariée, officier Hill ?

– Oui.

– Vous arrive-t-il de vous farder pour plaire à votre mari ?

– Oui.

– Parce que vous l'aimez ?

– Oui.

– Diriez-vous que Sandrine Madison aurait pu avoir envie de faire la même chose pour son mari ?

Le procureur Singleton se leva d'un bond.

– Demande d'interprétation du témoin, monsieur le juge !

L'objection fut accordée, mais Morty avait atteint son but et il le savait. Il hocha doucement la tête.

– Merci, officier Hill. Pas d'autres questions.

Quelques instants plus tard, il avait regagné la table de la défense, apparemment très satisfait par la façon dont il avait mené son contre-interrogatoire.

– Elle m'a tout de suite pris en grippe, lui dis-je une fois qu'il se fut rassis à côté de moi.

Il braqua son regard sur moi.

– Comment ça, tout de suite ?

– Dès qu'elle m'a vu.

– Quand tu es allé lui ouvrir, tu veux dire ?

– Oui.

Soudain, je pris conscience qu'à ce moment-là, l'officier Hill n'avait pas encore vu les éléments qui entouraient la mort de Sandrine, ni son corps sur le lit, ni les livres éparpillés tout autour, et sûrement pas cette feuille de papier jaune pliée en deux posée comme une tente. Alors qu'avait-elle donc vu, me demandai-je, qu'avait-elle donc vu dans mon regard ?

– Prouver qu'elle a des préjugés contre toi est aussi simple que de pêcher à la dynamite, chuchota Morty d'un ton enjoué en me gratifiant d'un regard rassurant. Tu es la victime dans ce procès, Sam. Ne l'oublie pas. Tu fais l'objet de soupçons injustifiés qui t'ont placé sur l'écran radar de la police, et c'est ce que nous allons démontrer.

Je n'ignorais pas que c'était la stratégie qu'il avait gravée dans le marbre. Je serai présenté comme victime des préjugés d'une petite ville, et par ce procédé, mon avocat retournera l'opinion des jurés à mon avantage. Il prouvera que ces *a priori* sont immondes et déforment la réalité. S'il y parvient, les jurés verront que c'est la vérité et se garderont d'avoir les mêmes *a priori*. Au fond, Morty les protégera contre eux-mêmes.

Tout cela était bien joli, mais soudain, ça me parut aussi très triste au point que je sentis se rallumer la vieille étincelle d'un sentiment enfoui, un surprenant élan de pitié pour autre chose que pour moi-même.

– Les gens sont perdus, murmurai-je.

Morty haussa les épaules et retourna à ses notes, mais la tristesse et la pitié qui venaient de me submerger subsistèrent en moi, et ce reliquat me fit retrouver les premières sensations que m'avait apportées la lecture, surtout Melville, récits que j'avais lus bien avant de les faire étudier ou de les étudier moi-même. Je repensai à la résignation avec laquelle Achab jette sa pipe à la mer, puis au lugubre soupir de « Ah, l'humanité » qui termine *Bartleby*. Au même moment, ma pensée se tourna inexplicablement vers Yeats, revisitant le chagrin qu'il avait perçu chez Maud Gonne, l'âme errante qu'il avait vue en elle, chagrin que même sa beauté ne pouvait chasser de son « visage changeant ».

Et je ne sais pourquoi, tout cela me ramena à Sandrine dans son lit, avec cette unique rose rouge, les cheveux disposés à la perfection, une bougie placée exactement au bon endroit pour créer ces reflets aux multiples facettes. Tout cela lui donnait, aux yeux du monde, l'apparence d'une femme qui ne s'attendait pas à mourir. Ou bien, dans un registre moins accusateur, celle d'une femme qui s'abandonnait à un érotisme tranquille mais délicieux, une femme qui avait accueilli la mort comme un amant qu'elle aurait dans la peau.

– Bien, dit le juge Rutledge, l'œil sur la pendule. Il se fait tard.

Il regarda les jurés, puis le procureur Singleton, et enfin Morty.

– Il me semble que compte tenu de l'heure, il vaudrait mieux lever la séance, reprit-il. La défense ou le ministère public y voit-il des objections ?

Ni l'un ni l'autre n'en vit.

– Très bien, dans ce cas, nous reprendrons les débats demain matin à neuf heures, décréta le juge.

Nous nous levâmes et je restai silencieux pendant que les jurés sortaient de la salle, chacun d'eux s'appliquant à ne pas regarder dans ma direction, comme si mon apparence même était, en quelque sorte, néfaste.

– Bon ! fit Morty une fois que le dernier d'entre eux fut sorti. Allons dormir un peu.

Je me tournai vers Alexandria dont les traits étaient figés par la tension et l'inquiétude.

– Je te ramène directement à la maison, dit-elle, comme si j'étais un microbe mortel, un être primitif et nuisible qu'on ne devait pas laisser à l'air libre.

Je m'écartai de la table et m'apprêtai à partir mais m'arrêtai net en avisant la présence de Jane Forbes, une collègue professeur de l'université de Coburn que Sandrine retrouvait parfois de bon matin pour courir autour du plan d'eau. Elle se tenait immobile, rigide, dans un pan d'ombre de la salle, les mains bien enfoncées dans les poches de son imper bordeaux, une femme dont le regard me ramena malgré moi à celui pleinement accusateur qui m'avait fixé dans un coin de verdure du parc. J'ignorais pourquoi Jane Forbes avait décidé d'assister à mon procès, et pourtant, sur l'instant, sa présence me fit penser à un aspect encore caché de mon affaire, la clé d'une pièce dans laquelle je n'étais pas encore entré.

– Papa ? m'appela Alexandria.

– J'arrive, dis-je en lui emboîtant le pas pour longer les bancs où les journalistes et le public rassemblaient leurs affaires, enfilaient leurs manteaux et leurs vestes, me dépêchant pour passer le plus vite possible devant eux.

En sortant de la salle, nous prîmes la direction du parking dans le couloir où se bousculait l'engeance qui pullule inévitablement dans le tribunal de toutes les petites villes, des personnes faisant l'objet d'une injonction restrictive ou venues en déposer une demande, des personnes répondant à des convocations de diverses sortes, des personnes ayant des ennuis, sac de nœuds dans lequel une si grande part de l'existence semble perpétuellement empêtrée.

Ah, l'humanité, murmura dans ma tête la voix basse et triste que j'avais si souvent imaginé avoir été celle de Melville.

– Qu'y a-t-il ? me demanda Alexandria. Tu parais…

Elle s'interrompit, puis haussa les épaules.

– Comment dire… bizarre.

Nous nous trouvions à l'extérieur du tribunal, à seulement quelques mètres du parking, pourtant, ce fut plus fort que moi, je m'immobilisai en haut des marches.

– Papa ? s'inquiéta Alexandria.

Je secouai la tête.

– Ce n'est rien, lui assurai-je, me ressaisissant.

– Tu en es sûr ?

J'acquiesçai en silence, puis repris mes esprits et m'engageai sur les marches.

– Rien, répétai-je.

Mais je mentais. Car il y avait bel et bien eu quelque chose, j'avais été traversé par un sentiment que j'avais eu du mal à identifier tant il était étrange : la conscience non de la tristesse de la vie, mais de sa fureur, la conviction qu'elle était en réalité un serpent lové sur lui-même qui mordait perpétuellement çà et là, une créature venimeuse et rampante d'une malveillance à laquelle personne, au bout du compte, ne pouvait échapper.

Je jetai un coup d'œil derrière moi, vers le haut de l'escalier, encore sous le coup de cette émotion et m'attendant presque à voir une rivière sanguinolente de film de série B cascader sur les marches, rouge et poisseuse, décidée, bien décidée à tout submerger sur son passage.

La panique me saisit, d'une violence telle que je crus que j'allais prendre mes jambes à mon cou.

Mais la raison l'emporta, je redressai les épaules et continuai de descendre les marches.

– Rentrons à la maison, dis-je.

Et je m'en tins là.

En route vers chez soi

– Je vais conduire, décréta Alexandria comme nous arrivions à la voiture.

Elle fouillait dans son sac en quête des clés, m'indiquant, par ce geste, qu'il n'y avait pas à discuter. Je venais d'être bouleversé pour une raison mystérieuse, donc c'est elle qui me ramènerait à la maison, un point c'est tout.

– D'accord, dis-je.

J'avais déjà eu l'occasion de m'apercevoir qu'une accusation, quelle qu'elle soit, affaiblit profondément celui qu'elle vise. L'accusé devient le mouton noir du troupeau. J'en avais pris conscience petit à petit, surtout après que les médias locaux m'eurent étiqueté « principal témoin » dans l'enquête sur la mort de Sandrine. Aucune charge n'était alors officiellement retenue contre moi et, bien sûr, on ne m'avait pas mis en examen. Pourtant il n'en avait pas fallu davantage pour que Charles Higgins, le jeune et ambitieux directeur de l'université de Coburn, me convoque dans son bureau et, tandis que je restai assis, silencieux et un peu abasourdi par ce que j'entendais, me demande – officieusement, bien entendu – de lui remettre ma démission. Et de m'expliquer que l'université étant en pleine campagne de collecte de fonds pour financer la construction d'un nouveau gymnase, ma situation, comme il disait, risquait de compromettre le succès de l'opération.

– Tu n'es pas sans savoir, Sam, déclara-t-il avec gravité, que l'organisation de manifestations sportives peut rapporter gros.

Et comme si cela ne suffisait pas, il ajouta, pour me donner l'estocade :

– Sans parler, bien entendu, des dons des anciens étudiants qui peuvent facilement chuter en cas de mauvaise presse.

Étant donné tout le tort que je risquais de porter, la bonne décision allait de soi. Je devais faire mon devoir envers notre très chère université de Coburn : démissionner.

Higgins lissa les revers de sa veste du plat de la main et attendit ma réponse, le regard n'exprimant rien d'autre que sa supplique, comme si l'université de Coburn était un centre d'accueil pour sans-abri dont les résidents, si je restais, seraient jetés à la rue dans le froid cruel.

Il m'était impossible de dire s'il pensait que j'avais tué Sandrine. De toute façon, cela ne changeait rien. Devenir le centre de l'attention est, en soi, une sorte de crime pour lequel la peine plancher est de perdre son travail. Si j'avais réfléchi plus objectivement à ma situation, j'aurais dû m'attendre à ce revirement. Toutefois, je fis mine d'être choqué d'une telle injustice. D'ailleurs, j'aurais pu lui rappeler que mon procès n'avait pas encore commencé. Mais j'avais d'ores et déjà compris que la présomption d'innocence est une fleur à la boutonnière de la justice que le programme sportif de l'université de Coburn n'avait tout simplement pas les moyens d'arborer.

– Que veux-tu que je fasse, Charley ? implorai-je, éperdu. Je veux dire, si je donne ma démission ?

– Eh bien, peut-être… te consacrer à ton roman ?

– Je n'y travaille plus depuis vingt ans, lui répondis-je froidement. Mon roman est un bébé mort-né.

Il me regarda d'un air inexpressif, mais je voyais bien qu'il regrettait de n'avoir pu recourir à ce mythe du livre que la plupart de mes collègues entretenaient pour eux-mêmes, convaincus qu'ils étaient d'avoir encore quelque chose à dire ainsi que la volonté et le talent pour le faire.

– Je vois, dit Higgins. Bon, de toute manière, tu trouveras bien une solution.

Il n'avait aucun argument moral sur lequel s'appuyer, il le savait, mais cela non plus ne changeait rien. L'université de Coburn n'était pour lui que le premier barreau de l'échelle, le tremplin pour la direction future d'une université plus prestigieuse. Il était jeune, il lui restait encore des kilomètres à parcourir avant le repos, et il ne permettrait pas que la situation délicate dans laquelle je me trouvais lui mette des bâtons dans les roues.

J'avais conscience de tout cela, mais perdre mon travail serait si catastrophique que j'en fus réduit à exprimer la simple, pour ne pas dire humiliante, vérité :

– J'ai des obligations financières, Charley. De gros frais. Des frais d'avocat.

Higgins secoua la tête.

– Je suis navré, Sam. Sincèrement navré. Et j'espère que toute cette malheureuse affaire sera vite éclaircie.

Son regard se durcit.

– Mais en attendant, le conseil d'administration ne me laisse pas le choix, j'en ai peur. On pourrait nous poursuivre en justice, tu sais. Je ne vois pas pour quel motif, mais il y a toujours un avocat qui en trouverait un, j'en suis sûr. Nous sommes responsables de notre établissement, du choix des enseignants auxquels nous confions nos étudiants.

Autrement dit, pas de meurtrier présumé à bord, songeai-je.

– Si je ne démissionne pas, tu me licencies ? demandai-je.

– Ce serait une suspension sans solde.

– Donc, vous avez déjà pensé à tout. Déterminé les étapes si je refusais de donner ma démission.

– J'en ai bien peur, dit Higgins avec un petit haussement d'épaules. J'espère que tout ça finira par se résoudre et que je pourrai envisager de te réembaucher.

Il haussa de nouveau les épaules.

– D'ici là…, soupira-t-il.

Et de hausser une troisième fois les épaules.

Non, pas « d'ici là ».

C'était définitif.

Quelle que soit l'issue de mon procès, je resterais radioactif pour l'université de Coburn. Et n'importe où ailleurs, car quelle autre université engagerait un professeur ayant provoqué un tel déluge de mauvaise publicité sur son établissement ?

J'étais donc ressorti du bureau du directeur en sachant très bien que je n'enseignerais jamais plus, mais la perte de mon emploi faisait pâle figure en comparaison de cette autre perte, celle que rendait encore plus évidente le fait qu'Alexandria soit au volant de ma voiture, abandon des prérogatives paternelles, comme si j'étais devenu une sorte d'invalide aux yeux de ma propre fille.

Mais cela n'étant pas un sujet que je souhaitais aborder avec elle, je dis :

– Comment trouves-tu que ça s'est passé au tribunal aujourd'hui ?

Elle tourna dans Crescent Road.

– Bien.

Sa voix était éteinte, atone, signe qu'elle n'avait tout simplement aucun moyen de savoir comment ça s'était passé, ce que les jurés silencieux avaient bien pu penser. Sur ce constat, la nature inexplicable de la situation dans laquelle je me trouvais me frappa une fois de plus. Comment un homme intelligent avait-il pu en arriver là ?

Cette question, je me l'étais posée à chaque étape du processus qui avait démarré à la mort de Sandrine. Même bien après la mise en route de la machine judiciaire, je n'avais jamais cessé d'espérer qu'elle s'enraye. Mais il n'en avait rien été, et tandis qu'Alexandria tournait le volant et que nous nous engagions en douceur dans l'allée de la maison, je n'étais plus du tout certain d'en voir un jour la fin.

– Edith balaie son allée, dis-je d'un ton sec en adressant un signe de tête à la femme qui habitait la maison d'à côté, Edith Whittier, une divorcée de longue date, vague connaissance de Sandrine dans le cadre de bavardages entre voisines par-dessus la haie, mais tout de même une des dernières personnes à l'avoir vue vivante, dont le procureur Singleton avait récemment ajouté le nom à la liste des témoins du ministère public.

Elle y répondit pareillement, mais avec une certaine froideur et une légère répugnance, comme si elle venait d'apprendre que j'étais inscrit au fichier des délinquants sexuels.

– Elle aussi me hait, dis-je d'un ton mordant.

Alexandria manœuvra la voiture dans l'allée.

– Ignore-la, me dit-elle.

Une fois dans la maison, j'allai lire dans le scriptorium pendant qu'Alexandria préparait le dîner. J'aurais parfaitement pu le faire à sa place, mais elle avait insisté pour que je m'accorde un moment de détente après la journée au tribunal. Elle avait raison, et pourtant, j'avais beau essayer de me plonger dans un livre, je ne cessais de repenser à la réflexion de Morty comme quoi il est très facile de débusquer les préjugés d'un témoin. Mais qu'est-ce que l'officier Hill avait contre moi ?

J'abordai le sujet avec Alexandria au dîner.

– Ne sois pas naïf, papa, dit-elle sèchement.

– Que veux-tu dire ?

– Elle a dû penser que tu étais un peu bizarre, répondit-elle sans détour.

– Pourquoi l'aurait-elle pensé ? Je lui ai à peine parlé.

Alexandria me lança un regard cinglant.

– Ce qui est bizarre en soi, tu ne trouves pas ?

– Que voulais-tu que je lui dise ? Belle nuit, vous ne trouvez pas, officier Hill ? Vous croyez qu'il va pleuvoir ce week-end ?

Alexandria hocha la tête.

– Ça n'aurait rien changé, de toute façon, répondit-elle. Elle aurait eu une mauvaise impression, regarde de quoi ça a l'air ici, c'est comme si maman et toi étiez de vieux hippies.

– Nous n'avons jamais été hippies. Je te signale que le mouvement hippie, c'était bien avant notre époque.

– Ce dont je parle, c'est de la maison qui a toujours été dans cet état, papa. Comme si maman et toi veniez tout juste d'emménager. Tout éparpillé aux quatre coins des pièces.

– La maison est en désordre, donc j'ai tué ma femme ?

Alexandria baissa les yeux sur son assiette.

– Alors ? insistai-je.

Elle me regarda.

– Papa, maman et toi n'avez jamais remarqué, quand nous allions chez les autres, chez des professeurs, chez ce genre de gens, qu'ils ne vivaient pas comme nous ? demanda-t-elle avec un geste de la main vers le salon contigu où journaux, livres et CD jonchaient le sol. La maison a toujours été un vrai capharnaüm, exactement comme maintenant. Chez les autres, tout était impeccable. Les livres étaient rangés. Maman et toi, ça ne vous interpellait pas ?

– Oh si, ça nous interpellait, crois-moi. Et veux-tu que je te dise, Alexandria, nous ne souhaitions surtout pas que notre maison ressemble à la leur. Tout à sa place. Tout bien nettoyé, tout bien récuré. Nous ne voulions pas de ce genre d'intérieur parce que nous ne voulions pas de ce genre de vie.

– Ouais, bon, ça va papa, bougonna Alexandria en se renfrognant.

Elle reporta son attention sur le contenu de son assiette, jouant avec les haricots verts qu'elle avait fait cuire, les écrasant en purée.

– Qu'entends-tu par : « Ouais, bon, ça va papa » ?

Alexandria me regarda en face.

– Que veux-tu ? Tu ne reviens jamais sur ce que tu as dit. Tu te fais un point d'honneur d'avoir toujours le dernier mot. Même maman me le disait.

– Ah bon ? fis-je d'une voix tranchante. Quand te l'a-t-elle dit ?

– Environ un mois avant… sa mort.

J'eus l'impression qu'une vision de Sandrine aux derniers jours de sa vie refaisait surface dans son esprit.

– Elle semblait vraiment triste, murmura-t-elle. Un jour, elle m'a dit que la plupart des gens meurent en voulant recevoir des excuses, mais qu'elle mourrait en voulant en présenter.

– À qui ?

– À toi.

– Moi ? Pourquoi ?

– Je ne sais pas, répondit Alexandria, son regard se faisant soudain si pénétrant que j'en fus gêné et eus toutes les peines du monde à le soutenir.

– Parlons d'autre chose, dis-je.

Elle désigna mon assiette à laquelle je n'avais pas touché.

– Mange. Il faut que tu gardes des forces.

Elle était ainsi depuis la mort de sa mère : un peu brusque, un peu autoritaire. Je la laissais faire car j'en étais arrivé à me dire qu'elle avait besoin de se valoriser. Elle avait terminé ses études universitaires depuis seulement trois ans, et alors qu'elle espérait décrocher un emploi dans une maison d'édition de New York, elle avait atterri dans une petite agence littéraire d'Atlanta qui n'était pas grand-chose de plus qu'une adresse postale pour des auteurs n'ayant pas réussi à trouver un agent réputé. « Une publication à compte d'auteur, c'est déjà assez pitoyable, m'avait-elle dit un jour, mais un agent à compte d'auteur, c'est vraiment tragique. »

Après cela, nous fîmes la conversation un moment. Je citai tel livre ou tel film, tel documentaire télévisé ou telle série. J'évitai toute autre allusion à la première journée de mon procès.

Et par-dessus tout, j'évitai d'évoquer Sandrine. Il n'empêche qu'elle était partout. Je pensai à ce vers d'une chanson de Stephen Sondheim : *Chaque jour une petite mort, parmi les boutons et parmi le pain*[1]. Sandrine n'arrêtait pas d'écouter cet air pendant les dernières semaines de sa vie. Elle avait téléchargé sur iTunes toutes les versions qu'elle pouvait en trouver. Elle restait assise des heures dans le scriptorium, avec ses mini-écouteurs blancs et son iPod. Elle ne lisait presque plus. Elle s'était fatiguée des mots et des pages, c'est ce qu'elle disait. *Je veux couler comme le ruisseau, Sam*, m'avait-elle avoué un soir que je lui signalais un livre qui avait toutes les chances de lui plaire. *Je t'en prie, laisse-moi couler comme le ruisseau.*

Après dîner, je retournai au scriptorium où je m'attardai avant de gagner la chambre que j'avais partagée avec Sandrine, là où elle était morte. Je m'étais débarrassé du lit quelques jours après son décès. Dormir sur le matelas même où son corps avait été étendu, à moitié couvert, à la lueur vacillante de la bougie, était tout bonnement au-dessus de mes forces. J'avais fait emporter le matelas et le sommier. Nous n'avions jamais eu de vrai lit, tout juste un cadre métallique sans bois ni colonnes. Cela aussi avait dû paraître bizarre à l'officier Hill, lui donner une impression de manque d'affection et d'amour : un simple cadre métallique calé contre un mur nu et entouré d'un ramassis d'ouvrages accumulés au gré de notre curiosité intellectuelle.

1. La chanson « Every Day a Little Death », extraite de la comédie musicale *A Little Night Music*.

Mon lit de remplacement était resté défait depuis plusieurs jours, et pendant un moment, je restai là à le regarder. Je l'avais choisi à la hâte car je n'aimais pas faire les magasins. Il était en chêne teinté acajou. Très banal, avec une tête de lit basse. Un quaker n'aurait rien trouvé à y redire, hormis le vernis un peu tape-à-l'œil.

Je cherchai ce que je pourrais bien faire d'autre à part me coucher, mais on était à Coburn, et après neuf heures du soir, aller au lit, il n'y a plus que ça. En ville, on ne trouvait pas de boîtes de nuit, pas de théâtres à part le Centre dramatique de Coburn qui programmait beaucoup de pièces de boulevard de Neil Simon, et la dernière séance au cinéma aurait déjà commencé. Morty m'avait, dès le début, fortement déconseillé de m'afficher en ville. Il craignait qu'un des jurés suppléants ne me surprenne en train de m'amuser. Rien ne me serait plus préjudiciable, m'avait-il dit. Un veuf – surtout si sa femme s'était suicidée ou, pire, s'il était accusé de l'avoir tuée – ne devait jamais sourire et encore moins rire. La joie de vivre devait être mise en sourdine jusqu'à la fin du procès. La tête d'enterrement était la seule que je pouvais afficher.

Mais les veufs ont bien le droit de faire un tour de pâté de maisons, me raisonnai-je en me dirigeant vers la porte.

– Où vas-tu, papa ?

La voix d'Alexandria me ferra comme un hameçon dans ma bouche.

– Me promener.

– Tu as envie d'avoir de la compagnie ?

– Non, pas vraiment, mais merci quand même.

Quelques instants plus tard, je marchais d'un bon pas dans Crescent Road, inspirant l'air vif de la nuit.

Très tôt, dès nos premières semaines à Coburn, Sandrine et moi sortions marcher ensemble le soir. Elle regardait les étoiles et un étrange bonheur s'emparait d'elle.

– Je n'ai jamais vraiment voulu être une expatriée, Sam, m'avait-elle dit à l'une de ces occasions, le genre Hemingway, buvant trop, traînant dans les cafés. Ça n'a jamais été mon truc.

– C'était quoi ton truc ?

– Devenir une de ces bienfaitrices dont on dit le plus grand mal, répondit-elle en riant. Faire ce dont nous parlions avant de venir nous installer ici… fonder une école.

Était-ce dans le sillage de cet idéal perdu que les choses avaient commencé de se dégrader, me demandai-je tandis que je continuais ma promenade solitaire dans Crescent Road. Dans le fatras des rêves de jeunesse de Sandrine, y en avait-il donc eu un d'une force si singulière que le fait de n'avoir pas réussi à le réaliser l'ait amenée à considérer qu'elle avait échoué en tout ? Le voyait-elle avec le même regard que celui que je portais sur mon roman inachevé, et cela lui avait-il rongé le cœur comme l'acide tout autant que ce roman rongeait le mien ?

Certaines vérités vous frappent plus durement que d'autres, mais aucune ne nous terrasse davantage que la soudaine prise de conscience non que tout s'est mal terminé, mais que tout a mal commencé. Pour Sandrine, c'était le rêve idéaliste de fonder une école dans un coin perdu du monde.

Je fis le tour du pâté de maisons, puis rentrai. Je trouvai Alexandria assise au salon. De toute évidence, elle attendait mon retour.

– Je n'ai pas huit ans, lui dis-je. Ni quatre-vingt-huit.

Elle me regarda avec aigreur, comme une écolière qu'on réprimande.

– Tout va bien, lui assurai-je, soucieux à présent de lui montrer que j'appréciais réellement sa sollicitude. Je t'assure.

Elle se leva, puis s'éloigna dans le petit couloir.

– Bonne nuit, me cria-t-elle en entrant dans la pièce qu'elle appelait encore son « ancienne chambre ».

Elle y dormait depuis la mort de sa mère et il ne faisait aucun doute pour moi qu'elle continuerait de le faire jusqu'au prononcé du jugement. Puis, bon an mal an, elle reprendrait le cours normal de son existence. Mais comment, me demandai-je en repensant à cette ultime journée, à Sandrine dans le noir de sa dernière nuit, aux horreurs que nous nous étions dites, comment allais-je pouvoir poursuivre la mienne ? Certaines choses se brisent, d'autres volent en éclats, et après ce dernier face-à-face, j'avais compris que notre couple était, tout comme la petite tasse blanche que Sandrine m'avait jetée à la figure, irréparable… alors, à quoi bon continuer ?

Il y a des moments où les ténèbres vous tombent dessus, épaisses, impénétrables et, plus tard, étendu, seul, dans mon lit, je fis cette expérience. Je n'avais envie ni de lire ni de regarder la télévision et surtout pas de dormir. Le sommeil était devenu le moment où je me sentais vulnérable, une salle d'interrogatoire de police où mon esprit vomissait des idées que je ne voulais pas regarder en face.

Je restai donc allongé dans le noir, résistant à l'instant où mon self-control briserait ses amarres et où je dériverais, impuissant, assailli par je ne sais quelles pensées. Mais à ma grande surprise, ce fut seulement un souvenir qui me vint à l'esprit, et un souvenir agréable qui plus est.

Je suis dans Washington Square, assis sur un des nombreux bancs du parc, je lis. C'est une journée d'automne, et bien qu'absorbé par ma lecture, je prends conscience que quelqu'un s'est arrêté à peine quelques mètres devant moi. Sur le moment, je ne sais même pas s'il s'agit d'un homme ou d'une femme, mais dès que je lève les yeux, la question ne se pose plus, car devant moi se tient la plus jolie jeune femme qui soit.

– Vous n'êtes pas très beau, me dit-elle. Mais vous dégagez beaucoup d'intensité.

Je hoche timidement la tête, toujours, malgré mes études universitaires, un gars venu de sa petite ville de province, vêtu d'un jean élimé et d'une chemise à carreaux.

– Qu'est-ce que vous faites ? demande-t-elle. Quand vous ne lisez pas ?

– Je termine mon doctorat ici, à la NYU.

– C'est tout ?

– Eh bien, j'écris un roman, lui avoué-je.

De toute évidence, elle a déjà entendu cela.

– Et à part ça ?

– Pour le moment, j'enseigne à des enfants qui ont un retard mental. Pas loin d'ici. Dans le Bowery.

– Que leur apprenez-vous ?

– Les notions de base. À rester propres, à se changer. Des choses qui les aideront dans leur vie de tous les jours.

Elle me sourit et quelque chose dans son regard me touche physiquement autant que si elle m'avait caressé.

– Oui, ce sont les fondamentaux.

– On peut le voir comme ça.

– Nous formerions un drôle de couple, dit-elle, et alors elle s'assoit à côté de moi, me prend le livre des mains, en lit quelques lignes, puis lève vers moi un regard tendre et pénétrant. Ce sera peut-être notre destin.

Elle me tend la main.

– Je m'appelle Sandrine.

Toujours ballotté par les courants du souvenir, je sentis quelque chose céder, et ce lâcher-prise libéra une rafale de ces questions dérangeantes que j'en étais venu à tant redouter chaque soir en allant me coucher. *Qu'avait pensé Sandrine en mourant ? Était-elle allée au-devant de la mort toujours convaincue que je ne lui aurais jamais fait de mal, et sans jamais entrevoir la nature de mon crime ?*

DEUXIÈME PARTIE

Le procès de Samuel Madison pour le meurtre de sa femme entre dans son quatrième jour au tribunal de Coburn, après trois journées de témoignages des personnels de l'aide médicale d'urgence, ainsi que celui du médecin légiste du comté. M. Madison est accusé d'avoir assassiné sa femme, Sandrine, le 14 novembre 2010. M. Madison était professeur de littérature au Coburn College, poste dont il est démissionnaire. On ignore encore s'il témoignera en son nom propre.

Coburn Sentinel
14 janvier 2011

Deuxième et troisième jours

Le temps

Les deux journées d'audience suivantes, les témoignages avaient été d'un ennui abyssal. Le bon côté de la chose était qu'elles avaient passé dans un brouillard de points techniques qui n'exigeaient pas que je les retienne ni que Morty les conteste. Les infirmiers de l'aide médicale d'urgence déclarèrent avoir constaté la mort de Sandrine à leur arrivée, avoir évacué le corps et l'avoir transporté à l'institut médico-légal de Coburn. Les employés de la morgue certifièrent le fait que le corps n'avait jamais été déplacé depuis son arrivée. Le médecin légiste, un certain Dr Earl Mortimer, témoigna ensuite – déposition étonnamment inintéressante dans la mesure où l'on m'avait depuis longtemps informé de ses constatations, détails que le procureur Singleton n'avait sûrement pas oubliés – Morty ne manqua pas de me le rappeler – et qui resurgiraient sans doute à l'occasion d'un témoignage ultérieur. Puis ce fut un ballet d'autres témoins qui avaient pour tâche d'établir le fait que rien dans la prise en charge du corps de Sandrine dans les heures qui avaient suivi son décès ne pourrait être utilisé par la défense pour soutenir que la chaîne des preuves n'aurait pas, à tel ou tel moment, été maintenue, ou qu'une partie desdites preuves aurait pu être falsifiée.

Des heures interminables.

Bien sûr, en lecteur assidu, je savais qu'on avait beaucoup écrit sur le temps. C'était un fleuve. C'était un voleur. C'était de l'argent pour Benjamin Franklin et un rêve pour Conrad Aiken. Tolstoï y voyait un guerrier, mais tandis que mon procès se poursuivait, il me revint que c'était le pouvoir particulier que Shakespeare attribuait au temps que Sandrine citait le plus souvent, l'idée qu'il déjouait les ruses, qu'il n'était la dupe de rien ni de personne. En d'autres termes, que le meurtre, au final, est dénoncé.

Moi, j'étais seulement sûr d'une chose à propos du temps : qu'au cours des deuxième et troisième jours de mon procès, il était passé à une allure d'escargot tandis qu'un témoin succédait à un autre et ânonnait un certain temps sur rien qui ne soit très probant quant à ma réelle culpabilité ou innocence, avant de quitter la barre.

Seule la ronde de mes souvenirs rendait supportable le mouvement filandreux des aiguilles de l'horloge, et durant ces longues heures de fastidieux témoignages, j'avais passé le plus clair de mon temps à me remémorer mes années avec Sandrine.

Elle et moi avions longuement marché le jour où nous nous étions rencontrés dans Washington Square, vers le nord, jusqu'à Central Park. J'étais grand, mais loin d'être un beau brun ténébreux. À vrai dire, j'avais le physique dégingandé du garçon élevé dans une ferme, un gars du Minnesota, qui, par miracle, avait été admis à la NYU et qui, d'une année sur l'autre, avait gravi l'échelle universitaire, obtenant des bourses d'études plus intéressantes, glanant quelques mentions dans le département de Littérature. Faire mon doctorat s'était imposé de soi-même, mais j'avais découvert que ça ne suffisait pas à me garantir un poste universitaire assez élevé. Cela m'importait peu, car j'avais à cœur d'écrire un grand roman, chose que j'étais absolument certain de faire un jour ou l'autre. Enseigner à l'université, entre les vacances d'été et la possibilité de congés sabbatiques, m'en laisserait le loisir.

C'est donc un homme porté par de grandes espérances artistiques que Sandrine rencontra par cet après-midi d'automne où je lui parus « dégager beaucoup d'intensité » et où elle me parut belle, vision glissant jusqu'à s'asseoir à côté de moi, plaisantant sur le fait que nous formerions un drôle de couple, puis ajoutant gentiment que ce serait peut-être notre destin.

Je n'avais jamais rencontré de femme comme elle, une femme si douée pour tant de choses mais qui semblait si peu en avoir conscience. Elle remarquait à peine quand les têtes se retournaient sur son passage ou quand on la dévorait des yeux ; quand elle avait le sens de la formule ou quand ses remarques faisaient mouche. Elle donnait tout sans jamais montrer qu'elle donnait beaucoup, et en cela était et resterait toujours, c'était mon sentiment, incroyablement pragmatique. Quelques semaines après notre rencontre, comme je lui demandais carrément ce qu'elle voulait, sa réponse m'avait tellement stupéfait que je n'avais pu que rire : *Un jour, un enfant.*

Nous nous trouvions dans mon appartement grand comme un mouchoir de poche, étendus côte à côte sur le matelas peu épais, entre mes draps bon marché, et elle s'était redressée brusquement, son buste d'un blanc immaculé comme elle laissait retomber le drap.

– Pourquoi ça te fait rire, Sam ?

Je ris de plus belle.

– N'importe qui peut faire un enfant. Je parle de ce que tu veux de la vie.

Elle me regarda avec beaucoup de sérieux.

– Un jour, un enfant, répéta-t-elle d'une voix ferme. Pourquoi pas avec toi.

Je la pris au mot, cette fois.

– Pourquoi moi ?

Je trouvais la question parfaitement légitime sur le moment. Je n'avais pas grand-chose à offrir, après tout. Certes, j'étais plutôt intelligent, mais ni plus ni moins que Dieu sait combien d'autres jeunes hommes à New York. Je ne parlais qu'anglais, avais très peu voyagé alors que Sandrine parlait couramment le français et avait longuement vécu à l'étranger. J'étais issu d'un milieu modeste, pour dire le moins, mes parents ayant été de simples employés. Sandrine était la fille privilégiée de professeurs d'université.

Alors, oui, songeai-je tandis qu'un autre témoin s'avançait à la barre à pas traînants, oui, ç'avait été en toute franchise et en toute sincérité que, cet après-midi-là, j'avais posé à Sandrine cette question que je me répétais à présent : *Pourquoi moi ?*

Elle m'avait regardé un long moment, passant au crible, je le voyais bien, toutes les idées qu'elle se faisait de moi jusqu'à ce qu'elle trouve la seule chose qui, pour elle, répondait à ma question. Puis elle se laissa retomber contre moi et appuya la tête sur mon épaule dans la pose classique de la tendresse et de la confiance.

– Parce que tu es un homme bon, dit-elle.

Il y a des moments où toutes nos erreurs et tous nos faux pas accumulés nous envahissent comme une armée ennemie, et à l'issue du troisième jour de mon procès, quand ce souvenir m'assaillit, la puissance inattendue de cette charge faillit briser mon calme apparent. Jusque-là, j'étais resté parfaitement silencieux et placide. J'avais regardé les témoins en face sans jamais réagir ouvertement à leurs propos. Mais devant l'insistance surprenante de cette réminiscence-là, je sentis se dresser un autre tribunal, plus terrible encore : le Grand Inquisiteur dans sa robe noire exigeant de savoir ce qui s'était réellement passé, comment, d'une aube si étincelante, j'avais basculé dans cette nuit sans étoiles.

Pour me ressaisir, je fermai les écoutilles de ma mémoire, me concentrant sur les moments heureux : la cérémonie de mariage toute simple devant le juge de paix à l'insistance de Sandrine, notre brève idylle méditerranéenne, les propositions d'embauche qui attendaient Sandrine à notre retour.

– Prenons celle-ci, dit-elle en me tendant une lettre rédigée sur du papier bleu ciel.

Elle était assise par terre dans notre petit appartement, jambes tendues, sur le tapis ancien que nous avions trouvé dans un marché aux puces.

J'arrachai la lettre d'entre ses doigts.

– L'université de Coburn ?

– Nous sommes mariés, Sam. Les couples mariés restent ensemble.

Elle avait paru entièrement satisfaite de la maison que nous avions achetée ici par la suite, et qu'elle n'avait jamais exprimé le désir de quitter, d'agrandir ou de rénover. Elle s'était jetée à corps perdu dans l'enseignement et, pendant son temps libre, elle installait un chevalet dans le jardin de derrière et peignait, sans jamais chercher à exposer ses toiles.

– Mais non, je suis une amatrice, Sam, m'avait-elle répondu le jour où je lui avais dit très sincèrement que son travail mériterait d'être montré. Ce que je fais, c'est pour l'amour de l'art.

Le moment du « un jour, un enfant » s'était concrétisé l'année suivante, et la peinture s'était effacée devant la maternité. Les premiers mois, alors que je travaillais comme un forçat à mon roman qui me résistait implacablement, elle sortait souvent en ville et promenait Alexandria sur la place, entrant dans telle ou telle boutique, faisant admirer notre toute nouvelle fille au nombre étonnant de gens qu'elle en était venue à connaître.

Un jour, Alexandria avait cinq ans, je les avais surprises en train de ramasser des feuilles mortes dans le parc municipal.

– Nous allons tresser une couronne, m'avait annoncé joyeusement Sandrine. Les lauriers de César, mais en feuilles de chêne.

J'étais fatigué et démoralisé par l'état d'avancement de mon roman. Les espoirs différés rendent le cœur amer, oui, et c'est pris dans l'étau de cette amertume que je lui avais répondu.

– Donc, j'en conclus que nous devrons nous contenter des lauriers de Coburn à défaut d'un livre sur Cléopâtre ou Hypatie ou une autre…

– Arrête, m'interrompit Sandrine en me considérant d'un air dur. Quelle importance si je n'écris jamais de livre ? lança-t-elle en redressant fièrement la tête. Ce n'est pas un crime.

Elle n'attendait pas de réponse.

– C'est toi qui veux écrire un livre, Sam, continua-t-elle sur un ton sans réplique. Pas moi.

Elle se pencha pour prendre Alexandria par la main et elle l'éloigna de moi, traversant la grande pelouse, mer scintillante de feuilles rouge et or, Coburn ayant revêtu toute sa splendeur automnale.

J'avais toujours cru que si Sandrine me trahissait un jour, ce serait pour l'amour d'un autre homme. Mais cet après-midi-là, ma colère grandissant tandis qu'Alexandria et elle s'en allaient à petits pas, j'eus l'impression d'avoir été cocufié par une ville.

Le bruit du maillet du juge Rutledge me ramena à la réalité, un grand coup assez semblable à ceux de mon cœur qui, de façon soudaine et troublante, s'était mis à cogner plus fort dans ma poitrine.

– L'audience reprendra demain matin à neuf heures, dit-il.

Ainsi fut proclamé, aurait écrit un romancier du XIXe siècle, le quatrième jour de mon procès.

Quatrième jour

M. Milton Douglas Forsythe est appelé à la barre

Celui qui répondit à cette injonction était un homme assez petit et un peu rond, pourvu d'une telle tignasse de cheveux blancs que, sur le moment, j'avais cru qu'il portait une perruque à la Andy Warhol. Bien entendu, il n'en était rien, mais tout en le regardant s'avancer à la barre, je me dis que d'autres que moi parmi les jurés avaient dû se faire la même réflexion. Deux d'entre eux étaient chauves, un autre avait les cheveux prématurément clairsemés. Comment auraient-ils pu ne pas soupçonner Milton Douglas Forsythe d'arborer une moumoute ?

Il avait mis un costume beige, une chemise vert pâle et une cravate marron – mélange de tons que Sandrine qualifiait de « salade pas lavée ».

Quand donc avait-elle dit cela ?

Impossible de m'en souvenir, mais j'y voyais une réflexion de jeunesse faite dans le bus ou le métro, chuchotée à mon oreille et suivie d'un signe de tête en direction de la pauvre âme qui avait éveillé son ironie, mais aussi, naturellement, sa sympathie.

Le temps que j'émerge de ces conjectures, M. Forsythe avait déjà prêté serment et décliné sa profession de coroner de la cour du district de Coburn – charge aux consonances allitératives s'il en est.

– Depuis combien de temps occupez-vous ce poste ? s'enquit le procureur Singleton.

– Je suis coroner de la cour du district de Coburn depuis trente-deux ans, répondit Forsythe.

Nous eûmes droit à la liste habituelle des associations professionnelles auxquelles il appartenait ainsi qu'à celle de toutes ses formations diplômantes. Cette énumération nous permit d'avancer dans le temps jusqu'au moment où les jurés se retrouvèrent enfin dans le bureau de Forsythe au matin du 15 novembre, quand son téléphone sonna.

– C'était l'inspecteur Ray Alabrandi des services de police de Coburn, indiqua-t-il à la Cour. Il m'informait que, plus tôt dans la matinée, il s'était entretenu avec une policière en civil au sujet d'un décès qui s'était produit ici, en ville, pendant la nuit.

– Vous souvenez-vous du nom de cette policière ? demanda Singleton.

– L'officier Wendy Hill.

– Et qu'avait dit l'officier Hill à l'inspecteur Alabrandi ?

– Elle lui avait transmis des informations concernant la mort de Sandrine Allegra Madison, résidant au 237 Crescent Road. Fort de ces informations, l'inspecteur Alabrandi considérait que je devais m'y intéresser. La mort avait les apparences d'un suicide, disait-il.

Les apparences, songeai-je, oui.

– L'inspecteur Alabrandi souhaitait que je me rende sur les lieux avant que le corps ne soit évacué, poursuivit M. Forsythe.

– Pourquoi si vite ?

– Selon lui, cette mort s'était produite dans de curieuses circonstances. Il souhaitait donc que j'ouvre au plus vite une information judiciaire.

– Une information judiciaire, répéta le procureur. Et qu'est-ce que cela entraîne ?

– Eh bien, tout d'abord, cela empêche de disposer du corps. Ensuite, il y a une autopsie, bien entendu. Toute suspicion de suicide en enclenche automatiquement une. Mais dans le cas qui nous occupe, comme je le disais, l'inspecteur Alabrandi m'a demandé de me rendre au domicile de la défunte.

– Très bien, et ensuite, vous êtes-vous rendu sur la scène de crime ?

Morty se leva.

– Objection, monsieur le juge ! Le 237 Crescent Road est une maison, pas une scène de crime !

– Objection accordée. Veillez à ne pas employer de formules préjudiciables, maître, ajouta le juge à l'adresse de Singleton.

– Excusez-moi, monsieur le juge.

Singleton reporta son attention sur Douglas Forsythe.

– Donc, ensuite, vous êtes-vous rendu au 237 Crescent Road ?

– Oui.

Effectivement, il s'était présenté à mon domicile, la mine un peu fatiguée, un homme proche de la retraite avec, dans le regard, quelque chose qui donnait à penser qu'il en avait trop vu.

– Je suis Douglas Forsythe, avait-il dit quand j'avais ouvert la porte. Coroner de la cour du district de Coburn. Je vous présente mes plus sincères condoléances.

Je n'aurais su dire si son sourire un peu triste était spontané ou de circonstance.

– Vous comprendrez que, dans une affaire comme celle-ci, reprit-il, une femme encore relativement jeune, la possibilité d'un suicide, le parquet diligente une enquête.

Je ne savais rien de la sorte, mais je répondis :

– Oui, bien sûr.

Et, d'un geste, je l'invitai à entrer.

Il jeta des coups d'œil autour de lui, mais parut ne rien remarquer, son visage demeurant inexpressif, son regard muet.

– Ma femme est par là, dis-je avec un signe de tête vers le couloir.

Il était huit heures du matin, mais Forsythe faisait l'effet d'un homme ayant déjà sa journée de travail derrière lui, ses gestes étaient lents, ses yeux ne trahissaient rien du pouvoir d'observation considérable qui, en réalité, était le sien et dont je ne me rendis compte que plus tard, une fois qu'il eut rédigé son rapport.

– Ma fille est arrivée vers quatre heures ce matin, lui indiquai-je. Pour être à mes côtés, quand je lui ai appris ce qui s'était passé. Elle dort au bout du couloir.

– Inutile de la déranger, répondit aimablement Forsythe. Je n'en ai pas pour longtemps.

Il sourit.

– Et j'essaierai de ne pas faire de bruit, ajouta-t-il.

Sur ces mots, il s'était fait un point d'honneur d'avancer sur la pointe des pieds dans le couloir jusqu'à l'endroit où Sandrine était toujours étendue.

Pendant que M. Forsythe continuait de témoigner, je pensai sans savoir pourquoi à ma mère morte depuis des années, à son contact facile avec les autres, à la douceur de sa voix, au peu de goût qu'elle avait pour les colères. Elle faisait un travail d'une tuante monotonie, pourtant, même après s'être finalement décidée à divorcer de mon père suprêmement indifférent, elle m'avait parfois envoyé des chèques prélevés sur ses revenus modestes, que je trouvais au courrier, dix dollars par-ci, vingt dollars par-là, toujours avec le petit mot : *Pour mon fils*. Ce souvenir me ramena à ce jeune homme si reconnaissant de ces petites contributions, sans état d'âme, sans ressentiment, travaillant sur un roman qu'il avait intitulé *Attractions terrestres* et décrit à Sandrine comme traitant de « la tendresse universelle », si différent, me semblait-il à présent, de l'homme qui avait escorté M. Forsythe jusqu'à la chambre de sa défunte femme.

– Et qu'avez-vous constaté au 237 Crescent Road, monsieur Forsythe ? le relança Singleton.

– M. Madison m'a accueilli à la porte où je me suis présenté. Puis il m'a conduit à la chambre du fond. C'est là que j'ai vu la victime.

Morty se leva encore une fois.

– Je ne voudrais pas retarder le cours des débats, monsieur le juge, mais je souhaiterais qu'au procès-verbal Sandrine Madison soit citée comme « la personne décédée » et non comme « la victime ».

– Dûment noté, maître, répondit Rutledge avec un signe de tête à l'intention de la sténotypiste, avant de se tourner vers les jurés pour leur dire : Mesdames et messieurs, merci de rayer le mot « victime » de vos pensées concernant Mme Madison. Il n'a pas été établi qu'elle ait été victime d'un acte quel qu'il soit, criminel ou pas, commis par l'accusé ou par quiconque.

C'est avec un réel étonnement que je me surpris à admirer l'exquise honnêteté de ce procédé, toutes les peines que l'on prenait pour me protéger et faire honneur, durant ces débats par ailleurs inconsistants mettant cette petite ville en pleine effervescence judiciaire, aux augustes préceptes de la constitution des États-Unis d'Amérique.

Le juge Rutledge se tourna vers le procureur Singleton.

– Poursuivez.

– Monsieur Forsythe, pouvez-vous nous dire ce que vous avez observé dans la chambre à laquelle vous a conduit M. le professeur Madison ?

– Je me suis trouvé devant une femme décédée, répondit le coroner. Elle était dans son lit, couchée sur le dos. Son buste était dénudé. Quant à savoir si elle était complètement nue, je ne pouvais le dire car un drap recouvrait le bas de son corps.

Pendant les minutes qui suivirent, le coroner énuméra une série de remarques pas très différentes de celles faites par l'officier Hill. La pièce est en désordre. Il y a une feuille de papier jaune à côté du lit. Lui aussi voit un verre vide « à peu près de la taille de ceux dans lesquels on boit du thé glacé », un flacon de comprimés au bouchon vissé, plusieurs livres çà et là.

– Et il y avait aussi une bougie.

– Une bougie ? s'étonna le procureur Singleton.

– Oui, répondit M. Forsythe.

– Où se trouvait cette bougie ?

Elle était sur une petite étagère à côté du lit de Sandrine, je m'en souvenais parce qu'elle m'avait demandé de la mettre là. Nous l'avions achetée il y a bien longtemps à Albi, cette petite ville française qui fut la dernière étape de ce qu'elle avait toujours appelé notre « voyage de noces », même si nous étions mariés depuis presque un an quand, à la mort de ma tante vieille fille, je reçus un petit legs. Nous avions envisagé d'en profiter pour commencer à mettre de l'argent de côté, mais finalement avions décidé d'entreprendre ce voyage à la place. Nous aurions bien le temps de faire des économies, avait fait remarquer Sandrine, mais l'occasion de voyager autour de la Méditerranée, de visiter tous ces endroits légendaires, ne se représenterait peut-être jamais.

– Une grosse bougie rouge, ajouta M. Forsythe.

Sandrine m'avait demandé d'aller la chercher dans un carton à la cave. Des cartons, il n'en manquait pas, et il m'avait fallu du temps pour trouver cette bougie. Sandrine avait souri en me voyant revenir avec dans la chambre. Elle me l'avait prise des mains et, d'un geste assez tendre, l'avait fait tourner sous la lampe. Puis elle avait prononcé une de ces phrases énigmatiques dont elle avait le secret : *Si seulement tu pouvais tout retrouver aussi facilement.*

Retrouver, pensai-je à présent, un verbe que Sandrine avait dû employer à dessein et qui, au moins pour elle, devait être chargé d'une signification particulière. Mais laquelle ? Allais-je devoir décortiquer toutes les phrases qu'elle avait dites pour en « retrouver » le sens ? Plutôt que de continuer de dialoguer avec moi-même sur cette question, je concentrai de nouveau toute mon attention sur ce que disait le procureur.

– Cette bougie était-elle allumée ?

– Oui, répondit M. Forsythe.

Elle était allumée parce que Sandrine avait voulu qu'elle le soit. Tout comme elle avait voulu que je la pose à un endroit précis sur l'étagère à gauche du lit. Elle m'avait demandé de l'allumer quand j'étais venu dans la chambre le dernier soir et, comme avivée par sa flamme, elle était alors passée à l'attaque, et ce fut d'une voix très froide et très dure qu'elle m'avait dit :

– Cette bougie, Sam, cette simple bougie, voilà tout ce qu'il reste d'Albi.

Mais Singleton ne savait rien de tout cela, alors je ne voyais pas du tout pourquoi il s'obstinait à interroger M. Forsythe au sujet d'une bougie qui n'avait strictement aucun rapport avec mon procès.

Je lançai un coup d'œil à Morty, l'interrogeant du regard. Pour toute réponse, il haussa les épaules, comme pour dire : *Parfois, le témoin s'égare en chemin. Ne t'inquiète pas, Sam, le ministère public va très vite le remettre sur les rails.*

Ce que Singleton ne manqua pas de faire, laissant tomber l'histoire de la bougie et revenant au sujet de l'aspect général de la chambre. Anticipant l'objection de Morty, il avait tenu pour acquis que même si elle était un peu en désordre, notre chambre ne présentait aucune trace de lutte. Rien n'était ni renversé ni brisé. Sous les questions de Singleton, M. Forsythe informa les jurés qu'il n'avait constaté aucune trace de coups sur le corps de Sandrine, ni aucun signe qu'elle ait jamais été victime de mauvais traitements. Il utilisa le mot « angéliques » pour qualifier les traits de ma femme, et je me rendis compte que c'était tout à fait ça. Puis il déclara aux jurés qu'elle paraissait « en repos », c'était le moins qu'on pût dire, une expression qui me ramena aux ultimes instants de sa rage du dernier soir, à la profonde méchanceté que je n'avais plus jamais voulu réentendre dans sa voix, aux accusations contre lesquelles je ne voulais plus jamais devoir me défendre, aux soubresauts du taureau à l'agonie que je me faisais l'effet d'avoir été.

– Monsieur Forsythe, poursuivit le procureur Singleton, au cours de votre visite au 237 Crescent Road ce matin-là, y a-t-il eu un moment où vous avez eu l'occasion de vous entretenir avec le professeur Madison des circonstances de la mort de sa femme ?

Il avait eu pareille occasion, en effet.

– Voulez-vous bien indiquer à la Cour la teneur de cet échange ?

– Il m'a dit que sa femme s'était suicidée.

– Vous a-t-il précisé comment ?

– Il m'a dit qu'elle avait dû mettre de côté les doses de son analgésique pendant plusieurs semaines.

– Vous a-t-il donné le nom de cet analgésique ?

– Le Demerol.

– Vous a-t-il laissé entendre que Sandrine Madison s'était elle-même administré ce médicament la nuit en question ?

– Il m'a dit avoir soulevé le verre au chevet du lit, et qu'il sentait la vodka, déclara M. Forsythe en s'adressant au jury. Il m'a dit que sa femme avait sûrement avalé les cachets avec de la vodka.

– A-t-il précisé s'il était avec sa femme au moment où elle s'est suicidée ?

– Il m'a dit que non.

M. Forsythe continua de révéler d'autres éléments de la conversation que nous avions eue ce matin-là, dont aucun ne me semblait particulièrement digne d'intérêt jusqu'à ce qu'il aborde le moment où à la porte, alors qu'il s'apprêtait à partir, il s'était tourné vers moi et m'avait dit :

– J'ai vu un guide touristique.

– Un guide touristique ?

– Glissé juste sous le drap. Je l'ai aperçu quand j'ai examiné le corps de près.

Je n'avais pas examiné le corps de Sandrine de près, et donc n'avais pas vu ce livre, ce dont je lui fis part.

– Quel guide ?

– Son titre, c'est « Autour de la Méditerranée »… quelque chose comme ça.

– La Méditerranée, avais-je murmuré. Elle devait repenser au voyage que nous avions fait dans les pays méditerranéens quand nous étions jeunes. C'est sûrement le guide touristique dont nous nous étions servis à l'époque. Il date de vingt ans, et elle ne l'aura pas jeté, je suppose.

– Oh, c'était la nostalgie, vous croyez ? La raison pour laquelle elle le lisait ?

– J'imagine que oui. C'était le bon temps, pour nous. Quand nous avons fait ce voyage.

Ce à quoi, ce fut plus fort que moi, je ne pus m'empêcher d'ajouter :

– Nous étions plus heureux alors.

Le regard de M. Forsythe s'était assombri.

– Je vois, dit-il. Donc, elle n'avait pas de projet de voyage ?

– Non.

Alors que j'essayais de me rappeler très exactement ce que nous nous étions dit lors de cette conversation, Singleton fit brusquement volte-face, gagna la table de l'accusation, attrapa notre vieux guide de voyage – celui qu'Alabrandi avait saisi par la suite – et le tendit au témoin.

– Est-ce ce livre que vous avez vu dans la chambre du 237 Crescent Road ? demanda-t-il.

– Oui.

– Quel en est le titre ?

M. Forsythe inclina le livre pour capter un meilleur éclairage.

– Autour des pays méditerranéens, un guide de voyage.

– Très bien, avez-vous, plus tard, eu l'occasion de jeter un œil à ce guide ?

Il répondit par l'affirmative.

– Avez-vous remarqué si une ou plusieurs pages en étaient marquées ?

– Une page était cornée, oui.

– Et de quoi parlait cette page cornée ?

– D'une ville en France, répondit le coroner.

– Quelle ville ?

– Une ville qui a pour nom Albi.

– Merci, dit le procureur Singleton. Je n'ai pas d'autres questions.

Morty exerça une pression rassurante sur mon épaule quand il se leva de son siège. Sa main était large, un vrai battoir, et j'eus un peu l'impression d'être un petit garçon dont le père venait de lui faire comprendre avec confiance que, malgré les obstacles inattendus et incessants qui se dressaient contre lui, il gagnerait la partie.

– Pardonnez-moi, monsieur Forsythe, mais voulez-vous bien redire à la Cour depuis combien de temps vous exercez comme coroner pour le tribunal de Coburn ?

– Trente-deux ans.

– Et si cela ne vous fait rien, voulez-vous bien dire à la Cour quel âge vous avez ?

– Soixante et onze ans.

– Et pour mémoire, c'est vous qui avez ordonné l'autopsie du corps de Mme Madison, exact ?

– Oui, en effet.

– Et ce n'était rien d'autre que la routine, n'est-ce pas ? Dès l'instant que M. Madison parlait de suicide comme cause possible du décès ?

– Oui, c'était suffisant.

– En fait, l'âge de Mme Madison seul aurait aussi pu suffire pour que vous ordonniez une autopsie, oui ?

– Oui, répondit Forsythe. Sauf si le décès était prévisible.

Je voyais très bien où Morty voulait en venir avec cette ligne d'interrogatoire. Il allait s'employer à démontrer que si rien n'avait « chiffonné » l'officier Hill et que, par conséquent, elle n'ait pas jugé bon d'en référer à l'inspecteur Alabrandi, il n'y aurait eu aucune raison pour que l'engrenage de la justice se mette à tourner aussi rapidement qu'il l'avait fait dans mon cas. Cette précipitation n'était rien d'autre que le résultat d'impressions malheureuses et préjudiciables, expliquait-il, qui ne furent que les premières d'une longue série qui, au bout du compte, faisait de Samuel Joseph Madison, mari aimant de Sandrine et père aimant d'Alexandria, la véritable victime dans cette affaire.

– Mais l'évocation d'un suicide n'aurait pas justifié à elle seule que vous vous présentiez au domicile de M. Madison dès le lendemain matin, n'est-ce pas, monsieur Forsythe ?

– Sans doute que non.

– C'est l'appel que vous avez reçu de l'inspecteur Alabrandi qui vous a donné un sentiment d'urgence, n'est-ce pas exact ?

– Si.

– Et donc, comme vous l'avez déclaré, vous vous êtes rendu au 237 Crescent Road, et à votre retour, avez demandé au Dr Mortimer de pratiquer l'autopsie du corps de Sandrine Madison, c'est cela ?

– Oui, c'est cela.

Cette fois, Morty avait pris ses notes au pupitre. Il y jeta un coup d'œil, puis releva la tête.

– Bien ! Monsieur Forsythe, diriez-vous que vous avez constaté plusieurs suicides au cours de votre carrière ?

– Malheureusement, oui.

– Très bien, donc de cette expérience, vous avez acquis une solide connaissance de ce à quoi ressemble un suicide. Il serait juste de le dire, n'est-ce pas ?

– Oui.

– Monsieur Forsythe, avez-vous vu quoi que ce soit dans la chambre de Mme Madison qui vous ait laissé penser que sa mort ait pu lui être donnée par quelqu'un d'autre que par elle-même ? Je veux dire par là, avez-vous constaté un quelconque élément concret qui ait pu vous donner cette impression ?

M. Forysthe eut une légère hésitation. En vieux routier des témoignages au tribunal, il n'ignorait pas que sa réponse serait lourde de conséquences. Je l'observai attentivement, craignant qu'il ne trouve le moyen de se défiler en évitant de prononcer un non catégorique, ou en faisant une réponse évasive ou encore plus dommageable pour moi. Après tout, c'était un témoin cité par le ministère public.

– Non, dit-il.

– Absolument rien n'indiquait qu'il s'agissait d'un meurtre ?

– Non, rien, répondit M. Forsythe d'une voix ferme.

Réponse d'une telle franchise, d'un tel professionnalisme que j'en fus impressionné.

Au point que je lui fis un petit sourire, imperceptible mais qui, je l'espérais, suffirait à exprimer ma reconnaissance pour sa parfaite honnêteté. Aussi discret que fût ce sourire, le coroner parut l'avoir remarqué, mais il n'en donna aucun signe qui soit visible par quelqu'un d'autre que moi.

– Je vous remercie, dit Morty. Plus de questions.

M. Forsythe quitta le box des témoins sans un regard pour moi, fixant un point droit devant lui et, quelques instants plus tard, son costume « salade pas lavée » ne fut plus qu'une traînée beige à la périphérie de ma vision.

Je reportai mon attention sur le juge Rutledge en plein conciliabule avec Morty et Singleton. Puis mon avocat et le procureur se retournèrent et regagnèrent leurs tables respectives.

– On va prendre un peu de retard, m'expliqua Morty. Le prochain témoin de Singleton est en train de se garer au parking, ajouta-t-il en souriant. Bon, le coroner ne nous a pas enfoncés.

J'approuvai de la tête, tout en ayant la conviction que Morty m'aurait dit la même chose si le coroner avait présenté aux jurés ce qui, dans mon procès, serait l'équivalent de la preuve fumante.

Morty s'assit, très décontracté.

– Alors, c'est quoi cette histoire de bougie ?

J'eus un haussement d'épaules.

– Nous l'avions rapportée de France, d'Albi. Nous étions jeunes, c'était notre premier voyage.

– La page que ta femme a cornée, c'est ça ?

– Oui.

– Mais cette ville, qu'a-t-elle donc de si important ?

– Je ne sais pas, dis-je, puis j'ajoutai, après réflexion : Enfin, ç'a été le point de départ de la dispute. Sandrine a parlé d'Albi et, à partir de là, nous avons eu une scène.

– Quelle scène ?

– La dernière. Celle dont je t'ai parlé, celle que nous avons eue ce soir-là.

Je me rappelais encore la fureur de cet ultime échange, son degré d'agressivité et de cruauté, la férocité des reproches de Sandrine, l'atrocité de ma dernière riposte.

– Je ne vois vraiment pas pourquoi Singleton s'intéresse à cette bougie, ajoutai-je. C'était juste un petit souvenir sans prétention. Comme tout le reste pendant ce voyage, je l'avais achetée grâce au petit pécule que ma tante m'avait légué à sa mort.

Je vis que Morty faisait une association d'idées.

– Au fait, de quoi est morte ta tante ?

– Des suites d'une longue maladie.

– Étais-tu présent à sa mort ?

– Tu veux dire, dans la même pièce ?

– Dans les environs.

Je le regardai en blêmissant.

– Seigneur, Morty, tu ne t'imagines quand même pas que j'aurais aussi assassiné ma tante ?

Morty me considéra silencieusement.

– Non, pas dans les environs, dis-je d'une voix ferme. Ma tante était à Minneapolis, moi, j'étais à New York.

Je lui décochai un regard noir.

– Si tu as besoin de preuves supplémentaires que je n'ai pas assassiné ma tante, je ferai tout mon possible pour te les fournir.

– Je ne pense pas que ce soit nécessaire.

Morty souriait, mais c'était un sourire froid et éteint.

– Simple vérification, Sam. Rien n'est plus accablant que des insinuations.

– Il n'y aura aucune surprise, lui dis-je. Tu sais tout ce qu'il y a à savoir.

Et c'était déjà beaucoup trop, je m'en rendais compte ; c'était plus, bien plus que je n'aurais cru possible avant mon procès, quoique je soupçonnais aussi que le procureur Singleton continuait de remuer ma vie privée de ses petites pattes.

Quand je regardai de nouveau Morty, il avait un air bizarre et troublé qui ne lui ressemblait pas.

– L'emploi du temps, Sam. Quand as-tu quitté ta femme ? Le jour de sa mort, je veux dire.

– Je l'ai quittée deux fois. D'abord pour mon cours de l'après-midi, puis plus tard, pour mon cours du soir.

– La deuxième fois que tu es parti, c'était après votre dispute, exact ? Quand elle t'a jeté la tasse à la figure.

– Oui.

– Où était Alexandria à ce moment-là ?

– En quoi est-ce important ?

– C'est important parce que si Singleton veut tenter le tout pour le tout, il pourrait la faire citer comme témoin.

Il vit mon extrême surprise.

– Tu n'as aucune protection constitutionnelle contre ta fille, Sam, me rappela-t-il.

– Alexandria ne témoignerait jamais contre moi, dis-je. De toute façon, elle n'a assisté à rien.

Le regard de Morty ne changea pas d'expression.

– Pas même à cette dernière dispute que ta femme et toi avez eue ?

Pour une raison que je ne m'expliquai pas, l'image qui me revint fut celle d'Alexandria préparant le déjeuner ce jour-là, debout dans la cuisine, en train de couper du pain. Elle ne s'était pas retournée quand je lui avais crié que je partais à mon cours de fin de matinée, mais avait seulement planté le couteau dans le vide.

– Elle n'était pas à la maison quand ça s'est passé, dis-je à Morty. Elle était allée en ville.

– Mais elle est repassée après, n'est-ce pas ? demanda Morty d'un air entendu. Tu étais déjà reparti, je veux dire.

– Oui.

– Donc, elle a forcément dit au revoir à sa mère.

– Bien sûr. Mais Sandrine ne lui aurait jamais parlé de cette terrible et dernière dispute.

– Elle n'a peut-être pas eu besoin de le faire.

– Que veux-tu dire ?

– Eh bien, il y a la tasse.

Je sentis une terreur glacée m'envahir.

– Oui, la tasse, murmurai-je.

– Ta femme n'avait pas ramassé les morceaux. C'est toi qui l'as fait, souviens-toi. Tu l'as fait après sa mort.

Je fis oui de la tête.

– Donc, Alexandria a pu les voir, dit Morty.

– Si Sandrine était encore dans sa chambre, oui.

– As-tu déjà demandé à Alexandria de quoi sa mère et elle avaient parlé ce dernier soir ?

– Non.

Morty s'apprêta à ajouter quelque chose, mais brusquement, il lança un coup d'œil vers l'entrée de la salle d'audience.

– Ah, dit-il tout bas.

Je me retournai et vis une femme en tailleur-pantalon foncé.

– Tu ne lui as parlé qu'à de rares occasions, c'est bien ça ? poursuivit Morty.

Nous avions déjà abordé la question, mais il était évident que même mon avocat doutait de ma mémoire ou de mes intentions qui, l'une comme les autres, pourraient avoir des conséquences désastreuses pour l'issue de mon procès.

– Oui, lui dis-je. La seule conversation que nous ayons eue, c'est le jour où Sandrine et moi sommes allés la consulter. Et encore, c'est surtout elle qui a parlé. Ce n'était pas vraiment une conversation.

– Et tu ne l'as jamais rencontrée ailleurs qu'à son cabinet ?

– Non.

Morty suivit des yeux la femme qui s'avançait dans l'allée centrale vers le devant de la salle. Elle avait la démarche vive d'une femme ponctuelle qui a conscience d'être en retard.

– Eh bien, nous allons entendre ce qu'elle a à dire, chuchota Morty.

Je m'armai de courage.

– Ça, c'est sûr.

Le Dr Ana Ortins est appelée à la barre

Le Dr Ortins était une femme de taille moyenne, aux cheveux châtains raides coupés sans chichis, et tout en étant un brin potelée pour un médecin donnant si souvent des conseils pour lutter contre la surcharge pondérale, elle respirait la santé en se présentant à la barre. Je l'apercevais parfois qui courait à petites foulées autour du plan d'eau de Coburn, et les médias locaux rapportaient souvent qu'elle participait à tel ou tel marathon. Depuis plusieurs années, elle était l'experte médicale préférée de notre chaîne de télévision locale. L'été, elle y faisait régulièrement des apparitions pour nous rappeler d'utiliser des crèmes solaires, et à chaque fin d'automne, pour conseiller aux personnes âgées de se faire vacciner contre la grippe. Pour ses passages sur le petit écran, elle privilégiait les tenues unies, sans doute parce qu'elles l'amincissaient. Elle avait de grands yeux qu'elle pouvait, j'avais eu l'occasion de le constater par moi-même, noyer de mélancolie quand elle le voulait, artifice dont elle avait joué à la perfection la seule fois où je lui avais parlé de vive voix.

Je n'avais jamais rencontré le Dr Ortins avant que Sandrine ne la choisisse, et lors de la seule consultation à laquelle j'avais accompagné ma femme, elle était restée assise dans son douillet petit cabinet, sans jamais se lever de son bureau derrière lequel elle exposait ceci ou prescrivait cela. À la fin de la consultation, elle s'était attachée à voir le bon côté de cette situation que tout le monde s'accordait à trouver tragique : *Vous avez encore de nombreuses années devant vous, Sandrine.*

Des semaines plus tard, je me rendais compte que je me souvenais encore parfaitement de l'agencement de ce cabinet. À l'instar de beaucoup de ses confrères, le Dr Ortins avait orné ses murs de la collection habituelle de ses diplômes et autres certificats auxquels elle avait adjoint une grande affiche aux couleurs vives du corps humain qui exhibait sans pudeur tous les organes internes. J'avais vu quelque chose de macabre dans ce corps écorché de la sorte et, en des circonstances moins dramatiques, j'aurais peut-être risqué une plaisanterie en l'appelant « Dr Dexter », « Guérisseuse en série » ou autre quolibet de ce genre. Mais lors de cette consultation, l'humour n'avait pas sa place, et j'étais seulement resté assis, mains sur les genoux, dans l'expectative, Sandrine muette sur la chaise à côté de moi, paraissant, pour la première fois de sa vie, étrangement brisée.

Quand le Dr Ortins s'assit dans le box des témoins, elle me lança un coup d'œil, puis détourna les yeux quand l'huissier s'approcha d'elle.

Une fois encore, les préliminaires consistèrent en une énumération soporifique des universités fréquentées, des diplômes obtenus, du nombre d'années d'exercice de sa profession dans la charmante petite ville de Coburn. Le Dr Ortins répondait aux questions insipides du procureur Singleton d'une voix aimable et assurée, comme si elle passait un entretien d'embauche pour un poste qu'elle était certaine d'obtenir mais n'avait nullement l'intention d'accepter. Elle détailla ses études et sa formation, sa spécialisation en neurologie étant sûrement la raison pour laquelle Sandrine l'avait choisie.

Un quart d'heure de palabres avant d'arriver au moment où Sandrine entra enfin dans le cabinet du Dr Ortins. Elle s'était rendue seule à cette première consultation, raconta le médecin à la Cour. Ainsi que son agenda professionnel en attestait, Sandrine s'était présentée à onze heures précises le matin du 7 avril. Ma mémoire stimulée par le récit de cette matinée que j'avais fait par la suite dans le bureau de Morty, il m'était revenu que, alors qu'il ne fallait que cinq minutes de voiture pour se rendre au cabinet du Dr Ortins, Sandrine était partie de chez nous une heure avant son rendez-vous et était rentrée presque deux heures après, curieux intervalle de temps dont je n'avais rien pensé de particulier avant que l'inspecteur Alabrandi ne vienne chez moi quelques jours après sa mort, calepin en main, regard un peu lointain en faisant ce commentaire ambigu : « Certains éléments curieux ont attiré mon attention », qui m'avait incité à lui demander : « Me concernant ? » Sa réponse fit courir un doigt glacé sur mon échine. « Non, concernant votre femme. »

Sandrine était d'assez bonne humeur en partant ce matin-là pour le cabinet du Dr Ortins, même si elle n'était toujours pas très sûre d'avoir choisi la bonne personne. Pour des questions de confidentialité, je lui avais conseillé d'écarter les médecins liés à l'université de Coburn.

– Tu peux être sûre qu'ils sont bavards comme des pies quand il s'agit de raconter quel prof a de l'herpès ou le sida ou prend du Viagra, avais-je plaisanté un matin au petit déjeuner. On dirait de vieilles dames à des soirées couture. Ils ne pourraient pas garder un secret même avec un bâillon sur la bouche.

Pour sa part, Sandrine avait déjà décidé d'éviter tout médecin dont la pratique sentirait une approche « holistique ».

– Je n'ai pas envie qu'un médecin végétalien m'explique la bienfaisance de la nature, m'avait-elle dit, ou me serine qu'une tumeur n'a strictement rien d'inquiétant tant qu'elle grossit.

J'avais ri aux éclats, mais Sandrine n'avait eu qu'un sourire.

Un sourire, oui, mais crispé, car à ce moment-là elle devait redouter d'avoir quelque chose de grave.

Les premiers symptômes n'étaient pas très différents des changements habituels dus au grand âge, mais comme Sandrine avait quarante-six ans, elle les avait tout d'abord ignorés. Elle avait attendu plusieurs semaines avant de se décider à m'en parler alors que, étant donné ce que j'appris par la suite, elle devait se demander pourquoi elle ressentait cette mystérieuse faiblesse musculaire.

Puis, du jour au lendemain, elle eut quelques difficultés d'élocution, ce qui dut la terroriser et la glacer jusqu'au tréfonds de son être.

Ses parents, déjà assez âgés à sa naissance, étant morts quelques années plus tôt, vers quatre-vingts ans, elle n'avait aucune raison de craindre de mourir jeune. Pourtant, malgré cela, j'avais vu de la peur le matin où elle devait aller consulter le Dr Ortins, une peur que j'avais tenté, en vain, d'apaiser.

– Tu n'as rien, j'en suis sûr.

Elle eut un petit hochement de tête.

– Sans doute, dit-elle gaiement, puis elle se leva de table et prit ses affaires. À tout à l'heure.

J'avais supposé qu'elle se rendrait directement chez le médecin, or il n'en fut rien, ce que je n'appris que plus tard de la bouche aux lèvres serrées de l'inspecteur Alabrandi.

Elle était rentrée peu après six heures. Je n'avais pas remarqué de changement de comportement particulier chez elle, ce que je trouvais plutôt curieux à la lumière des déclarations qui étaient faites actuellement à la barre.

– Mme Madison était très inquiète, indiqua le Dr Ortins à la Cour. Elle ressentait des troubles physiques depuis longtemps.

– Depuis combien de temps ?

– Plus d'un an.

Plus d'un an, et pourtant, me dis-je alors, elle ne m'en avait jamais parlé, pas la moindre allusion à ce qui avait dû être une terreur grandissante.

– Quel genre de problèmes ? demanda Singleton.

Des problèmes graves, j'avais fini par l'apprendre, dont les jurés allaient entendre l'atroce nature.

– Mme Madison avait remarqué ce qu'elle appelait une « constellation de symptômes », répondit le Dr Ortins. Je sais qu'elle a employé cette expression car je l'ai notée dans son dossier.

– Pourquoi l'avoir notée, docteur ?

– Parce qu'elle me donnait à penser que Mme Madison avait fait de son côté des recherches sur ses symptômes. Et en toute franchise, quand je sais cela d'un patient, je suis un peu plus prudente dans ma manière d'aborder les choses avec lui, car il peut avoir recueilli des informations inexactes, généralement sur Internet.

– Mais ce n'était pas le cas de Mme Madison, n'est-ce pas ?

– Non. Mme Madison avait fait d'excellentes recherches.

– En était-elle arrivée à une conclusion au regard de celles-ci ?

– Si vous pensez à un autodiagnostic, en l'occurrence, oui. Bien entendu, j'ignorais que ses recherches lui avaient permis de conclure à un diagnostic exact. Il faut faire de nombreux examens pour y aboutir.

– Avez-vous prescrit ces examens ?

– Oui. J'ai pratiqué un électromyogramme afin de mesurer la vitesse de conduction nerveuse, et les analyses de sang et d'urine habituelles, dont l'électrophorèse des protéines sériques, le niveau des hormones thyroïdiennes et parathyroïdiennes.

Tout à coup, elle parut se rendre compte que sa réponse était allée bien au-delà de la question, si bien qu'elle s'arrêta brusquement de parler.

– Ainsi que d'autres analyses, ajouta-t-elle.

– Très bien, donc quel diagnostic est-il résulté de cette batterie d'examens ? demanda Singleton.

– Sclérose latérale amyotrophique.

– Cette maladie porte un nom plus usuel, n'est-ce pas, docteur Ortins ?

– Oui. On la connaît plus communément sous le nom de SLA ou maladie de Charcot.

En entendant de nouveau ces mots, je ne pouvais concevoir que pendant des semaines avant de consulter le Dr Ortins, ils aient pu voleter comme des chauves-souris dans l'esprit de Sandrine. Pourtant, elle n'avait jamais rien laissé paraître de ces noirs soupçons. Pas même l'après-midi, à son retour de chez le Dr Ortins. Évidemment, il y avait une raison à cela que le médecin clarifia.

– Mais lors de cette première consultation à mon cabinet, j'ai assuré à Mme Madison qu'il était peu probable qu'elle ait une SLA, déclara-t-elle aux jurés. Il existe de multiples raisons pour lesquelles on peut ressentir une faiblesse musculaire, et quant aux difficultés d'élocution occasionnelles, elles résultent parfois du surmenage, et si je n'ai pas eu l'impression que Mme Madison souffrait de cette sorte de fatigue, elle m'a tout de même paru…

Là, le Dr Ortins se tut, silence qui retint mon attention car, manifestement, elle cherchait le mot juste.

– Triste, précisa-t-elle, l'ayant trouvé.

Ainsi donc ma femme, si adorable, si brillante, encore assez jeune et vraisemblablement en parfaite santé, dont le couple présentait tous les signes extérieurs du bonheur, avait paru « triste » au Dr Ortins. Comment se faisait-il qu'au cours des mois, des semaines et des jours qui avaient précédé sa venue dans le cabinet de ce bon docteur, m'interrogeai-je soudain, je ne l'aie pas remarqué ?

Et, me demandai-je également, quelle raison Sandrine avait-elle d'être triste ?

Le procureur Singleton ne posa pas cette question au Dr Ortins car il savait que cela s'apparenterait à une tentative d'influencer le témoin ou de l'inciter à tirer des conclusions, et que Morty ne manquerait pas de faire objection, laquelle serait sûrement accordée.

Pendant quelques minutes, le Dr Ortins détailla les résultats des examens qu'elle avait prescrits, les interprétations qu'elle en avait faites et, pour finir, l'effroyable certitude à laquelle elle avait abouti et dont elle avait informé Sandrine l'après-midi du 12 avril.

– Je lui ai dit que son autodiagnostic initial était malheureusement exact, indiqua le Dr Ortins. Elle, bien sûr, connaissait déjà le pronostic. Néanmoins, comme je le ferais avec n'importe quel patient, je lui ai expliqué l'évolution probable de sa maladie et comment elle devrait s'y préparer.

– Mme Madison vous a-t-elle paru intéressée par la manière dont elle devait s'y préparer ?

– Oui. Elle m'a posé beaucoup de questions. Et, bien entendu, elle voulait savoir combien de temps il lui restait à vivre. Je lui ai répondu qu'elle pouvait vivre encore dix ans et que, pendant cette période, il y aurait sûrement des progrès dans la recherche médicale. Elle m'a demandé où ça en était, et je lui ai parlé de ce qui se faisait.

– Mme Madison a-t-elle évoqué autre chose avec vous à ce moment-là ?

– Une seule chose, répondit le Dr Ortins.

– Laquelle ?

– Elle m'a dit qu'elle ne voulait pas mourir. Qu'elle avait bien l'intention de profiter de la vie le plus possible jusqu'à son dernier souffle.

Le procureur Singleton ne quitta pas les jurés des yeux en posant d'un ton chargé de sous-entendus sa question suivante.

– Jusqu'à son dernier souffle. Ce furent ses paroles exactes, docteur ?

Et il ne se détourna d'eux pas davantage quand elle formula sa réponse.

– Ses paroles exactes, oui.

À peine deux heures après que Sandrine les avait dites au Dr Ortins, j'étais rentré de mes cours et l'avais trouvée dans la chambre plongée dans l'obscurité. *Reviens plus tard, Sam.*

Ce que j'avais fait, mais à ce moment-là, elle n'était plus dans la chambre, si bien que je l'avais trouvée dans le scriptorium, dégustant un verre de vin rouge en lisant une biographie de Cléopâtre.

– Qu'est-ce qui ferait d'une femme une véritable Reine du Nil, Sam ? avait-elle demandé en fermant le livre.

– Son courage, je suppose. Son audace. À ton avis ?

– Sa capacité à regarder la vérité en face. À essayer de changer ce qu'on a encore le temps de changer et à accepter ce qu'on ne peut plus changer.

J'avais ri.

– Ça, c'est tiré de la prière de la Sérénité, non ? Tu es déjà allée à une réunion des Alcooliques Anonymes ?

Elle m'avait regardé en silence, et son expression m'avait tout révélé.

– Mauvaises nouvelles, c'est ça ? Du médecin.

Elle avait fait oui de la tête.

– C'est quoi ?

– J'ai la maladie de Charcot, avait-elle dit d'une voix atone.

À cette nouvelle, j'avais ressenti dans ma chair le fameux cliché : la sensation de recevoir un grand coup dans le ventre. Mais est-ce à ce moment-là, me demandai-je à présent tandis que le Dr Ortins continuait de répondre le plus naturellement du monde aux questions du procureur Singleton, que j'avais commencé à construire dans ma tête l'horrible scénario de ce qui allait arriver, des profonds changements qui s'annonçaient, tous aussi terrifiants les uns que les autres ?

– C'est sûr ? Le médecin est certain du diagnostic ?

– Oui.

Je n'avais pas réagi à cela, et dans le silence qui avait suivi, avais vu une profonde tristesse l'envelopper, si radicale que Sandrine parut se dégonfler physiquement, comme si toute la lumière et tout l'air avaient d'un seul coup quitté son âme.

– Il faut que je réfléchisse, dit-elle d'une voix qui me parut très lointaine, paroles qu'elle prononçait pour elle-même et dont elle seule comprenait la signification, comme si elle venait de recevoir un coup qui, en quelque sorte, lui aurait laissé des blessures plus profondes et plus graves que son diagnostic, qui dégageraient encore plus l'odeur de la mort.

– Réfléchir à quoi ?

Au lieu de me répondre, elle avait baissé les yeux sur le livre qu'elle lisait, y attardant le regard un moment avant de le lever vers moi et de me dire :

– J'aimerais pouvoir te laisser quelque chose, Sam.

Elle m'avait regardé intensément, comme si elle essayait de voir une petite lueur dans une pièce qui devenait de plus en plus sombre. Cette lueur manquant d'apparaître, elle dit :

– Je pensais à *Qui a peur de Virginia Woolf ?* À George quand il scrute l'infinité du ciel et murmure : « Demain, c'est dimanche toute la journée. »

– Pourquoi à cela en particulier ?

– Parce que quand il dit ça, il a réellement perdu tout espoir que les choses puissent changer. C'est l'espoir que je ne veux pas perdre.

Quand j'avais voulu toucher sa main, elle l'avait reculée vivement et par réflexe, comme pour l'éloigner d'une guêpe ou d'une araignée.

– Tu ne perdras pas espoir, lui assurai-je.

Une expression très étrange avait noyé son regard, mi-peur, mi-sollicitude. Puis, tout aussi brusquement, il s'était durci jusqu'à exprimer de la détermination.

– Non, dit-elle d'une voix ferme. Je ne perdrai pas espoir.

Le témoignage du Dr Ortins touchait à sa fin au moment où ce souvenir finissait de se rejouer dans ma tête, mais ce qui me resta à l'esprit fut que, à ce moment-là, j'étais certain que Sandrine parlait de sa maladie, du fait qu'elle ne voulait pas perdre espoir que le Dr Ortins ait raison quand elle lui parlait des progrès de la recherche, de la possibilité réelle d'une percée dans le domaine médical.

Maintenant, ma question était simple : Était-ce bien à cela qu'elle pensait ou à un tout autre espoir qu'elle craignait de perdre ? L'espoir pour elle-même ? Pour Alexandria ? Ou s'agissait-il d'un espoir inexprimé qu'elle avait pour moi ?

Je repensai soudain qu'elle m'avait demandé de placer la bougie d'Albi exactement là où sa lueur lancerait des reflets sur les flacons et les fioles qu'elle poserait plus tard sur sa table de chevet. Pourquoi avait-elle fait cela ?

Tant de questions sans réponses refaisaient surface, débris remontant des profondeurs de mon procès, questions subtiles, insondables qui, d'une certaine façon, allaient au-delà de ma culpabilité ou de mon innocence du crime dont j'étais accusé.

Le procureur Singleton, quant à lui, en avait une tout autre à l'esprit.

– Quand avez-vous revu Mme Madison, docteur Ortins ?

– Elle est revenue à mon cabinet avec son mari. J'ai exposé ce à quoi ils devaient s'attendre dans les années à venir, le rôle de l'aidant en pareil cas.

– Et c'est beaucoup de travail, je suppose ?

– Oui.

– Pourquoi est-ce beaucoup de travail, docteur ?

– Parce qu'une personne atteinte de SLA devient de plus en plus dépendante.

– Donc, il allait devenir de plus en plus difficile de s'occuper de Mme Madison, c'est bien cela, docteur ? Au quotidien, j'entends.

– Oui, répondit le Dr Ortins. J'ai expliqué à M. Madison que son épouse perdrait peu à peu ses capacités musculaires.

– Au final, elle ne pourrait plus bouger du tout, c'est cela ? demanda le procureur.

– À quelques exceptions près, comme battre des paupières.

À l'intention des jurés et pour enfoncer cet abominable clou, il pria le Dr Ortins de décrire les terrifiantes étapes du déclin annoncé de Sandrine.

– Donc, à la fin, M. Madison aurait été obligé de faire manger sa femme ? demanda-t-il.

– Oui.

– De lui donner le bain ?

– Oui.

– Et même de l'aider à faire ses besoins ?

À cette question, je vis que plusieurs jurés tournaient la tête vers moi pour me regarder, avec, j'en étais sûr, une sinistre conjecture déjà à l'esprit, la grave possibilité que j'aie tramé puis mené à bien une version égoïste de l'euthanasie : un meurtre motivé par le simple désir de m'affranchir des tâches répugnantes qui m'incomberaient tôt ou tard.

– Oui, répondit le Dr Ortins.

– Donc, pour résumer, lors de cette consultation, vous avez informé M. Madison que sa femme serait bientôt incapable d'assumer toutes les fonctions physiques de la vie, c'est bien cela, docteur ?

– C'est ce que je lui ai dit, oui. Je l'ai aussi prévenu qu'il pourrait traverser un état dépressif. Que très certainement, en fait, il traverserait un état dépressif.

Le procureur Singleton baissa les yeux sur ses notes, les parcourut un moment, puis releva la tête.

– Quand avez-vous revu Mme Madison ?

– Jamais.

Le procureur Singleton donna tous les signes d'en être étonné.

– Elle n'est jamais revenue vous voir pour un traitement, une consultation ? continua-t-il avec un ébahissement enfantin.

– Non.

Le procureur Singleton marcha jusqu'à sa table, y prit une petite feuille de papier et la tendit au témoin.

– Reconnaissez-vous cela, docteur ?

– Oui, c'est une ordonnance. Je l'ai rédigée pour Mme Madison.

– Mais vous disiez ne plus avoir eu de contact avec Mme Madison ?

– En effet.

Je m'attendais à la suite et ne fus pas surpris que Singleton se tourne vers les jurés afin de voir leur réaction à la réponse que ferait le Dr Ortins à sa question suivante.

– Alors, comment se fait-il que vous lui ayez prescrit cette ordonnance ?

– Le mari de Mme Madison m'a téléphoné. Il m'a dit que sa femme souffrait souvent de douleurs dorsales. De douleurs très violentes. Débilitantes. Elle était tombée et il pensait qu'elle s'était luxé une vertèbre. Il m'a dit qu'elle avait besoin d'un médicament puissant.

– Mais cette « chute » n'a jamais été confirmée par Mme Madison ?

– Je n'ai jamais reparlé à Mme Madison, dit le Dr Ortins à la Cour. Seulement à son mari quand il m'a appelée pour me dire qu'elle était tombée, qu'elle souffrait beaucoup et avait besoin d'un médicament puissant.

– Dites-moi, docteur, avez-vous eu l'occasion de lire le rapport d'autopsie de Mme Madison ?

– Oui.

– Donc, vous n'ignorez pas que le Dr Mortimer n'a relevé aucune trace de lésion dorsale lors de l'examen du corps de Mme Madison ?

– J'ai lu ce rapport et, effectivement, le médecin légiste n'a pas relevé de traces de cette lésion.

– Donc, est-il juste d'en déduire que lorsque M. Madison vous a parlé de ces « douleurs dorsales », il ne disait pas la vérité ?

Morty bondit sur ses pieds.

– Objection !

– Objection retenue, dit le juge Rutledge. Veuillez reformuler votre question, monsieur le procureur.

Singleton opina de la tête.

– Docteur Ortins, M. Madison vous a-t-il donné quelque directive que ce soit quant à l'analgésique requis contre les « douleurs dorsales » de son épouse ?

– Seulement qu'il devrait être très puissant.

Singleton continua de regarder les jurés en répétant :

– Être très puissant ?

– Oui.

– Et avez-vous prescrit un analgésique très puissant à Mme Madison ?

– Oui. Je lui ai prescrit du Demerol.

Singleton laissa planer un silence pour ménager son effet, puis dit :

– Je n'ai pas d'autres questions, monsieur le juge.

Pendant le contre-interrogatoire, Morty fit de son mieux pour minimiser l'effet des dernières questions du procureur au Dr Ortins. Je savais que rien de ce qui avait été dit auparavant ne pouvait en aucun cas jeter les soupçons sur moi, mais à la toute fin de son témoignage, un rideau noir s'était entrouvert et, naturellement, Morty craignait qu'entre ses pans, les jurés n'aient aperçu une chose sinistre, le tout premier signe qu'il s'agissait d'un crime.

Dans ce but, il posa au Dr Ortins une série de questions bien choisies, toutes destinées à la faire seulement répondre par l'affirmative.

Vous est-il habituel de délivrer une ordonnance sur sollicitation sans voir le patient ?

Vous est-il habituel de le faire à la demande du conjoint ?

Vous est-il habituel de prescrire du Demerol contre de fortes douleurs dorsales ?

Oui.

Oui.

Oui.

Puis Morty enchaîna avec une autre série de questions destinées à faire répondre le Dr Ortins par la négative.

Il n'est pas inhabituel qu'un patient aux premiers stades d'une SLA tombe, n'est-ce pas ?

Dans ce cas-là, il n'est pas non plus inhabituel que ces chutes entraînent une lésion, éventuellement grave, au dos, n'est-ce pas ?

Pour cette raison, vous n'avez pas été surprise d'apprendre que Mme Madison était tombée, n'est-ce pas, docteur Ortins ?

Ni qu'elle s'était blessée au dos ?

Ni que ce soit son mari qui vous en fasse part ?
Non.
Non.
Non.
Non.
Non.
– Donc, vous n'avez rien trouvé d'anormal à délivrer une ordonnance de Demerol à Mme Madison à la demande de son époux, n'est-ce pas, docteur ?
– Non.
Puis, une dernière question.
– Docteur Ortins, suivez-vous d'autres patients qui souffrent de douleurs dorsales ?
Le médecin sentit qu'il l'engageait sur un terrain glissant.
– Comme tous mes confrères, répondit-elle sur la défensive.
– C'est sûr, dit Morty. Mais parmi vos patients, y en a-t-il eu qui se sont plaints de douleurs dorsales dont, malgré tous vos efforts, vous n'avez pu déterminer la cause ?
– C'est parfois le cas, oui.
– Vous est-il arrivé de prescrire du Demerol à l'un ou l'autre de ces patients ?
– Oui.
À ce moment-là, Morty se tourna vers les jurés exactement de la même façon que Singleton quelques minutes plus tôt.
– Il est donc possible, dit-il, qu'un patient ait besoin d'un traitement contre un mal de dos ou une lésion dorsale dont la médecine ignore la cause, est-ce exact ?
– Oui, c'est exact.

Alors, Morty, sur un ton visant à reproduire dans toutes ses nuances vocales la précédente déclaration du procureur Singleton, conclut par :

– Je n'ai pas d'autres questions, monsieur le juge.

Tout cela était très habile, d'une admirable théâtralité, et il me vint à l'idée que Shakespeare aurait sans doute fait un tabac comme avocat. Tandis que le Dr Ortins quittait le box des témoins, je me pris à imaginer avec quelle maestria oratoire le Barde se serait adressé aux jurés.

Le regard sévère dont me gratifia Morty m'avertit qu'un vague sourire s'était immiscé sur mes lèvres.

– Visage de marbre, chuchota-t-il comme un père rappelant un enfant à l'ordre. Garde un visage de marbre.

Je baissai vivement la tête, penaud, avant de la redresser peu à peu.

– Désolé, dis-je sur le même ton.

Mais quelque chose dans cet incident me brisait le cœur : le fait que Sandrine aurait sans doute compris et partagé mon sourire. À une époque, je ne me serais pas posé de questions sur ce sourire. Mais à présent, je me demandai s'il aurait fallu y voir une complicité amusée ou les empreintes laissées par quelque vieux regret.

– Tu ne prends rien au premier degré, Sam, m'avait-elle dit un jour.

J'y avais vu sa façon d'épingler mon mépris pour tout ce que j'estimais être à l'eau de rose ou sentimental, mon grand éclat de rire, pour ainsi dire, devant la mort de la petite Nell[1]. Mais Sandrine l'entendait

1. Jeune héroïne du *Magasin d'antiquités* de Charles Dickens.

autrement. Pour elle, c'était me signaler un changement fondamental qu'elle avait perçu chez moi.

– Qu'est-il donc arrivé, avait-elle demandé tout bas, à la tendresse humaine ?

Question qui me ramena une fois encore aux jours heureux d'autrefois juste après notre rencontre dans Washington Square – longues promenades, dîners dans des restaurants bon marché, soirées de discussions tranquilles autour d'un vin ordinaire – et au fait qu'en cette période lointaine, le but ultime de son éducation contenait dans son rêve de la transmettre, de fonder une petite école quelque part dans le monde, un idéal de vie auquel Sandrine n'avait peut-être jamais entièrement renoncé.

À cette pensée, je me rappelai le petit loft miteux que j'occupais dans l'Avenue A, les nombreuses nuits que Sandrine y avait passées avec moi. À l'aube, une de ces fois-là, elle m'avait cité un vers de *Peines d'amour perdues*, quand le roi Ferdinand, à qui l'on demande quel est le but des études, répond que c'est simplement de léguer les trésors du cœur et de l'esprit qui, sans cela, se perdraient.

Du cœur et de l'esprit, songeai-je, sentant à ces mots le plancher du gibet craquer sous mes pieds.

– Sam ?

Je regardai Morty qui me considérait d'un air approbateur, de toute évidence satisfait de mon expression cafardeuse.

– Beaucoup mieux, dit-il.

Pause-déjeuner

Je regardai les jurés alors qu'ils quittaient le prétoire pour aller déjeuner. J'avais eu tout le loisir de remarquer, pendant les audiences, qu'ils se comportaient en élèves modèles, écoutant jusqu'au témoignage le plus ennuyeux avec une concentration et un sérieux bien plus profonds que ceux que j'avais consacrés à mon roman mort et enterré depuis des lustres, ou encore que je n'en avais accordé par la suite aux besoins rudimentaires de mes étudiants en difficulté. Selon les attendus de leur jugement, soit je vivrais soit je mourrais, et je voyais bien que ce fardeau leur pesait. Sandrine citait souvent l'observation de Pascal que tout le malheur des hommes vient d'une seule chose, qui est de ne pas savoir demeurer en repos dans une chambre, mais comme le dernier des jurés disparaissait dans la pièce contiguë, je sentis qu'ensemble, ils atteindraient cette sagesse de l'inaction.

Après leur départ, je mis le cap sur la petite pièce où j'avais décidé que je déjeunerais pendant la durée du procès.

Quelques semaines plus tôt, le juge Rutledge avait fixé le montant de ma caution à seulement cinquante mille dollars. J'étais professeur titulaire de littérature, sans casier judiciaire, et il n'y avait donc, selon lui, aucun risque que je tente de m'enfuir. Pour cette raison, j'aurais pu aller déjeuner n'importe où dans Coburn, mais je n'avais pas profité de cette liberté à part le jour de ma mise en examen, où j'avais flâné jusqu'à une sandwicherie du quartier. À cette occasion, je m'étais attiré assez de regards appuyés de la part des habitants de la ville pour qu'ils entament mon insensibilité habituelle, et depuis lors, j'avais toujours pris mon repas dans la petite salle de conférence au bout du couloir du tribunal. Morty s'était souvent joint à moi, et d'ailleurs c'était là que, quelques jours plus tôt, nous avions examiné les réponses données par les candidats jurés lors de l'examen préliminaire pour finir par sélectionner les cinq hommes et sept femmes qui venaient de quitter la salle d'audience en se suivant à la file sans que l'un d'eux ne jette un coup d'œil dans ma direction.

Morty franchit la porte quelques minutes plus tard, l'air plutôt satisfait du déroulement de l'audience de la matinée. Il me sourit, s'assit et ouvrit son porte-documents.

– Revoyons une chose encore une fois, dit-il. Juste pour être sûr qu'il n'y aura pas de surprises.

Une surprise ne pouvant venir que d'un côté, je me cuirassai contre une autre série de questions pénibles.

– April Blankenship, dit Morty.

Du bois mort, brûlé par cent soleils du désert, un sarment qui n'avait jamais senti la caresse d'une allumette : telle était April Blankenship quand je l'ai connue.

– On en a discuté des dizaines de fois, Morty, lui rappelai-je avec lassitude, car c'était un terrain miné que je n'avais nulle envie de retraverser.

– C'est vrai, reconnut-il. Mais je veux des certitudes, car il ne fait aucun doute qu'à un moment ou un autre, Singleton appellera cette femme à la barre et je dois tout, absolument tout savoir de ce qu'elle est susceptible de déclarer.

Il me considéra d'un air entendu.

– Ou bien il lira la nouvelle qu'elle a reçue de toi, celle que tu as écrite.

Il inspira avec peine.

– À mon avis, c'est d'avoir mis la main dessus qui a été le point de bascule pour Singleton et l'a déterminé à engager une action contre toi.

Il secoua la tête.

– Dommage qu'elle n'ait pas brûlé ce machin, soupira-t-il. Enfin quoi, mince, ce n'était qu'une histoire, bonté divine !

Je me rappelai aussitôt cet après-midi bruineux où April et moi avions couché ensemble. Elle avait fait la remarque que j'étais toujours en train de lire, et cela m'avait ramené à mes ambitions littéraires passées auxquelles elle avait répondu par la douce et inoffensive exigence que j'écrive quelque chose pour, comme elle disait, « qu'elle puisse le lire ».

– C'était une « novella », rectifiai-je sèchement.

Je n'avais pas oublié les soirées que je prolongeais dans mon bureau de l'université de Coburn dont je m'évadais en tapant ce petit récit en mails feuilletonesques que j'adressais à April qui, à elle seule, incarnait enfin ces lecteurs impatients et admiratifs, la grande idée que je me faisais d'*Attractions terrestres* réduite à présent à un pastiche de la littérature grand public. C'était une idée dont j'avais parlé une fois à Sandrine : écrire une parodie de roman noir. Elle l'avait rejetée d'emblée, avant de mettre le doigt sur le problème plus profond que je m'obstinais à ne pas vouloir voir.

– La désillusion est un cadeau mal ficelé, Sam, m'avait-elle dit sans détour. Ce n'est pas ce que disait Fitzgerald ?

Mais April trouvait que c'était une idée fantastique, aussi m'y étais-je essayé, le produit de cet effort étant sans doute à présent bien rangé dans un tiroir du bureau de Singleton.

– Le problème, évidemment, c'est que ça parle d'un homme qui tue sa femme pour pouvoir s'enfuir avec sa maîtresse, me rappela Morty. Reconnais que dans le contexte de ce qui s'est passé, ça risque d'être un peu compromettant.

Il haussa les épaules d'une manière clairement destinée à calmer mon agitation.

– Mais bon, Sam, je sais que tu n'as jamais eu l'intention de t'enfuir avec April Blankenship.

Ça, c'était vrai, mais sur l'instant, je me revis sous les draps avec April, lui parlant du roman que je m'escrimais à écrire depuis des années mais que je n'avais jamais terminé. Avec quelle gentillesse ne m'avait-elle pas laissé me complaire dans le récit larmoyant de mes déboires artistiques, avec quelle douceur ne m'avait-elle pas demandé d'inventer une histoire rien que pour elle en me donnant l'impression qu'elle considérerait comme un grand honneur que je l'écrive, requête à laquelle, par conséquent, ma vanité s'était trouvée dans l'impossibilité de ne pas accéder.

Du coup, j'avais écrit une longue nouvelle dont j'étais persuadé qu'elle l'avait détruite après notre liaison, ce que, contre toute attente et à mon grand étonnement, elle n'avait pas fait.

– Bon, redis-moi, Sam, cette aventure était terminée avant que tu apprennes le diagnostic de la maladie de ta femme, hein ?

– Je ne voyais plus April depuis trois mois à ce moment-là, répondis-je. Et je ne me suis plus jamais retrouvé en tête à tête avec elle, à l'exception de cette seule et unique fois.

Cette seule et unique fois.

À ces mots, je la revis à ma porte, mince comme un fil, pinçant les lèvres, jetant des coups d'œil derrière elle comme si elle craignait d'avoir été suivie, parlant tout bas malgré le fait qu'il n'y ait eu personne autour de nous : *Tu ne leur diras pas, hein, Sam ?*

– Celle où elle est passée te voir après la mort de Sandrine, c'est ça ? précisa Morty. C'est de cette fois-là que tu parles ?

– Oui.

– Et à part cette dernière rencontre, tu n'avais plus jamais eu affaire à elle depuis environ un an avant la mort de ta femme ?

– Jamais.

Morty endossait à présent le rôle du procureur Singleton qui mènerait bientôt d'une main de fer mon contre-interrogatoire.

– Entendons-nous bien, Sam, par « jamais », j'en conclus que tu n'as pas revu cette femme, tu ne lui as pas écrit, tu ne lui as pas téléphoné, c'est bien ça ?

– C'est bien ça, répondis-je.

– Tu as conscience que le ministère public peut retenir que tu avais un double mobile. Ou devrais-je dire, deux mobiles interdépendants, l'un portant l'autre en gestation, ce genre de chose, jusqu'à… tu vois le topo ?

Nous en avions déjà parlé maintes fois, et ce fut en toute confiance que je lui répondis :

– Oui, je vois le topo.

– Il y en a un qu'il ne pourra jamais prouver, m'assura Morty. À savoir que tu aurais voulu te débarrasser de ta femme parce qu'elle allait devenir de plus en plus dépendante de toi, que tu souhaitais éviter de supporter ce fardeau et continuer ta vie.

Il se tut un instant avant d'ajouter :

– L'autre, c'est April.

Je me rendis compte qu'April avait toujours été « l'autre », celle qu'on passait sous silence ou par pertes et profits, dont les sentiments n'entraient pas en ligne de compte et dont l'humiliation n'avait aucune importance pour personne sinon pour son mari, ce pauvre cocu de Clayton.

– April, c'est « l'autre femme », après tout, ajouta Morty.

« L'autre femme », expression qui n'aurait pu être plus mal choisie pour étiqueter cette femme diaphane, fantomatique, mais la toile de la vie nous attrape tous, et à présent, c'était April qu'elle avait prise au piège, April qui avait sans doute toujours cru être parfaitement hors d'atteinte d'un scandale aussi catastrophique.

Moi-même, d'ailleurs, m'étais attendu à ce qu'elle reste dans l'ombre quel que soit le cours que pourrait prendre l'enquête sur la mort de Sandrine. Ç'avait été une liaison tiède et brève, sans emballements et sans amour, facile, sordide, aussi insipide que les chambres où nous nous rencontrions l'après-midi pour nos moments d'abandon. Les dernières paroles qu'April m'avait adressées résumaient parfaitement le côté plan-plan de nos cinq à sept. « Je ne peux jamais me laisser aller, Sam, avait-elle dit avec un haussement d'épaules en montant dans sa voiture. Que faire quand on ne peut tout simplement pas se laisser aller ? »

En dehors du jour où elle s'était présentée à ma porte, j'avais revu April pour la dernière fois à peu près un mois après avoir appris la maladie de Sandrine. Elle était devant le drugstore Waylon's au moment où je passais en voiture. Elle portait la même robe bleue que lors de notre premier rendez-vous galant, et cherchait quelque chose dans le sac noir duquel, ce jour-là, elle avait timidement sorti une boîte de préservatifs.

J'avais appuyé sur l'accélérateur, faisant faire un bond à la voiture. J'étais terrifié à l'idée qu'elle lève les yeux tandis que je m'éloignais à toute allure, mais dans le rétroviseur, je la vis qui continuait de fouiller dans son sac. J'atteignis le coin de la rue et négociais le virage quand elle redressa la tête, mais elle était encore assez près pour que je voie qu'elle avait trouvé ce qu'elle cherchait : les clés de sa voiture, une Toyota bleue déjà vieille de deux ans quand j'avais connu April, une voiture un peu comme elle : faite pour les tâches routinières. Rien n'aurait pu la surprendre davantage que d'avoir une aventure avec un collègue de son mari, mais je pense qu'elle avait dû tout de même en tirer une certaine fierté, en Mme Tout-le-Monde mettant dans son lit l'homme qui partageait celui de la bien plus – de l'avis général – désirable Sandrine. *Tu pourrais être avec elle*, disait chacun de ses regards gênés et autodévalorisants, *pourquoi es-tu avec moi ?*

Jamais, aussi bien pendant qu'après cette liaison absurde, je n'avais pu répondre à cette question autrement que Sandrine y avait répondu, parlant de son père, lui-même un coureur de jupons patenté qui alignait des conquêtes de moins en moins séduisantes : *Les hommes se satisfont de peu.*

– Ce n'était rien, Morty, bredouillai-je. L'histoire avec April. Ça n'a jamais été de l'amour. Ça n'a jamais été quoi que ce soit.

– On s'en fiche, m'interrompit Morty pour couper court à plus ample discussion sur la question de la parfaite innocence d'April au regard de ma situation présente. L'idée, c'est que les jurés risquent de te prendre pour une ordure.

Une opinion que le procureur Singleton ne manquerait pas de marteler avec une rage non dissimulée, songeai-je.

– Ruth nous a préparé des sandwiches au thon, m'annonça Morty sur un ton désinvolte en sortant un sac en papier de son porte-documents. Le mien est sans mayo, dit-il en riant. Pour des raisons évidentes. Mais je crois qu'elle en a mis un peu dans le tien.

Il m'en tendit un. Celui-ci était soigneusement enveloppé dans du papier alu.

– Singleton n'a pas encore fait sauter les bombes contenues dans le rapport d'autopsie, ajouta-t-il. Je m'attendais à ce qu'il interroge le Dr Ortins sur ces détails troublants, mais hormis l'histoire des douleurs dorsales, le ministère public a décidé de ne pas brûler toutes ses cartouches.

– Singleton me fait penser à un mauvais écrivain de romans policiers, tu ne trouves pas ? Il choisit le narrateur qu'il veut pour servir son histoire.

Morty mordit dans son sandwich.

– Il comptera sans doute sur Alabrandi pour te charger à bloc. C'est lui qui a dirigé l'enquête, après tout, et de plus, un policier est toujours un bon choix.

– Pourquoi ?

– Parce qu'il y a de fortes chances que les jurés aient déjà entendu des récits faits par des policiers. Ils lisent le genre de livres dont tu parles. Polars, thrillers, que sais-je. Et dans ces livres, ce sont souvent les policiers qui racontent l'histoire, non ?

– Ce n'est pas moi qui peux te le dire, répondis-je.

Morty éclata d'un rire nerveux.

– Surtout, ne donne pas à penser aux jurés que tu fais la fine bouche devant leurs goûts littéraires, d'accord, Sam ?

Il mordit à belles dents dans son sandwich et mâcha lentement.

– En tout cas, à mon avis, Alabrandi restera à la barre un bon moment. Il nous dira sans doute tout ce que le légiste ne nous a pas dit concernant ta femme.

Après quoi, nous mangeâmes plus ou moins en silence, puis j'allai m'allonger sur l'une des banquettes. Il restait encore quelques minutes avant la reprise de l'audience, et depuis deux jours je ressentais une lassitude qui ne me quittait pas, de même qu'une curieuse indifférence vis-à-vis des livres et de la musique qui, jusqu'alors, formaient les piliers de ma vie intérieure. Je n'avais plus non plus l'esprit aussi vif, pourtant je trouvais que ma pensée s'approfondissait et, c'était étrange, qu'elle était parsemée de souvenirs poignants. Une chose était sûre, tout ce qui avait eu de l'importance n'en avait plus, et cette métamorphose avait fait du vide dans ma tête. Il était étonnant que, tout en rétrécissant mon existence, la mort de Sandrine et ses terribles conséquences aient, d'une certaine façon, élargi la perception que j'en avais.

– Ouais, c'est bien, fais une petite sieste, me conseilla Morty. Il faut que tu aies une bonne tête.

Je fermai les yeux et, comme chaque fois, pensai à Sandrine.

Ça s'était passé quelques semaines après sa visite fatidique chez le Dr Ortins. Elle continuait d'enseigner, mais la terrible nouvelle faisait peu à peu son chemin en elle : l'atroce réalité de sa maladie. Nous nous trouvions dans le scriptorium. Les premières fraîcheurs de l'automne flottaient dans l'air, un petit feu crépitait dans l'âtre. Sandrine s'était installée dans le gros fauteuil capitonné, un plaid écossais sur les jambes, et elle lisait. Assis sur le canapé, je faisais de même.

Soudain, son livre glissa de sa main, mais au lieu de le ramasser, elle se contenta de le fixer des yeux un moment avant de les tourner vers moi.

– Je pensais à mon premier article publié.

Elle l'avait écrit peu après avoir obtenu son diplôme à la Sorbonne et n'en avait pas reparlé depuis.

– Celui sur Blanche Monnier, ajouta-t-elle tout bas. Tu te rappelles ?

– Oui.

Au matin du 22 mai 1901, une lettre anonyme était arrivée au commissariat de Poitiers. Cette lettre avertissait les autorités qu'une femme était retenue contre son gré au 21 de la rue de la Visitation. Selon l'expéditeur, elle était enfermée dans une chambre, privée de nourriture et vivant parmi les immondices depuis trente-cinq ans.

Le lendemain après-midi, des policiers se présentèrent à l'adresse indiquée en exigeant d'être reçus. Après s'être vu opposer un peu de résistance, ils pénétrèrent dans la maison, la fouillèrent et au dernier étage découvrirent Blanche Monnier. Elle était âgée de cinquante-deux ans et maintenue prisonnière dans cette chambre, dormant sur un matelas putride, depuis l'âge de dix-huit ans.

Dans son article sur l'affaire, Sandrine évoquait notamment la mère de Blanche, la monarchiste Mme Monnier, déterminée à empêcher sa fille rebelle d'épouser le soupirant désargenté dont elle était tombée amoureuse. Sandrine en proposait une analyse selon une perspective féministe, naturellement, faisant de Mme Monnier une victime du patriarcat tout autant que sa fille qu'elle avait séquestrée, une approche qui rendait son article terriblement daté, travail qui serait considéré, au mieux, comme une capsule témoin.

Je ne dis rien de tout cela à Sandrine, bien entendu.

– Mais pourquoi penses-tu à Blanche Monnier ? demandai-je.

– En fait, ce n'était pas vraiment à elle que je pensais. Je venais de me rappeler que Gide avait écrit un livre sur l'affaire, et aussi qu'il a dit un jour que les tragédies de la vie l'amusaient.

Elle me considérait d'un regard pénétrant.

– Pas qu'elles l'émouvaient, pas qu'elles le tourmentaient, reprit-elle. Pas qu'elles lui brisaient le cœur, mais simplement qu'elles l'amusaient.

– Qu'est-ce qui t'intéresse là-dedans ?

Elle esquissa à grand-peine un sourire, qui se flétrit.

– Sa cruauté.

– C'est-à-dire ?

– Je me demandais s'il aurait eu le moyen de revenir en arrière.

– De revenir à quoi ?

– À la compassion envers autrui. En particulier envers ceux qui sont dans la difficulté ou ne sont pas très instruits.

Sur ces mots, elle se leva, ramena les pans de son peignoir, puis, sortant du scriptorium, gagna la cuisine où je l'avais trouvée plus tard assise seule à la petite table qui donnait sur notre jardin à l'arrière de la maison.

– Qu'est-ce qui ne va pas ? demandai-je.

– J'ai peur.

– Oui, je sais bien que tu as peur.

Alors qu'elle me regardait, son expression prit un aspect de terreur à l'état pur et, même si elle ne le dit pas, je me rendis compte que c'était de moi qu'elle avait peur, de quelque chose en moi.

Qu'avait-elle donc bien pu surprendre dans mes yeux qui lui avait inspiré cette peur ? Quelque chose l'avait-il alertée sur mes propres idées noires au point qu'elle avait deviné en cet horrible instant ce qui serait le premier des mobiles retenus par le ministère public, et de loin, le plus puissant de tous : que, déjà, des semaines avant sa mort, je ruminais ce qui m'attendait : la maison convertie en chambre d'hôpital, tout sens dessus dessous pour faire de la place pour le lit médicalisé, les perches de perfusion garnies de poches en plastique transparent, cette maison devenue le royaume des tubes et des goutte-à-goutte, la cuvette des toilettes pourvue d'un siège rehausseur, toutes les surfaces disponibles couvertes de médicaments, de gants en latex jetables, de compresses, de boules de coton hydrophile, la moindre bouteille en plastique hérissée d'une paille, le déballage de l'invalidité dans toute son horreur. Pas seulement l'invalidité, d'ailleurs, mais aussi une mort atroce, une agonie à rallonge qui s'étalerait sur une période indéterminée, pas sur un mois ou deux, pas même trois, mais qui pourrait très bien continuer encore et encore, le processus de la mort empirant de jour en jour pendant des années, des années et des années.

Demain.

C'est dimanche.

Toute la journée.

Une voix finit par briser le silence qui s'était abattu sur moi dans le sillage de ce souvenir glaçant. C'était celle de Morty.

– Réveille-toi, l'ami.

J'ouvris les yeux.

– Ouais, d'accord, marmonnai-je.

Son expression m'indiqua qu'il voyait quelque chose qui ne lui plaisait pas.

– Tu vas bien ?

– Ça va, répondis-je sèchement.

Ce qui était faux, car une vision plus ancienne m'était revenue : celle de Sandrine assise dans le scriptorium, faisant étrangement penser à l'invalide qu'elle était condamnée à devenir, les jambes enveloppées d'un plaid en laine, le regard effrayé, perdu dans la contemplation de son avenir monstrueux que je me savais destiné à partager. Avait-ce été ce jour-là que, pour la première fois, je m'étais sérieusement demandé, en comploteur terrifié : *Y a-t-il un moyen d'éviter ça ?*

Je regardai Morty et fus soulagé de voir qu'il n'avait pas lu dans mes pensées. Par chance, il était trop occupé à extirper de son fauteuil son énorme silhouette.

– En scène ! lança-t-il une fois debout, avant d'ajouter : Bon Dieu, j'ai des kilos à perdre !

M. Gerald Wayland
est appelé à la barre

Je connaissais Gerry Wayland depuis près de vingt ans, mais seulement en tant que pharmacien délivrant nos prescriptions. D'une amabilité sans faille, il dispensait les avertissements et conseils d'usage. Ça, c'est à prendre avant les repas ; ça, après les repas. Ces comprimés présentent un risque de somnolence ; ceux-là, un risque d'agitation. Que ce soit par conscience professionnelle ou par un désir de perfection confinant à l'absurde, il lui arrivait même de nous mettre en garde contre la pratique de sports violents.

Mais hormis ce détail cocasse, que savais-je de Gerry Wayland alors que je le « connaissais » depuis de nombreuses années ?

Très peu de choses, en réalité.

Je savais qu'il était marié et père de deux enfants, l'un et l'autre titulaires de diplômes d'études supérieures et partis vivre dans des villes lointaines. Que sa femme était ronde comme une boule de bowling et joufflue comme un chérubin, qu'elle avait les seins tombants et qu'elle tenait autrefois une boutique de vêtements pour enfants. Dans une des rares conversations que j'avais eues avec lui, il s'était plaint que le commerce de son épouse avait été « assassiné » par Walmart. C'est le seul et unique meurtre dont je l'aie jamais entendu parler, aussi trouvais-je ironique que la roue de la fortune l'ait mené ici pour apporter son témoignage au sujet d'un crime dont il n'aurait jamais pu imaginer que je sois accusé.

Pendant qu'il levait la main droite et jurait de dire la vérité et seulement la vérité, je remarquai qu'il était nerveux. À l'évidence, il aurait tout donné pour être ailleurs. Il m'avait toujours paru être un homme plutôt timide, et je supposais que le rôle de premier plan qu'il devait jouer dans mon procès lui répugnait un peu. Pour cette raison, il s'en acquitterait sans doute comme le type qui refait le lit après que les acteurs ont quitté le plateau sur le tournage d'un film porno, c'est-à-dire en prenant des gants. Il allait de soi qu'il avait toutes les raisons de penser que son témoignage présentait peu d'intérêt, même si Singleton lui avait sans doute donné une idée précise de la pièce qu'il était censé ajouter au puzzle de mon crime. J'étais certain qu'il livrerait son témoignage rapidement, avec sobriété, avant de reprendre le chemin de la pharmacie où tout était net, bien en vue, où les substances étaient moins volatiles et leurs effets indésirables à la fois mieux connus et mieux contrôlés.

Comme tous les autres témoins avant lui, Gerry commença par décliner son parcours professionnel : pharmacien depuis trente-trois ans, diplômé de la Faculté de Pharmacie de la Mercer University, reconnu par l'Ordre des pharmaciens, bien entendu, dûment autorisé à distribuer des médicaments dans les limites de l'État souverain de Géorgie.

– C'est une ordonnance du Dr Ana Ortins, confirma Gerry à la Cour, les yeux fixés sur une petite feuille de papier carrée, une de celles que Singleton tenait dans sa main droite.

– Monsieur Wayland, reprit Singleton. Pouvez-vous nous indiquer la date de cette ordonnance ?

Gerry obtempéra.

– Quel médicament est-il prescrit sur cette ordonnance ?

– Du Demerol.

– À qui a-t-il été prescrit ?

À Sandrine, évidemment.

– Vous rappelez-vous qui vous a donné cette ordonnance ?

Là, Gerry me lança un coup d'œil, puis détourna les yeux.

– Samuel Madison, répondit-il. Son mari.

Singleton marqua un temps d'arrêt, afin de permettre aux jurés d'assimiler cette information avant de poser sa question suivante.

– Monsieur Wayland, avez-vous eu l'occasion de consulter vos dossiers pour voir exactement combien d'ordonnances de Demerol vous avez honorées au nom de Sandrine Madison ?

Gerry l'avait fait, bien entendu.

– Combien en avez-vous trouvé ?

– Trois. Chacune renouvelable deux fois.

– Dites-moi, il est d'usage que toute personne venant se faire remettre des médicaments signe un reçu, c'est exact ?

– Oui, c'est exact.

– Et avez-vous ressorti vos dossiers pour voir qui était venu avec les ordonnances de Demerol prescrites à cette patiente ?

Oui, il l'avait fait.

– Qui a signé les reçus ?

Cette fois, Gerry ne quitta pas Singleton des yeux.

– Samuel Madison.

– Est-il arrivé que Mme Madison vienne chercher ses médicaments elle-même ?

– Non.

Singleton fit un sourire désabusé, puis se tourna vers Morty.

– Maître Salberg, le témoin est à vous.

Morty se leva mais ne s'avança pas vers le box des témoins. Par cette attitude, il entendait signifier qu'il considérait que la déposition de Gerry n'avait pas assez de poids pour justifier qu'il déplace sa masse colossale afin de mieux impressionner le témoin. Ses questions lui permirent de renforcer cette banalisation intentionnelle. Elles s'inscrivirent dans la lignée de celles qu'il avait posées au Dr Ortins, et de réponse en réponse, Gerry affirma qu'il n'y avait dans tout cela rien d'inhabituel, ni même d'extraordinaire, car c'était toujours moi qui venais chercher les médicaments de Sandrine et signais pour elle.

– En vérité, monsieur Wayland, n'est-il pas exact de dire que si vous aviez eu le moindre soupçon, de quelque nature que ce soit, au sujet de ces ordonnances, vous deviez – ainsi que la loi vous y oblige – le notifier aux autorités ?

– Si, c'est exact, répondit Gerry.

– Et avez-vous informé les autorités compétentes d'un quelconque problème concernant Mme Madison ?

– Non.

– Donc, en vérité, monsieur Wayland, vous pouvez affirmer catégoriquement que vous n'aviez strictement aucune raison de soupçonner qu'un quelconque acte illégal avait été commis par M. Madison ou par quiconque en ce qui concerne la mort de Mme Madison, est-ce exact ?

– Oui, c'est exact, répondit Gerry.

C'était la seule réponse qu'il pouvait donner car cet honnête homme venait de jurer de dire la vérité, toute la vérité et rien que la vérité. Pour cette raison, il était obligé de déclarer au jury que je n'avais rien fait qui ait éveillé le moindre soupçon de sa part. Ce qu'il énonça d'une voix claire et forte, mais ce faisant, son regard revint sur moi, et je vis combien la distance était grande entre ce qu'un homme se doit de dire du point de vue du droit et ce qu'il héberge en son cœur.

Mais je dus attendre la fin de la journée, longtemps après le témoignage de Gerry et ceux de quelques autres « témoins de faits périphériques », pour soulever ce point précis avec Morty.

Le juge avait prononcé la suspension de la séance jusqu'au lendemain, et Morty et moi nous trouvions encore dans la salle d'audience quasi déserte.

– Gerry Wayland pense que j'ai tué Sandrine. Comme toute la ville, me diras-tu.

– Ce que les douze jurés croiront est la seule chose qui compte maintenant, Sam.

Il n'ajouta rien de plus pendant qu'il rassemblait ses affaires, puis il quitta la salle, moi à ses côtés, marchant d'un même pas. Une fois à l'extérieur du bâtiment, il s'arrêta et me dit :

– Bonsoir, Sam.

Nous nous trouvions en haut des marches du tribunal, les rues de la bonne ville de Coburn très animées en contrebas. Je voyais leurs boutiques, le parc et son kiosque à musique, ses toboggans, ses balançoires et son tourniquet. Une Amérique de carte postale.

– Je crois que je me sentais piégé, dis-je tout bas, paroles qui suintèrent d'entre mes lèvres comme un filet de fioul.

Morty me cingla du regard.

– Piégé ?

– Ma vie, expliquai-je. Ce qu'elle était devenue. Enseigner à l'université de Coburn, habiter ici. C'était comme être pris dans un étau. Un étau qui se resserrait jour après jour. C'est pour ça que je l'ai fait, Morty.

Mon avocat plissa les paupières et tout son être se raidit.

– Que tu as fait quoi, Sam ?

– Que j'ai eu cette histoire avec April Blankenship, répondis-je. Je me sentais piégé dans cette petite ville, alors…

– Ne t'avise surtout pas de dire ça aux jurés, m'interrompit Morty d'une voix non pas inflexible cette fois, mais vibrante de soulagement parce que ce que je venais de lui avouer n'était pas le meurtre de Sandrine. Ils vivent dans cette petite ville et la plupart d'entre eux, Sam, ne partagent pas ton mépris pour elle.

Mépris, le mot semblait un peu exagéré, mais je me rendis compte que c'était bel et bien du mépris que j'éprouvais pour Coburn et sa petite université d'arts libéraux.

Comme si l'air autour de moi le chuchotait à mon oreille, j'entendis la voix de Sandrine me répéter une des horreurs qu'elle m'avait sorties le dernier soir : *L'échec est une amante frigide, hein, Sam ?*

Piégé, me redis-je dans ma tête pendant que Morty, toujours à mes côtés sur les marches du tribunal, fouillait dans son porte-documents. Mais cette fois, comme porté par les ailes de ce mot, je remontai soudain dans le temps, me retrouvant dans la chambre du 237 Crescent Road. Sandrine lisait au lit, la pièce était à peu près comme l'officier Hill la verrait plus tard, jonchée de savants détritus, de piles de livres et de journaux à côté du lit, dépassant de sous les bureaux et les chaises, s'élevant en tours déchiquetées du moindre espace disponible. Nous vivions tellement en couple d'intellectuels bohèmes qu'Alexandria, pour exprimer sa révolte d'adolescente, veillait à ce que sa chambre soit toujours étincelante de propreté. C'était un chaos d'érudition que j'avais porté comme une fleur à la boutonnière, un désordre orgueilleux qui m'avait donné le sentiment d'être différent des autres professeurs. Il m'arrivait même d'appeler nos collègues « les républicains », alors que très peu d'entre eux avaient jamais voté pour une autre liste que celle des démocrates.

Sandrine leva soudain les yeux de cette poubelle lettrée, la tête légèrement inclinée, et je crus qu'un vers de l'aria chantée par Pavarotti l'avait émue. Mais la pensée qui lui était venue concernait Pavarotti lui-même.

– On raconte qu'un jour, Pavarotti a demandé à son professeur de chant à quoi tenait le fait d'être un grand chanteur, dit-elle alors. Son professeur lui a répondu que ça tenait pour quatre-vingt-dix pour cent aux qualités vocales, mais que les dix pour cent qui restent, la part qui transforme le talent en grandeur, c'était autre chose.

– Ah bon ? Et c'était quoi, cette autre chose ?

– Je ne sais pas, mais je crois que c'était toujours là, même quand il ne chantait pas.

Ce sujet de conversation était beaucoup trop abstrait, trop magique ou carrément trop farfelu pour moi, et plus ou moins dans l'idée d'y mettre un terme, je dis :

– C'est donc quelque chose qui ne disparaît jamais, alors.

– Si, ça peut disparaître, dit Sandrine en se penchant pour éteindre son iPod. La question est de savoir si ça peut revenir.

Je repassai dans mon esprit la chronologie des événements et en conclus que Sandrine et moi avions eu cette discussion quelques jours à peine après que le Dr Ortins lui avait diagnostiqué sa maladie, évidemment une période au cours de laquelle elle avait traversé des moments très difficiles, le « temps de la réflexion » dont elle m'avait parlé un peu plus tôt.

Le claquement sec que fit le porte-documents de Morty en se refermant me ramena à la réalité.

– Tu fais attendre Alexandria, dit-il.

Dîner

Je descendis les marches et montai en voiture, mais cette fois ne fis pas d'effort pour entretenir la conversation avec Alexandria, si bien que presque tout le trajet jusqu'à la maison se déroula dans le silence.

– Rentre, repose-toi, me dit-elle en tournant dans notre allée. Je porterai les sacs des courses.

J'obtempérai et pour m'aider à me détendre, débouchai une bouteille de vin puis me rendis à la cuisine où, durant quelques minutes, je me perdis dans des pensées inconsistantes et vagues, des éclats de souvenirs tournoyant dans ma tête comme des morceaux de papier chahutés par un orage mental.

– Tu bois, déjà ? fit observer Alexandria au moment où elle sentit le souffle de mon haleine. Tu n'as même pas encore dîné, papa.

– La journée a été harassante, répondis-je en guise d'explication.

– Il y en aura beaucoup d'autres, rétorqua-t-elle.

Elle me regarda comme si j'étais l'aileron d'un requin qu'elle apercevait au loin, une chose effrayante avançant lentement mais inexorablement vers elle. L'idée me vint qu'elle pensait peut-être que c'était le moment de sortir de l'eau.

Plutôt que de me confronter à un abandon si radical, j'entrepris de vider un des sacs de provisions qu'elle avait sortis de la voiture. Elle avait acheté des fruits, des légumes et plusieurs filets de saumon, des choix très judicieux. Elle avait dû remarquer que je commençais à dépérir, que mes chairs s'affaissaient comme si d'invisibles poids tiraient sur mes joues, mes mâchoires, mes sourcils.

Elle ne fit aucun commentaire à ce sujet, mais simplement et très méthodiquement commença de ranger les victuailles.

– Coupe les courgettes en rondelles, dit-elle.

Je pris un couteau de cuisine dans un des tiroirs et me mis au travail. L'espace d'un instant, elle lorgna la lame d'un air méfiant, comme si c'était le pistolet présenté à l'acte I qui devait inévitablement réapparaître avant le tomber de rideau.

– Pas trop épaisses, précisa-t-elle.

C'est une femme organisée, ma fille désormais à demi orpheline. Les légumes vont dans le bac prévu à cet effet. Le pain dans la boîte à pain. Notre grand chaos domestique lui a appris à apprécier le rangement. Elle a vu les tempêtes qu'on récolte à semer le désordre, et elle, ce qu'elle veut dans sa vie, c'est : une place pour chaque chose, chaque chose à sa place.

Elle a raison, sauf sur un point, le fait que la modération est possible même dans le laisser-aller. Il faut, comme le disait Cocteau – encore une citation chipée à Sandrine –, savoir jusqu'où aller trop loin. Mais jusqu'à quel moment du fameux continuum du temps aurais-je dû ignorer les petites morsures de la colère et de la frustration qui ne cessaient d'entamer mes chairs ? Et Sandrine avait-elle eu conscience que mon calme apparent cachait une eau grouillante de piranhas ?

Le temps revint alors sur lui-même, comme un peu plus tôt quand j'étais sur les marches du tribunal avec Morty, et je me revis dans la bibliothèque de la NYU, lisant, Verlaine qui plus est, sans doute pour impressionner Sandrine.

Un livre sur lequel son regard se posa quand elle s'approcha de moi.

– Verlaine a jeté son fils de trois ans contre un mur pendant une dispute avec sa femme, dit-elle.

Je fermai le livre.

– Je l'ignorais.

Les yeux sombres de Sandrine restaient fixés sur moi.

– Tu ne te mettras jamais en colère contre moi, dis, Sam ?

– Non. Il faut qu'il manque quelque chose à un homme, qu'une chose ait disparu en lui, pour qu'il commette un acte aussi cruel.

– Qu'il lui manque quelque chose, oui, dit Sandrine.

Bien des années plus tard, avait-elle perçu ce manque chez moi, me demandai-je, l'avait-elle perçu ou, pire, vu avec une netteté dévastatrice alors que j'étais en face d'elle dans le scriptorium, réagissant négligemment à une anecdote sur la vie de Pavarotti tandis que l'épée de Damoclès qu'elle avait au-dessus de la tête s'en rapprochait de jour en jour ?

– Papa ?

Alexandria me regardait, interloquée, car le couteau s'était figé dans ma main d'une immobilité morbide.

– Tu ne coupes plus, dit-elle.

– Oh, désolé. Je pensais à autre chose.

– À quoi ?

– À la personnalité de ta mère. À son érudition.

Elle me jeta un regard froid. Ce genre de considérations ne faisait que l'irriter à présent et lui donnait l'impression que ce qui était arrivé me laissait royalement indifférent.

– Finis de couper les courgettes, me dit-elle.

Je repensai à la conversation que j'avais eue un peu plus tôt avec Morty, aux questions qu'il m'avait posées sur l'emploi du temps d'Alexandria le jour de la mort de sa mère, notamment sur la teneur de la discussion qu'elles auraient pu avoir. Je faillis poser directement la question à Alexandria, mais je me retins car je craignais que Sandrine ne lui ait, en fait, répété les horreurs qu'elle m'avait dites et je n'étais pas d'humeur à les réentendre.

Peu après, nous dînâmes en restant aussi silencieux, ou presque, que pendant le trajet de retour en voiture depuis le tribunal, puis je me retirai au scriptorium avec un verre de vin.

Vers dix heures, je retournai à la cuisine déposer mon verre dans l'évier en cuivre – un évier ancien martelé main, ce qui lui donnait une texture irrégulière. Je n'y avais jamais trop prêté attention jusqu'à l'après-midi du jour où, deux semaines après la consultation avec le Dr Ortins, j'avais trouvé Sandrine qui fixait l'intérieur de la cuvette. Ce qu'elle était jolie, encadrée par la fenêtre, ses cheveux bruns retombant dans son dos. Mais ça faisait longtemps que je m'étais habitué à sa beauté, et ce n'est pas cela qui m'arrêta. Ce fut plutôt la façon qu'elle avait de tendre la main et de faire courir le bout de ses doigts sur les creux et les bosses, comme si elle y cherchait je ne sais quoi de précieux, un tout petit bijou, aussi minuscule que de la poussière d'or.

J'avais supposé qu'elle pensait à sa maladie, à l'atroce façon dont celle-ci évoluerait, à ses facultés qui, au moment même où nous parlions, diminuaient et continueraient de s'amenuiser jusqu'à complètement disparaître. Certaines tristesses, il est vrai, sont inexprimables, et je me disais qu'en tendant la main dans cette cuvette en cuivre, Sandrine tentait d'atteindre la sienne.

Quand elle sentit ma présence, elle se retourna vers moi et me fit face.

– J'ai pris une décision, dit-elle.

J'étais persuadé de savoir très exactement de quelle décision il s'agissait, et j'avais éprouvé, que Dieu me pardonne, un immense soulagement qu'elle l'ait prise, qu'elle ne se fasse pas subir – et ne me fasse pas subir – des années et des années de cruelle déchéance physique.

Mais aujourd'hui, quand je repense à cette scène, sentant le contact fantomatique des doigts de Sandrine sur ma joue, revoyant la sombre lueur de son regard pendant qu'elle faisait cette déclaration, je ne suis plus du tout aussi sûr de savoir quelle était sa décision fatidique, ni même si elle la concernait au premier chef.

Ah, qu'elles sont devenues longues les nuits sans elle, pensai-je soudain, avec seulement son souvenir, son image immatérielle. Si elle était là, me dis-je en mesurant la tragique ironie de la chose, nous discuterions de mon procès ensemble, de tout ce qu'il avait mis en lumière et de comment tout cela pourrait bien se terminer. Au fil des heures qui défilaient si lentement, je lui décrirais les petits tremblements dont j'avais été secoué au cours de ces quelques journées d'audience, ce qu'elles avaient révélé sur la femme du meurtre de laquelle j'étais accusé et en quoi ce solennel état des lieux m'avait ramené à nos premières années de vie commune.

Ce qui projeta brutalement mes pensées vers un certain matin à Antibes. La veille, nous étions sur le site de Néapolis, à Syracuse, où nous avions testé la fameuse acoustique de cette grotte nommée l'Oreille de Dionysos. Sandrine n'avait accordé que peu de crédit à l'histoire selon laquelle Dionysos avait entendu ses esclaves comploter contre lui parce que leurs voix résonnaient contre la roche, et elle avait raison. Je m'étais placé à l'endroit précis d'où le son se serait répercuté jusqu'à l'oreille du tyran et avais chuchoté : « Je te tuerai. »

Sandrine, postée là où le roi était réputé avoir tendu l'oreille, n'avait entendu aucune menace de meurtre.

Le souvenir des joies perdues, ça brise le cœur, surtout quand les lendemains sont porteurs d'un drame en devenir, mais sur le moment, cette évocation de Sandrine, de notre douceur de vivre des premiers temps me fut une réelle source de joie.

Cette lointaine époque me ramena à la musique, et j'eus soudain envie de mettre un CD, d'écouter son morceau préféré, *Air sur la corde de Sol*, cette petite pièce de Bach qui, aussi dépouillée soit-elle, était un des fleurons de la musique classique. Mais aussitôt, me rappelant la mise en garde de Morty, je me demandai quel effet cela ferait si jamais un juré passait devant chez moi en se promenant et l'entendait. Ces douces sonorités propices à la méditation ne risqueraient-elles pas de me porter préjudice au procès, d'être considérées comme une preuve de plus de mon élitisme, de mon snobisme, du bourbier dans lequel mon éthique s'était enlisée, toutes choses qui, réunies, avaient créé un homme si dénué de barrières morales qu'il pouvait aisément glisser dans le meurtre ? J'entendais d'ici le didactisme prudent qui émergerait des considérations de tous mes soi-disant « pairs » à cet égard, le fait que la vie n'est ni une montagne ni une vallée mais la pente savonneuse qui va des hauteurs de l'une aux profondeurs de l'autre. Je savais qu'ils verraient les choses ainsi, qu'ils se serviraient de mon exemple pour illustrer à quel point une vie peut mal tourner.

On sonna à la porte.

Quand j'ouvris, il sourit.

– Comment ça s'est passé ? demanda-t-il.

C'était mon voisin, Carl Santori, et en le regardant, je vis les ravages de ses nombreuses maladies. Il avait perdu l'usage d'un rein et évité l'opération, raisons pour lesquelles je m'étais toujours attendu à lui survivre. Une certitude que je ne pouvais plus avoir. Comme l'avait dit Singleton : « Cet assassinat a été prémédité avec beaucoup trop de cruauté et perpétré sur une période de temps beaucoup trop longue pour mériter autre chose que la mort. »

– Franchement, Carl, je n'en sais rien, répondis-je.

Carl hocha doucement la tête. Il passait me voir une fois par semaine depuis la mort de Sandrine, toujours, comme ce soir-là, avec un repas chaud de son restaurant : spaghettis, manicottis, rollatinis d'aubergines. Nous étions voisins depuis onze ans. Sa vie avait été parsemée de coups de malchance. En plus de sa santé précaire, il avait connu le veuvage et son fils, à présent âgé de quatorze ans, avait toujours été d'une constitution délicate. Nous nous prêtions des outils et, de temps en temps, parlions de tout et de rien, mais c'est le soir où, tout à fait par hasard, j'avais sauvé la vie de son fils qui transforma cette vague relation en amitié, du moins dans la tête de Carl.

Ce fameux soir, il s'était brusquement rappelé qu'il avait oublié d'éteindre un des fours du restaurant et s'était précipité à sa voiture. Alors qu'il démarrait en trombe et fonçait vers la rue, je remarquai que son fils Anthony était allongé dans l'allée face contre terre. Il faisait une de ses crises et je vis tout de suite qu'il se trouvait sur le parcours de la voiture de son père. Comme n'importe qui l'aurait fait à ma place, je m'élançai vers le jeune garçon, le soulevai dans mes bras et plongeai avec lui à l'abri du jardin adjacent, juste à temps pour éviter le pare-chocs arrière de la Saturn de Carl. Nous étions toujours au sol quand Carl nous rejoignit en courant. Il avait bondi hors de sa voiture en oubliant de bloquer le levier de vitesse en position parking, si bien qu'elle avait continué de rouler, emboutissant la boîte aux lettres en brique au bout de l'allée. Carl n'en avait rien vu, bien entendu. Il n'avait d'yeux que pour son fils, et aussitôt nous avions tous deux foncé à ma voiture pour conduire l'enfant à l'hôpital le plus proche où il s'était vite remis.

Tout le monde aurait agi comme moi, mais Carl avait trouvé mon geste héroïque et, dès ce moment, m'avait juré une amitié éternelle. Depuis la mort de Sandrine, entre ses visites et les bons petits plats italiens qu'il m'offrait, il n'avait pas dérogé à sa parole.

– Je t'ai mis du pain à l'ail, dit-il.

– Merci, Carl.

– Régale-toi, ajouta-t-il en me tendant le tout.

Il avait toujours eu un peu de mal à s'exprimer, et mes ennuis actuels ne faisaient qu'accentuer ce phénomène. En temps normal, il aurait déjà eu peu de choses à dire, mais là, chaque mot semblait être le fruit d'un dur labeur.

Carl s'écarta de moi comme du tic-tac d'une bombe.

– Bon, eh bien, bonne nuit, Sam.

– Bonne nuit, Carl.

Il parut disparaître en un instant, me laissant seul à regarder la nourriture qu'il m'avait apportée.

D'ordinaire, j'aurais au moins goûté le pain à l'ail, mais là, je n'avais pas faim du tout. Muré dans la noirceur du moment, je me demandai si je retrouverais jamais l'appétit. Toute nourriture menaçait de me rappeler Sandrine : moyen-orientale, je repenserais aux quelques journées que nous avions passées à Istanbul ; française, à nos flâneries dans Paris ; italienne, à nos promenades dans les rues de Rome et à nos baignades à Capri. Ou bien peut-être à Venise, nous revoyant passer sous le pont des Soupirs pour le fameux baiser ? Quelques années plus tard, je lui avais demandé très sérieusement si elle pensait que c'était ce moment-là de notre voyage le long des côtes méditerranéennes dont elle se souviendrait toujours. Sa réponse ne s'était pas fait attendre. « Non, m'avait-elle dit, le regard empreint de douceur et de tendresse, ce sera Albi. »

Albi, songeai-je à présent, *d'où provenait la bougie. Albi, la page qu'elle avait cornée dans le guide touristique qu'elle avait avec elle dans son lit en ce dernier soir.*

– Tu devrais vraiment essayer de dormir, papa.

Je me retournai et vis Alexandria à quelques mètres de moi, éclairée à contre-jour, immobile, silhouette que je trouvai tout à coup assez lugubre : celle d'une femme sous mon toit qui n'était pas Sandrine. Ma fille, oui, me dis-je en une douloureuse prise de conscience, mais n'empêche, une femme que je ne connaissais pas vraiment.

– Longue journée demain, tu n'as pas oublié ? ajouta-t-elle.

– Je n'ai pas oublié, répondis-je d'une voix posée. D'accord, je vais bientôt aller me coucher. Toi aussi, tu devrais dormir.

Elle acquiesça, puis disparut comme un fantôme de la même façon que Carl quelques instants plus tôt.

Je rangeai dans le réfrigérateur le plat que Carl m'avait apporté, puis me lavai la figure, me brossai les dents, allai aux toilettes et, finalement, à court de faux prétextes, me mis au lit.

Il était tard, mais je ne parvenais pas à trouver le sommeil. Alexandria disait vrai. Demain serait une longue journée. Ayant consulté la liste des témoins, je n'étais pas sans savoir qu'à partir de la journée du lendemain, le dossier à charge contre moi deviendrait de plus en plus lourd, de plus en plus sinistre.

J'attrapai la télécommande et allumai la télévision.

Sur l'écran, une jeune et belle actrice parlait de son tout dernier film à l'animateur d'un talk-show tardif. Elle y incarnait un personnage de bande dessinée et non une personne réelle.

– C'est plus facile d'être un personnage de B.D. qu'un être humain ? lui demanda l'animateur avec cet air toujours un peu provocateur, un peu venimeux des animateurs télé des deuxièmes parties de soirée.

Contre toute attente, la jeune actrice parut légèrement désarçonnée par cette question. Une pointe de gravité apparut dans son regard, comme si elle venait de distinguer une force qui approchait dans le seul but de la tuer.

– C'est moins risqué, répondit-elle.

Ah ça, c'est très juste, pensai-je en jetant un coup d'œil à la commode où Sandrine rangeait ses écharpes, ses chemisiers ainsi que les jeans délavés et les sweats flottants qu'elle portait souvent à la maison. Comme disait Willa Cather : une belle femme est encore plus belle en négligé. Cela s'était pleinement vérifié dans le cas de Sandrine, ce dont attestait la photo dans le petit cadre en chrome posée sur cette même commode et sur laquelle on la voyait assise sur les marches de la bibliothèque de l'université de Coburn.

Alors que je me laissais toujours bercer par le souvenir de la beauté de ces premiers jours, Alexandria frappa doucement à ma porte.

– Il est une heure et demie, papa. Tu devrais vraiment dormir.

– Le sommeil, c'est bon pour ceux qui n'ont pas grand-chose à faire, dis-je, sachant très bien que je ne fermerais pas l'œil de la nuit.

– Comme tu voudras, marmonna-t-elle.

La porte était close, mais j'entendis tout de même ses pas s'éloigner dans le couloir en direction de sa chambre. Je n'avais pas besoin de voir son visage pour percevoir son agacement. Elle m'avait clairement signifié un peu plus tôt que, pour elle, je faisais partie de ces gens qui avaient réponse à tout, et je dois admettre que, presque toute ma vie, j'en avais, effectivement, toujours eu une. Mais depuis le début de mon procès, il me semblait que ne se posaient plus que des questions auxquelles je n'avais aucune réponse à apporter, même si je persistais à penser qu'elles étaient à ma portée, ces réponses, qu'elles m'attendaient et que je finirais par les trouver. Dans un de ses articles non publiés, Sandrine écrit qu'il n'y a pas de différence entre les questions qu'on adresse à son intelligence et celles qu'on adresse à son cœur, car aucune réponse convaincante ne peut être apportée aux unes ou aux autres si l'on ne laisse pas parler les deux.

Sociopathe.

Sa voix résonna si distinctement à mon oreille que, sur le coup, je tournai vraiment la tête, à croire que je m'attendais à la voir devant moi comme cette nuit-là, des flammes dans les yeux quand elle avait tendu la main vers la tasse blanche.

Sociopathe.

Peut-être avait-elle raison, me dis-je en pivotant sur le côté et en éteignant la lumière. Peut-être suis-je à présent étrangement déconnecté des événements mêmes qui sont les plus déterminants de ma vie, et par conséquent bien en peine de me défendre contre les nombreuses charges retenues contre moi. La seule chose qui, pour Sandrine, avait du sens dans le catholicisme, c'était la confession, et en cela, elle était dans le vrai. Plus encore peut-être que quelqu'un à aimer et qui nous aime en retour, nous avons besoin de quelqu'un à qui nous pouvons dire la vérité sur nous-mêmes sans fard. C'était, j'en prenais conscience, ce qui me manquait le plus en ce moment tandis que je regardais dans l'obscurité. Ce qui me manquait plus que jamais et me manquerait à jamais, c'était purement et simplement Sandrine, ses déchirantes vérités, la façon dont elle avait lancé la dernière d'entre elles comme une flèche dans le noir.

Tu n'es plus rien pour moi, Sam. Plus rien, plus rien, plus rien.

Dernières paroles qu'elle m'ait adressées.

TROISIÈME PARTIE

Harold Singleton, procureur du comté de Coburn, nous a déclaré qu'il abordait maintenant les aspects les plus cruciaux des poursuites pénales engagées par le ministère public à l'encontre de M. Samuel Madison pour le meurtre de sa femme, Mme Sandrine Madison, tous deux professeurs à l'université de Coburn – un procès qui retient l'attention des médias aussi bien locaux que nationaux, et qui passe pour le plus retentissant de tous ceux qui se sont tenus dans le comté.

Coburn Sentinel
15 janvier 2011

Cinquième jour

Matin

Au matin du cinquième jour de mon procès, en entrant dans ma cuisine, j'eus la surprise d'y trouver Jenna en compagnie d'Alexandria. Mais elles étaient bel et bien là, la sœur et la fille de Sandrine, tranquillement assises de part et d'autre du billot de boucher reconverti en table. Dans la vague paranoïa sans doute induite par ma nuit blanche, elles me firent penser à deux des sorcières de Macbeth, remuant leur brouet dans le chaudron, convoquant tourments et désordres.

– Bonjour, Sam, dit Jenna.

– Salut, répondis-je un peu sèchement, sachant qu'elle considérait depuis toujours que Sandrine, en m'épousant, avait fait le mauvais choix.

– Comme je me trouvais à Atlanta, j'ai pris la route pour venir voir comment Alexandria tenait le choc.

Sous-entendant par là qu'en ce qui me concernait, elle s'en moquait éperdument, une attitude qu'elle affichait au grand jour depuis la mort de Sandrine, ayant coupé plus ou moins les ponts avec moi. Elle restait en contact avec Alexandria, mais j'étais sorti de son écran radar comme un avion qui se serait crashé. Toutefois, je n'étais pas certain qu'elle aille jusqu'à penser que j'avais pu assassiner Sandrine. Sur ce point-là, elle réservait encore son opinion.

– Alexandria va très bien, lui assurai-je. Nous, les Madison, avons des nerfs d'acier.

Jenna eut un sourire à couper un diamant.

– Je tenais à en juger par moi-même.

Son sourire s'élargit, mais sans se départir de sa dureté.

– Je ne peux pas rester, je le regrette, ajouta-t-elle.

– Et où vas-tu comme ça ? m'enquis-je.

– J'ai une réunion à Chicago demain à midi.

– Donc, tu ne passes pas la nuit ici ? demanda Alexandria.

Jenna secoua la tête.

– J'aurais bien aimé, mais je dois retourner à Atlanta.

Était-ce la vérité, m'interrogeai-je, ou bien y avait-il quelque chose dans cette maison qui lui faisait peur, la perspective de se retrouver sous le même toit qu'un assassin ?

– Oh, je regrette que tu ne puisses pas rester, affirmai-je, doutant fort que Jenna le croirait.

Sœur aînée de Sandrine, elle avait toujours joué un rôle de protectrice à son égard. Forte de ce statut, elle avait dû détester le fait que sa sœur brillante et belle s'éprenne d'un étudiant de troisième cycle qui ne payait pas de mine, vive avec lui dans de sordides appartements puis, à la surprise générale, l'épouse et fasse un enfant avec cet insignifiant personnage.

Cela dit, je restais intimement persuadé qu'elle compatissait de tout cœur au sort d'Alexandria qui avait la malchance d'être ma seule descendante et recevrait en héritage une multitude de comportements déshonorants culminant à présent, qui plus est, par un procès pour meurtre.

– Alexandria me disait qu'aujourd'hui pourrait être une rude journée, reprit Jenna.

– C'est plus que probable, oui.

Je me tournai vers Alexandria.

– Mais on commence à s'y habituer, hein ?

Alexandria but une gorgée de café.

– Nous n'avons aucune idée du temps que ça va durer, dit-elle à sa tante. Le procès, j'entends.

– Sans parler des appels et autres pourvois, ajoutai-je avec un rire forcé.

– Donc, ça se présente mal ? demanda Jenna.

Je soupçonnais que c'était là son plus cher désir. Rien ne la mettrait sans doute plus en joie que de me voir finir mes jours à genoux dans une cellule pouilleuse à tailler des pipes à un baron de la drogue mexicain. Après tout, j'avais trahi sa sœur et je l'avais peut-être tuée. Toutefois, elle devait rester aimable avec moi, ne serait-ce que pour Alexandria. Tel est le tribut, avec le chagrin et la pitié, des liens familiaux.

Je haussai les épaules.

– Je ne sais pas du tout comment ça se présente, Jenna, lui répondis-je.

– Toute une journée a été consacrée au médecin légiste, expliqua Alexandria. Un certain Dr Mortimer.

– Le bien-nommé, ironisai-je. À cause de la première syllabe de son nom.

Les lèvres de Jenna tremblèrent sous son sourire glacial.

– C'est une remarque qui s'imposait, en effet, Sam, me lança-t-elle sèchement.

J'ouvris le réfrigérateur, pris le lait, le sentis parce que j'ai cette compulsion, puis en versai un peu dans une tasse. J'y ajoutai du café, mais je n'avais pas d'appétit du tout. Aurais-je eu envie de prendre un petit déjeuner complet que, de toute façon, devant Jenna, je m'en serais abstenu. Ça lui paraîtrait déplacé : un bon petit déjeuner bien copieux comme on en fait dans le Sud – œufs, bacon, toast, beurre, confiture, ce qu'il y a de meilleur – dégusté par un homme que l'on jugeait pour le meurtre de sa si ravissante, si brillante et si méritante sœur. C'est une des bizarreries de cette affaire – et de toute affaire comme la mienne – que les plaisirs ordinaires, du moins le fait de se les accorder publiquement, indiquent de manière irréfutable qu'on serait non seulement coupable du crime dont on est accusé, mais que, de surcroît, on n'éprouverait pas l'ombre d'un remords. Souriez ou, Dieu vous en préserve, riez alors que votre enfant a disparu, et personne ne doutera plus que vous savez où se trouve le corps.

Je m'en tins donc stratégiquement à du café avec un peu de lait, et sans sucre, tant qu'à faire.

– C'est fou ce que ça peut être barbant, un procès, reprit Alexandria sur un ton d'un naturel déconcertant, comme si, à mesure que mon calvaire se prolongeait, elle y voyait un divertissement, un spectacle qui, dans mon cas, ne mériterait pas plus de deux étoiles.

– Donc, ce Dr Mortimer n'avait rien à dire qui…

Jenna s'interrompit, ne sachant manifestement pas comment poursuivre.

– Qui me confondrait ? suggérai-je avec un rire sec. Non, pas vraiment. Il a confirmé que Sandrine était décédée par absorption d'une dose massive de Demerol avec un verre de vodka « assaisonnée », pour reprendre le terme qu'il a employé, d'antihistaminiques.

Puis il avait déclaré n'avoir relevé aucune trace de coups, de coupures ou de lacérations sur le corps, ce qui, bien entendu, indiquait qu'il n'y avait aucun signe de lutte. Soit Sandrine s'était empoisonnée de sa propre initiative, soit quelqu'un l'avait empoisonnée.

– Ce sont les antihistaminiques, le problème, dit Alexandria.

– Notamment le fait qu'ils ont été broyés, ajoutai-je. Probablement pour les rendre indécelables. Et que Sandrine les avale à son insu. C'est sûr qu'elle n'aurait pas senti de goût particulier, donc, en théorie, j'ai très bien pu…

– Je vois, me coupa Jenna. Mais pourquoi Sandrine en prenait-elle de toute façon ?

– Pour éviter de régurgiter le Demerol, répondit Alexandria. C'est ce qu'a dit le procureur. Ils ont donc été mélangés à la vodka parce que papa voulait que maman garde le Demerol.

– Je vois, répéta Jenna tout bas.

Un instant, elle fixa ses mains, puis redressa la tête et me transperça du regard.

– C'est vrai qu'une recherche sur les antiémétiques a été faite à partir de ton ordinateur ? me demanda-t-elle. J'ai lu ça dans le journal d'Atlanta.

– Oui, dis-je. C'est vrai.

J'étais donc en droit de supposer que Jenna avait également appris qu'en dehors des efforts pour trouver des antiémétiques « puissants », mon ordinateur avait mémorisé plusieurs recherches sinistres ayant trait au « suicide indolore » ainsi qu'à différents médicaments susceptibles de le provoquer, dont le Demerol, des faits rendus publics depuis longtemps ainsi que mon explication peu convaincante selon laquelle l'ordinateur de Sandrine fonctionnant mal, elle avait utilisé le mien.

– Tout indique que Sandrine souhaitait mourir, dis-je. Et naturellement, elle ne voulait pas souffrir.

Jenna me dévisageant d'un air dubitatif, je poursuivis :

– Quant à ces antihistaminiques, je ne suis pas certain que Sandrine les ait pris pour s'assurer que le Demerol agirait.

– Pour quelle autre raison l'aurait-elle fait ? enchaîna Jenna.

Je lui donnai la réponse que je trouvai la plus vraisemblable.

– Sandrine était… quelqu'un de bon. Elle aura voulu ne rien salir.

– Parce qu'elle savait que c'est toi qui nettoierais, c'est ça ?

– Oui.

– Que c'est délicat de sa part, Sam, dit Jenna dont le regard se durcit. Que c'est loyal.

– Loyal, oui, approuvai-je avant de revenir au sujet moins épineux des preuves à charge. Bref, en ce qui concerne les recherches sur le suicide indolore, j'ignorais qu'elle les avait faites.

Je me rendis compte qu'une question se formait dans l'esprit de Jenna, question que, sur le moment, elle se retint de poser avant de finalement céder au besoin irrépressible qu'elle avait de le faire.

– Et si tu l'avais su ?

– Eh bien, comme je le disais à Alexandria, c'était le droit de Sandrine. Après tout, les Grecs anciens…

– Les Grecs anciens, tiens donc ! m'interrompit sèchement Jenna en se mettant aussitôt à rassembler ses affaires. Tes références culturelles, je m'en passe.

Il y avait toujours eu une certaine dureté chez Jenna, de l'intransigeance, de l'inflexibilité, voire un peu de vénalité. Son caractère, aux antipodes de celui de Sandrine, faisait d'elle une femme qui, me disais-je à présent, n'aurait jamais eu la moindre envie d'enseigner dans une petite université et encore moins, que Dieu l'en garde, d'ouvrir une école dans un coin retiré du globe.

Pour toutes ces raisons, j'avais trouvé curieux que, les derniers mois de sa vie, Sandrine l'ait invitée plusieurs fois à venir lui rendre visite, propositions que Jenna avait toujours acceptées, séjours de deux ou trois jours durant lesquels je les trouvais souvent en pleine conversation dans l'après-midi, assises dans la petite gloriette que Sandrine avait tenu à faire installer dans le jardin de derrière, une de ces constructions de pacotille en préfabriqué montées en un jour et qui, déjà, se délabrait.

Mais elle en avait profité le temps d'une saison, s'y retirant souvent pour lire, écouter de la musique sur son iPod ou, de temps à autre, bavarder avec Jenna devant un verre de vin blanc, toutes deux regardant dans ma direction quand elles m'apercevaient du coin de l'œil, s'arrêtant instantanément de parler quand je m'approchais.

– Dis-moi une chose, Jenna.

Ça m'avait échappé, et je vis que ma brusquerie la faisait sursauter.

– De quoi parliez-vous ? demandai-je.

– De quoi on parlait ? répéta-t-elle d'une voix hésitante.

– Avec Sandrine. Dans la gloriette.

Jenna me regarda comme si je l'avais agressée verbalement.

– De tout et de rien, répondit-elle froidement.

– De tout et de rien ? Pourtant tu venais ici régulièrement les derniers temps, Sandrine s'était complètement éloignée de moi. Elle ne m'adressait presque plus la parole à ce moment-là, mais avec toi, elle discutait souvent, alors je me demande simplement de quoi… si vous abordiez des sujets intimes.

– Des sujets intimes ? s'écria Jenna. Pourquoi ? elle n'aurait pas dû les aborder avec moi ?

Après tout, sous-entendait-elle, n'étais-tu pas « intime » avec ta petite putain ?

Son regard me foudroya sur place.

– Excuse-moi, murmurai-je. Bien sûr que si. C'est juste que Sandrine ne me parlait plus beaucoup… elle m'ignorait, alors je ne pouvais imaginer…

– Peut-être qu'elle n'avait tout simplement plus envie de se confier à toi, Sam, me balança Jenna.

– Elle te l'a dit ?

– N'était-ce pas évident ? martela Jenna. C'est toi qui viens de dire qu'elle ne t'adressait presque plus la parole.

– Mais pourquoi ?

– Je ne sais pas, répondit Jenna. Elle ne me l'a jamais dit.

Nous restâmes silencieux un moment, puis tout bas, Jenna ajouta :

– Nous parlions de la vie, Sam.

Ses yeux s'embuèrent de larmes tout à coup.

– Sandrine était ma sœur.

Elle inspira profondément, et je devinai qu'elle s'en servait pour reprendre contenance.

– C'était ma sœur unique.

– Et deux sœurs se font des confidences, papa, enchaîna Alexandria d'une voix ferme, comme un arbitre s'interposant entre deux boxeurs.

– Bien sûr, marmonnai-je en plaquant un gentil sourire sur mon visage à la seule intention de Jenna et que j'offris en cet instant parce que j'apprenais, il faut croire, à être… un homme bon. Bien sûr que deux sœurs se font des confidences.

Jenna se remit à rassembler ses affaires.

– Porte-toi bien, chuchota-t-elle à Alexandria sur un ton de trop grande connivence à mon goût, les deux sorcières shakespeariennes tenant de nouveau conclave.

– Rien ne t'oblige à partir, tu sais, lui dis-je. Je ne suis pas… mauvais. Je ne suis pas… Je…

Le fait est que je ne savais plus ce que j'étais.

– En tout cas, bafouillai-je, merci d'être passée prendre des nouvelles… d'Alexandria.

Jenna, qui avait fini de mettre son manteau, ne me quittait pas des yeux, étrangement fébrile. Elle parut sur le point de partir, mais soudain elle s'arrêta et me regarda bien en face.

– Sandrine t'aimait, Sam.

Elle me regardait droit dans les yeux telle une institutrice désireuse de mettre les points sur les *i*.

– Au cas où tu en aurais douté…

Sur ce, elle partit.

– Où voulais-tu en venir en faisant ça ? demanda Alexandria une fois Jenna bien hors de portée de voix.

– Où voulais-je en venir en faisant quoi ?

– En insistant pour que Jenna te dise de quoi elle parlait avec maman.

Clairement, cette question l'agaçait. Elle me fixait d'un air sévère.

– On ne fait pas le procès de Jenna, papa.

Cette fois, elle dépassait les bornes.

– Mais le mien, c'est ça ?

Alexandria fit amende honorable, sans pour autant retirer ses propos.

– Tu m'as comprise, dit-elle.

– Pas vraiment, Alexandria. Je sais qu'à cause de moi, tu traverses une période difficile, mais je ne vois pas comment y remédier. Si tu as une idée, ne te gêne pas, dis-la-moi.

Elle me gratifia d'un de ses regards interloqués et pénétrants, puis posa une question qui, je le savais, devait la tarauder depuis longtemps.

– Maman était au courant pour cette femme ?

Ainsi donc, enfin, nous en arrivions à April.

– Pas que je sache.

– Tu ne le lui as jamais dit ?

– Les aveux, ce n'est pas mon fort, j'en ai peur.

Elle resta silencieuse un moment, et pendant cet intervalle, je sentis une terrible énergie contenue émaner d'elle.

– Et Malcolm ? reprit-elle. Tu étais au courant pour lui ?

Je secouai la tête.

– Pas de toute l'histoire, non.

Je vis que ma fille hésitait à s'immiscer plus encore dans l'insondable couple formé par ses parents. Je n'en avais pas plus envie qu'elle, mais en cet instant, une vision très nette de Malcolm Esterman me vint à l'esprit, l'image de lui marchant sans se presser sur les feuilles rousses et jaunes, un automne à l'université de Coburn, dégarni et binoclard, ses livres sous le bras, son veston perpétuellement recouvert d'une fine couche de poussière de craie. Candidat idéal pour le rôle de Mr Chips[1].

Malcolm Esterman.

Qui l'aurait cru ?

1. Personnage principal du roman de James Hilton *Goodbye, Mr. Chips* (paru en français sous le titre *À vous, Mr. Chips !*).

Son nom éveillait autrefois une émotion bien différente de celle qu'il suscitait en moi aujourd'hui. Pour être plus précis, il n'en éveillait strictement aucune avant la mort de Sandrine et l'enquête de l'inspecteur Alabrandi qui avait suivi. À présent, il y avait des images que je ne pouvais tout simplement pas me sortir de la tête, toutes plus ou moins pornographiques, draps, corps dénudés et entremêlés, en sueur. En guise de bande-son, j'entendais des respirations bruyantes, celle de Sandrine devenant plus saccadée et plus haletante jusqu'à exhaler un dernier râle d'extase, lequel était, bien entendu, long, épuisé et extraordinairement satisfait.

– Je ne le connaissais pas, dis-je à Alexandria. Enfin, pas vraiment. Il enseigne à Coburn depuis trente ans. Je le croisais de temps à autre. Aux conseils de classe, aux remises des diplômes, ce genre de choses. Mais le fait qu'il était…

– Bien sûr, m'interrompit-elle.

Sur ce, elle abandonna le sujet et j'en fis autant. Il serait détaillé au procès le jour même ou le lendemain. Malcolm Esterman figurait sur la liste des témoins, après tout.

Alexandria avisa l'heure sur le micro-ondes.

– Allons nous préparer. Sinon nous serons en retard.

Chacun partit de son côté, elle dans sa chambre, moi dans la mienne. Nous ne nous revîmes que lorsque je regagnai le salon où elle m'attendait déjà.

– Seigneur, papa, dit-elle au moment où j'entrai dans la pièce. Ton nœud de cravate n'est ni fait ni à faire.

– Je crois que mes doigts tremblent un peu.

D'instinct, je voulus le rajuster, mais elle s'avança vers moi et s'en chargea à ma place.

Elle avait eu quelques « aventures », mais aucune n'avait duré suffisamment ou été assez sérieuse pour qu'elle nous présente son compagnon, à Sandrine et à moi. Peut-être craignait-elle que je ne désapprouve son choix quel qu'il soit, ce qui aurait sûrement été le cas d'ailleurs, encore que j'aurais gardé mon opinion pour moi et été aimable avec le type. Mais une fois Alexandria et son soupirant partis, j'aurais sans doute hoché la tête en me demandant à quoi pouvait bien songer ma fille pour prendre ce gars au sérieux. Et pendant tout ce temps, j'aurais pensé de moi que j'étais très tolérant, que je jugeais ce jeune homme non pas selon des critères intellectuels élevés, mais selon des aspects plus simples de sa personnalité, comme Sandrine m'avait jugé autrefois : *parce que tu es un homme bon*.

Mais depuis peu, j'en suis venu à me dire que c'est Alexandria qui, en réalité, est tolérante. Après tout, elle supportait les révélations choquantes de l'enquête sans jamais poser aucune question sur les nombreuses choses que je cachais à Sandrine, sur celles qu'elle me cachait et que nous avions cachées, elle et moi, à notre fille. « M'man et toi m'avez donné l'illusion que je vivais dans un foyer heureux, m'avait-elle dit après que les premiers détails scandaleux eurent émergé, et je suppose que je dois vous en remercier tous les deux. »

– Impossible à réparer sans tout défaire, dit Alexandria en dénouant le désordre de ma cravate.

J'inclinai le front devant la dure vérité qu'il en allait ainsi de bien des choses.

– Redresse la tête, papa, m'intima-t-elle en défaisant la dernière boucle avant de tout recommencer.

Son visage s'était rapproché du mien. Je sentais son souffle, et le simple fait qu'elle respirait, que ma fille était en vie, me transporta d'un bonheur soudain mais aussi teinté d'angoisse à l'idée qu'il nous est si facile d'oublier ou de tenir pour acquises les chances les plus folles qui nous sont offertes.

– Voilà, soupira-t-elle en reculant d'un pas. C'est bon. Alors, prêt à affronter cette audience ?

– Prêt, répondis-je en affectant une parfaite assurance, une totale confiance que rien de ce que j'entendrais de la journée ni de toutes les suivantes de mon procès ne ferait vaciller davantage les fondations de ma vie. Fin prêt, ajoutai-je.

Mais c'était faux.

– Bien, alors allons-y, dit Alexandria, parce que les juges n'aiment pas que le prévenu les fasse attendre.

Prévenu, oui. Car plus que jamais, et même à mes propres yeux, c'était précisément ce que j'avais l'impression d'être.

L'inspecteur Raymond Alabrandi est appelé à la barre

Nulle histoire ne rivalise avec celle d'un meurtre. Singleton l'avait bien compris, et j'attendais, mais sans impatience, le moment où il se déciderait à retracer le fil des événements de mon affaire à la manière d'un mauvais polar.

Quand il appela à la barre l'inspecteur Alabrandi, je sus que ce moment était venu.

Ray Alabrandi avait le physique de l'emploi : grand, mince, tempes dûment grisonnantes. Il marcha d'un bon pas jusqu'au box des témoins tel un soldat en manœuvre, prêta serment, puis, répondant à la question de Singleton, informa le jury qu'il travaillait dans la police depuis dix-sept ans. Avant, il était dans l'armée, mais affecté à la police militaire. Un parcours impressionnant, et l'inspecteur Alabrandi l'était tout autant – un professionnel froid, pas complètement cynique, mais habitué à ce qu'on lui mente, semblable à ces enquêteurs que les jurés voyaient chaque soir à la télévision ou dont ils lisaient les exploits – c'est ce que je supposais – dans les romans policiers.

Il déclara à la Cour s'être présenté au 237 Crescent Road à 15 h 57 le vendredi 21 novembre. Il ne dit pas qu'il pleuvait cet après-midi-là, pourtant c'était le cas, et pendant qu'il répondait avec une extrême précision aux questions du procureur, il me revint que, quand je lui ouvris, mon regard s'était attardé sur les gouttes de pluie qui mouchetaient son pardessus bleu foncé.

– Samuel Madison ?

J'acquiesçai.

Il me présenta son insigne.

– Puis-je entrer ? J'aimerais éclaircir certains points avec vous.

Je l'invitai à me suivre jusqu'au salon tapissé de livres. Les étagères croulaient sous les grandes œuvres de la littérature qui parurent ne donner à Alabrandi qu'une seule impression : celle que je devais me croire beaucoup plus intelligent que lui, opinion qu'il en était venu depuis, je n'en doutais pas, à réfuter sans réserve.

Je fus arraché à ce souvenir par la voix autoritaire du procureur Singleton.

– Donc, des questions troublantes sont apparues au sujet de la mort de Sandrine Madison, c'est exact, n'est-ce pas, inspecteur ?

– Lors de l'enquête préliminaire, oui, répondit Alabrandi. Et de l'autopsie, bien entendu.

– Quelles questions ?

Celles auxquelles je n'avais pas pensé avant que l'inspecteur Alabrandi ne me les pose en cet après-midi pluvieux, tous deux assis au salon d'une maison où régnait un désordre qui, un peu plus tôt, avait intrigué l'officier Hill et que, depuis, j'avais un peu rangé. Mais avant que l'inspecteur n'aborde ces points cruciaux et dérangeants, il y avait eu certaines formalités d'usage dont Singleton souhaitait que le jury soit informé.

– Quand vous avez rencontré M. Madison, ce matin-là, vous a-t-il posé des questions sur sa femme ?

– Oui. Il s'est préoccupé des dispositions qui avaient été prises pour le corps de Mme Madison.

Alabrandi sortit un petit carnet marron et le feuilleta jusqu'à la page appropriée.

– Il m'a demandé : « Où est Sandrine ? »

– À quel moment s'est-il renseigné sur le lieu où se trouvait le corps de sa femme ?

– Dès qu'il m'a vu, dit Alabrandi au jury. J'étais encore sur le pas de sa porte.

Si je lui avais posé cette question, c'est que j'avais fait un cauchemar étrange et angoissant pendant ma sieste de l'après-midi. Sandrine était étendue sur une table métallique, on lui avait posé des drains, son corps livide et toujours aussi beau paraissant d'autant plus blanc sous l'éclairage blafard des tubes fluorescents, un homme penché au-dessus d'elle, scalpel à la main. Mais ce n'était pas le pire. Dans ce rêve horrible, le légiste masqué exigeait de savoir qui lui avait ôté la vie, alors elle ouvrait les yeux et, avec une terrible virulence, chuchotait d'une voix sifflante, les dents serrées : *C'est Sam !*

– Qu'a dit M. Madison exactement ? poursuivit Singleton.

– Il a voulu savoir si l'autopsie avait été pratiquée. Je lui ai dit que non, mais qu'elle était prévue pour le lendemain matin.

Ce à quoi je n'avais pu réagir autrement qu'en prenant un air terrifié car, au même moment, une étrange part de ma pensée désordonnée me soufflait que je continuerais à subir cet affreux cauchemar tant que Sandrine n'aurait pas été incinérée. Et si jamais, désorienté par ce mauvais rêve et tenaillé par le besoin éperdu d'en sortir, il m'échappait une remarque compromettante ? Désormais, on m'avait à l'œil, je le savais. Ne valait-il pas mieux me débarrasser de tout ce qui, plus tard, pourrait aggraver mon cas ?

– Qu'a répondu M. Madison ? continua Singleton.

À cause du cauchemar, de l'idée absurde qu'il reviendrait me hanter tant que le corps de Sandrine existerait, j'avais répondu par l'allusion littéraire étrange que l'inspecteur Alabrandi révélait à présent au jury.

– Il m'a dit que le corps de sa femme agissait sur lui comme un cœur révélateur.

– Un « cœur révélateur » ? répéta Singleton.

Alabrandi confirma d'un signe de tête.

– C'est une référence à une nouvelle d'Edgar Poe. C'est ce que M. Madison m'a expliqué.

– Vous êtes-vous par la suite renseigné sur cette nouvelle, l'avez-vous lue ?

C'était, effectivement, ce qu'il avait fait, dit Alabrandi à la Cour, puis il raconta l'histoire en détail. Pendant qu'il parlait, je vis deux jurés s'incliner vers l'avant sur leur siège. Voilà l'effet que produit une bonne histoire, songeai-je, même à un degré minime : transformer des gens ordinaires en fins observateurs.

Que n'avais-je gardé cette réalité toute simple à l'esprit pendant que je bataillais avec mes brouillons successifs d'*Attractions terrestres*, tous plus scolaires, plus intellectuels et plus érudits les uns que les autres, mais aussi plus cyniques, au point que Sandrine, après en avoir lu la toute dernière mouture, l'avait jugée « dénuée de chaleur humaine et d'amour ». Je l'avais, selon elle, « dépouillée de toute tendresse ».

Avait-ce été la première fois où je m'étais surpris à vraiment la haïr, me demandai-je à présent, à haïr Sandrine non parce que sa critique était injustifiée mais qu'elle était d'une justesse dévastatrice ?

– Ton livre a tout pour faire un bon livre, Sam, m'avait-elle dit en prenant sa petite voix triste, il n'y manque qu'une âme.

Comment, après un jugement si négatif mais si empreint de vérité, aurais-je pu ne pas souhaiter la voir morte ?

– Donc, dans cette histoire, c'est le cœur qui révèle le crime commis par le narrateur ? relança Singleton quand Alabrandi eut fini de résumer la nouvelle de Poe. C'est le cœur qui détient la clé de sa culpabilité.

– Oui, monsieur le procureur.

– Hmmmm, fit Singleton dans un souffle, n'ajoutant rien de plus, prenant garde en cela de ne pas suggérer au jury qu'un homme devait être déclaré coupable de meurtre sur la base d'une référence littéraire.

Il préféra ménager un silence, avant de dire :

– Très bien, poursuivons.

Il jeta un coup d'œil sur ses notes.

– Donc, inspecteur, reprit-il, avez-vous averti l'accusé qu'à la suite de l'autopsie, le corps de Sandrine Madison ne serait pas incinéré immédiatement ?

– Oui.

– Quelle a été sa réaction ?

– Il n'en a eu aucune.

– Aucune réaction ?

– Il a haussé les épaules, je crois bien. Mais il n'a rien dit.

C'était vrai, et si, effectivement, j'étais resté sans réaction, c'est que j'avais cru voir un autre soupçon, plus grave celui-là, dans le regard de l'inspecteur pendant qu'il m'annonçait que les autorités avaient l'intention de garder le corps de Sandrine, ce qui indiquait clairement qu'elles le considéraient comme une sorte de pièce à conviction.

– Bien, à ce moment-là, inspecteur, aviez-vous certaines questions à poser à M. Madison ?

– Oui, en effet, monsieur le procureur.

En fait, il en avait à revendre, et tandis qu'il les énumérait, je me revis dans mon salon, l'écoutant attentivement, et un peu méfiant, commencer à m'exposer ce qu'il appelait ses « soucis ».

– Comme vous devez le savoir, monsieur Madison, dans une pareille situation, nous devons mener des investigations.

– Une pareille situation ?

– Un suicide présumé.

– Présumé ?

– Jusqu'à ce qu'il soit prouvé qu'il s'agit bien d'un suicide.

Je m'étais reculé légèrement contre le dossier de mon fauteuil.

– Je vois.

– Votre femme était jeune, on a tout de suite fait mention d'un suicide, alors il va de soi que nous devons enquêter.

– Vous allez enquêter sur Sandrine ?

– Sur son décès. Mais naturellement, cela s'étend à presque tout ce qui la concerne. Sa situation professionnelle, familiale. Ce qu'était sa vie.

Était, songeai-je, me réaffirmant par cette répétition que la vie de Sandrine devait à présent être conjuguée au passé.

Même au cinquième jour de mon procès, auditeur attentif du procureur Singleton qui guidait l'inspecteur Alabrandi au gré des étapes successives de notre première rencontre, il m'était difficile de concevoir que Sandrine ne soit plus en vie. Mais surtout, il était difficile pour moi d'accepter sa disparition à jamais, de regarder en face la dure réalité qu'on n'y pouvait plus rien. C'était la terrifiante vérité que je ne pouvais me résoudre à admettre : qu'on ne pouvait plus changer aucun mot de son histoire, ne sabrer aucun passage, n'ajouter aucun rebondissement, que la dernière page avait été écrite et que le livre était refermé. Ça, Sandrine l'avait accepté bien avant moi. Au cœur du souvenir que je gardais de l'obscurité de la chambre dans laquelle elle était morte, je revoyais son visage sous l'éclairage diffus, réentendais le murmure de sa voix, la triste vérité qu'elle prononçait sans ciller : *La plupart des gens, Sam, ne vivent pas un calvaire.*

Je hochai la tête à cette vérité payée au prix fort, sachant maintenant qu'elle non plus n'en avait pas vécu un.

Morty me donna un petit coup de coude.

– Hé, chuchota-t-il. Tu secoues la tête.

– Désolé. Rien qu'un souvenir.

– En tout cas, élimine les gestes, Sam, me dit-il fermement. Les jurés ne savent pas à quoi tu penses, et si tu secoues la tête à un moment d'un témoignage qui, pour eux, est indiscutablement vrai, tu peux être sûr de perdre plusieurs points de crédibilité à leurs yeux, compris ?

– Oui. Désolé.

– Je t'en prie, Sam, ne t'égare pas dans les chemins du souvenir et concentre-toi sur ce qui se dit dans le prétoire.

– Très bien. D'accord. Compte sur moi.

Voilà ce qui se disait à l'audience :

– Inspecteur Alabrandi, avez-vous, à ce moment-là, informé M. Madison qu'il était suspect dans la mort de sa femme ?

– Non, monsieur le procureur. Car, à ce moment-là, il ne l'était pas encore.

– Mais c'était un témoin privilégié.

– Toute personne serait considérée comme témoin privilégié en cas de doute sur les circonstances de la mort d'un proche.

– En cas de doute, oui, dit Singleton. Et avez-vous prévenu M. Madison que des doutes pesaient sur les circonstances de la mort de sa femme ?

– Oui.

– Quelle a été sa réaction ?

J'avais eu peur, ce qui n'avait pas échappé à Alabrandi, et parce que j'avais vu qu'il l'avait vu, j'avais voulu me couvrir en l'admettant de moi-même.

– M. Madison a dit : « C'est bizarre », déclara Alabrandi à la Cour.

– Bizarre que des doutes pèsent sur les circonstances de la mort de sa femme ? déclara Singleton d'un air faussement naïf.

– Non. M. Madison a dit que c'était bizarre qu'il ait soudain « peur ».

– « Peur » ? répéta le procureur comme si tout cela était nouveau pour lui. M. Madison vous a-t-il dit de quoi il avait peur ?

– Oui.

– Qu'était-ce ?

– Il a déclaré qu'il avait peur d'être sur le point de devenir un personnage de roman, répondit Alabrandi en consultant de nouveau ses notes. Ce sont les mots qu'il a employés : un « personnage de roman ».

– Quel genre de personnage ?

– Il a parlé de ces romans où le héros découvre tout d'un coup que son passé l'a rattrapé. Il a cité un livre russe. La mort de… quelqu'un. Un nom russe.

Alabrandi tourna une page de son calepin.

– Ivan Ilitch, lut-il.

Le procureur Singleton lança un coup d'œil aux jurés, puis reporta le regard sur Alabrandi.

– Inspecteur, à un certain moment, avez-vous porté à la connaissance de M. Madison que des questions se posaient sur les circonstances de la mort de sa femme ?

– Oui.

Effectivement, passé ces premiers échanges de politesses, l'inspecteur Alabrandi n'avait pas perdu de temps pour aborder ce sujet. Comme si je me retrouvais de nouveau assis face à lui, je le vis se pencher en avant vers moi, le regard perçant, avec je ne sais quoi d'un oiseau de proie dans sa manière de me regarder.

– Monsieur Madison, vous supposez que la mort de votre femme est un suicide, et cela sans l'avoir examinée, n'est-ce pas ?

– Jamais je ne l'ai touchée, lui dis-je.

Alabrandi fit une petite grimace, à croire que ma réponse l'avait piqué comme la pointe d'un couteau.

– En ce cas, pourquoi supposez-vous qu'elle s'est suicidée ?

– Je ne sais pas. Elle était malade, alors…

– Vous avez dit que la feuille trouvée au pied du lit était une lettre de suicide, m'interrompit-il.

J'acquiesçai.

– Pourquoi ?

– Parce que, dans la journée, quand je l'ai vue écrire sur ce bloc jaune, elle m'a dit que c'était son « mot de la fin ». Je n'ai pas interprété cette réponse comme signifiant « lettre de suicide », poursuivis-je avec un haussement d'épaules, mais plus tard, après sa mort, j'ai supposé que c'était précisément cela, que par « mot de la fin » elle entendait lettre de suicide.

– Hmm, fit Alabrandi dans sa barbe.

Il nota ma réponse dans son calepin, puis leva les yeux vers moi.

– Apparemment, votre femme n'avait informé personne de son souhait d'être incinérée.

– Elle me l'avait dit.

– Mais à personne d'autre. Selon l'officier Hill, vous vouliez que le corps de votre épouse soit incinéré rapidement.

– Pourquoi attendre ?

Avait-il vu une marque de froideur dans ma réaction ? me demandai-je maintenant qu'il reconstituait cette conversation à l'intention du jury. Auquel cas, mon explication avait dû lui paraître tout aussi glaciale.

– Dans les temps anciens, les crémations avaient lieu aussitôt après la mort. Sandrine, je pense, aurait voulu qu'il en soit ainsi pour la sienne. C'était une historienne, vous le savez sûrement. Sa spécialité, c'était l'histoire antique, et elle…

– L'Antiquité, oui, me coupa Alabrandi. Dans sa déclaration écrite, elle mentionne Cléopâtre.

Je remarquai qu'il qualifiait le mot laissé par Sandrine de « déclaration » et non de lettre de suicide, et en conclus qu'il avait d'ores et déjà décidé que j'étais homme à me servir des mots pour embrouiller les choses ou en cacher certaines.

Mais le moment me paraissant mal choisi pour débattre du meilleur terme susceptible de désigner la feuille de papier que l'officier Hill avait remarquée un peu plus tôt au pied du lit de Sandrine, je n'avais pas insisté.

– Cléopâtre était la figure historique qui passionnait le plus Sandrine, dis-je à l'inspecteur Alabrandi.

– Donc, vous pensiez qu'elle souhaitait que son corps soit traité comme celui de Cléopâtre après la mort ?

Sans réfléchir, j'avais répondu :

– En quelque sorte, oui.

– Eh bien, j'ai fait une petite recherche, et il se trouve que Cléopâtre a été enterrée et non incinérée.

Après avoir ménagé un bref silence, Alabrandi avait ajouté :

– D'ailleurs, elle n'a été enterrée que plusieurs jours après sa mort.

Il m'avait souri froidement.

– Votre femme, je n'en doute pas, devait le savoir.

J'avais été étonné qu'il ait fait ce genre de recherche, mais m'étais efforcé de ne pas le laisser paraître. À ce moment-là, j'avais compris qu'il m'avait attribué le rôle du suspect, rôle que, par réaction, je jouais déjà.

– C'est vrai, lui dis-je avec un petit sourire dont je craignis, après coup, qu'il ne l'ait trouvé narquois. Vous devez être ce qu'on appelle un fin limier.

Alabrandi plissa légèrement les paupières.

– Je fais mon travail, dit-il.

Toute cette partie de notre conversation figurait à présent dans le procès-verbal d'audience, chacune de mes références érudites, un peu prétentieuses, aux mystérieux rituels antiques défilant devant les jurés jusqu'au moment où Singleton conclut son interrogatoire sur la remarque la plus désastreuse que j'avais adressée à Alabrandi.

– Inspecteur, quand vous avez soulevé le fait que Cléopâtre n'avait pas été incinérée, M. Madison a-t-il trouvé une autre raison pour expliquer qu'il veuille que sa femme le soit ?

Morty leva la main.

– Objection ! « Trouver » est préjudiciable à mon client.

– Objection retenue, statua le juge Rutledge, ajoutant, avec un sourire entendu : « Trouvez » une autre formulation à votre question, monsieur le procureur.

Ce qui ne manqua pas de déclencher des rires aux quatre coins de la salle.

– Oui, monsieur le juge, répondit Singleton avec raideur comme un petit garçon qui s'est fait taper sur les doigts. Donc, inspecteur, M. Madison a-t-il exprimé une autre raison pour laquelle il voulait que sa femme soit incinérée ?

– Oui. Il m'a dit qu'ils étaient tous deux athées et n'avaient ni l'un ni l'autre besoin de cérémonie. Que les enterrements, les rituels de ce genre, c'était juste un Père Noël pour adultes.

Singleton réprima un sourire.

– Ce furent ses paroles exactes, « un Père Noël pour adultes » ?

Il me semblait qu'elles m'étaient gravement préjudiciables, et je jetai un coup d'œil à Morty, espérant qu'il soulèverait une objection.

Mais il secoua la tête et chuchota :

– Trop tard, mec. Si je fais objection, on en sera quittes pour les réentendre.

Il exerça une légère pression sur mon poignet.

– On ne peut pas empêcher une cloche de sonner, me dit-il.

Et donc, libre de toute contrainte, l'inspecteur Alabrandi tira sur d'autres fils dans l'espoir de démêler ce que, dès la première fois qu'il se présenta à ma porte, il imaginait être un meurtre avec préméditation.

– J'ai prié M. Madison de me dire s'il y avait d'autres raisons pour lesquelles il voulait que sa femme soit incinérée le plus vite possible, déclara-t-il à la Cour.

– M. Madison en a-t-il fourni ? insista Singleton.

– Il a déclaré qu'il ne voulait pas penser à elle étendue dans un tiroir réfrigéré. Qu'il avait une imagination débordante et que c'était une image qu'il ne voulait pas garder à l'esprit.

Qu'aurais-je pu lui dire d'autre à ce moment-là ? me demandai-je tandis qu'il poursuivait son témoignage. De toute évidence, il en était venu à penser que je voulais voir Sandrine incinérée pour être sûr qu'il n'y ait plus de preuves contre moi.

– Donc, dans votre souvenir, inspecteur, reprit Singleton, dans votre souvenir, l'accusé a donné plusieurs raisons très différentes de vouloir que sa femme soit incinérée le plus rapidement possible ?

– Les unes après les autres, oui.

Le procureur leva son index droit en l'air.

– Que ce serait comme un reflet de… heu… Cléopâtre ?

– Oui.

Un autre doigt imita le premier.

– Qu'il avait une imagination débordante et qu'il ne voulait pas garder l'image de sa femme étendue dans un tiroir réfrigéré.

– Il a dit cela aussi.

Troisième doigt.

– Et pour finir, qu'un rituel tel que des funérailles était l'expression de diverses croyances qu'il considérait comme étant… quelle expression a-t-il employée déjà, inspecteur ?

– Un Père Noël pour adultes, répondit Alabrandi du ton mesuré d'un enquêteur sérieux.

Là, Morty leva la main.

– Monsieur le juge, mon client a donné ses raisons et le témoin les a déjà exposées. À quoi bon les répéter ?

Singleton jeta un coup d'œil vers le juge.

– Monsieur le juge, je…

Mais Rutledge tournait la tête vers Morty qui venait de se lever.

– Maître Salberg, vous voulez quelque chose ?

Je fus soulagé de l'entendre répondre par l'affirmative.

Courte suspension de séance

Morty avait demandé une courte suspension d'audience et, sans qu'il ait besoin de me l'expliquer, je compris qu'il sentait que je commençais à perdre pied et cherchait à briser le rythme soutenu du témoignage de l'inspecteur Alabrandi ainsi que l'effet potentiellement désastreux produit par mes propres déclarations me dépeignant en ennemi du Christ, de Yahvé, d'Allah et de tout autre dieu aux oreilles duquel les personnes venues assister à mon procès daignaient adresser leurs prières quotidiennes.

– Je vais passer pour un athée pur et dur, dis-je à Morty une fois sa demande accordée et tous deux à l'abri de l'intimité d'un salon d'attente proche du bureau du juge. Le Christopher Hitchens de Coburn.

Morty me sourit.

– À ta place, je ne m'inquiéterais pas du fait que beaucoup de jurés aient entendu parler de Christopher Hitchens, dit-il en positionnant délicatement son imposante silhouette sur l'une des chaises. Mais je regrette que tu ne m'aies pas contacté avant de t'entretenir avec Alabrandi ou quiconque. Je t'aurais dit cinq petits mots en espérant que tu t'en souviennes : Plus Petit Foutu Dénominateur Commun. Il ne faut jamais sous-estimer la capacité des êtres humains à se laisser influencer par les idées reçues.

Je me laissai tomber sur une chaise.

– « S'ils ne lui vont pas, vous devez l'acquitter[1]. »

– Par exemple.

Je le regardai avec une réelle sympathie.

– Tu es extrêmement intelligent, Morty. Tu dois sûrement en avoir assez de jouer à ces jeux stupides.

Sa réponse me surprit par sa gravité.

– Pas quand j'essaie de sauver la vie de mon client, Sam.

Il déboutonna sa veste d'un geste ample, comme heureux de révéler la générosité avec laquelle son ventre débordait de sa ceinture.

– Essaie de ne pas trop t'inquiéter, reprit-il. J'ai vu que tu t'énervais, c'est pourquoi j'ai demandé ces cinq minutes de suspension d'audience.

– Que je m'énervais ? dis-je en reniflant d'un air vaguement hautain. Je me fais l'effet d'être Meursault dans *L'Étranger*.

Morty rit aux éclats.

– N'oublie surtout pas d'en faire part à la presse, Sam, ou mieux encore, aux jurés. Je suis sûr que ce sont tous de fervents admirateurs de la littérature française représentative de l'existentialisme d'après-guerre.

Il inclina le buste vers l'avant, joignit ses larges mains et les posa sur la table.

– Pourquoi voulais-tu que Sandrine soit incinérée si rapidement, et même qu'elle le soit, d'ailleurs ? Je

1. Célèbre argument lancé par l'avocat Johnnie Cochran pour la défense de O. J. Simpson en parlant des gants ensanglantés retrouvés sur la scène de crime.

te poserai la question en présence du jury à un moment ou à un autre. Et crois-moi, toutes ces conneries sur l'Antiquité, ça ne tiendra pas la route. Cette réponse, c'était vrai au moins ?

– Non, admis-je. Je l'ai inventée sur le moment.

– Alors quelle était ta vraie raison ?

Je me sentis lourd tout à coup, ma raison de vouloir très vite incinérer Sandrine étant d'une telle froideur, d'un tel égoïsme et si indiscutablement répréhensible que je m'étais sans doute refusé à l'admettre jusqu'à cet instant-là.

– Sandrine était très belle, dis-je à Morty. Je voulais qu'elle le reste ou qu'elle disparaisse entièrement.

– C'est pour ça que tu as, plus tard, couvert son visage ? Sur le lit, après le départ du coroner ?

– Comment le sais-tu ?

– C'est dans le rapport de la morgue. À leur arrivée, son visage n'était pas visible. Toutes les autres personnes ont vu son visage. L'officier Hill, le coroner. Donc, il ne devait pas être couvert au moment de sa mort.

– En effet.

– Alors, pourquoi l'as-tu couvert ?

Je secouai la tête en laissant échapper un soupir de lassitude.

– J'ai recouvert son visage parce que je ne supportais pas de la regarder, de la voir si belle, sachant en même temps que jamais plus je… jamais plus je ne… la tiendrais dans mes bras… qu'elle n'était plus.

Je laissai tomber ma tête sur ma poitrine, demeurai ainsi un moment, puis la redressai.

– Les jurés y croiront ?

Morty s'enfonça contre le dossier de sa chaise et agita la main.

– Qui sait ? Tout peut partir dans n'importe quelle direction. Il y a deux femmes parmi les jurés, on ne peut pas dire que ce soient des beautés. Il se peut qu'elles aient une dent contre les jolies filles. Et les hommes ? Je doute qu'ils aient une femme comme Sandrine dans leur lit. Il se peut qu'ils n'éprouvent guère de sympathie envers un homme pour qui c'était le cas.

Il y réfléchit un moment, puis ajouta :

– Cela dit, la majorité des femmes ordinaires n'en veulent pas aux jolies femmes. Et la plupart des hommes qui ont épousé un laideron n'en veulent pas à celui qui a épousé une beauté.

Il dirigea son regard vers la fenêtre et parut ne voir rien d'autre que l'impénétrabilité des choses.

– Quel foutu jeu de dés, le cœur humain, murmura-t-il.

Il jeta un coup d'œil à la pendule.

– Allez hop, dit-il, remontons sur le ring.

Un rappel de la Cour

– Inspecteur, dit le juge Rutledge s'adressant à Alabrandi, la Cour vous rappelle que vous êtes toujours sous serment.

– Oui, monsieur le juge.

Le Fin Limier semblait parfaitement détendu alors qu'il s'apprêtait à clouer une autre planche de ma potence. Il l'avait déjà fait pour tant d'autres scélérats auxquels il m'assimilait, il avait l'art et la manière, ça se voyait sur son visage, si impassible, celui d'un homme qui se contentait de faire son travail comme s'il n'avait, à titre personnel, aucun grief contre moi, alors que c'était tout le contraire, je le savais.

Et comment ?

Je le savais parce qu'il était revenu au 237 Crescent Road environ une semaine après ce jour pluvieux de notre premier entretien, et que j'avais reconnu la pointe d'animosité dans son regard quand il s'était à nouveau assis sur le canapé de mon salon, sortant son calepin marron et, sans cérémonie, me balançant sa première question.

– Vous connaissez Malcolm Esterman ?

– Oui. Il enseigne l'histoire et la mythologie grecques. Dans le même département que Sandrine. Ils étaient collègues de travail.

– Collègues, répéta Alabrandi.

– Oui, dis-je fermement. Collègues.

Son expression m'incita à changer de position et me pencher légèrement vers l'avant.

– Où voulez-vous en venir ? Qu'est-ce que Malcolm Esterman a à voir dans tout ça ?

– Votre femme lui a téléphoné le jour de sa mort. Plusieurs fois, d'ailleurs.

– Je vois.

– Avez-vous une idée des raisons qu'elle pouvait avoir pour cela ?

– Vous allez devoir le demander à Malcolm.

– Nous l'avons fait.

– Qu'a-t-il dit ?

– Qu'ils étaient proches.

– Proches ? m'étonnai-je, très calme. Sandrine et Malcolm n'étaient pas proches, affirmai-je en m'enfonçant dans mon siège. Qu'est-ce que ça veut dire, de toute façon ? Proches ?

Alabrandi haussa les épaules.

– Mon travail consiste tout simplement à examiner diverses possibilités, monsieur Madison. Quand une femme de l'âge de votre épouse, à seulement quarante-six ans, du jour au lendemain, elle… on la retrouve morte, nous devons…

– « On la retrouve morte » ? l'interrompis-je. Qu'entendez-vous par là ?

Le regard d'Alabrandi se durcit.

– À votre avis ?

Je me carrai dans mon siège.

– Vous n'êtes pas sans savoir que ma femme était perdue. Et qu'elle allait connaître une fin douloureuse.

– Et lente, dit Alabrandi.

Puis, tel un comédien qui se serait trompé dans sa réplique, il s'empressa de reprendre :

– Sa mort allait être lente et insupportable pour vous.

– Pour elle, m'écriai-je. Insupportable pour elle.

– Trop insupportable, c'est ce que vous voulez dire ? C'est donc pour ça qu'elle a décidé de se constituer un stock de Demerol ?

Ah, ça aussi, il le sait, pensai-je.

– Oui, répondis-je.

À mon grand étonnement, l'inspecteur Alabrandi ne creusa pas ce sujet qui referait surface plus tard, au quatrième jour de mon procès : le fait que c'est moi, et non Sandrine, qui avais demandé au Dr Ortins de lui prescrire du Demerol, moi, et non Sandrine, qui étais toujours allé chercher ce médicament à la pharmacie de Gerald Wayland.

Des faits qu'il n'avait pas encore exposés dans son témoignage, remarquai-je alors, continuant plutôt d'avancer sous la prudente houlette du procureur Singleton.

– Inspecteur Alabrandi, avant la suspension d'audience, nous parlions de votre premier interrogatoire de l'accusé.

– Ce n'était pas un interrogatoire, rectifia Alabrandi. M. Madison n'avait pas été mis en examen à ce moment-là.

– Merde, chuchota Morty, il a compris que j'avais demandé cette suspension d'audience pour que les jurés puissent oublier une partie de ce que tu avais dit, et maintenant ce salaud va en remettre une couche.

Ce fut précisément ce qui se produisit.

– Donc, inspecteur, reprit Singleton, il y a plusieurs points qui vous ont troublé, c'est exact ?

– Oui, monsieur le procureur.

– Auriez-vous l'obligeance de nous dire lesquels ?

À mesure qu'il les énumérait minutieusement, je n'en revins pas qu'il ait abordé si peu d'entre eux lors de notre deuxième conversation. Il avait évoqué Malcolm Esterman, mais sans entrer dans les détails et avec tout juste une vague insinuation. Tout au long de cette entrevue – laquelle, apparemment, n'avait pas été un interrogatoire même si j'avais eu la nette impression du contraire –, il était resté très poli. Non. Pas seulement poli. Il dégageait une sorte de retenue lui donnant l'apparence d'un homme contraint de sonder une atmosphère viciée dont le relativisme moral le surprenait et le gênait à la fois. Du coup, il semblait aborder les circonstances troublantes qui entouraient la mort de Sandrine avec beaucoup de précaution, comme un technicien en informatique qui préférerait ne pas savoir ce que contient le disque dur de l'ordinateur de son client.

À la barre, je lui trouvai toujours un côté « technicien » mais qui, cette fois, aurait été tenu non seulement de vérifier le contenu de ce disque dur, mais aussi d'en révéler les données cachées.

– Eh bien, se posait la question du mot laissé par Mme Madison, dit-il. L'officier Hill avait noté dans son rapport que pour M. Madison, il s'agissait d'une lettre de suicide, mais quand nous l'avons lu, nous n'y avons trouvé aucune allusion de cette sorte. Quand, plus tard, j'ai demandé à M. Madison pourquoi lui, il y voyait une lettre de suicide, il m'a répondu qu'il avait simplement supposé que c'en était une.

Une gaffe, pensai-je aussitôt, stupide de ma part qui plus est, puisque rien ne m'obligeait à justifier le mot écrit par Sandrine.

– Avez-vous déduit de cette réponse que vous a faite M. Madison qu'il était au courant d'intentions suicidaires chez son épouse ?

Morty se leva pour objecter que la question du procureur orientait la réponse du témoin.

Le juge Rutledge retint l'objection, et exactement comme dans un film, Singleton reformula sa question.

– M. Madison vous a-t-il dit pourquoi il avait supposé que ce message trouvé à côté du lit de sa femme était une lettre de suicide ?

– Oui, en effet. Parce qu'elle lui avait dit qu'elle écrivait son « mot de la fin ». Quand il l'a découverte sans vie, il a supposé qu'elle entendait par là que cette déclaration était une lettre de suicide.

En vérité, c'était son « mot de la fin » sur Cléopâtre, qui donnait le sentiment non pas qu'elle n'écrirait plus sur ce sujet, mais qu'elle ne faisait, tout au contraire, que commencer de l'explorer, mot de la fin qui n'avait absolument rien de définitif, curieuse et sinistre réalité des faits que l'inspecteur Alabrandi révélait à présent au jury.

– Ce mot ne parlait pas de suicide, poursuivit-il. Il parlait de Cléopâtre.

Singleton s'avança jusqu'au box des témoins et tendit la feuille de papier à Alabrandi.

– Est-ce ce mot que vous avez trouvé près du lit de Mme Madison ?

– Oui.

– Voulez-vous bien le lire au jury, s'il vous plaît ?

Plus Alabrandi avançait dans la lecture, plus je sentais ces phrases étranges rédigées par Sandrine s'enrouler de nouveau autour de moi. Pourquoi les avait-elle écrites comme si elle avait toute la vie devant elle pour se lancer à la poursuite de l'insaisissable Cléopâtre ? Pourquoi précisait-elle la nature de ses futures recherches ? Pourquoi parlait-elle de partir pour l'Égypte, de marcher dans les sables du désert et de voguer sur le Nil ? Voilà toutes les questions que je me posais au fil de la lecture de son « mot de la fin ».

– « Cléopâtre symbolise peut-être avant tout une vie qui s'est perdue dans le temps, les travaux de ses chroniqueurs ayant été détruits par le feu ou par l'eau, elle-même n'ayant pas écrit ses mémoires, une femme dont il ne reste presque rien sinon un portrait – seulement un portrait imaginaire – frappé sur des pièces anciennes. »

Mais la question qui tranchait l'air comme une lance jetée sur moi était celle soulevée par la dernière phrase, qu'Alabrandi lut lentement en détachant bien chaque mot de façon que ce que Sandrine voulait dire soit encore plus clair.

– « Par-delà le temps, mon espoir serait de faire connaître cette femme énigmatique et le legs de sagesse payé au prix fort que nous transmet sa vie, à un plus large public que ces érudits qui l'ont d'ores et déjà écartée et pour qui elle n'a été qu'un pion sur l'obscur échiquier d'un homme. »

Le procureur Singleton laissa le temps aux jurés de digérer ces derniers mots, puis, au cas où leur implication leur aurait échappé, il les répéta :

– « L'obscur échiquier d'un homme. »

Il me regarda, puis se tourna de nouveau vers le jury.

– Eh oui, fit-il.

Je lançai un coup d'œil aux jurés tandis qu'Alabrandi repliait la feuille de papier jaune. En les regardant, je compris qu'ils interprétaient ces phrases écrites par Sandrine non pas comme l'ultime sentence à la

« vous qui entrez ici, abandonnez toute espérance » d'une lettre de suicide, mais comme l'appel au clairon d'une femme d'une intelligence passionnée s'étant donné la mission d'une vie qu'elle comptait mener tant qu'elle en aurait la force, mission d'une vie qui, ainsi que semblaient le suggérer ses derniers mots, avait été impitoyablement anéantie sur « l'obscur échiquier d'un homme ».

Et j'ai pensé : *je suis foutu,* conclusion que je m'employai à dissimuler au jury en faisant semblant de me concentrer sur ce qui se disait à l'audience.

– Pour autant que votre enquête ait permis de le déterminer, ce que vous venez de lire à la Cour est la dernière phrase que Sandrine Allegra Madison nous ait laissée, n'est-ce pas, inspecteur ? demanda Singleton.

– En effet, monsieur le procureur.

Sur ces mots, Singleton prit la feuille de papier des mains du témoin et la regarda d'un air attendri, avant de répéter :

– « Par-delà le temps, mon espoir serait… »

Il regarda l'inspecteur Alabrandi.

– Quand, selon ce que vous a dit M. Madison, sa femme a-t-elle écrit ces mots ? lui demanda-t-il.

– Dans l'après-midi du 14 novembre.

– Et quand Mme Madison est-elle morte ?

– D'après l'autopsie, elle est morte entre dix-huit heures et minuit le 14 novembre.

– Le jour même où cette… je ne sais pas vraiment quel nom lui donner… disons… ces lignes ont été écrites ?

– Oui, monsieur le procureur.

Morty se redressa sur son siège, seul signal qui m'indiquait à quel point il craignait que ce qui s'annonçait ne joue contre moi.

– M. Madison vous a-t-il précisé si, à un moment ou à un autre, il avait lu… ces lignes ?

– Il m'a dit que non.

– Vous a-t-il demandé de lui en révéler la teneur ?

– Oui, et je lui répondu que ça tenait plus d'un essai universitaire ou quelque chose de cette nature.

– Quelle a été sa réaction en apprenant cela ?

– Il a souri.

– Il a souri. A-t-il fait un commentaire sur… ces lignes ?

– Oui. Il a murmuré : « Ça lui ressemble bien. »

– Inspecteur Alabrandi, M. Madison vous aurait-il expliqué ce qui, selon lui, « ressemble bien » à Sandrine Madison dans ces dernières phrases ?

– Non.

Ce qui était vrai, mais j'aurais pu très facilement m'en charger : la grâce de son écriture, la sincérité qui en émanait.

– Dites-moi, reprit Singleton, quand vous avez lu… ces lignes, vous avez remarqué que Mme Madison, à aucun moment, ne parlait de suicide, c'est exact, inspecteur Alabrandi ?

– Oui, monsieur le procureur.

– En fait, elle ne parle d'elle que deux fois, c'est bien cela ?

– Oui.

Singleton rendit la feuille à Alabrandi.

– Elle parle d'elle dans la première phrase, souligna-t-il. Auriez-vous l'obligeance de la relire ?

L'inspecteur Alabrandi abaissa le regard sur la page et lut :

– « Je pense souvent à Cléopâtre. »

– Ce « je » est la seule référence à sa personne faite par Mme Madison jusqu'à la dernière phrase, c'est bien cela, inspecteur ?

– Oui, c'est cela.

– Avez-vous eu l'occasion d'en parler à M. Madison ?

– Lors de notre premier entretien, je lui en ai parlé, oui. Je lui ai dit que toute la « lettre de suicide » parlait de cette reine égyptienne, de Cléopâtre.

– Comment M. Madison a-t-il réagi ?

– En me disant que Cléopâtre n'était pas égyptienne.

Je jetai un coup d'œil à Morty en l'entendant pousser un très léger soupir, puis murmurer :

– Et merde.

– Qu'elle était grecque, que c'était bien connu, ajouta Alabrandi. Une Macédonienne, m'a dit M. Madison. Qu'elle n'était pas plus égyptienne qu'Elizabeth Taylor.

Elizabeth Taylor.

Je ne trouvai pas du tout étrange que ce nom me ramène instantanément vers Sandrine, jeune femme de vingt et un ans resplendissante de beauté, créature farouche, passionnée, flamme ardente faite femme. Un jour, bien après notre mariage, alors que nous regardions Geneviève Bujold dans le rôle d'Antigone, je m'étais penché vers elle et lui avais murmuré à l'oreille : « C'est tout toi, Sandrine. » Je m'étais attendu à ce que cette remarque lui fasse plaisir. Quelle femme n'aurait pas été flattée par une telle comparaison ? Mais son regard s'était assombri et elle m'avait dit d'une voix douce : « Seulement dans ton imagination. Parce que c'est ce que tu voudrais que je sois. »

Je fus arraché à ce souvenir dérangeant par le geste de Singleton qui reprenait la feuille jaune des mains d'Alabrandi et la brandissait à bout de bras, puis la façon dont les jurés la suivirent des yeux, leur air lugubre comme s'ils regardaient une petite culotte ensanglantée.

– Et c'est ce papier que M. Madison a qualifié de « lettre de suicide » ? s'écria-t-il en faisant semblant de s'en étonner. Ce papier qui ne contient pas la moindre allusion au suicide, inspecteur ?

– Oui, acquiesça Alabrandi en opinant de la tête.

Cette réponse flottait toujours dans l'air tandis que Singleton s'avançait vers le juge pour, dans le silence total qui s'était abattu sur la salle, ajouter simplement :

– Je demande que ce document soit retenu comme élément de preuve, monsieur le juge.

Puis, dans un silence non moins grand, il regagna sa place.

Pièce à conviction numéro 1

Au cinéma ce serait la Pièce à conviction numéro 1, ce mot que le procureur appelait « le dernier message de Sandrine Madison », mais je ne fis pas attention à la dénomination que le tribunal lui réserva. De toute façon, sinon pour faire de l'effet, ce n'était pas possible de l'étiqueter « numéro 1 » puisque toute une série d'éléments matériels avait déjà été versée au dossier. Depuis l'ouverture de mon procès, j'avais eu tout le loisir de m'en apercevoir, c'était l'accumulation de supposées preuves indirectes, pas la « Pièce à conviction numéro 1 » des films ou des séries judiciaires télévisées qui me piégeait mais de petits mensonges par omission ou avérés : une réponse glaciale, un silence quand j'aurais dû parler, une question que j'aurais dû poser, voilà de quoi était fait le chanvre de la corde qui pouvait, à tout moment, servir à me pendre.

Je regardai donc, impassible, la feuille passer de table en table, exécuter sa ronde jusqu'à être emportée par un huissier. L'officier Hill avait dit qu'elle était jaune, mais en réalité, elle était beige, la teinte et la texture du papier rappelant celles du papyrus, mon cadeau à Sandrine pour son quarantième anniversaire, bloc dont elle n'avait pas arraché une seule feuille avant de rédiger ses dernières… ses dernières quoi ?

C'est vrai, je ne m'étais pas intéressé à ce mot avant que l'officier Hill ne me signale son existence et me demande poliment si elle pouvait en disposer. Mais depuis, je l'avais lu plusieurs fois si bien que rien dans ce que le procureur Singleton exposa alors au jury ne me surprit.

– Inspecteur Alabrandi, après la question de « l'égyptiannité » de Cléopâtre, avez-vous soulevé un autre élément troublant concernant la mort de Mme Madison ?

– Oui.

– Peut-on savoir lequel ?

Cet élément était « diverses informations », pour reprendre la formule employée par Alabrandi au fil de notre deuxième « entretien ». Je revis la façon qu'il avait eue de s'avachir un peu dans son siège avant de changer de sujet, cherchant manifestement à me mettre à l'aise, pensant sans doute que, puisque j'étais un intello, donc, par définition, un sensible, je devais le trouver dur et un peu effrayant.

– Notre enquête a révélé que Mme Madison avait eu connaissance du diagnostic du Dr Ortins peu après midi le 12 avril, me dit-il. Vous vous rappelez à quelle heure elle est rentrée ?

– Peu après six heures, je crois. Je revenais tout juste de mon cours du soir quand elle a franchi la porte.

– Donc, après avoir reçu une si terrible nouvelle, elle est restée six heures… absente ?

– Au sens où elle n'était pas rentrée à la maison, oui.

Alabrandi jeta un coup d'œil à ses notes.

– Vous n'aviez pas de cours entre midi et dix-sept heures ce jour-là, c'est bien ça ?

Ah, pensai-je, ils ont donc reconstitué et examiné mon emploi du temps.

– C'est bien ça.

– Où étiez-vous pendant tout ce temps ?

– Ici. Je lisais.

– Votre femme savait que vous étiez à la maison ?

– Je suppose. J'ai mes petites habitudes. Elle les connaissait.

– Donc elle se doutait que vous étiez ici, mais elle n'est pas venue vous dire ce que le Dr Ortins lui avait annoncé ?

– C'est exact.

– Vous êtes-vous déjà demandé pourquoi elle avait agi de la sorte ?

Je pris alors conscience que jamais je ne m'étais interrogé sur les raisons qui avaient poussé Sandrine, au moment où elle venait d'apprendre une nouvelle aussi dévastatrice, à ne pas rentrer à la maison pour être auprès de moi.

– Non, répondis-je tout bas. Mais Sandrine était une solitaire, à sa manière. J'ai dû penser qu'elle était allée dans un endroit tranquille pour réfléchir.

– Où, par exemple ?

– Oh, peut-être au bord de la rivière ou du plan d'eau. Elle aimait bien aller s'asseoir là-bas.

À cet instant, je m'étais rappelé que bien souvent Sandrine allait s'y promener toute seule, même s'il faisait très froid, les mains enfoncées dans les poches de son manteau. Avec quelles réalités se débattait-elle pendant ces sorties solitaires, si solitaires ? m'étais-je demandé tout à coup.

– On peut se sentir très seul, même si on est marié, dis-je alors sans pouvoir m'en empêcher.

Alabrandi m'observa un moment en silence, puis hocha la tête et nota quelque chose dans son calepin.

– Mais Sandrine m'a appelé, ajoutai-je soudain comme un homme désireux de prouver qu'il était un mari attentionné. Ce jour-là. Le jour où elle est allée revoir le Dr Ortins. Elle m'a téléphoné vers trois heures de l'après-midi.

Alabrandi continuait de prendre des notes.

– Oui, je sais, dit-il comme s'il aurait dû être évident pour tout le monde qu'il était parfaitement au courant de l'appel que m'avait passé Sandrine à une certaine heure un certain jour.

– Comment le savez-vous ?

Il leva les yeux vers moi et je vis qu'ils étaient, bizarrement, pleins de compassion, mais à qui il destinait cette compassion, il me fut impossible de le dire jusqu'au moment où il parla :

– Nous avons appris beaucoup de choses sur Mme Madison.

Puis, instantanément, toute trace de cette compassion disparut quand il ajouta :

– Et sur vous.

– Moi ?

Regardant l'inspecteur Alabrandi à la barre tant de semaines après cette conversation, je revis très précisément l'expression de son regard au moment où j'avais dit : « Moi ? » C'était celui de mon père quand il me prenait sur le fait alors que je croyais m'en tirer à bon compte. Il semblait dire : *Mais qu'est-ce que tu t'imaginais, Sammy ? À qui donc crois-tu avoir affaire ?*

Mon père était ouvrier d'usine, le genre d'homme qui buvait de la bière, regardait les matches de baseball et méprisait les hommes qui ne faisaient pas comme lui. J'étais une mauviette à ses yeux. Il n'avait jamais montré le moindre intérêt ni pour ma scolarité, ni pour le fait que j'aie décroché un diplôme avec mention ou une prestigieuse bourse d'études, et encore moins pour mon admission dans une université réputée ou l'obtention de ma thèse de doctorat. En fait, rien de ce que je réussissais ne m'avait jamais valu le moindre respect de sa part jusqu'au jour où je m'étais présenté chez lui avec Sandrine, radieuse, à mon bras. Là, j'avais obtenu toute son attention.

Je revoyais encore le moment où, alors que nous étions restés en froid pendant des années, je lui avais téléphoné deux ou trois jours après avoir épousé Sandrine pour lui demander si je pouvais passer chez lui pour la lui présenter. Sur l'instant, ça m'avait paru la chose la plus naturelle du monde, mais à présent je me demandais si ma motivation secrète derrière cette décision ne venait pas de ma plaie toujours à vif du besoin d'obtenir son approbation. Ce triste besoin m'avait-il aussi encouragé à crier un peu plus fort que d'habitude dans la chambre cette nuit-là, sachant qu'il m'entendrait ?

Je sentis que Morty m'effleurait le bras de sa main.

– Concentre-toi, chuchota-t-il. Arrête de rêvasser.

Tel un écolier rappelé à l'ordre, je fixai de nouveau mon attention sur Alabrandi. Il s'avançait tout doucement vers la bombe qu'il attendait sans doute de faire exploser, évaluant le bon moment, calculant l'effet voulu.

– Dites-moi, inspecteur, au cours de votre enquête, avez-vous consulté la liste des appels téléphoniques entrants et sortants sur le portable de Mme Madison le 12 avril ? Je veux parler du jour où elle avait rendez-vous avec le Dr Ortins, c'est-à-dire celui où elle a eu la confirmation de sa maladie.

– Oui, je l'ai consultée.

– Et qu'avez-vous découvert ?

– Eh bien, M. Madison avait dit que sa femme l'avait appelé à trois heures de l'après-midi. Pour le vérifier, nous nous sommes procuré le relevé téléphonique détaillé de Mme Madison.

– Et avait-elle réellement passé ce coup de fil à son mari à cette heure-là ?

– Oui.

– Donc, M. Madison disait vrai ?

– Pas tout à fait. Il a déclaré qu'elle l'avait appelé de la bibliothèque de l'université. Ce n'est pas le cas.

Singleton prit une expression qui laissait supposer que c'était la toute première fois qu'il entendait parler d'une contradiction lors de mon long deuxième entretien avec l'inspecteur Alabrandi.

– Avez-vous découvert par la suite d'où cet appel avait été passé ?

– Oui. Elle l'a passé à proximité d'une antenne-relais de téléphonie, ce qui nous a permis d'avoir une idée assez précise de l'endroit où elle se trouvait. Ce que je veux dire, c'est que ça a réduit le champ de nos recherches.

– Champ que vous avez réduit encore plus, n'est-ce pas, inspecteur ?

– Oui. Nous avons recoupé les appels traités par l'antenne-relais avec les adresses des collègues connus de Mme Madison.

– Et vous en avez identifié un dont l'adresse avait reçu un appel traité par cette antenne, c'est exact ?

– Oui.

– De quelle adresse s'agit-il, inspecteur ?

– 4432 Devol Common. Ici, à Coburn.

– Est-ce une adresse privée ?

– Oui.

– Celle de qui ?

– C’est l’adresse de M. Malcolm Esterman.

J’eus beau essayer d’obéir à l’instruction que m’avait donnée Morty de rester concentré sur le témoignage en cours, j’en fus quitte pour revivre ma première rencontre avec Malcolm Esterman. C’était lors d’une réception donnée par l’université, événement annuel de rentrée organisé par le directeur. C’est à cette occasion que nous avions été présentés à nos futurs collègues et il va de soi que tous avaient été éblouis par la beauté de Sandrine. Elle portait une robe de cocktail noire, un rang de perles et, dès qu’elle était entrée dans la pièce, elle avait capté tous les regards – particulièrement celui de Cleo Billing, le seul homme de l’université de Coburn par qui je pensais que Sandrine aurait pu être attirée et qui possédait un bungalow au bord de la rivière d’où elle aurait très bien pu me téléphoner à trois heures l’après-midi en question. En fait, la toute première fois que l’inspecteur Alabrandi avait abordé le sujet de cet appel, j’avais senti mon estomac se nouer sous l’effet de la bonne vieille peur de la trahison et, sur le moment, imaginé le corps de Sandrine entremêlé à celui, bronzé, du grand Cleo. Mais les relevés téléphoniques ne mentent jamais, le procureur Singleton le savait bien, et la dure réalité était aussi claire et nette que l’attitude de l’inspecteur Alabrandi quand il la révéla.

– Nous avons donc pensé que l’un ou l’autre avait quelque chose à cacher, déclara-t-il. Soit Mme Madison n’avait pas dit à son mari où elle se trouvait réellement quand elle avait passé cet appel téléphonique, soit son mari, pour une raison quelconque, ne voulait pas qu’on découvre que, d’une façon ou d’une autre, il savait pertinemment que Mme Madison était avec M. Esterman cet après-midi-là.

Était avec, voilà un euphémisme qui portait bien son nom, pensai-je.

Je regardai les jurés et vis que leur imagination projetait le même film érotique que la mienne quand, assis dans mon salon, je m'étais entendu dire que Sandrine « était avec » Malcolm Esterman l'après-midi où, en toute logique, c'était auprès de moi qu'elle aurait dû être, m'annonçant le diagnostic, quêtant amour et réconfort.

– Comment M. Madison a-t-il réagi quand vous l'avez informé de l'endroit où se trouvait sa femme à trois heures et demie l'après-midi du 12 avril ? demanda Singleton.

Alabrandi resta silencieux un assez long moment avant de répondre, un souci de précision auquel je m'étais habitué avec le temps.

– De l'incrédulité, déclara-t-il. Il a voulu savoir si j'avais une idée de la raison pour laquelle sa femme était avec Malcolm Esterman. Je lui ai répondu que non et lui ai demandé si elle avait évoqué le fait qu'elle se rendrait chez ce monsieur cet après-midi-là. Il m'a dit que non.

C'est à cet instant-là, oui. Alabrandi avait beau être plutôt confortablement assis dans mon salon comme si nous étions deux membres d'une même fraternité d'étudiants montant un canular, oui, à cet instant-là, j'avais vraiment eu le sentiment que dès lors tout irait de mal en pis, que cette enquête irait beaucoup plus loin que je ne l'aurais cru et déterrerait des pistes que je n'avais pas imaginées.

À cet instant-là aussi, ce que Sandrine m'avait dit un jour s'imposa à moi dans toute sa vérité. Nous avions quitté Coburn pour New York sans but précis et nous étions retrouvés dans un de ces théâtres en sous-sol qui parsèment Greenwich Village : rangées de chaises métalliques alignées dans un cube de ciment sans fenêtres aux murs peints en noir. Je n'ai pas gardé de souvenir précis de la pièce que nous avions vue ce soir-là, mais je sais que c'était une de ces productions hystériques épinglant les aspirations bourgeoises, vaste cible. Ainsi donc, pendant deux interminables heures, nous avions regardé et écouté les salves juvéniles tirées par l'auteur, salves ininterrompues si bien que lorsque le rideau finit enfin par tomber, nous avions tous les deux eu l'impression de venir de passer plusieurs jours dans une cuve en métal frappée de tous les côtés à coups de barres de fer par des gamins immatures.

Pour nous détendre, nous avions fait une halte dans un snack, commandé des cafés et nous étions installés, la tête encore farcie de la bêtise assourdissante de cette chose, perdus dans nos pensées, ou plutôt essayant de nous y perdre.

– Le problème, c'est que plus rien n'est subtil de nos jours, dis-je avec irritation. Plus c'est énorme, mieux ça vaut.

Sandrine avait approuvé de la tête, bu une gorgée de café puis laissé errer son regard derrière la vitre, vers les noctambules du Village qui tuaient leur ennui commun de leur manière habituelle.

– Je ne supporte déjà pas un comédien qui en fait trop, ajoutai-je, mais alors toute une pièce !

– Ce n'est pas grave, Sam, avait dit Sandrine en haussant les épaules.

– Ce n'est pas grave ?

Elle avait alors reporté le regard sur la rue et, ce faisant, exhalé un soupir de lassitude.

C'était devenu une de ses façons de s'éloigner de moi, de prendre ses distances avec mes opinions tranchées, ma sensibilité exacerbée, mon aversion pour tout ce que je trouvais puéril.

– Si, c'est grave, Sandrine ! m'étais-je exclamé pour ramener son attention sur moi.

Elle continuait de regarder dehors.

– Si on veut écrire, encore faut-il avoir quelque chose à dire, m'étais-je écrié avec colère.

Soudain, elle avait braqué son regard sur moi.

– Que raconterais-tu aujourd'hui ? m'avait-elle demandé. Si tu écrivais toujours ton livre, de quoi parlerait-il, Sam ?

Je compris que, par cette question, elle me lançait un défi, aussi avais-je bien réfléchi avant de lui donner ma réponse.

– Je crois que je parlerais de la difficulté qu'a l'excellence à triompher de la médiocrité.

Elle avait de nouveau détourné la tête.

– Et toi ? avais-je insisté.

– De la peur, je crois, m'avait-elle répondu sans la moindre hésitation.

– De la peur ? avais-je dit avec un petit rire. Vaste sujet. Laquelle ?

– La mienne.

– Et de quelle peur s'agit-il ?

Elle m'avait regardé en face, et une sombre lueur étincelait dans ses yeux.

– Tu n'as pas la moindre idée de ce qui me fait le plus peur, n'est-ce pas, Sam ?

– Il faut croire que non, alors dis-le-moi, je te prie.

Son regard était devenu brillant.

– Qu'à la fin de ma vie, à mon dernier souffle, tout me paraisse n'avoir été qu'une vaste perte de temps.

Le coup de maillet du juge Rutledge m'arracha à cette lointaine soirée, à la peur animale que j'avais aperçue dans le regard de Sandrine et qui aurait dû me faire comprendre que la plus ancestrale de toutes les peurs humaines était justement la sienne aussi.

J'eus la surprise de voir tout le monde se lever et les jurés sortir à la file.

– Que se passe-t-il ? demandai-je à Morty.

Il me regarda, perplexe.

– Tu ne le sais pas, Sam ?

Je fis non de la tête.

– J'avais l'esprit ailleurs, je crois.

Au lieu de me chapitrer, il partit à rire.

– C'est l'heure d'aller casser la croûte, mon gars.

Suspension de séance pour le déjeuner

Pendant la pause-déjeuner, je ne pus faire autrement que laisser se rejouer dans ma tête la scène où Sandrine et moi étions dans le snack de Greenwich Village. Pas seulement celle-ci, d'ailleurs. Car alors, j'avais commencé à repenser non seulement aux dernières semaines de la vie de Sandrine, mais à toutes les années passées, à tous les cours, à toutes les conférences d'étudiants, à tous les conseils de classe, à tous les colloques, à tous les pots, à toutes les remises de diplômes, lent tempo de nos années communes. Je me demandai si ces mêmes scènes étaient repassées par la tête de Sandrine au moment de sa mort, et à quel point était ténu le fil qui avait évité que sa vie soit une énorme perte de temps.

Morty déjeunait avec des confrères et Alexandria était partie nous acheter des sandwiches, j'étais donc seul dans la pièce, seul avec ces pensées-là. Sandrine avait-elle fini par se convaincre qu'en m'épousant, elle avait non seulement commis une grave erreur mais aussi la plus grosse de sa vie, celle dont découleraient toutes les autres ? Au fil des années, et inconsciemment, m'étais-je de plus en plus tenu sur la défensive vis-à-vis d'elle, et n'était-ce rien d'autre que mes désillusions refoulées qui avaient finalement explosé au dernier soir de sa vie ?

Tout cela me troublait et me glaçait, et en homme fuyant des voix qu'il entendait dans sa tête, j'allai regarder par la fenêtre. Je contemplais le parc devant le tribunal, avec ses mémoriaux de guerre, colonnes de marbre trapues jaillissant çà et là de l'herbe et sur lesquelles étaient inscrits les noms des natifs du coin morts au combat. S'y trouvait également la statue d'un commandant très connu dans la région qui s'était illustré pendant la guerre de Sécession à la bataille de Gettysburg… ou était-ce à celle de Spotsylvania ? Les monuments de Coburn sont comme Coburn, me dis-je : ils n'ont rien d'exceptionnel.

Je parcourus la pelouse du regard. Elle était, comme disent immanquablement poètes et mauvais écrivains, « mouchetée » de soleil. En ville, la circulation avait cédé à sa léthargie habituelle : allure que je qualifiais de « subsaharienne » et qui illustrait bien, trouvais-je, l'incapacité de l'habitant de Coburn lambda à vivre pleinement chaque instant de sa vie.

Rien dans ce tableau vivant à la Norman Rockwell ne retint particulièrement mon attention jusqu'au moment où j'aperçus le procureur Singleton et l'inspecteur Alabrandi sur un des trottoirs en ciment de la cour. Ils marchaient épaule contre épaule. Tiens, pensai-je, voilà mes Némésis jumelles, ces deux-là totalement convaincus d'avoir percé à jour ma machination et autant déterminés l'un que l'autre à me la faire payer de ma vie.

J'allais me détourner de la fenêtre, mais au moment où ils atteignaient la rue, un break Ford marron se gara sur une place de parking à quelques mètres d'eux. Je reconnus cette voiture parce que j'avais toujours trouvé curieux qu'un vieux garçon, car c'est bien ce que Malcolm Esterman était, achète un modèle familial, une voiture faite pour emmener les enfants à l'école, au sport, à des cours particuliers, pour partir longtemps en vacances dans des lieux aussi lointains et aussi exotiques que, disons, Charleston, en Caroline du Sud.

Mais voilà que Malcolm était là, descendant de ce véhicule, puis rejoignant Singleton et Alabrandi et leur tendant amicalement la main. Comment aurais-je pu me douter que tout commencerait à se déliter à cause d'un homme aussi débonnaire, que le fait qu'il confirme gentiment les premiers soupçons d'Alabrandi attiserait l'ardeur du brave enquêteur qui, du coup, m'aurait dans le collimateur. En regardant ce trio marcher d'un pas tranquille jusqu'à un banc et s'y asseoir, j'imaginais sans peine Alabrandi suggérant pour la première fois que la mort de Sandrine avait quelque chose de louche : assis dans la petite maison de ville, qui sentait le renfermé, de Malcolm, attendant la réponse qu'il allait lui faire, puis infiniment satisfait de ce qu'il entendait même si ce n'était rien de plus qu'une allusion au fait que, peut-être, tout n'était pas au beau fixe entre Sandrine et moi.

Des hauts et des bas. Quel couple n'en connaît pas ? Pourtant, je sais à présent que Malcolm n'aurait pas eu besoin d'en dire davantage pour aiguiser la curiosité avide d'Alabrandi.

La porte de la pièce s'ouvrit.

Sur Alexandria avec des sandwiches et des sodas.

– Rien pour moi, lui dis-je.

– Tu dois manger, papa.

Elle s'assit à la table et commença à déballer les sandwiches.

Je regardais toujours par la fenêtre.

– Tu sais ce qui me manque, Alexandria ? Ce sont des choses toutes simples, comme pouvoir me promener en ville, aller au marché.

– Mais tu détestes le marché de Coburn, me rappela-t-elle. Tu te plaignais toujours qu'on n'y trouvait jamais de vinaigre balsamique.

Ce n'était pas faux. Il y a quelques mois encore, je pouvais au moins m'y rendre sans craindre d'attirer l'attention, sauf quand, à l'occasion, je croisais un membre de l'université de Coburn ou son épouse. Mais depuis la mort de Sandrine, j'étais devenu une célébrité locale. Ma photo avait paru dans le journal et j'avais fait l'objet de plusieurs reportages télévisés. J'avais même eu l'honneur d'être la personnalité anonyme choisie par Jesse Bloom pour un de ses débats radiophoniques, le thème du jour ne laissant place à aucune ambiguïté : *Si votre conjoint projetait de vous assassiner, en verriez-vous les signes précurseurs ?* L'émission avait donné lieu à une discussion animée relancée par les auditeurs qui intervenaient par téléphone, certains affichant leur certitude que, si leur conjoint projetait de les assassiner, ils s'en rendraient compte, et d'autres – ce que je trouvais plutôt triste – admettant qu'ils n'en étaient pas persuadés. Je me souvenais très bien d'une femme, de sa voix un peu brisée et vaguement autoaccusatrice, disant : *Mon mari m'a menée en bateau si souvent et de tant de façons que j'aurais eu le temps de mourir dix fois avant de me douter qu'il voulait me tuer*. Moi, j'étais à peu près sûr que j'aurais deviné une telle intention criminelle chez Sandrine. Elle se serait sûrement trahie d'une manière ou d'une autre, par un regard ou une parole qui m'aurait mis la puce à l'oreille.

Pourtant, n'était-il pas possible que ses sentiments pour moi aient profondément changé avec les années et que je ne m'en sois jamais réellement aperçu ? qu'elle ait pu avoir envie que je meure une bonne fois et que je ne m'en sois jamais douté ?

– Papa, dit Alexandria, plus sèchement cette fois et avec un signe de tête vers les sandwiches. On n'a pas beaucoup de temps.

Je me joignis à elle, mordis à contrecœur dans un sandwich.

– Ça va faire mal, dis-je. Avec Alabrandi, j'entends.

– Rien que je ne sache déjà, répondit Alexandria.

Ah, mais il y avait beaucoup de choses que ma fille ignorait, réflexion qui me fit penser à April Blankenship dans sa robe bleu pâle, l'épouse négligée de Clayton. Cette femme, qui n'avait jamais cherché la notoriété, n'était absolument pas préparée à se retrouver impliquée dans une affaire criminelle.

C'était dans le parc municipal où je ne pouvais désormais plus me promener que j'avais fait la fatale rencontre d'April. Je l'avais déjà croisée auparavant, bien entendu, faisant ses courses ou lors d'une cérémonie à l'université. En matière d'achats de bouche, elle avait une propension à tâter méticuleusement tous les fruits, j'avais eu l'occasion de le remarquer en étant déjà tombé sur elle devant des étals de maraîchers. Son sourire, si discret, était presque imperceptible, et je l'avais tout de suite classée comme appartenant au type même de ces épouses de prof frustrées si souvent caricaturées dans les films et les livres, torturées de désirs mais qui avaient peur de leur ombre. En ce qui la concernait, l'avenir me donnerait, malheureusement, raison sur tout.

Ces pensées, je le sentais, m'entraînaient à nouveau sur la pente des mauvais souvenirs, cette fois jusqu'à un jour d'été dans le parc, moi avec le tout dernier roman couronné d'un prix littéraire, en tournant les pages lentement, plein d'admiration, regrettant de ne pas être celui qui avait écrit ce que je lisais. Leslie Stephen a dit un jour qu'avoir du génie était surtout une question de s'en donner la peine, mais à force de réécrire et réécrire *Attractions terrestres*, je m'étais rendu compte que ça ne suffisait pas. Des années avaient passé depuis ma dernière tentative dans ce domaine que Sandrine avait si vertement critiquée, des années de plus en plus chargées d'amertume, ce que j'admettais en mon for intérieur et qui, au moment où April apparut devant moi dans le parc cet après-midi-là, cet été-là, me faisait tourner en ridicule mes efforts passés et y voir, ma foi… une vaste perte de temps.

À quoi pensez-vous ?

C'était ce que m'avait demandé April en s'arrêtant devant moi, tenant dans ses bras fins couverts de taches de rousseur une chaise pliante à rayures, en bouclier devant ses seins.

– À rien de particulier. Je lisais, voilà tout, répondis-je avec un petit signe de tête vers mon livre. Le lauréat du NBA de cette année.

– Oh, fit April, n'ayant, de toute évidence, aucune idée de ce que désignait le sigle NBA.

– C'est bien ?

– Pas mal, répondis-je. Au moins, ça a été publié.

– C'est formidable. C'est important d'être publié, à ce que dit Clayton.

Certaines femmes jettent des étincelles, d'autres exsudent le lait maternel. Ces dernières devraient se faire bonnes sœurs ou infirmières, grandes consolatrices des blessures de l'âme ou du corps. Elles appartiennent à un archétype éternel et elles attirent presque toujours l'homme idéal pour l'utiliser et le jeter après usage. Côté peines de cœur, elles perdent toujours, et j'en avais connu plus d'une avant qu'April ne surgisse devant moi, serrant contre elle sa petite chaise pliante comme si c'était le bébé qu'elle voulait depuis toujours mais n'avait jamais eu.

Par le passé, j'avais repoussé de telles femmes, mais ce jour-là, lisant ce livre, homme dans la petite quarantaine dont les dernières sèves créatives étaient depuis longtemps taries, j'avais soudain éprouvé le besoin de jouer un jeu dangereux, d'étreindre l'exaltation de la folie, de patiner, si l'on peut dire, sur la seule fine surface de glace immédiatement accessible devant moi : la pâle et froide April.

– Vous devez lire beaucoup, dit-elle d'un ton admiratif.

– Je suis sûr que Clayton n'est pas en reste.

Elle opina légèrement de la tête.

– Mais ses yeux l'abandonnent.

Un léger sourire palpita au bord de ses lèvres, puis disparut.

– Ça arrive, vous savez, ajouta-t-elle timidement. Avec l'âge.

Comparé au vieux Clayton à la peau parcheminée, il est évident qu'aux yeux d'April, je devais passer pour un hercule, homme d'âge moyen au dos droit et aux yeux pouvant encore lire les petits caractères.

– Eh oui, ça fait partie du marché, n'est-ce pas ? dis-je gentiment en me levant et me plaçant en face d'elle.

Elle acquiesça de nouveau sans rien dire.

– Mais c'est un marché de dupes, ajoutai-je d'une voix douce. Vous ne trouvez pas ?

Et de hocher de nouveau la tête, et tel un séducteur de roman de gare arrachant le premier bouton du corsage d'une jeune vierge effarouchée, je pris la chaise de jardin à rayures criardes des bras d'April.

– Un marché de dupes, répétai-je. Pour vous.

Elle redressa la tête, ses yeux se mouillèrent de larmes et alors, tout de suite, alors qu'elle pressait son visage contre ma poitrine et éclatait en sanglots, je m'étais dit qu'elle était à moi et je fus transporté par les sentiments d'orgueil, de puissance et d'indifférence à l'autre les plus forts que j'aie jamais connus de ma vie.

Alexandria ne savait rien de tout cela, évidemment, alors je restai silencieux en la regardant manger son sandwich avec toujours si peu d'appétit depuis la mort de sa mère. Comme moi, elle avait perdu du poids et une grande part de son éclat.

– Tu n'es pas obligée de venir à l'audience tous les jours, tu sais.

Elle mordit dans son sandwich.

– Mon absence ferait mauvaise impression. On pourrait penser que je te crois coupable.

Elle sourit, mais froidement.

– Ne t'en fais pas, papa. Je te suis loyale.

Je ne pus m'empêcher de me demander si cette profession de foi était, pour Alexandria, une manière détournée d'affirmer sa supériorité morale sur moi, ce qui était bien son droit. Après tout, en trahissant Sandrine, je l'avais trahie elle aussi. C'est une partie du vieux problème du rapport entre parents et enfants : la nécessité d'être hypocrite, de défendre des vertus qu'on ne pratique pas soi-même car ne pas le faire reviendrait à exposer ses enfants aux vents desséchants de l'ambiguïté morale. Qui peut rester debout dans leur maelström ?

Je ne soufflai mot de tout cela, bien entendu, pour ne pas rouvrir ses plaies béantes qui ne se refermeraient sans doute jamais. À la place, je posai ma question habituelle :

– À ton avis, comment ça s'est passé aujourd'hui ?

– Bien. Rien que Morty ne puisse contrecarrer quand viendra le moment de te défendre.

– Le fait que j'aie appelé ça une lettre de suicide, tu ne penses pas que ça puisse me porter tort ?

Elle haussa les épaules.

– C'est difficile à dire. Tu étais très stressé. Et puis maman est passée à l'acte, non ? Puisqu'il s'agit d'un suicide, n'est-il pas logique que tu aies pensé que les dernières lignes qu'elle a écrites soient sa lettre de suicide ?

– Sauf qu'ils soutiennent que ce n'en est pas un. C'est bien pour ça qu'il y a ce procès. Ils pensent que c'est un meurtre.

Elle me regarda, imperturbable.

– Mais ça n'en est pas un, dit-elle d'un ton qui indiquait clairement que la discussion était close.

Nous changeâmes de sujet. Je lui rapportai la petite conversation que j'avais eue un peu plus tôt avec Morty au cours de laquelle j'avais évoqué le narrateur de *L'Étranger*, ce qui m'avait valu sa mise en garde d'éviter de me pousser du col avec ce genre de références littéraires. Après quoi, le silence retomba entre nous un moment avant qu'elle ne parle un peu de son travail, d'abord de celui dans l'agence littéraire, puis de son second emploi, indispensable pour compléter ses revenus, qui consistait, disait-elle, à faire surgir ce qu'elle appelait « du contenu » pour un magazine en ligne consacré aux dérapages et aux méfaits des gens célèbres. Elle venait de « couvrir » la déchéance d'une rockeuse vieillissante, ex-fille du mouvement Flower Power dont les pitreries avaient fait les beaux jours de Haight-Asbury et dont les coucheries de fille de groupe étaient autrefois relayées dans les colonnes de *Rolling Stone*, mais dont les ennuis actuels n'intéressaient plus que les lecteurs en ligne invisibles de *sleeplesseye.com*. La rumeur attribuait son nez en chou-fleur à une nasoplastie bâclée ou à une consommation effrénée de cocaïne.

– Ce genre d'horreurs, dit Alexandria. On est lus surtout par des insomniaques. Ce n'est pas de la grande littérature.

– N'en sois pas aussi sûre. Il y a une lettre d'une fille qui n'a pas de nez dans *Miss Lonelyhearts*[1]. Et je peux te dire que c'est de la grande littérature.

Elle me regarda en silence.

– C'est de Nathanael West.

Un faible sourire ourla ses lèvres.

– Surtout, n'oublie pas le conseil de Morty, papa. Ne sors pas ce genre d'allusions élitistes quand tu seras à la barre.

– C'est élitiste de lire Nathanael West ? dis-je en pouffant de rire. Seigneur, la culture est donc tombée bien bas.

– Comme celle pour laquelle je travaille, c'est ce que tu veux dire ?

– Loin de moi cette pensée.

– *Sleeplesseye*, je veux dire. Une sous-culture.

– C'est toi qui emploies ce mot, pas moi.

1. « Mademoiselle Cœurs-Brisés ».

– Non, c'est toi, en l'occurrence.

– Peut-être, mais…

– C'est bon, papa, m'interrompit-elle sèchement. Je sais que je ne suis pas un prof titularisé. Et, veux-tu que je te dise ? Je me cherche encore, d'accord ? J'aimerais découvrir quelque chose que j'aie réellement envie de faire, mais ce n'est pas encore le cas, papa. Je dérive, vois-tu. On peut dire qu'on est d'accord sur ce point ?

– Alexandria…

Elle agita la main comme si c'était une lame, coupant court au sujet.

– Franchement, papa ! soupira-t-elle, d'une voix plus douce à présent. Bref…

Elle fit glisser ses doigts sur le plateau de la table comme j'avais vu Sandrine le faire sur la surface irrégulière de notre évier en cuivre, douce et tendre exploration.

– Laissons tomber, d'accord ?

J'acquiesçai de la tête.

– D'accord, dis-je, après quoi, il s'instaura un autre silence, plus long que le précédent.

Un silence qui me renvoya au dernier jour de la vie de Sandrine, dans l'intervalle entre notre dernière et violente dispute et le moment où Alexandria était revenue pour avoir ce qui devait être sa dernière conversation avec sa mère. Jusqu'alors, j'avais évité de lui demander ce dont elles avaient parlé, mais à présent, cédant à une curieuse impulsion, je voulais savoir.

– Le soir où tu étais avec ta mère… le dernier soir… celui de sa mort, t'a-t-elle parlé de nous ?

– De nous… c'est-à-dire ?

– D'elle et moi.

– Pas spécialement. Mais elle m'a parlé du mariage.

– Que t'en a-t-elle dit ?

– Que c'était comme dans un match de boxe. Qu'entre le premier et le dixième round, on reçoit pas mal de coups. Mais qu'on est deux à espérer qu'à un moment le gong va retentir, qu'on fera la paix et que le combat en aura valu la peine. Alors, on reste sur le ring parce qu'on veut tenir jusqu'au coup de gong du dixième round.

C'était la définition du mariage la plus déconcertante que j'aie jamais entendue, et j'imaginai mal que Sandrine ait pensé au nôtre en des termes si malheureux. Pourtant, comme pour tous les témoignages présentés à mon procès, celui-ci offrait une preuve indéniable, même si elle était indirecte, qu'elle avait eu de notre vie à deux une vision lugubre et sans joie.

– Je regrette que ça te fasse de la peine, papa, murmura Alexandria en voyant mon air abattu. Mais c'est toi qui l'as cherché.

– Oui, c'est moi qui l'ai cherché, répondis-je tout bas.

Il y eut un autre silence, celui-là encore plus long que les deux autres, durant lequel je sentis les yeux d'Alexandria braqués sur moi comme deux rayons laser.

– Tu crois que vous auriez tenu, maman et toi ? reprit-elle. Jusqu'au dixième round, je veux dire, si maman n'était pas morte ?

Souvent, Sandrine se tournait et se retournait dans le lit, parfois elle se levait en pleine nuit, marchait sur la pointe des pieds jusqu'au scriptorium pour lire, son regard obscurément interrogateur quand elle levait les yeux et me voyait dans l'embrasure de la porte. Une fois, je lui avais demandé à quoi elle pensait, m'attendant à ce qu'elle me parle du livre qu'elle lisait. Mais elle m'avait juste dit : « À notre école », entendant sans doute par là le rêve qu'elle avait exprimé quand nous vivions encore à New York mais dont elle ne m'avait presque plus jamais reparlé depuis que nous étions en poste à Coburn. Comme je m'étais contenté de hausser les épaules, elle avait tranquillement repris la lecture de son livre, mais après cela, elle m'avait semblé particulièrement agitée, allant et venant dans la maison, lisant un moment, puis écoutant de la musique, puis se remettant à lire.

Depuis sa mort, je suis en proie à la même agitation car la question de savoir ce que Sandrine cherchait ainsi au beau milieu de la nuit ne me quittera jamais. Je repense à nos premiers jours, à notre périple sur les traces du monde antique, à ces spectaculaires semaines passées à Paris, jouant le jeu des expatriés, puis à notre installation ici, dans cette bonne vieille ville de Coburn, et dans tous ces souvenirs, Sandrine restait toujours la même. Puis, assez soudainement, elle n'avait plus du tout été la même.

– Ta mère a changé quand elle est tombée malade.

– De quelle façon ?

– Elle est devenue plus distante.

– Distante ? s'écria Alexandria. Vraiment ? Ce n'est pas du tout l'impression qu'elle me donnait. Franchement, des deux, c'est toi qui semblais le plus distant.

– Ah bon ?

– Quel autre mot emploierais-tu ? Tu n'allais presque jamais t'asseoir dans la gloriette avec maman. Tu évitais la pièce où elle allait lire.

– Le scriptorium.

Alexandria leva les yeux au ciel.

– Elle détestait ce nom, d'ailleurs, m'apprit-elle. Elle m'a dit que c'est toi qui le lui avais donné lorsque vous aviez emménagé ici parce que tu croyais que vous y écririez tous les deux de grands livres.

– C'est vrai, c'était ce que je croyais, admis-je.

– Mais maman ne voulait pas écrire de livre, papa, affirma Alexandria. C'était ton idée, pas la sienne.

Ça aussi, c'était vrai, je pouvais bien l'admettre à présent. Sandrine n'avait jamais eu l'intention d'écrire un grand livre, ni aucun livre du tout d'ailleurs. J'avais voulu imputer la cause de son incapacité à y parvenir à son implication sans borne dans l'université de Coburn, ces interminables séances de travail supplémentaires avec ses étudiants médiocres, passées le plus souvent à leur enseigner les rudiments de l'alphabétisation à défaut de leur transmettre un savoir plus noble. C'était le degré zéro du soutien scolaire qu'il m'était arrivé de tourner en ridicule en le taxant de « hauts sommets de l'accord verbe-sujet », à quoi ma *pasionaria* d'épouse avait riposté : « Je serai ce qu'ils ont besoin que je sois, Sam, pas ce que toi, tu aurais besoin que je sois. »

Ils avaient besoin qu'elle soit un professeur, pas un auteur, et ça, Sandrine l'avait pleinement compris.

– Tu as sans doute raison, Alexandria, dis-je d'une voix posée. Ta mère n'a jamais eu cette ambition-là.

Alexandria eut un haussement d'épaules.

– Bref, où qu'elle se trouvait, dans n'importe quelle pièce, tu n'y allais pas.

– C'est vrai, admis-je. Mais il y avait une raison à cela. Ta mère était devenue plus difficile, plus indéchiffrable, et puis il y avait son tempérament de feu…

Je m'interrompis, hésitant à poursuivre, sentant l'aiguillon de la crainte dont Morty m'avait parlé : le fait qu'Alexandria puisse être au courant de notre dernière dispute, raison suffisante pour que je sois stratégique.

– Alors, ça ne m'a pas du tout étonné que, le dernier soir, elle ait craqué, dis-je.

Le regard d'Alexandria se durcit et je vis quelque chose qu'elle avait refoulé, quelque chose d'explosif se former dans son esprit.

– N'essaie pas de rejeter la faute sur maman, dit-elle d'un ton solennel. N'essaie pas de la faire passer pour la folle enfermée dans le grenier, papa, parce qu'elle ne l'était pas.

– Je n'ai jamais dit qu'elle était la…

– Sache, papa, m'interrompit-elle d'une voix très ferme, que si jamais Morty et toi aviez dans l'idée de faire en sorte de rejeter la faute sur elle, vous pouvez aller vous faire foutre.

– Mais qu'est-ce que tu racontes ? Je n'essaie pas de…

– Tu ne lui en as pas assez fait voir ? Tu ne l'as pas assez fait souffrir ? s'écria-t-elle sans pouvoir empêcher ses lèvres de trembler. Elle est morte ! Ce n'est pas suffisant ?

– Suffisant pour quoi ?

– Pour la laisser tranquille ! dit Alexandria assez fort puis, à mon immense étonnement, elle jaillit de son siège comme un geyser de vapeur. M'man était mourante, mais elle avait envie de vivre ! cria-t-elle. Elle avait envie de vivre, et puis, soudain… soudain… elle n'est plus.

Elle secoua la tête.

– Ça n'a pas de sens, ajouta-t-elle avec véhémence tout en se donnant toutes les peines du monde pour se ressaisir. Ça n'a jamais eu le moindre sens.

Et voilà, pensai-je sans me mentir. Ma fille, si elle était jurée dans mon procès, voterait incontestablement coupable.

Je la regardai, désemparé.

– Je ne sais pas quoi dire. Je ne sais pas quoi te dire.

Alexandria prit une inspiration tremblotante.

– Le dernier jour, quand je l'ai quittée, m'man m'a prise dans ses bras et m'a dit : « Je t'aime… Ali. »

– Ali ? Elle ne t'appelait jamais Ali.

– Je sais. Mais elle m'a dit qu'elle avait toujours pensé que j'étais avant tout une *ali*[1] et que pour elle je serais toujours Ali, dit-elle avec un doux sourire. Je suppose que c'était sa façon de se rapprocher de moi sur la fin.

Sa façon de se rapprocher de moi.

Je voyais la scène comme si j'y étais – Sandrine regardant tendrement Alexandria en l'appelant Ali – et au même moment, j'eus un déclic mental, un claquement sec à faire dresser les cheveux sur la tête qui fit pivoter mon affaire à cent quatre-vingts degrés et en montra les éléments disparates sous un tout autre éclairage.

Une façon pour Sandrine de se rapprocher d'Alexandria ?

Et si ce n'était pas du tout cela, songeai-je. Et si toute cette scène si tendre, si affectueuse, n'avait pas du tout eu pour but de rapprocher Sandrine d'Alexandria…

Et si, me dis-je, emporté par la plus sombre conjecture qui ait jamais pris forme dans mon esprit, *et si le fait que Sandrine ait parlé si gentiment à « Ali » au*

1. Ali : meilleur ami, la personne sur qui on peut compter, l'allié.

dernier soir de sa vie n'était pas du tout sa manière de se rapprocher de sa fille, mais, au contraire, son moyen d'une subtilité démoniaque de l'éloigner de moi ?

À présent, c'était la voix de Morty que j'entendais : *Tu n'as aucune protection constitutionnelle contre ta fille, Sam.*

– Mon Dieu, chuchotai-je. Et si… ?

Alexandria me regarda comme si j'étais un microbe sous un microscope.

– Quoi ?

Je ne pouvais rien lui dire du scénario terrifiant qui se déroulait dans ma tête, étape par étape, fil après fil, dans lequel j'étais un homme en train de percer à jour et de reconstruire le tour le plus brillant du plus brillant des magiciens, toutes les perspectives par lesquelles il détournait l'attention de son public, tous les doubles-fonds, toutes les trappes, tous les fumigènes et miroirs.

Je repensai à la spirale mortelle des preuves indirectes qui m'avait happé, aucune à elle seule ne suffisant pour me faire condamner mais, reliées les unes aux autres, créant un argumentaire mortellement convaincant de ma culpabilité.

Alexandria me regardait.

– À quoi penses-tu, papa ?

Ma toute dernière hypothèse me recouvrit comme du givre. Mon Dieu, serait-ce vrai ? songeai-je. Je faillis demander ouvertement à Alexandria si Sandrine lui avait parlé de la terrible dispute que nous avions eue le dernier soir, de la tasse dont les morceaux étaient restés éparpillés sur le sol de notre chambre et que, oui, Alexandria avait bien pu voir. Et si elle les avait vus et qu'elle ait posé des questions à sa mère… Et si Sandrine lui avait tout raconté en terminant son récit sûrement construit à la perfection par le dernier mot qu'elle m'avait crié alors que je battais en retraite : *sociopathe*.

Aborder ce sujet me paraissait dangereux pour la suite de mon procès. Si Alexandria avait vu ces débris compromettants, elle n'en avait jamais parlé. Pas plus qu'elle n'avait parlé, jusqu'à présent, de la teneur de sa dernière conversation avec Sandrine. Par conséquent, étant donné qu'elle n'avait encore rien révélé sur la dernière heure qu'elle avait passée en compagnie de sa mère, je jugeai préférable de lui permettre de garder ses lèvres scellées. Après tout, ce que j'ignorais encore ne m'avait toujours pas porté tort.

– À rien, répondis-je. À rien du tout.

Dans le silence glacé qui s'ensuivit, je réfléchis à tous les éléments qui s'étaient amalgamés de telle façon qu'ils avaient d'abord engendré puis grossi peu à peu un dossier à charge contre moi : la « lettre de suicide » qui n'en était pas une, les douleurs dorsales que l'autopsie pratiquée par le Dr Mortimer n'avait pas permis de mettre en évidence, le coup de fil que j'avais passé au Dr Ortins à ce sujet, le fait que c'est toujours moi qui allais chercher le Demerol soit parce que Sandrine avait cours ou une réunion soit parce qu'elle était occupée par ailleurs et n'avait pas le temps de passer par la pharmacie, le coup de grâce des traces d'antihistaminiques retrouvées dans son sang, les recherches accusatrices qu'elle avait faites sur mon ordinateur sous le prétexte que le sien était détraqué, alors que l'enquête démontrerait qu'il fonctionnait parfaitement.

Était-il possible, me demandai-je, profondément stupéfait que pareille question puisse jaillir dans mon esprit, était-il possible que, fil après fil, Sandrine ait intelligemment tissé le nœud coulant qui oscillait au-dessus de ma tête ?

Cette question, qui me glaça jusqu'aux os, éveilla en moi une sorte d'émerveillement craintif devant une machination dont l'élaboration finissait par former un réseau d'une étrange beauté, élégant au sens que les mathématiciens donnent à ce mot, une beauté « froide et austère » comme dit Bertrand Russell, formule citée souvent par ma brillante épouse que j'imaginais à présent en maître de marionnettes qui n'avait jamais montré sa main, chaque élément disposé de sorte qu'on en ait une vision biaisée, rien de trop évident, ni couteau ensanglanté ni revolver encore fumant, accessoires remplacés par deux petits paragraphes sur Cléopâtre qu'elle m'avait dit être son « mot de la fin » et que moi-même, par la suite, avais dit être sa « lettre de suicide » alors qu'il n'en était rien. Ensuite, tout – jusqu'à ma pédanterie, cette ridicule allusion à la nouvelle de Poe – s'était inexorablement mis en place. Quel procédé classique de la tragédie grecque, pensai-je, que de tendre un piège par lequel la propre faiblesse de caractère d'un homme le détruirait.

Je repensai à tous les témoins à charge de ce procès dans lequel, jusqu'alors, j'avais vu l'œuvre exclusive du procureur Singleton, le résultat de sa soif de justice. Mais n'était-il pas possible que lui aussi ait été brillamment manipulé, que ses soupçons aient été éveillés par un indice savamment placé, puis subtilement confirmés par un autre, et un autre et encore un autre, en s'imaginant pendant tout ce temps-là tenir les rênes de mon procès alors qu'en réalité, et dès le début, il n'avait été que la marionnette principale dans cette affaire qui n'était et n'avait jamais été rien d'autre que celle de Sandrine ?

QUATRIÈME PARTIE

L'audition des témoins reprendra aujourd'hui dans le procès de M. Samuel Madison, professeur à l'université de Coburn, accusé du meurtre de sa femme, Sandrine Madison. Depuis le début de l'enquête et du procès, M. Madison clame son innocence. On ignore s'il témoignera pour sa propre défense.

Coburn Sentinel
20 janvier 2011

Sixième jour

Session du matin

Toute la soirée du lendemain, allongé dans la pénombre de ma chambre, j'en vins à soupçonner de plus en plus que j'étais bel et bien pris dans une toile savamment tissée par Sandrine. Qui d'autre, après tout, aurait pu avoir une intuition plus exacte de mes désirs secrets, et une meilleure raison de me tendre un piège si je devais agir selon eux. Avait-elle vu dans mon livre sans âme celui d'un auteur sans âme et en avait-elle conclu que j'étais bel et bien un sociopathe capable de se débarrasser d'une femme qui allait, de jour en jour, devenir un fardeau plus pesant ? Sandrine avait-elle suspecté que je souhaitais sa mort et, dans les affres de ce soupçon, inventé un moyen pour que sa destruction soit également la mienne ?

Je ne pouvais pas faire part d'une supposition aussi sinistre à Alexandria, bien entendu. Ni m'en ouvrir à Morty sans passer pour un homme dérangé, paranoïaque, tellement sociopathe que, ma foi, il espérait faire peser l'accusation sur la tête de sa femme morte dans le but d'échapper à une condamnation pour assassinat. Autrement dit, si Sandrine avait sciemment conçu de venger sa mort, elle s'était arrangée pour le faire de façon à empêcher que sa machination soit non seulement découverte mais également discutée, et pas même évoquée au tribunal.

De telles considérations occupaient encore mon esprit pendant la session du matin de mon procès, puis celle de l'après-midi, l'inspecteur Alabrandi toujours à la barre, reconstituant méticuleusement les nombreux entretiens qu'il avait eus avec moi et d'autres personnes au fil de son enquête sur la mort de Sandrine. Par moments, lors des témoignages précédents, je m'étais égaré dans des miasmes d'insondables circonstances, mais à présent qu'Alabrandi se lançait dans une analyse méthodique des preuves qu'il avait fini par accumuler, je ne me sentais plus du tout perdu. Peut-être y avait-il, et y avait-il toujours eu, pour employer l'expression de Henry James, une « image dans le tapis ».

– Inspecteur, êtes-vous retourné au 237 Crescent Road le 17 décembre ? demanda Singleton.

– Oui, en effet.

– À ce moment-là, d'autres points avaient retenu votre attention concernant le décès de Mme Madison, c'est exact ?

– Oui, c'est exact.

– Donc vous y êtes retourné et avez parlé à l'accusé… pour la cinquième fois, je crois ?

– Oui.

Ce jour-là, il était arrivé le matin alors que j'étais assis dans le solarium avec ma première tasse de café de la journée, les yeux fixés sur le fauteuil en osier qui avait toujours été celui de Sandrine, me demandant, n'en finissant pas de me demander, quelles investigations Alabrandi avait conduites au juste depuis la dernière fois qu'il s'était présenté à ma porte, et ce qu'il avait découvert, sujet d'inquiétude ravivé par la première phrase qu'il m'adressa avant même d'entrer chez moi ce matin-là.

– Si vous n'y voyez pas d'inconvénient, nous aimerions jeter un coup d'œil à l'ordinateur de Mme Madison, me dit-il.

– Non, ça ne m'ennuie pas. Mais il est en panne.

– En panne ?

– Oui. Depuis plusieurs semaines, Sandrine utilisait le mien.

– Vous n'avez jamais pensé à le faire réparer ?

– Elle disait qu'elle préférait carrément s'en acheter un autre. Mais elle ne s'est jamais décidée à le faire.

L'expression que prit le regard d'Alabrandi me dérangea, me donnant la sensation que ma personne le répugnait.

– Nous souhaiterions également jeter un œil au vôtre.

Il souriait, mais c'était le sourire d'un homme qui avait les atouts en main et le savait.

– Nous pourrions obtenir un mandat de perquisition, bien sûr, mais c'est plus simple d'avoir votre autorisation.

– Emportez-les tous les deux, dis-je, ayant compris depuis un moment qu'afficher une parfaite tranquillité d'esprit quant à mon innocence jouerait beaucoup plus en ma faveur que d'appeler mon avocat ou toute autre réaction de ce genre – décision que Morty jugerait plus tard très hasardeuse.

– Le bureau que nous partagions étant minuscule, nous n'avions que deux ordinateurs portables, ajoutai-je.

– Merci. Je les prendrai en partant.

Je hochai la tête.

– Soit, approuvai-je.

Alabrandi sortit son calepin.

– Voulez-vous bien me décrire l'attitude de Mme Madison pendant les semaines qui ont précédé sa mort ?

Il parlait de « mort » et non de « suicide », mais j'étais habitué à ce genre de ruses lexicales qui ne me gênaient pas. J'étais professeur de littérature, après tout. Je savais manier le langage.

– Son attitude ? demandai-je. C'est un terme très général.

Le regard d'Alabrandi se durcit.

– Comment elle vous paraissait, c'est ce que je veux dire. Ses pensées, ses sentiments.

– Ce n'est guère mieux en termes de généralités.

Alabrandi changea légèrement de position.

– Les généralités, c'est très bien, dit-il avec une pointe d'irritation dans la voix. Les généralités, c'est parfait, monsieur le professeur. Franchement, je ne vois pas comment être plus précis, alors, pourrait-on, comme on dit, poursuivre ?

– Eh bien, de façon générale alors, elle s'était repliée sur elle-même.

– À cause de sa maladie ?

– Oui.

– Et le dernier soir ?

Il sait, pensai-je.

Tandis que l'inspecteur Alabrandi rendait compte de cette conversation à la barre, je pris conscience que, à ce moment-là, l'idée ne m'avait pas effleuré qu'Alexandria avait pu déjà témoigner contre moi, qu'à ce stade précoce de l'enquête, un indic était peut-être infiltré dans les ruines de mon foyer fracassé. Je ne pouvais toujours pas en être certain, si bien que, jetant un coup d'œil à ma fille derrière moi et croisant son regard, je ne fus, pour la première fois de mon existence, plus sûr de rien : un individu n'étant plus retenu par ses amarres. Cela aussi faisait-il partie du plan de Sandrine : me déstabiliser totalement pour que ma vie, dès lors, en soit réduite à rien de plus qu'un éternel combat contre des sables mouvants que je m'acharnerais à mener en homme déraciné, désorienté et enfermé dans une ineffable solitude ?

Alexandria fit un signe de tête en direction du devant de la salle, me rappelant de ne pas me déconcentrer.

Obtempérant, je reportai mon attention sur Alabrandi qui, entre-temps, avait avancé dans son récit de notre cinquième entrevue.

– J'ai commencé à poser des questions à M. Madison au sujet du dernier soir de la vie de sa femme, dit-il à la Cour.

Et immédiatement, je fus de nouveau dans mon salon, lui faisant face avec tout le courage que je pouvais rassembler.

– Le dernier soir ? dis-je d'une voix hésitante.

– Était-elle toujours repliée sur elle-même ?

– Pas exactement.

– Dans ce cas, comment décririez-vous le comportement de votre femme ce soir-là ?

Il sait, me répétai-je dans ma tête, mais rien ne me l'assurait. Pourtant, s'il avait eu vent de quelque chose et que je mente ou atténue ce qui s'était passé entre Sandrine et moi, je donnerais l'impression d'avoir quelque chose à cacher… ce qui était le cas.

– Elle était furieuse, répondis-je.

En fait, Sandrine, tout à sa fureur, m'avait balancé des paroles si blessantes, tellement poussé à bout que, à présent, en écoutant Alabrandi rapporter au jury la teneur de cet échange – et vu la machination que je craignais qu'elle n'ait tramée –, j'en vins à me demander si tous les efforts qu'elle avait déployés ce soir-là ne visaient pas à me forcer la main pour que je n'hésite plus à commettre ce qu'elle en était peut-être venue à envisager comme un projet de ma part : son meurtre.

– Très en colère, ajoutai-je comme les unes après les autres, ses accusations repassaient dans mon esprit : tout ce qu'elle avait tout d'abord admiré en moi – ma bonté, ma simplicité, mon sens du devoir – et tout ce qu'elle en était arrivée à mépriser – mes sarcasmes, mes airs supérieurs, mes éternels motifs de plainte, le cadeau mal ficelé, elle n'avait pas manqué de me le répéter, de mes désillusions.

– Elle était folle de rage, déclarai-je froidement avant que je puisse me retenir de le dire, involontaire perte de sang-froid que Sandrine avait sûrement espéré voir se produire tôt ou tard, de sorte que si l'âme est immortelle, comme je me pris soudain à l'imaginer, nul doute que Sandrine avait dû sourire à ce moment-là du haut des cieux.

– Folle de rage ? répéta Alabrandi.

Il ne m'était plus possible de faire machine arrière.

– De rage, oui.

À cette réponse, Alabrandi avait sorti son calepin, l'avait ouvert et y avait inscrit quelque chose, puis il avait levé les yeux et arrêté son regard sur moi.

– Votre femme et vous en étiez-vous déjà venus aux mains ?

Je secouai la tête en signe de dénégation.

– Jamais, répondis-je en la revoyant me jeter la tasse à la figure, cette tasse en porcelaine blanche qui s'était fracassée contre la porte au moment où j'avais quitté la pièce et dont les nombreux débris déchiquetés avaient été rapidement balayés par mes soins avant que j'appelle le 911.

Morty me donna un petit coup de coude.

– Que t'arrive-t-il, Sam ? Tu fais peur à voir.

– Ça va, dis-je, crispé.

– Alors, montre-le, m'intima-t-il. Ne fais pas cette tête, on dirait qu'un foutu train vient de te percuter.

En fait, à ce moment-là quelques mois plus tôt, figé sous la lueur d'acier du regard d'Alabrandi, j'avais bel et bien été percuté par une idée tout aussi puissante et tout aussi destructrice qu'une locomotive lancée à grande vitesse : le fait qu'il avait, je ne savais comment, appris l'incident de la tasse, un point qu'il laissa entendre durant notre cinquième entrevue et que le procureur Singleton, au cinquième jour de mon procès, abordait.

Je me penchai en avant pour écouter plus attentivement la suite de la déposition de l'inspecteur Alabrandi.

– Inspecteur, disait Singleton, cette fois-là, avez-vous donné au professeur quelque information que ce soit sur ce que vous saviez de ses relations avec sa femme ?

– Non. Pas cette fois-là. Je l'ai seulement laissé parler.

Ah, c'est sûr, songeai-je, pour me laisser parler, il m'avait laissé parler. Je lui avais décrit le comportement de plus en plus renfermé de Sandrine, les longs moments qu'elle passait dans le solarium ou le scriptorium, le fait qu'elle écoutait de la musique pendant des heures. Alabrandi m'avait écouté sans broncher et n'avait décoché sa flèche que lorsque j'en étais arrivé à la fin de cette litanie.

– Monsieur Madison, ce dernier soir, quand vous dites que votre femme était folle de rage, c'est que vous vous êtes disputés, je suppose ?

– Oui, nous avons eu une altercation, répondis-je.

Alabrandi griffonna une note dans son calepin avec son petit air de toujours strictement respecter le règlement, comme s'il ne faisait qu'y reporter un point de détail sans importance.

– Vous pourriez être plus précis ?

– C'était vers six heures, continuai-je. Quantité d'étudiants de l'université de Coburn doivent prendre un job, et nous donnons beaucoup de cours le soir. J'en assurais deux ce jour-là et je ne suis rentré à la maison qu'un peu après dix heures.

– Vous vous rappelez la raison de votre dispute ?

– Elles étaient nombreuses, en fait.

– Nombreuses ?

– Que j'étais distant, que j'étais froid.

– Autre chose ?

– Oui, probablement, admis-je. Mais je ne m'en souviens pas.

– Comment s'est-elle terminée, cette dispute ?

– Quand Sandrine a parlé d'Alexandria. Elle estimait que je n'avais pas été un très bon père pour elle.

– Pourquoi, pas un bon père ?

– Parce que souvent je ne cachais pas qu'elle m'avait déçu en n'étant pas à la hauteur de l'idée que je me faisais de ce que devait être notre fille. Un écrivain ou une universitaire. Voilà, c'est tout, dis-je avec un haussement d'épaules. Je m'en suis défendu, bien sûr, et elle m'a dit que ça me ressemblait bien, ça aussi, que rien de tout ce qu'elle, ou n'importe qui d'autre, disait ou faisait ne perçait jamais ce qu'elle appelait ma « carapace ». Quand j'ai voulu partir, elle m'a hurlé dessus.

– Qu'a-t-elle hurlé ? continua Alabrandi.

Comme si je me retrouvais une fois encore dans cette chambre plongée dans l'obscurité, je réentendis la voix de Sandrine fendre l'air.

– Elle a crié : « Tu es un sociopathe », et aussi que je n'étais plus rien pour elle, répondis-je. Plus rien. Plus rien. Plus rien.

Je me sentis frissonner.

– Ce furent ses dernières paroles, ajoutai-je.

– Du moins, pour vous, dit Alabrandi.

– Pardon ?

– Il y avait un téléphone à côté de son lit, non ?

Je fis un mouvement de tête affirmatif.

– Oui, il y en avait un, confirmai-je en me demandant si Alabrandi cherchait à instiller le doute dans mon esprit : Sandrine aurait-elle utilisé ce téléphone pour appeler à l'aide ou – serait-elle allée jusque-là ? – pour dire, pendant que les médicaments faisaient effet, qu'elle avait été assassinée ?

– Donc, reprit Alabrandi, sociopathe, cela a été dit au moment où vous partiez faire cours à l'université ? poursuivit-il.

– Oui.

– Sociopathe, répéta Alabrandi en inscrivant ce mot dans son calepin.

Puis il redressa la tête, son regard sombre s'intensifiant au point que je me fis l'effet d'être un petit animal dans la mire d'un fusil très puissant.

– Vous étiez au courant de notre dispute, n'est-ce pas ? lui demandai-je.

Alabrandi ne répondit pas, et comme, à ce stade, je n'avais pas encore commencé à avoir des doutes sur

Alexandria, je supposai qu'il avait dû l'apprendre par Edith Whittier, notre voisine la plus proche, une femme divorcée si tôt et depuis si longtemps que sa vie avait toutes les apparences de celle d'une vieille fille. Cela ne pouvait pas être par Carl car, cette semaine-là, il avait emmené son fils faire du camping. Aucune autre maison n'était assez proche de la nôtre pour que ses occupants aient entendu des voix provenant de l'intérieur du 237 Crescent Road. C'était forcément Edith, pensai-je tandis qu'Alabrandi notait autre chose dans son calepin. Cependant, ce ne fut que par la suite, quand je vis son nom sur la liste des témoins de l'accusation, que mes craintes furent confirmées. Sur le moment, je m'étais dit que si Edith avait entendu des éclats de voix, elle avait dû entendre aussi le fracas de la tasse en porcelaine blanche.

– Sandrine a lancé une tasse sur moi, dis-je alors à Alabrandi afin de lui donner l'impression que je n'avais rien à cacher.

Le mouvement fluide de son stylo cessa brusquement et il leva les yeux de son calepin.

– Au moment où je partais, ajoutai-je. Elle l'a lancée sur moi au moment où je partais. La tasse s'est fracassée contre la porte. Elle s'est brisée en mille morceaux.

– Aucun policier n'a signalé avoir vu les débris d'une tasse, s'exclama Alabrandi avec un regard appuyé.

– C'est parce que je les ai ramassés, dis-je.

– Quand ?

– Avant que quelqu'un vienne.

Alabrandi le nota.

– Où sont les morceaux ?

– Je les ai jetés à la poubelle et les éboueurs sont passés avant-hier. Je suppose qu'ils sont à la décharge publique.

L'inspecteur Alabrandi ne parut pas particulièrement s'en émouvoir.

– Vous étiez seul ici pendant cette dispute ? À part votre épouse, j'entends.

– Oui. Notre fille était sortie. Acheter quelque chose, je crois. Je ne sais plus quoi. Elle est rentrée quelques minutes avant mon départ. Elle bouclait sa valise car elle retournait à Atlanta le soir même.

– Quand êtes-vous parti pour l'université ?

– Quelques minutes après le retour d'Alexandria. Je suis allé au scriptorium et…

– Au « scriptorium » ?

Je frémis en pensant qu'Alabrandi devait trouver ce latinisme atrocement prétentieux, mais ce qui était dit était dit, et, comme Morty ne manquerait pas de me le faire remarquer par la suite, on ne peut pas empêcher une cloche de sonner.

– La petite pièce qui nous sert de bibliothèque et de bureau.

Alabrandi ne fit pas de commentaire.

– Bref, repris-je, j'y suis allé pour lire un moment. Je crois que j'essayais de me calmer. Puis Alexandria est rentrée, nous avons parlé brièvement, et je suis parti en cours.

Cela aussi fut consigné dans le calepin d'Alabrandi, celui-là même qu'il consultait à présent pour répondre à la question que lui posait Singleton.

– Inspecteur Alabrandi, à ce moment-là, vous disposiez des conclusions de l'autopsie de Mme Madison, c'est exact ?

– Oui.

– Et c'est au cours de cette conversation que vous avez révélé une découverte importante faite au cours de l'autopsie, c'est bien ça ?

– Absolument.

Porté par le récit qu'en fit Alabrandi, je me revis assis dans le salon, avachi dans un des fauteuils contemporains bariolés, regardant ce brave enquêteur sortir de la poche de sa veste quelques pages bien pliées.

– Le rapport d'autopsie, indiqua-t-il en me le tendant.

Je ne le pris pas.

– À l'évidence, vous voulez me dire quelque chose à ce sujet, dis-je avec un brin d'impatience, comme s'il en faisait un drame et que cette mise en scène me paraissait soudain ridicule : un policier de province qui prenait de grands airs de flic de cinéma.

C'était le genre d'attitude à laquelle Sandrine se serait sûrement attendue de ma part, pensai-je à présent en regardant le procureur Singleton remettre à Alabrandi ces mêmes pages qui, je n'en doutais pas, seraient bien vite retenues comme pièces à conviction numéro tant. Elle avait dû se douter que mon ton allait sembler arrogant à Alabrandi et qu'il commencerait sûrement à me mépriser à ce moment-là, si ce n'était déjà fait. Comme elle me connaissait bien ! pensai-je en regardant Alabrandi prendre d'un geste solennel la copie du rapport d'autopsie du Dr Mortimer des mains du procureur.

– À ce moment-là, avez-vous informé M. Madison des conclusions de l'autopsie ? lui demanda Singleton.

– Oui, je l'ai fait. J'ai d'abord indiqué la cause du décès, le fait que Mme Madison était morte par absorption d'une dose massive de Demerol mélangé à de l'alcool.

Exactement ce à quoi je m'attendais, naturellement. La surprise venait de ce que des antihistaminiques avaient été ajoutés au mélange.

– Votre femme prenait des antihistaminiques ?

– Non.

– Parfois, on les utilise comme antivomitif. C'était peut-être le cas pour elle.

– Bah, Sandrine a voulu sûrement bien faire les choses, dis-je.

– On a bien fait les choses, oui, ajouta Alabrandi mine de rien, sans plus d'insistance que s'il lisait la composition d'un aliment sur une étiquette.

Il inclina lentement le buste vers l'avant, mouvement qui parut calculé et me donna brusquement l'impression d'être un plongeur sous-marin en eaux troubles qui, soudain, voit approcher un squale.

– Monsieur Madison, la dernière fois que je suis venu vous voir, je vous ai demandé si vous connaissiez un certain Malcolm Esterman. Vous m'avez dit que oui, que c'était un de vos collègues à l'université de Coburn.

Je fis un signe de tête affirmatif.

Il y eut un long silence avant qu'Alabrandi n'ajoute :

– Savez-vous que M. Esterman est la dernière personne à avoir vu votre épouse vivante ?

– Malcolm ? m'écriai-je en me mettant à rire devant une pareille absurdité. Malcolm Esterman ? Pourquoi donc…

Je m'interrompis car l'expression du regard d'Alabrandi était dure comme la pierre.

– Mais Malcolm Esterman n'est qu'un…, repris-je pour mieux me taire une fois de plus.

– Un quoi ?

Rien d'autre ne me venant à l'esprit, je répondis :

– Rien qu'un professeur assistant, qu'un…

Je me tus une troisième fois, rassemblai mes idées puis demandai :

– Comment le savez-vous ?

– M. Esterman a confirmé que Mme Madison était venue chez lui peu après dix-huit heures le 14 novembre, soit le soir de sa mort.

J'aurais plus facilement cru que Sandrine, ma femme athée, soit allée voir un prêtre. Alors pourquoi, ce soir-là, avait-elle roulé jusqu'à l'immeuble obstinément beigeasse de Malcolm Esterman ?

– Mais qu'est-ce que… pourquoi… qu'est-ce qu'elle…, bafouillai-je.

Alabrandi, d'un mouvement de tête, désigna le rapport d'autopsie.

– Page quatre, dit-il.

Je parcourus cette page et un détail me sauta aux yeux et me glaça le cœur.

– Une pâle marque circulaire est visible autour de la première phalange de son annulaire gauche, lus-je.

– Mme Madison portait-elle une alliance ?

– Oui.

– Quand la lui avez-vous vue pour la dernière fois ?

– Je ne me rappelle pas, mais quel rapport cela a-t-il avec Malcolm Esterman ?

Alabrandi me prit le rapport d'autopsie des mains.

– M. Esterman s'est présenté spontanément au poste de police trois jours après le décès de votre femme. Il en était arrivé à la conclusion qu'étant donné les circonstances de sa mort, il y aurait très certainement une enquête et estimait que nous devions savoir qu'il avait une relation avec Mme Madison.

– Une relation, murmurai-je en sentant le soleil, la lune et toutes les étoiles me tomber sur la tête. Avec Sandrine ?

À ce moment-là, assis dans mon salon face à Alabrandi, je n'avais vu que l'aspect surréaliste de cette révélation. Sandrine avec ce petit bonhomme laid comme un pou qui vivait dans un immeuble en copropriété donnant l'impression d'avoir été construit avec du matériel de récupération ? Le professeur assistant qui enseignait surtout aux étudiants de première année – et ce n'étaient pas des lumières – de l'université de Coburn ? Cette bombe qui venait d'être lâchée, je n'avais aucun moyen de la mettre en doute ni de la localiser dans la trame de notre vie de couple ou dans ce que j'avais toujours pensé de Sandrine. Mais alors je me dis que Sandrine avait dû, je ne sais comment, tout découvrir sur April Blankenship, et que, complètement bouleversée après notre scène, elle était allée trouver le pauvre Malcolm et ses traces de craie et là, n'écoutant que son mépris à mon égard et bien décidée à user du seul moyen de vengeance qu'elle pensait possible, elle avait fermé les yeux, pincé les narines, serré les dents, fait tout ce qu'elle pouvait faire d'autre pour surmonter sa répugnance et, dans cette posture de dégoût, aurait eu une « relation » avec lui.

Fatalement, avant que je puisse me retenir et, avec un cri de gorille blessé qui se tape la poitrine, les mots jaillirent de ma bouche :

– Oui, bien sûr, pour me rendre la monnaie de ma pièce !

Alabrandi se crispa mais ce fut d'une voix calme et mesurée qu'il me demanda :

– La monnaie de quelle pièce, monsieur Madison ?

Et je pensai : *Mon Dieu, ça aussi, il le sait*, et comme une âme arrivée devant les portes de l'enfer, j'hésitai, puis franchis le seuil.

– Ce que j'avais fait. Ma liaison.

– Vous aviez une liaison ?

– Oui.

– Mme Madison était au courant ?

– Je suppose qu'elle a dû l'apprendre.

– Qu'est-ce qui vous le fait penser ?

– Ce que Malcolm Esterman vous a dit. Pourquoi Sandrine aurait-elle eu une relation avec lui à part pour se venger de moi ?

– Je n'ai pas dit que la relation que M. Esterman avait avec votre femme était d'ordre amoureux.

Et, bien sûr, ça, c'était vrai.

L'air piteux, je demandai :

– L'était-elle ?

– Non. Aux dires de M. Esterman, ils avaient noué une profonde amitié. C'est pourquoi elle est allée le voir le soir de sa mort. Elle était bouleversée, selon lui.

– À cause de moi ? Et donc, elle a retiré son alliance et l'a laissée chez Malcolm Esterman ? C'est ce qu'il vous a dit ?

Alabrandi hocha la tête.

– M. Esterman avait l'intention de la lui rendre, mais il n'en a plus eu l'occasion.

– Je vois.

Je pris une profonde et laborieuse inspiration tout en m'efforçant de garder un semblant de sang-froid.

– Bon d'accord, très bien, n'en parlons plus.

Les traits d'Alabrandi se durcirent.

– J'ai bien peur que ce ne soit pas possible, monsieur Madison. Qui est cette femme ? demanda-t-il, stylo au garde-à-vous.

– Quelle femme ? dis-je comme si j'avais totalement oublié l'aveu qui m'avait échappé.

– Je vous en prie, me dit-il d'une voix posée. Donnez-moi son nom.

– Je n'aimerais mieux pas, lui répondis-je.

Une lueur guerrière s'alluma dans le regard de l'enquêteur, et je vis poindre le redoutable ancien policier militaire derrière ses bonnes manières.

– C'est une enquête pour meurtre, monsieur.

– Meurtre ? répétai-je, le souffle coupé. Sandrine n'a pas été assassinée. Sandrine…

Je m'arrêtai net.

– Et c'est moi le principal suspect, bien entendu.

– Le nom de cette femme, monsieur, répéta Alabrandi d'un ton plus ferme.

Je sentis le sol se dérober sous moi, j'eus l'impression de tomber dans le vide.

– Mais elle n'a rien à voir avec…

– Son nom, exigea Alabrandi d'une voix qui claqua comme un coup de feu.

Je n'avais fait qu'une seule promesse à April, celle qu'en aucune circonstance je ne soufflerais mot de notre liaison à quiconque. Maintes fois, je lui avais juré de garder le secret, mais là, vu la manière dont Alabrandi me regardait en silence, me fixant des yeux, dans l'expectative, je trouvai le moyen de me persuader que, de toute façon, il connaissait certainement déjà le nom que je me résolus à lui livrer :

– April Blankenship.

Sortie de corps

Tandis que l'inspecteur Alabrandi continuait de relater les détails de notre cinquième entretien, je fis l'équivalent d'une sortie de corps. Au moment où il avait prononcé le nom complet d'April à l'audience, allant jusqu'à préciser son second prénom, Bernice, j'avais jeté un coup d'œil devant moi à la sténotypiste qui transcrivait ce nom, puis sur ma droite, où des journalistes locaux, régionaux et nationaux le notaient dans leurs calepins, puis à l'ensemble du matériel d'enregistrement qui le capturait et enfin aux quatre caméras de surveillance de la salle qui, chacune, le faisaient tout aussi consciencieusement. C'était comme si son nom – April Bernice Blankenship – était renvoyé à tous les échos dans toutes les collines et les vallées du pays, résonnait dans tous les centres commerciaux et tous les ascenseurs, toutes les boîtes de nuit, toutes les salles d'attente et tous les stades, un nom porté par de palpitantes ondes sonores le long des couloirs des hôpitaux et aux confins des vastes étendues des innombrables aéroports internationaux : APRIL BERNICE BLANKENSHIP.

Cette pitoyable petite pute.

– Voilà comment on me verra, Sam, m'avait-elle dit au terme de notre sinistre dernier cinq à sept, si jamais ça se sait.

– Personne ne le saura, lui assurai-je avec un regard en direction des doubles-rideaux gris comme la mort accrochés à la fenêtre de la petite chambre qu'on avait mise à notre disposition.

Comment avais-je pu atterrir dans un lieu aussi sordide ? me demandai-je.

– Il ne faut pas que ça se sache, Sam, jamais ! s'écria-t-elle en me regardant avec des yeux de chien battu. Clayton en mourrait si jamais il l'apprenait. Et il est si gentil avec moi. Il a toujours été bon. Je n'aurais pas dû. Je ne sais pas ce qui m'a pris. Sam… Sam, si jamais… je ne pourrais plus, non, je ne pourrais plus vivre.

Elle continua sur ce mode encore un petit moment, ses accents s'enfonçant de plus en plus dans le désespoir à mesure que je remettais mon pantalon, puis ma chemise et enfin mes chaussures. En ce dernier jour, j'étais allé jusqu'à porter une cravate que je terminais de nouer quand sa voix, ténue, incessante, implorante s'était enfin, heureusement, tue.

Je la pris dans mes bras. On aurait dit un fagot de bois.

– Jamais personne ne le saura, April, lui assurai-je. Je te promets que jamais personne ne le saura, ajoutai-je avec un sourire. J'ai beaucoup à perdre moi aussi, tu sais.

Elle hocha la tête d'un air compréhensif.

– Je pense que tout ira bien, dit-elle d'une petite voix.

Je voulus l'embrasser sur la bouche puis, me disant que ce ne serait pas une bonne idée, déplaçai mes lèvres vers la droite pour lui effleurer la joue.

– Crois-moi, affirmai-je. Tout va bien.

Cet après-midi-là, nous avions décidé mutuellement de ne plus nous revoir. Ç'avait toujours été une sorte de pis-aller, une relation toujours un peu contrainte que notre liaison : deux personnes qui auraient dû se croiser dans la nuit sans se voir mais qui, on ne sait comment, s'étaient au contraire accrochées l'une à l'autre, deux grains de poussière livrés aux caprices d'une brise d'été. Nous nous étions liés en nous écartant momentanément de notre routine habituelle, si bien que ma lucidité m'avait fui et que, pour cette raison, nous avions fini au lit comme les moitiés de deux feuilles différentes réunies dans le tourbillon d'une même bouche d'égout.

Mais je devais admettre que les airs de conspiration de cette aventure m'avaient bien plu, du moins au début. Je savourais sans honte le plaisir de rouler clandestinement jusqu'à la ville voisine, d'attendre April dans la chambre d'un motel miteux lequel, d'ailleurs, avait une enseigne au néon rose. À vrai dire, je crois que c'est la dissimulation qui m'excitait le plus dans nos rendez-vous, tout ce côté mystérieux de film noir. Avec April, je pouvais jouer le premier rôle, ce qui m'était impossible avec Sandrine. Dans le minuscule système solaire de ma vie, la belle et resplendissante Sandrine était une planète qui m'avait toujours attiré dans son orbite, alors que cette pauvre et terne April, cruellement en manque d'affection, se contentait parfaitement d'occuper la modeste position d'une lune tournant autour de moi.

April, elle, n'avait jamais totalement assumé notre liaison. C'était la première fois qu'elle trompait Clayton, et elle n'était pas ce genre de femme. La grisaille de l'effroi noyait son œil, était pendue à elle comme des guenilles, et la plupart du temps, elle était paralysée par la peur que quelqu'un nous surprenne. Elle avait toujours été « une fille bien », disait-elle et, par moments, elle semblait tétanisée, comme une biche prise dans le faisceau de phares, de se retrouver au lit avec un autre homme que son mari. Il avait vingt ans de plus qu'elle et avait perdu de sa superbe, pourtant ce n'était pas après le sexe qu'April soupirait mais après l'éternelle magie noire de l'amour.

– J'espérais t'aimer et que tu m'aimerais aussi, me dit-elle au moment déchirant des adieux en ce dernier après-midi bruineux que nous avions passé au trop bien nommé Shady Arms Motel [1]. Mais certains rêves, si on essaie de les réaliser, on échoue, ce n'est pas comme dans les films où tout réussit toujours, et alors ils se retournent contre nous et c'est pire.

La bêtise n'exclut pas la vulnérabilité, et April était très souvent déconcertée à la manière naïve des gens qui ont du mal à s'exprimer. En tant que femme, elle n'avait presque rien à offrir sinon sa loyauté, et en sortant avec moi, elle avait échoué en cela aussi. À la fin, c'était cet échec qui la faisait souffrir le plus, bien plus, en fait, que celui de notre liaison. En trahissant Clayton, c'était elle-même qu'elle avait trahie, ainsi qu'elle l'avait clairement exprimé dans la seule bonne repartie qui ait jamais franchi ses lèvres et qu'elle avait prononcée sur mon perron, le soir où elle était venue me supplier de ne rien dire : *J'ai tué le petit ange qui était en moi, Sam.*

À ce moment-là, elle avait appris la mort de Sandrine, et la vilaine paniquarde tapie dans son âme n'arrêtait pas de lui chuchoter toutes sortes de terribles

1. Le « motel des Bras louches ».

avertissements : qu'il y aurait certainement une enquête de police, qu'en pareil cas le mari est toujours le principal suspect, que les autorités allaient forcément rechercher toutes les raisons possibles que j'aurais pu avoir de tuer Sandrine, elle-même, April, étant la plus évidente de toutes.

Ayant toujours autant l'impression d'être sorti de mon corps, je revoyais son visage dans l'éclairage jaunâtre de la ruelle où elle m'avait demandé de la rejoindre, nos deux voitures garées dans un coin isolé, nous deux cachés de la chaussée par une énorme benne à ordures verte. Elle s'était avancée jusqu'à ma voiture, frêle, les traits presque indistincts, le physique menu d'une vraie petite fille : les yeux, le nez, la bouche, le visage de poupée, sauf que, ce soir-là, la poupée était morte de trouille.

– Qu'est-ce que tu comptes faire ? demanda-t-elle.

– Rien.

– Je veux dire pour nous ?

– Il n'y a pas de « nous », April, lui rappelai-je. Ni maintenant ni jamais.

– Mais ils peuvent poser la question, protesta-t-elle. Et si jamais ils te posent la question, Sam ?

– Quelle question ?

– Sur nous.

J'avançai les mains pour les poser sur ses petites épaules arrondies, mais m'arrêtai à temps.

– Pourquoi me la poseraient-ils ? Écoute, April, voilà les faits : Sandrine était condamnée, le diagnostic était tombé depuis plusieurs semaines, elle n'a pas voulu connaître ce genre d'agonie.

Je haussai les épaules.

– C'est un suicide, sans l'ombre d'un doute, continuai-je. Personne ne me demandera quoi que ce soit.

– Mais dans le journal, il est écrit qu'il y a une enquête et que…

– Ici, à Coburn, les policiers cherchent à se faire mousser, l'interrompis-je. Ils adorent voir leur nom dans le journal. Ce n'est rien d'autre que ça : une affaire montée de toutes pièces qu'ils auront tôt fait de classer. De toute façon, c'est la procédure en cas de suicide.

Elle me regarda d'un air implorant.

– Elle n'était pas au courant pour nous, dis ? Sandrine ?

– Bien sûr que non.

– Je veux dire, elle ne s'est pas… ce n'est pas…

– Ça n'a aucun rapport avec toi, April.

Elle regarda autour de nous, comme si elle s'attendait à voir des yeux perçant l'obscurité.

– Je n'aurais pas dû t'appeler ni venir ici, mais j'ai très peur, Sam. J'ai l'impression que ça fait partie d'un plan, tu sais ? La main de Dieu. Le châtiment, tu vois.

– April, je t'en prie, rentre chez toi et n'y pense plus.

– J'ai tellement peur !

– Je le sais, mais tu n'as rien à redouter.

– Tu es vraiment sûr qu'ils ne poseront pas de questions sur…

Elle s'interrompit parce que je lui avais déjà dénié la réalité du « nous ».

– Ne t'inquiète pas, dis-je. J'ai plus de réponses qu'il ne m'en faudra pour me débarrasser d'eux.

Elle regarda de nouveau sur sa gauche et sur sa droite, comme si elle était certaine d'être observée.

– Je voulais juste te présenter mes condoléances, reprit-elle. C'est ce que tu pourras dire si jamais quelqu'un nous a vus ici.

– Personne ne nous aura vus ici.

– Mais c'est ce qu'on pourra dire au cas où.

– Oui, d'accord, mais je n'aurai rien à dire, April, lui assurai-je. Tu n'as joué aucun rôle dans tout ça, et il n'y a aucune raison pour que tu t'y retrouves embarquée malgré toi.

Je lui souris, sûr de mon fait.

– Que ça ne t'empêche pas de dormir, ajoutai-je. Crois-moi, ton nom restera en dehors de tout ça.

Je posai ma main sur mon cœur.

– Je t'en donne ma parole. Je ne dirai pas ton nom.

Mais j'avais lâché le nom d'April, et il résonnait encore dans la salle d'audience quand j'eus la sensation de réintégrer mon corps.

– Donc, M. Madison a reconnu avoir eu une aventure avec April Blankenship, c'est exact ? demanda Singleton.

– Oui, répondit l'inspecteur Alabrandi. Il m'a dit avoir eu une liaison avec Mme Blankenship. Qu'elle n'avait duré que quelques semaines et s'était terminée trois mois avant qu'il n'apprenne la maladie de son épouse.

– Avez-vous demandé à M. Madison si sa femme était au courant de sa relation extra-conjugale avec April Blankenship ?

– Il m'a dit que non.

Était-elle au courant ? me demandai-je à présent, n'écoutant que d'une oreille Alabrandi poursuivre son témoignage dont le contenu n'avait rien de nouveau pour moi. Était-il possible qu'à un moment, Sandrine ait su pour April et moi ? Clayton l'avait-il découvert je ne sais comment et, sous l'effet de la colère ou du chagrin, avait-il confié l'infidélité d'April à son meilleur ami à l'université de Coburn qui n'était autre que l'entweedé petit Malcolm Esterman ?

Je jetai un coup d'œil vers le fond de la salle où Malcolm, assis, au dernier rang, en, eh oui, veste en tweed, suivait les débats de derrière les verres en cul de bouteille de ses lunettes à monture d'écaille. Il avait toujours eu un petit air humble : un homme modeste, pour paraphraser la fameuse formule ironique qu'avait eue Churchill envers un de ses adversaires politiques, mais qui, lui, ne pouvait que le rester. C'était tout à fait le type d'homme, effacé et sans ambition apparente, vers qui Clayton Blankenship aurait pu se tourner dans l'espoir de trouver le réconfort qu'on cherche après ce genre de trahison. Mais en premier lieu, qui l'aurait dit à Clayton ? Sûrement pas April. Et si April ne s'était pas confiée à lui, il n'avait pas pu en parler à Malcolm qui, dans ce cas, n'avait pas pu le répéter à Sandrine.

Donc, si Sandrine était réellement au courant pour April et moi, comment l'avait-elle appris ? Quelqu'un avait-il eu besoin de le lui dire, d'ailleurs ? Car telle était Sandrine : capable de voir à travers les murs.

De nouveau, je sortis hors de mon corps et au terme de ce voyage inattendu, me retrouvai à une fête universitaire peu de temps après que Sandrine eut appris la nature de sa maladie. C'était un pot de fin d'année qui se tenait sur la pelouse de la maison du président, tout le monde ayant le choix entre vin blanc et vin rouge et dînant de canapés piochés à l'aveuglette sur des plateaux en inox présentés à la ronde par des serveurs presque tous noirs et exactement vêtus comme des esclaves domestiques de l'époque des plantations.

Le président nous avait remerciés et félicités pour cette autre année splendide, notre excellence et notre engagement pour « la vie de l'esprit », puis laissés librement aller et venir, formant des cercles au gré des conversations. Sandrine et moi restions le plus souvent près l'un de l'autre en ces occasions, mais cet après-midi-là, elle s'était éloignée et je m'étais retrouvé seul, appuyé contre un des grands chênes du parc, sirotant du vin et grignotant une part de cake au crabe, c'est tout.

Ce fut alors que mon regard tomba sur April vêtue d'une robe bleu pâle qui la rendait presque transparente. Sa petite menotte de poupée était glissée dans le creux du bras maigre de ce pauvre Clayton et, dans cette pose, elle faisait davantage penser à son infirmière qu'à son épouse. Ils déambulaient, un peu indécis, parmi les invités puis, abruptement, grande, élégante, teint de porcelaine et cheveux aile de corbeau, ma Sandrine fut en leur compagnie.

Sur le moment, je me dis qu'il valait mieux ne pas m'en mêler, mais comme je les observais, je vis April de plus en plus mal à l'aise, et, histoire de mettre le couvercle sur cette marmite, j'allai me joindre à eux.

– Alors, vous passez une bonne soirée ? demandai-je.

Clayton opina du chef.

– C'est toujours un plaisir de bavarder avec ta charmante épouse, Sam, me dit-il avec tout le savoir-vivre du Sud. Tu connais April, bien sûr.

– Oui, bonjour, lui dis-je. Vous ne buvez pas. Je vais vous chercher un verre ?

Elle fit non de la tête sans prononcer un mot, ce qui n'était pas inhabituel chez cette grande timide frêle comme un oiseau, si bien que je me tournai de nouveau vers Clayton.

– Je suppose que tu es content de ton année de cours.

Clayton sourit, et je remarquai qu'il avait les dents un peu jaunes à force de fumer la pipe depuis des années. Soudain, je fus dégoûté à l'idée que la petite langue rose d'April soit allée se fourrer dans cette bouche répugnante. Cette pensée m'étant tombée dessus si rapidement, sans que je m'y attende, je dus, dans un moment d'inattention, m'égarer dans toute l'horreur qu'elle m'inspirait, si bien que lorsque Clayton et elle prirent congé de nous, je regardai mon oiselle de maîtresse avec un effarant mélange de pitié et de répulsion.

Je me ressaisis aussitôt, mais ce jeu de regards révéla une part de mes vrais sentiments, et le coup d'œil que me lança April y répondit de même.

– April est un curieux petit bout de femme, dit Sandrine une fois que Clayton et April furent hors de portée de voix.

Je m'empressai de boire une gorgée de vin.

– Elle me fait penser au vers d'Eliot.

– Lequel ?

– Celui qui parle de ceux qui doivent préparer leur visage à rencontrer les visages des autres.

Sandrine fit un sourire radieux, mais je sentis tout de même une certaine tristesse chez elle.

– Tout comme moi, dit-elle.

À l'époque, j'avais pensé que la sombre mélancolie de cette remarque était due au diagnostic qu'elle avait appris, à la mort qui venait la chercher et qui, à mesure qu'elle approcherait, la priverait de tous ses pouvoirs. Elle devait préparer son visage à rencontrer les visages de ceux qui auraient pitié d'elle quand ils sauraient. Mais à présent, je n'étais plus très sûr que ce soit sa maladie qui avait provoqué sa réponse à ma référence à Eliot. Peut-être, dans le rapide échange de regards entre April et moi, avait-elle perçu quelque chose qui l'avait projetée dans une duplicité encore plus profonde, une vilaine histoire dont le vilain héros n'était autre que moi.

Nous nous étions attardés encore un moment, puis étions partis, Sandrine, plongée dans ses réflexions, regardant défiler la ville avec cette expression qu'ont les très jeunes enfants qui voient quelque chose pour la première fois.

– À quoi penses-tu ? chuchotai-je.

– Ce que c'est joli, dit-elle. Gare-toi.

Je m'exécutai. Nous avions atteint le petit parc presque à l'autre bout de la ville. On y voyait des balançoires, des cages à écureuil et des tourniquets, mais Sandrine fixait son attention sur un coin d'ombre, au fond, où un groupe de jeunes s'était rassemblé.

– Tu te souviens de Palerme ? demanda-t-elle.

– Quoi à Parlerme ?

– L'endroit où les rues se rejoignent.

– Le Quatre-Coins.

– Ils dansaient ce jour-là. Ces jeunes. Les filles portaient de longues jupes plissées, et en dansant, elles levaient la jambe très haut et leurs jupes se déployaient comme des éventails.

Ne trouvant rien à lui dire, je me taisais. Sandrine aussi. Nous restâmes un moment silencieux. Puis elle murmura :

– Tu crois que ce sera toujours comme ça maintenant, Sam, que tous mes souvenirs – aussi agréables et aussi beaux soient-ils –, que tous mes souvenirs me déchireront le cœur ?

– Je ne sais pas. J'espère que non.

C'était, Dieu m'est témoin, une réponse minable, mais je ne trouvai rien de mieux à dire et continuai d'observer Sandrine dont le regard restait rivé sur un groupe de jeunes qui me semblaient strictement sans intérêt, des gamins du coin qui finiraient dans mon cours d'anglais de première année où je n'aurais de cesse de leur rappeler – inutilement, cela va sans dire – que « unique » ne s'appose pas à un autre adjectif.

– Tu sais, Sam, le problème quand on ne vit pas dans l'ombre de la mort, reprit Sandrine au bout d'un moment, c'est qu'on ne remarque pas que tout est si beau.

Voyant que je restais sans réaction, elle prit une longue inspiration, puis souffla l'air lentement.

– Je suis devenue un cliché, hein ? La mourante qui ne profère plus que des poncifs.

Là encore, je ne dis rien, car je trouvais que c'était, en effet, une platitude, et le silence retomba entre nous un moment encore avant que Sandrine ne le rompe.

– Tu devrais te trouver une autre femme, Sam. Quand je ne serai plus là. Mais pas quelqu'un comme moi. Quelqu'un qui te donnera un sentiment d'importance.

Elle tourna alors la tête vers moi.

– Quelqu'un comme… April Blankenship.

J'avais éclaté de rire car, à ce moment-là, je n'avais pas vu de lueur incendiaire dans les yeux de Sandrine. Mais était-ce uniquement parce que je n'avais pas voulu la voir, avais refusé d'envisager l'idée même qu'elle ait pu surprendre le regard qu'April et moi avions échangé par inadvertance une heure plus tôt, l'avait surpris et interprété correctement ? Était-ce à ce moment-là que j'aurais dû comprendre que Sandrine n'irait pas bien gentiment à la tombe mais, dès lors, commencerait à échafauder une machination dont la trame complexe serait destinée à m'entraîner à sa suite ?

Nous avions fait le reste du trajet jusque chez nous dans le même silence. Il enveloppait Sandrine comme un linceul. Elle était, peut-être plus que jamais, plongée dans ses pensées. Après être descendue de voiture, elle s'était rendue directement au scriptorium pour prendre son iPod, et de là, au solarium où elle avait coiffé ses écouteurs, pris place dans son fauteuil et fermé les yeux.

J'avais jugé préférable de la laisser seule un moment, mais comme les heures passaient et qu'à la nuit tombée elle était encore assise seule dans l'obscurité totale de cette pièce où le soleil n'entrait plus, je m'étais enfin décidé à aller la rejoindre. Elle remua un peu quand j'entrai, et je sus qu'elle m'avait entendu. Elle n'ouvrit pas les yeux et n'ôta pas ses écouteurs pour autant, attendant, je suppose, la fin de la chanson en cours ; alors seulement elle fit cas de ma présence dans la pièce.

– Sam, dit-elle d'une voix douce.

– Oui.

Les yeux toujours clos, elle arracha ses écouteurs qu'elle laissa pendre un moment de ses longs doigts blancs avant de les laisser tomber sur ses genoux.

– J'ai pris une décision, souffla-t-elle.

– À quel sujet ?

– Je ne veux pas l'attendre, dit-elle. La mort. Je ne veux pas passer par tous ces horribles stades.

Ses yeux s'ouvrirent lentement.

– Tu comprends ? Je veux maîtriser la situation.

Sur le moment, cela m'avait paru parfaitement cohérent avec sa personnalité, aussi n'avais-je opposé aucun argument contre toute décision qu'elle avait déjà prise ou s'apprêtait à prendre.

– Du Demerol, ajouta-t-elle comme si ce n'était que le dernier article ajouté à une liste de courses. Dis au Dr Ortins que je suis tombée et que j'ai mal au dos. Elle prescrira ce qu'il me faut.

– D'accord, acquiesçai-je.

Le sourire qui tentait de se frayer un chemin sur ses lèvres fut le plus triste que j'eus jamais vu.

– En attendant, ajouta-t-elle, continue de faire comme d'habitude, Sam.

– Comme d'habitude ?

Son sourire semblait en équilibre précaire, un funambule sur son fil.

– Tu auras tout le temps qu'il te faut pour changer de vie, dit-elle.

Le coup de maillet du juge Rutledge me ramena à la réalité. Je regardai l'horloge. Mon Dieu, autant de temps s'était-il passé ? À la barre, l'inspecteur Alabrandi se levait tandis que le procureur Singleton regagnait sa place. Je jetai un coup d'œil à Morty qui rangeait des documents dans sa serviette. Lorsqu'il y eut glissé le dernier d'entre eux, il tourna la tête vers moi.

– Bon, on s'en est plutôt bien sortis sur ces témoignages importants, mon gars, dit-il. Passe un bon week-end, Sam.

Suspension du week-end

Le samedi matin, je m'éveillai dans une maison déserte devenue familière. La veille au soir, Alexandria m'avait raccompagné en voiture et, avec beaucoup de diplomatie, elle avait fait observer qu'il serait bon que nous passions un peu de temps chacun de notre côté. Et de m'expliquer que, de plus, elle avait du retard à rattraper dans son travail à Atlanta, tout en m'assurant qu'elle serait de retour à Coburn à temps pour me conduire à neuf heures au tribunal le lundi matin au moment de la reprise des débats.

En allant à la cuisine me préparer mon café, je trouvai assez étrange et inquiétant que, Alexandria partie, Sandrine me revienne en tête avec toujours plus d'insistance, ma pensée ne cessant de l'appeler à la barre, exigeant qu'elle témoigne. C'était comme si j'étais avide d'entendre ses accusations, souhaitais du fond, du plus profond de mon cœur savoir ce qu'elle avait réellement pensé de moi.

Dans cette disposition d'esprit, je ne m'étonnai pas que, quel que soit l'endroit où je me trouve, elle soit là, fantôme démultiplié à l'infini, sa silhouette se matérialisant dans un fauteuil, près d'une étagère ou dans le scriptorium au moment où je passais devant. N'avais-je pas fermé cette porte ? Sans doute pas, mais je commençais à basculer dans cet état où les solides certitudes de l'existence deviennent poreuses, où les vérités se fissurent, où plus rien n'est au-delà du royaume du possible. Shakespeare avait raison : les spectres sont parfois plus réels que leurs anciennes apparences corporelles.

Je me préparai du café, mais ne pus rien avaler d'autre. Je me sentais maigrir à vue d'œil, me détachant de moi-même par strates comme de la peinture qui s'écaille.

Jamais je n'aurais envisagé me retrouver seul, ni surtout que mes collègues de l'université de Coburn me manquent. Et pourtant, je le découvris ce matin-là, ils me manquaient. Comme c'est étrange et inattendu, songeai-je, d'autant plus que je m'étais souvent payé leur tête. J'avais toujours vu en eux un médiocre troupeau de profs en rade dans un terminus de la ligne universitaire. Sandrine avait abordé ce sujet au cours de notre dernière vive altercation. Elle m'avait dit : *Tu as toujours pensé que tu méritais mieux que l'université de Coburn, Sam.*

Quand je lui avais demandé ironiquement quel vénérable établissement pouvait valoir mieux que notre éminente université de Coburn, elle avait clos la discussion en agitant la main, puis ajouté cette remarque énigmatique : *Un jour, tu le sauras.*

Un jour, je le saurai.

Je méditai ses paroles en buvant mon café, les soupesant en quête d'une trace de menace, étudiant et réétudiant chaque intonation de sa voix. Était-il possible, alors que nous engagions cette cruelle bataille, qu'elle ait déjà pris soin de construire les marches de la potence, cette explosion de colère finale n'étant que le point d'orgue d'une machination qu'elle préméditait depuis des semaines, voire des mois ?

Je secouai la tête, si terrible était ma peur que ce soit précisément ce qu'elle avait fait. Auquel cas, ce ne pouvait être que pour une seule raison : elle en était venue à me mépriser, à me détester, à me prendre en grippe. Avant de finir par me jeter cette tasse en porcelaine à la tête, elle m'avait accusé de tous les maux à part celui qui les surpassait tous : ces ridicules cinq à sept avec April.

Mais cela prouvait-il que Sandrine n'ait pas été au courant de ma liaison ou qu'elle ne l'incluait pas dans son plan ? Cette question, que je ne parvenais pas à me sortir de la tête, était une épingle piquée dans mon cerveau, s'y enfonçant toujours un peu plus au point que, n'y tenant plus, je m'emparai du téléphone et composai le numéro de Morty.

– Morty, j'ai besoin de savoir une chose, dis-je d'un ton crispé.

– Qui est à l'appareil ?

Sa voix tout ensommeillée m'incita à jeter un coup d'œil à la pendule de la cuisine. Seigneur, pas même six heures.

– Oh, excuse-moi, Morty. Je pensais qu'il était plus tard. Je suis debout depuis…

– Qu'est-ce que tu veux, Sam ?

– Eh bien, comme je te le disais, j'ai besoin de savoir une chose. C'est au sujet de Sandrine. J'ai besoin de savoir si tu disposes d'un élément qui peut laisser penser qu'elle était au courant pour April.

– Tu disais ne le lui avoir jamais dit.

– Non. Mais peut-être quelqu'un d'autre.

Morty poussa un gros soupir, et je l'imaginais encore au lit, Rachel le regardant d'un air interrogateur, se demandant ce qui pouvait bien se passer, moi n'étant plus un inoffensif intello mais un cinglé de première qui sortait son mari du lit conjugal, faisait irruption dans leur week-end tranquille et s'immisçait dans leur vie privée. Dans mon esprit, je la vis secouer la tête et souffler entre ses dents : « C'est pas vrai ! », en se tournant sur l'oreiller.

– Excuse-moi, Morty, dis-je d'une petite voix, encore sous l'emprise de cette image. C'est juste que j'ai pensé à une chose, c'est tout, et alors…

– Écoute, Sam, m'interrompit Morty en avocat sûrement habitué aux sautes d'humeur de ses clients. Détends-toi. Le week-end, c'est fait pour ça. Inutile d'arpenter ta maison dès l'aurore, d'accord ?

– Oui, marmonnai-je, lançant un coup d'œil à l'extérieur qui me permit de voir les toutes premières lueurs du jour. Je suis vraiment désolé, Morty.

– Si tu penses à un nouvel élément à ajouter au dossier, un élément capital, j'entends, on en parlera lundi.

– D'accord, dis-je. D'accord, Morty. Excuse-moi de t'avoir réveillé. Je ne… bref… mes amitiés à Rachel.

– Compte sur moi, Sam.

Un autre gros soupir résonna à l'autre bout de la ligne, puis j'entendis le petit clic du combiné quand Morty raccrocha.

Rien qu'un simple clic, mais tellement définitif que, pour la première fois depuis le début de mon procès, je me sentis complètement et irrévocablement coupé de tout.

Je regardai autour de moi la cuisine vide, le jardin vide, le couloir vide menant au scriptorium vide et, au-delà, mon lit vide. Mais le plus grand vide était la profonde terreur que j'éprouvais à l'idée que Sandrine ait pu tout découvrir au sujet d'April et que c'était ça, seulement ça qui avait alimenté son ultime accès de colère et peut-être aussi inspiré une sombre machination pour me détruire – une intrigue dont, je devais l'admettre, je n'avais aucune preuve mais que je ne pouvais pas entièrement chasser de mon esprit.

Mais si Sandrine avait appris mes mornes incartades au Shady Arms, comment était-ce arrivé ? J'étais certain qu'April n'en avait jamais soufflé mot à personne. Certes, Sandrine avait pu le deviner toute seule. Mais dans ce cas, elle n'en aurait jamais eu la preuve et aurait-elle si soigneusement manigancé ma destruction en s'appuyant sur de simples conjectures ? Je n'y croyais pas. Sandrine, fidèle à elle-même, aurait cherché à trouver des preuves, c'est-à-dire, des témoins.

Si elle avait cherché à confirmer ses plus noirs soupçons, vers qui se serait-elle tournée ? Certainement pas April. Mais alors, qui ?

Ah oui, songeai-je en apportant la seule réponse possible à cette question, vers le mari cocufié : Clayton.

Je mis plusieurs heures à me décider, mais je n'avais pas le choix : il fallait que je sache. Morty m'avait informé qu'April ne vivait plus avec Clayton, mais j'ignorais si c'était lui qui l'avait mise dehors ou si, la tête basse, honteuse, elle avait fait ses valises et, de son propre chef, quitté l'élégante vieille maison de planteur de son époux. Quoi qu'il en soit, c'était Clayton que je devais affronter, ce qui, dans ce moment de désespoir, me faisait l'effet d'être le premier rayon de soleil dans la pluie de coups durs qui tombait sur ma vie.

Le trajet jusque chez lui me fit retraverser la ville. En ce samedi matin, le temps était frais, clair, et les rues assez animées, des familles entrant et sortant des coquettes boutiques de Main Street. Je ne m'aventurais que très rarement en ville le week-end, surtout par crainte de tomber sur une connaissance de l'université et de me retrouver piégé dans une conversation insipide concernant le sort de tel ou tel étudiant ou le risque que nos retraites soient mises en danger par une incarnation géorgienne de Bernard Madoff.

Mais ce jour-là, esseulé comme je l'étais, je me surpris à envier ces autres habitants de Coburn. Ils pouvaient circuler entre eux avec l'aisance de citoyens égaux. Ce devait, en effet, être très agréable de ne pas être considéré comme un homme ayant d'abord trompé et ensuite tué sa femme, d'être juste un enseignant, un ami et collègue dévoué, un homme qui, avant tout, était modestement et irréductiblement… bon.

Le mot m'était venu par la voix de Sandrine, et je l'entendis comme une accusation à laquelle je réagis en appuyant sur l'accélérateur et la voiture fila à toute allure. Quelques instants plus tard, j'étais sorti de Coburn et fonçais à une vitesse excessive à travers la verte vallée en direction de la maison de maître digne d'une carte postale, datant d'avant la guerre de Sécession, de Clayton Blankenship.

Rien n'aurait pu surprendre davantage Clayton que de me trouver à sa porte, mais au lieu d'une soudaine explosion de colère, je découvris une grande lassitude dans ses yeux, et j'eus l'impression qu'il était moins affecté par ce qu'April et moi lui avions fait que par la noirceur, la cruauté et tous les coups en douce de la vie même. Il exprimait une déception presque transcendantale. Son optimisme foncier qu'il avait toujours maintenu coûte que coûte, c'était le cas de le dire, en avait pris un coup et plus rien ne le justifiait. On avait tiré le tapis sous ses pieds, et dessous, une trappe s'était ouverte et, il me semblait, tandis qu'il continuait de me regarder sans rien dire, qu'il n'en finissait pas de tomber dans un vide sans étoiles.

Face à lui, la seule chose que je trouvai à dire fut tout à fait insuffisante au regard de la destruction que j'avais causée.

– Je suis désolé, Clayton.

Il hocha la tête.

– Tu peux l'être, Sam.

– Je sais que ça ne change rien, mais…

Il leva la main pour me faire taire.

– J'ai pris froid. Entre.

Sur ce, il recula dans le vestibule en me faisant signe de le suivre.

Je n'avais jamais mis les pieds chez Clayton, et en y entrant, ma première impression fut d'avoir franchi une des portes secrètes du Temps. C'était une maison du passé chargée d'histoire, une maison où le jeune Clayton avait ri et joué autrefois, lui-même étant peut-être un Andy Hardy[1] du Sud profond à la sauce *Autant en emporte le vent*. Elle était imprégnée d'une humidité qui, quand bien même on l'aérerait en permanence, ne se dissiperait jamais, car l'air semblait ensemencé de l'accumulation microscopique de générations de peaux mortes. Et par-dessus tout, elle évoquait un cercueil divisé en nombreuses pièces drapées d'épaisses tentures, aux parquets recouverts de tapis tout aussi épais, aux fauteuils garnis de capitonnages non moins épais et aux tables, jusqu'aux plus petites d'entre elles, pourvues également de piètements lourds et épais. Qu'April avait dû paraître frêle aux yeux du maître de cette demeure ancestrale, comme elle avait

1. Personnage d'éternel adolescent vivant le rêve américain dans une toute petite ville et qui fit de Mickey Rooney une superstar.

dû flotter, éthérée, portée par le courant souterrain de ces pièces et comme, dans le sillage de son départ, tout ce que celles-ci renfermaient devait sembler peser deux fois plus lourd !

– Je sais que ça doit te paraître étrange, Clayton, commençai-je à dire une fois que nous nous fûmes assis dans ce qu'on devait sûrement appeler – le plus sérieusement du monde – le parloir.

Clayton triturait les napperons au crochet posés sur les accoudoirs de son fauteuil.

– Je suppose que tu as une bonne raison de venir, me dit-il d'une voix douce, si dénuée d'acrimonie que je me pris à me demander pourquoi diable April avait mis en danger sa paisible existence auprès d'un homme tel que lui pour perdre du temps avec moi.

– Bien égoïste, j'en ai peur, admis-je. Très égoïste, étant donné les circonstances.

Je lançai des regards autour de moi. Il y avait des plantes en pot partout, et dans le coin, tout au fond, une grande cage à oiseaux renfermait trois perruches, deux jaunes et une bleu clair. Les feuilles des plantes étaient éclatantes de santé et les oiseaux sautillaient joyeusement de-ci de-là. Au milieu de cette dévastation, pensai-je, Clayton avait continué d'arroser ses plantes, de nourrir ses volatiles et de remplir tous ses devoirs desquels dépendait le bien-être d'autres créatures.

– Je suis gêné d'être ici, lui dis-je. Je suis humilié, à vrai dire. Mais il y a une chose qu'il faut que je sache et je dois te poser la question.

Clayton inclina le buste vers l'avant et massa un point douloureux de son genou osseux.

– C'est au sujet de… de ce qui s'est passé, continuai-je du bout des lèvres, entre April et moi.

Clayton se laissa de nouveau aller en arrière et le fauteuil même parut l'entourer de ses vieux bras protecteurs. C'était comme si, puisqu'il en avait pris soin pendant tant d'années, avait résisté à chaque tentation de s'en débarrasser parce qu'il avait vieilli, s'était usé, avait perdu de son charme, comme si à son tour, en cette période difficile pour lui, le siège le remerciait de sa longue loyauté.

– Ce qu'il faut que je sache, Clayton, c'est si Sandrine a pu apprendre que…

Je m'interrompis, ne pouvant supporter les mots qui me venaient. Je repris ma phrase.

– Je sais qu'April n'en aurait jamais parlé, mais, eh bien, je me demandais si, peut-être, tu l'avais découvert autrement, par quelqu'un et que – crois-moi, je le comprendrais – que, peut-être, tu l'aies répété à Sandrine.

Clayton secoua la tête.

– Je n'aurais jamais fait une chose pareille, dit-il. J'aimais beaucoup Sandrine. Je la respectais. C'était un professeur admirable.

Il haussa les épaules et une de ses mains se posa sur l'autre en réconfort.

– Quant à… cette autre affaire… je ne l'ai sue que tard.

– Tard ?

– Les tardives révélations, dit-il, usant du même genre de doux euphémisme auquel son arrière-grand-père aurait pu avoir recours en appelant la guerre de Sécession le « dernier désagrément ».

Il eut de nouveau un haussement d'épaules.

– Malgré tout, je ne voulais pas qu'April me quitte, reprit-il, mais elle n'a rien voulu savoir. Elle a refusé d'emporter jusqu'au moindre penny.

– Où est-elle ?

– Pas loin, je suppose. Elle doit encore être entendue par le tribunal, après tout.

Sur cette remarque de bon sens, me revint encore une fois en tête le moment où j'avais révélé son identité à l'inspecteur Alabrandi, puis celui où j'avais vu son nom inscrit sur la liste des témoins de l'accusation.

– Comme je regrette son départ, dit Clayton. J'aurais mieux supporté le déshonneur que je ne supporte la solitude.

En l'observant, je me rendis compte que j'étais incapable de prendre la mesure de sa douleur. Je ne pouvais sonder les profondeurs de l'angoisse dans laquelle April et moi avions avec tant d'insouciance fait sombrer sa vie, et je compris que cela, et seulement cela, devrait précéder tout autre calcul, que ce ne devrait être qu'en les jugeant gravement à cette aune que nous devrions décider de faire ou de ne pas faire certaines choses.

Clayton prit une petite inspiration.

– Quant à la question que tu te poses, reprit-il, j'insiste sur le fait que non, je n'ai jamais rien dit à ta femme parce que je n'ai jamais rien su pour April et toi.

Il se pencha en avant et me regarda avec beaucoup de sérieux et une grande sincérité.

– Mais l'aurais-je su que je l'aurais gardé pour moi, Sam.

Un sourire déchira son visage, comme le drapeau d'une cause perdue.

– Je ne l'aurais même pas dit à April.

– Je te crois, lui dis-je tout bas.

Et comme je n'étais venu que pour lui poser cette seule question à laquelle j'avais maintenant obtenu une réponse, je me levai lentement, comme quelqu'un frappé soudain d'une profonde lassitude, et me dressai devant lui tel un chevalier disgracié par un noble roi.

– Je suis désolé de t'avoir dérangé, dis-je en inspirant à fond. Je suis désolé pour tout le reste, Clayton.

Non sans difficulté, Clayton se mit debout, se redressant avec tant d'efforts, en fait, que je dus réprimer le réflexe de lui prendre le bras. April lui avait sûrement rendu ce service de pure humanité, mais elle n'était plus là et finirait sans doute par être remplacée par un domestique, homme ou femme, payé pour le soulever de son fauteuil et qui, plus il s'affaiblirait, serait amené à accomplir des tâches de plus en plus délicates, de plus en plus répugnantes qu'il exécuterait toutes très bien et très consciencieusement, lui procurant tout ce dont il aurait besoin en fin de vie, tout sauf l'amour.

Il me raccompagna, ouvrit la porte.

Une brise froide s'engouffra à l'intérieur et, soudain, j'eus quelques craintes pour l'état de santé de Clayton Blankenship, l'ironie étant, bien sûr, que, à peine quelques années plus tôt, quand April et moi nous étions retrouvés pour la première fois au Shady Arms, je me fichais pas mal de l'état de son âme.

– Une fois encore, Clayton, excuse-moi de t'avoir dérangé.

Clayton acquiesça sans rien dire.

Je franchis le seuil, puis m'arrêtai et me retournai vers lui.

– Il faut que je te dise que j'apprécie ta bonté. Étant donné les circonstances, j'entends.

Le sourire que fit Clayton parut mobiliser ses dernières forces.

– Mon grand-père t'aurait tué avec un de ses pistolets de duel que j'ai toujours, répondit-il.

Puis, en homme qui pense qu'une preuve supplémentaire est nécessaire pour justifier ce qu'il vient de dire, il ajouta :

– Mais je crains de ne pas avoir le courage qu'il faut pour défendre mon honneur.

Je m'apprêtai à réitérer des excuses, intention que devina Clayton et contre laquelle, comme pour mieux se maîtriser, il ferma doucement sa porte.

Demain. C'est dimanche.
Toute la journée.

En rentrant chez moi après avoir vu Clayton, je tournai dans Guardian Lane, le quartier de Coburn qu'on appelait tout simplement « les Communaux ». Il n'avait rien d'extraordinaire, mais la simplicité de ses maisons et de ses rues avait toujours plu à Sandrine. Moi, je le trouvais un peu trop propret et trop bien ordonné avec ses constructions à petit budget. J'étais jeune et rejetais violemment l'aspect uniforme et normatif des Communaux où rien ne dépassait. Mais à présent, il ne me paraissait plus aussi déplaisant. J'y voyais un sens de la proportion, de l'ordre, des règles qui fonctionnaient bien. Pas parfaitement, bien sûr, mais qui, dans une certaine mesure, faisaient l'unanimité et offraient, malgré leurs défauts, un semblant de résistance au relâchement chaotique dans lequel ma propre vie avait sombré : un abîme de désespoir bien loin du voisinage tranquille du Concord de Thoreau, le mien ayant fini par devenir très assourdissant.

Le temps d'arriver au 237 Crescent Road, j'avais abouti à la conclusion qu'être passé voir Clayton Blankenship avait été une bêtise qui correspondait bien à celle dont il m'arrivait souvent de faire preuve depuis la mort de Sandrine. J'avais dit ce qu'il ne fallait pas au début de l'enquête. J'avais adopté une attitude froide, voire hautaine dès ma rencontre avec l'officier Hill, agissant de telle sorte que je m'étais mis presque tout le monde à dos. J'aurais eu besoin qu'on m'en corrige, mais la seule personne qui l'aurait pu par quelques paroles de sagesse, c'était Sandrine. Or, comme Alexandria me l'avait dit avec une simplicité qui m'avait déchiré le cœur, elle n'était plus.

Il n'empêche qu'une fois à la maison, assis à ma table de cuisine, une autre tasse de café refroidissant devant moi, je me mis à imaginer ce que Sandrine, si elle était encore de ce monde, me dirait dans les circonstances présentes. Serait-ce une variante du cruel « je t'avais prévenu » ? Ou s'adoucirait-elle, s'apitoierait-elle sur mon sort, me donnerait-elle de judicieux conseils, serait-elle plus encore qu'une épouse, serait-elle ma meilleure amie ? Se pencherait-elle vers moi pour me prendre la main et me dire : « Ce n'est pas important, Sam. Écoute-moi maintenant. Parce que je sais comment te sortir de cet enfer. »

Mais comment en sortir à présent ?

La question restait toujours sans réponse le lendemain au retour d'Alexandria qui arriva d'Atlanta à la tombée de la nuit. Les mots que nous avions eus au tribunal deux jours plus tôt étaient derrière nous, et tout en l'écoutant me raconter un peu sèchement ce qu'elle avait fait – envoyer des manuscrits, torcher une chronique pour *sleeplesseye.com* –, je compris qu'elle n'avait pas l'intention de revisiter la sombre fosse de ses craintes et de ses soupçons, selon lesquels Morty et moi complotions entre hommes contre sa mère morte.

Elle avait apporté des fleurs coupées et tout en la regardant les disposer dans un vase, ses doigts effleurant délicatement telle feuille, tel pétale pour les placer exactement dans la bonne position, il me revint que, lorsqu'elle était petite, elle avait, à un moment, exprimé le désir de devenir fleuriste, un choix de carrière raisonnable dans lequel je m'étais bien gardé de l'encourager.

Pourquoi avais-je réagi de la sorte, me demandai-je à présent. Avais-je lu, étudié, enseigné l'œuvre des grands auteurs, des grands penseurs du monde, pour en être réduit à ne plus respecter ceux qui travaillaient de leurs mains, et ce malgré la beauté et l'utilité des choses qu'ils créaient ? Quand j'étais jeune et que je voyageais avec Sandrine, j'étais émerveillé et ébahi par ce que des mains avaient taillé dans la pierre, le fer et le vitrail. Mais peu à peu, au fil des ans, envolé tout cela, laissant cet homme plus dur et moins tolérant. Lire des livres avait fait de l'écriture la seule chose qui importait, et de ce fait, je n'avais pas encouragé Alexandria dans ce qui avait peut-être été sa vraie vocation. Était-ce dans le but de ramener sa fille à cette ambition plus ancienne et plus tendre que Sandrine l'avait appelée « Ali » ?

Soudain la voix de Sandrine fut contre mon oreille, tellement proche que c'est tout juste si je ne ressentis pas le contact de ses lèvres. Albi, avait-elle dit, était le moment dont elle se souviendrait toujours. Pas Venise où nous étions passés sous le pont des Soupirs, ni rien de ce que nous avions fait à Paris, à Athènes ou partout ailleurs pendant notre Grand Tour. Non, avait-elle dit, ce serait Albi où elle s'était tournée vers moi et m'avait dit d'un ton joliment surpris : « C'est toi. »

Cette même femme en était-elle venue plus tard à me haïr et me mépriser avec une passion si dévorante qu'aux derniers jours de sa vie elle ait tramé ma destruction ?

En silence, pendant qu'Alexandria parachevait son bouquet, je reconsidérai tout cela. Vivez ou mourez, avait écrit la poétesse Anne Sexton, mais pour l'amour de Dieu ne gâchez pas tout. Et, sur le fil du rasoir de cette déclaration sans concession, elle avait enfilé le manteau de fourrure de sa mère, ôté tous ses bijoux, bu un verre de vodka, marché jusqu'au garage et fait tourner le moteur de sa voiture. Peut-être devrais-je m'en inspirer, me dis-je. Peut-être devrais-je accepter ce que je considérais être le verdict inévitable de ce jury et purger ma peine, épargnant ainsi aux bonnes gens de Coburn de payer tout autre prix pour le crime de m'avoir accueilli en leur sein.

– Voilà, soupira Alexandria en reculant de sa composition florale. Qu'en penses-tu, papa ?

– Une merveille, murmurai-je.

Elle se rembrunit.

– Ouais, rien que ça, fit-elle.

Je me détournai, piqué au vif, jetai un coup d'œil par la fenêtre et vis Edith Whittier qui se dirigeait vers sa voiture.

– Edith prêtera serment au tribunal demain, dis-je. Impatiente d'enfoncer un autre clou.

Alexandria haussa les épaules.

– Elle ne peut pas avoir grand-chose à dire. Elle vous connaissait à peine, maman et toi.

C'était notre voisine depuis près de quinze ans, une femme divorcée, sans enfant et sans doute sans amis. Elle avait pris sa retraite de l'école publique quelques années plus tôt et, depuis, passait son temps à décorer sa maison. À Noël, l'extérieur du 235 Crescent Road offrait une débauche de lumières et selon Carl, qui emmenait toujours son fils voir tout cet étalage, l'intérieur était de la même eau, avec un immense sapin croulant sous d'étincelantes décorations. Il y avait aussi des traîneaux de tailles différentes, tous pleins de paquets-cadeaux aux couleurs vives sur lesquels veillait une multitude de joyeux elfes et de Père Noël rieurs. Toujours selon Carl, il n'y avait pas une seule poignée de porte qui ne soit gainée d'une tête de renne en tricot et, partout, partout sans exception, cette femme sans enfant mettait des coupes de biscuits, de bonbons et autres friandises.

Alexandria avait raison. Elle nous connaissait peu, Sandrine et moi. Alors ça me faisait bizarre que ce soit Edith Whittier, justement, qui ait pu entendre se briser cette petite tasse, entendre les accusations proférées par Sandrine, que ce soit à ses seules oreilles qu'ait résonné la violence de ce soir-là et que ce soit elle qui, en tant que premier témoin cité à comparaître le lendemain à mon procès, s'apprêtait à révéler au monde mot pour mot tout ce qu'elle avait entendu.

Le plus curieux, c'était que, depuis ma conversation avec Clayton, j'avais l'impression de ne plus me soucier du tout de ce qu'on pourrait dire de moi à l'audience, aussi déformés que soient les propos tenus. Son intégrité morale m'avait frappé comme un marteau, et je me faisais l'effet d'être une tortue à la carapace fêlée, aux humides chairs roses exposées à la lumière éblouissante et à la chaleur torride.

– On s'est disputés, Alexandria, dis-je tout à coup. Ta mère et moi.

– Quand ?

– Tu étais partie en ville.

– Donc, c'était le dernier soir ?

– Oui. Ça a été assez houleux pour qu'Edith entende.

– Autrement dit, vous hurliez ?

– Ta mère était… très énervée. Elle m'a jeté une tasse au visage.

Alexandria me regarda, incrédule.

Parce que j'avais tout simplement besoin de le savoir, je lui demandai :

– Ta mère ne t'en avait pas parlé ?

Alexandria secoua la tête.

– C'était au sujet d'April ?

– Non.

– À quel sujet, alors ?

– Moi, répondis-je, ce qui, à défaut d'être précis, était vrai.

Je n'avais jamais révélé la vraie raison de cette scène sans précédent que m'avait faite Sandrine, sa fureur si grande, ses accusations lancées contre moi avec un aplomb si farouche pour mieux me blesser que j'avais fini par riposter en lui disant la chose la plus terrible et la plus cruelle qui soit.

– C'est parti de rien, ajoutai-je. Tu sais, elle m'ignorait plus ou moins depuis des semaines. Elle refusait de me parler, elle ne voulait pas que je la dérange pendant qu'elle lisait, ou pendant son « streaming ». Je m'y étais habitué, mais rien n'aurait pu me préparer à l'état dans lequel je l'ai trouvée ce soir-là.

Sandrine évoquait souvent ce chef spartiate qui, apprenant que les Athéniens disposaient de tant de flèches que, lorsqu'ils les tiraient, elles obscurcissaient le ciel, avait répondu tout net : « Eh bien, nous nous battrons à l'ombre. » J'aurais aimé être comme ce guerrier ce soir-là, recevoir les coups un à un, en toute simplicité pour ainsi dire, stoïquement, voire noblement, sans un mot. Mais même en cela, j'avais échoué.

– C'est à cause de la tasse, dis-je. Qu'elle m'a jetée à la tête en me traitant de sociopathe.

Je vis ce mot faire son chemin dans l'esprit d'Alexandria, mais je n'aurais su dire si elle le trouvait justifié, si elle pensait autant de mal de moi que sa mère le soir de sa mort.

En tout cas, une chose était claire : Sandrine ne lui avait pas parlé de cette scène, ce qui, j'en pris soudain conscience, était ce qui m'avait curieusement poussé à le faire.

– J'allais sortir et elle a crié mon prénom, repris-je. Mais je ne me suis pas retourné. C'est alors qu'elle a jeté cette tasse.

Le regard d'Alexandria s'assombrit.

– Qu'est-ce que tu as fait, papa ?

– Je me suis arrêté et retourné. Elle était au lit, presque dans le noir, il n'y avait que cette bougie qui brûlait.

Alexandria vit que je cherchais à gagner du temps, alors elle répéta :

– Qu'est-ce que tu as fait, papa ?

– Rien. Je n'ai rien dit, je n'ai rien fait, répondis-je. C'est ce que j'ai pensé, ce que j'ai voulu.

– Quoi ?

– En quittant la pièce, tergiversai-je. C'est ce que j'ai voulu.

– Quoi, papa ?

Je regardai ma fille droit dans les yeux.

– Que ta mère soit morte à mon retour.

Sur le coup, Alexandria me dévisagea en silence, frappée de stupeur. Puis lentement mais sûrement, elle en tira sa propre conclusion.

– Maman avait raison. Tu es un sociopathe.

J'acquiesçai.

– Oui, avouai-je. Il faut croire que oui.

Sur cette lourde confession, je revis la petite tasse blanche se briser en mille morceaux, réentendis à plein volume la plus grave de toutes les accusations de Sandrine.

Le regard d'Alexandria fut aussi dur que sa question.

– Que comptes-tu faire, papa, pour te racheter ?

Pour toute réponse, je ne pus que hausser les épaules car, à ce moment-là, je n'en avais pas la moindre idée.

Septième jour

Mme Edith Whittier est appelée à la barre

– Tu n'as pas d'inquiétude à avoir, Sam, chuchota Morty pendant qu'Edith s'avançait jusqu'au box des témoins.

Je n'en étais pas si sûr car je savais que Sandrine avait crié très fort au dernier soir de sa vie, ses mots explosant comme des coups de canon dans l'obscurité de la chambre. Elle avait sorti la grosse artillerie, je l'avais senti passer. Puis, comme un soldat à court de munitions, elle s'était emparée d'une pierre de substitution qu'elle m'avait jetée dans le dos au moment où je battais en retraite, cette tasse en porcelaine et un dernier mot : sociopathe.

– Je le jure, dit Edith.

Puis elle baissa la main, s'assit et me regarda bien en face, comme pour dire : *Maintenant, tu vas payer.*

Elle portait un pull vert foncé et une jupe noire qui lui arrivait juste sous le genou – une tenue de matrone, aurais-je pu dire. Elle avait l'air d'une nounou à la retraite : tout exactement à la bonne longueur, rien de tape-à-l'œil. Il y avait toujours eu un petit côté suranné chez Edith, l'impression qu'elle appliquait des poudres et des crèmes bien des années après l'expiration de leurs dates de péremption respectives, et ce jour-là, elle n'avait manifestement pas ressenti le besoin de se faire une beauté.

– Voulez-vous bien donner votre adresse au tribunal, madame Whittier, dit le procureur Singleton.

– C'est au 235 Crescent Road, à Coburn.

– C'est-à-dire juste à côté du 237 Crescent Road, le domicile de l'accusé ?

– Oui.

– Depuis combien de temps habitez-vous à cette adresse ?

– Trente-sept ans.

Suivit alors une récitation de détails biographiques succincts grâce auxquels le procureur Singleton espérait, mais en vain, donner au jury l'impression qu'Edith Whittier n'avait pas toujours mené une existence solitaire, sèche et sans caractère au 235 Crescent Road, mais qui, en revanche, nous permit d'avancer dans le temps jusqu'à une date qui fut une découverte pour moi car elle se situait de nombreuses semaines avant la soirée agitée à propos de laquelle je m'attendais à ce qu'elle soit interrogée.

– Donc, le 17 août, vous entreteniez vos plants de tomates, c'est exact ?

– Oui.

– Et votre jardin n'est séparé du terrain derrière la maison de l'accusé que par une petite clôture blanche, c'est bien cela ?

– Oui.

– Vous avez vue sur ce terrain ?

– Oui. Ils y ont fait récemment construire une gloriette. Un de ces modèles en préfabriqué qu'on achète dans des magasins de bricolage. Mme Madison y allait parfois pour lire ou écouter de la musique. J'imagine que c'était de la musique. Elle avait un de ces appareils qui ressemblent à un poste de radio avec ces fils qu'on se met dans les oreilles.

– Et ce jour-là, avez-vous parlé à Mme Madison ?

– Oui, je lui ai parlé. M'apercevant dans le jardin, elle est sortie de sa gloriette et s'est approchée de la clôture qui sépare nos deux terrains.

– Pourriez-vous dire au jury quel a été le fond de votre conversation ?

– Eh bien, au début, on a discuté de ce dont on parle en général entre voisines. Elle m'a dit qu'elle trouvait que mes tomates étaient belles et pulpeuses. C'est le mot qu'elle a employé, « pulpeuses », alors j'en ai cueilli quelques-unes et je les lui ai données. Elle m'a dit qu'elle les préparerait en salade.

– Après ce genre de considérations, Mme Madison a-t-elle orienté la conversation vers des sujets plus sérieux ?

– Oui, absolument. Elle m'a dit qu'elle venait d'apprendre une mauvaise nouvelle. Elle avait la maladie de Charcot. Elle m'a prévenue qu'au fil des mois et des années, je la verrais s'affaiblir.

– Des mois, des années ?

– Tout à fait, répondit Edith. Elle m'a dit qu'elle espérait que je passerais la voir de temps en temps car, à l'avenir, il était peu probable qu'elle sorte souvent. Elle disait qu'elle s'attendait à connaître des moments de solitude et que même si elle ne pourrait sans doute pas beaucoup réagir, ça lui ferait plaisir de m'entendre raconter mes histoires.

– Vos histoires ?

– Les dernières nouvelles, expliqua Edith. Je suppose que c'est ce qu'elle entendait par là.

– Par la suite, avez-vous eu l'occasion de vous rendre chez Mme Madison ? demanda Singleton.

– Oui, effectivement. J'ai attendu une quinzaine de jours. Je n'avais pas beaucoup vu Mme Madison à l'extérieur pendant cette période, et j'ai pensé qu'elle faisait peut-être une de ces dépressions dont on parle, voyez, alors je me suis dit, bon, je vais lui apporter une de mes spécialités.

– Et laquelle de vos spécialités lui avez-vous apportée ? demanda Singleton avec un sourire aimable.

– Un gratin de champignons, répondit Edith. Que je relève avec des brocolis, du fromage et du velouté de champignons, et j'ai pensé que ça ferait plaisir à Mme Madison d'y goûter.

– Donc, vous avez cuisiné ce gratin de champignons frais et l'avez apporté à Mme Madison, c'est exact ?

– Oui. Je l'avais mis dans une barquette jetable en alu pour qu'elle n'ait pas de plat à me rendre.

– Et avez-vous vu Mme Madison ce jour-là ?

– Non, je ne l'ai pas vue.

– Elle n'était pas chez elle ?

– Si, répondit Edith en s'adressant au jury, mais c'est son mari qui m'a ouvert.

J'avais totalement oublié cette visite d'Edith tant, sur le moment, tout cela m'avait paru sans importance, simplement une façon de protéger Sandrine, de m'assurer qu'Edith Whittier ne trouble pas sa tranquillité l'après-midi, au même titre que tant d'autres au cours de ces semaines-là où elle s'isolait plus ou moins dans le scriptorium, privilégiant la compagnie de ses livres et de sa musique.

– Donc, c'est à l'accusé que vous avez parlé cette fois-là ? poursuivit Singleton.

– Oui.

– Pouvez-vous dire au jury la teneur de cette conversation ?

Elle était passée à l'improviste, barquette fumante sous un torchon blanc, sourire un peu crispé mais tout de même très avenante. Il était environ trois heures et demie, je m'apprêtais à partir pour mes cours de l'après-midi. La pluie continuelle et le froid hors de saison n'arrangeaient pas mon humeur, sans parler du fait que la porte du scriptorium restait close dans le mur de séparation que Sandrine avait érigé entre nous.

C'est pourquoi, lorsque j'ouvris à Edith Whittier, j'avais sûrement cet air contrarié qu'elle décrivait à présent au jury.

– M. Madison n'a pas été très aimable avec moi. À aucun moment, il ne m'a invitée à entrer. Il est tout juste resté là à m'écouter. Je lui ai dit que sa femme m'avait demandé de passer la voir. Il n'a pas dit grand-chose, en fait, à part qu'elle était souffrante. C'est l'expression qu'il a employée : elle « était souffrante ». Du coup, je lui ai donné le gratin, il l'a pris, il m'a remerciée et il a refermé la porte.

C'était rigoureusement exact mais, à mes yeux, sans aucun rapport avec le reste, si bien que je lançai un regard perplexe à Morty qui me rendit la pareille, ni lui ni moi ne comprenant le pourquoi de cette déposition.

Puis, de but en blanc, le récit d'Edith prit une tournure plus sombre.

– Mais vous avez eu l'occasion de voir Mme Madison à un autre moment, n'est-ce pas ?

– Oui.

– Quand était-ce ?

– Environ trois semaines plus tard.

– Pouvez-vous décrire cette rencontre au jury ?

Là encore, elle se tenait dans son jardin, mais c'était bien après la fin de l'été, dans les premières fraîcheurs de l'automne. Elle n'avait pas revu Sandrine, sauf à l'apercevoir de loin, depuis la fois précédente, mais ce jour-là, Edith, relevant la tête de son jardinage automnal, la trouva contre la clôture, immobile, silencieuse, bras croisés sur la poitrine comme si elle avait froid.

– Elle portait un vieux peignoir et elle paraissait triste, déclara Edith à l'intention du jury. Elle avait les cheveux en bataille, elle était débraillée… comme une poupée de chiffon.

Je n'avais jamais vu Sandrine ainsi et jamais elle ne serait sortie de la maison en peignoir et échevelée.

– Elle m'a saluée, poursuivit Edith, et j'ai fait pareil. Comme je ne trouvais rien d'autre à dire, je lui ai demandé si elle avait aimé mon gratin.

Elle se tut le temps de prendre une petite inspiration rapide, puis ajouta :

– Mme Madison m'a répondu : « Quel gratin ? »

Une autre petite inspiration rapide, puis :

– Je lui ai dit que j'étais passée lui déposer un gratin de champignons quelques semaines plus tôt.

Là, son visage devint grave.

– Elle m'a affirmé qu'elle ne voyait pas du tout de quel gratin je voulais parler.

Je restai bouche bée en prenant soudain conscience de la gravité de ce que j'avais fait sous le coup de l'énervement, à savoir balancer ce gratin de champignons directement dans la poubelle.

– Que son mari ne lui en avait pas soufflé mot, ajouta Edith. Et qu'il avait dû le jeter.

Sandrine avait raison, c'était tout juste ce que j'avais fait. Un gratin de champignons à la poubelle, pensai-je en évitant de regarder les jurés : l'image même de mon indifférence aux plaisirs et aux joies de Sandrine, aux attentions les plus simples qu'on pouvait avoir pour elle.

Mais le pire était à venir.

– Je ne savais pas quoi dire, expliqua Edith au jury. Bon, son mari avait… heu… fait je ne sais quoi de ce gratin. Ce qui est sûr, c'est qu'il ne le lui avait pas donné, je ne savais pas comment réagir. Alors, sur le moment, j'ai juste haussé les épaules. Puis j'ai changé de sujet, je lui ai demandé comment elle allait.

– Que vous a répondu Mme Madison ? interrogea Singleton.

– Elle a eu un sourire triste et elle m'a dit : « Je vais mourir. »

– Est-ce tout ce qu'elle vous a dit, madame Whittier ?

– Non, répondit Edith.

Ah, nous y voilà, songeai-je, à la raison pour laquelle Edith Whittier avait été citée à comparaître, au but ultime de son témoignage.

– Non, répéta-t-elle. Elle a regardé sa maison et elle l'a redit. Elle a dit : « Je vais mourir », puis elle s'est retournée vers moi et elle a ajouté : « Mais pas assez vite pour Sam. »

Si la trappe de la potence s'était trouvée sous mes pieds, je l'aurais sentie s'ouvrir et j'aurais entamé ma chute.

– Merci, madame Whittier, dit le procureur Singleton avant de se tourner vers Morty, sans doute en se retenant de sourire, et d'ajouter : Le témoin est à vous, maître Salberg.

Morty se leva et s'avança jusqu'à la barre.

– Bonjour, madame, dit-il.

– Bonjour, répondit Edith un peu sèchement.

– Ainsi donc, vous faites des gratins de champignons…

– Oui.

Le sourire de Morty s'élargit.

– Ce doit être succulent, ces petites choses-là.

– En général, les gens l'apprécient, répondit Edith toujours aussi sèchement.

– Dites-moi, madame Whittier, quels sont les ingrédients de base de votre… gratin de champignons, c'est bien ça ?

Edith plissa le front d'un air un peu soupçonneux.

– Oui, dit-elle, c'est bien ça.

– D'accord. Et est-ce un secret de famille ou bien pouvez-vous révéler à la Cour les ingrédients de base que vous utilisez pour préparer votre gratin ?

– Oh, ce ne sont que des brocolis, du fromage et du velouté de champignons, répondit Edith. Mais j'ajoute aussi du beurre et de la chapelure.

– Ça m'a l'air délicieux, dit Morty d'un air enjoué comme s'il n'avait pas détecté la moindre trace d'ironie dans la réponse d'Edith. Pardon, mais vous ai-je bien entendue dire qu'un des ingrédients était du velouté de champignons ?

– Oui, répondit Edith.

– Diriez-vous que les champignons constituent l'ingrédient principal de ce gratin ?

– Oh, oui, je le suppose.

Morty plaça un petit rire.

– Vous me direz que c'est logique étant donné que ce plat s'appelle un gratin de champignons, n'est-ce pas ?

– C'est logique, oui.

Morty jeta un coup d'œil à ses notes, puis redressa la tête.

– Savez-vous que certaines personnes sont allergiques aux champignons, madame Whittier ?

Edith acquiesça.

– Parfait. Et saviez-vous si Mme Madison était ou non allergique aux champignons ?

Le visage d'Edith se figea.

– Non, dit-elle.

– En tout cas, vous n'ignorez pas qu'une réaction allergique aux champignons peut entraîner la mort ?

– Ah si, j'ignorais qu'on pouvait en mourir, répondit Edith, mal à l'aise.

– Mais si vous étiez marié à une personne qui souffre de cette allergie, vous sauriez sûrement que ça peut entraîner la mort, n'est-ce pas ?

– Je suppose que oui, admit Edith.

– Et si quelqu'un vous apportait un gratin, ou quoi que ce soit d'autre, préparé à base de champignons pour votre mari – ou votre femme si vous étiez un homme – et que ce plat risquerait d'entraîner sa mort, vous décideriez sûrement de ne pas le lui donner à manger, non ?

– Oui, sûrement, admit Edith du bout des lèvres.

– Pensez-vous que vous iriez jusqu'à ne pas le garder ? demanda Morty. Car à quoi servirait que votre conjoint voie un délicieux gratin auquel il ne pourrait goûter, hein ?

– Oui, je suppose, dit Edith.

– Vous pourriez même jeter ce gratin à la poubelle, n'est-ce pas ?

Edith hésita, puis répondit :

– Sans doute.

Morty hocha la tête.

– Merci, chère madame, dit-il. Je n'ai plus de questions.

Edith quitta le box des témoins. Je n'en revenais pas du contre-interrogatoire mené par Morty, mais pour autant ne dis rien, m'efforçant de paraître aussi indifférent à la déposition d'Edith que mon avocat affichait clairement de l'être.

Puis, avec un sourire en coin de petit garnement, Morty murmura :

– Et un témoin de neutralisé, un.

– Mais Sandrine n'était pas allergique aux champignons ni à quoi que ce soit d'autre d'ailleurs, soufflai-je.

– Je n'ai jamais dit qu'elle l'était.

Il se mit à feuilleter négligemment le dossier.

– Mais si, tu l'as dit.

– Non, absolument pas, répliqua fermement Morty. Je te montrerai la transcription. Je n'ai jamais dit que Sandrine était allergique à quoi que ce soit. Bon, ajouta-t-il en haussant les épaules, Singleton peut toujours creuser de ce côté-là pour essayer de savoir si ta femme avait des allergies. Mais ça prendrait du temps et ne donnerait peut-être rien. Même si on a une allergie, on n'en parle pas forcément à son médecin, hein ? Si les champignons te rendent malade, tu ne manges pas de champignons. Point final. Alors qui peut savoir si ta femme avait une allergie à part toi, Sam ? Et Singleton ne te poserait jamais cette question à la barre parce qu'il se dit que tu mentirais.

Il ricana sous cape.

– Dans la vie, il faut tenir l'autre par les couilles, ajouta-t-il. C'est aussi simple que cela.

Mon Dieu, Morty aussi est un sociopathe, songeai-je. Sommes-nous tous des sociopathes, nous, les hommes ? Faut-il un système écrasant de lois et coutumes en mesure d'imposer de terribles conséquences à nos actes pour arrêter notre main sans conscience ? Est-ce indispensable pour nous empêcher de faire ce que, sans la crainte de si terrifiantes conséquences, nous ferions sans ciller ?

Je poussai un long soupir de lassitude.

– Que faisons-nous maintenant ? demandai-je.

– On va arroser ça parce qu'on l'a échappé belle, répondit Morty joyeusement. Qui sait ce que cette vieille bique aurait pu dire ?

– Je n'ai pas envie d'aller arroser ça, Morty. Et par ailleurs, Mme Whittier est une femme très gentille.

Morty me regarda d'un air grave.

– Gentille ? Elle leur aurait servi tes burnes sur un plateau d'argent.

Je ne me sentais pas l'énergie de débattre de ce sujet.

– Donc j'en reviens à ma question précédente. Que faisons-nous maintenant ?

– Bon, d'accord, pour ce qui est du procès, on continue sur cette lancée, répondit Morty. Deux ou trois autres témoins faciles, puis Singleton va vouloir porter le coup de grâce.

Il eut un autre sourire, mais derrière ce sourire, je voyais bien de l'inquiétude.

– À partir de maintenant, tu vas devoir attacher ta ceinture, parce que ça va secouer.

Mme Lydia Wilson est appelée à la barre

J'avais vu le nom de Lydia Wilson sur la liste des témoins, bien sûr, mais quand Morty me demanda qui c'était, je lui répondis la vérité en lui disant que je l'ignorais. Il se trouvait qu'elle était propriétaire de la seule agence de voyages locale ayant survécu à Internet. Au premier coup d'œil que j'avais lancé dans la vitrine de Armchair Travel[1], j'avais compris que c'était un de ces tour-opérateurs qui ciblait une clientèle du troisième âge aisée et s'employait à faire en sorte que les habitants de Coburn qui partaient en villégiature ne doivent sacrifier aucun confort matériel de leur vie quotidienne sous prétexte qu'ils se retrouvaient dans un pays où il n'y avait pas l'eau courante ou dont la coutume voulait que la tête du dernier candidat ayant perdu les élections soit exhibée en place publique.

C'était précisément le genre de voyages que Sandrine n'aurait jamais entrepris, la certitude, disait-elle toujours, de ne rien voir, de ne rien ressentir, de ne rien apprendre et pourtant, d'après ce que Morty tenait du procureur Singleton, ma femme était passée chez Armchair Travel, dans Main Street, à peine deux semaines avant sa mort en ayant en tête de voyager.

1. Qu'on pourrait traduire par « Voyages dans un fauteuil ».

Jusqu'à il y a deux jours, avant d'être frappé par l'idée fulgurante que Sandrine ait pu échafauder une machination contre moi, j'aurais expliqué cette visite par le fait qu'elle ait momentanément perdu le sens des réalités. Dans son doux délire, on pouvait comprendre qu'elle se soit égarée chez Armchair Travel, attirée peut-être par la photographie d'une des plages ensoleillées de Grèce que nous avions vue tant de fois au fil des années et qui se trouvait plus ou moins à la même place dans la vitrine de l'agence, d'aussi loin que je me souvienne. J'imaginais sans peine que Sandrine, une fois à l'intérieur de ce modeste local sur rue et toujours perdue dans la brume de la nostalgie, ait pu raconter à la personne qui tenait la boutique que, jadis, quand elle était jeune, elle avait fait un voyage autour de la Méditerranée. Elle lui avait peut-être même confié qu'elle avait toujours espéré le refaire. Mais aurait-elle cédé au désespoir ou aux chimères que cela ne justifiait pas la conversation que Mme Lydia Wilson rapportait à présent sous serment.

– Mme Madison m'a expliqué qu'elle avait visité beaucoup de pays méditerranéens il y a quelques années, indiqua Mme Wilson à la Cour. Elle m'a dit qu'elle n'était pas mariée à l'époque.

Au cas où l'attention des jurés se serait dispersée depuis le début de l'interrogatoire, le procureur Singleton marcha avec ostentation vers leur banc avant de se retourner de nouveau vers le témoin.

– À ce stade de la conversation, Mme Madison a-t-elle commencé de vous parler de son mari ?

– Oui, effectivement.

– À quel propos ?

– À propos de ce voyage précédent. Celui qu'elle avait fait autour de la Méditerranée.

– Avec l'homme qu'elle épouserait par la suite, dit Singleton avec un coup d'œil en direction du jury. L'accusé, Samuel Madison.

– Oui, confirma Mme Wilson. Elle a parlé de leur séjour à Alexandrie, par exemple.

– Pourquoi cette ville en particulier ? insista Singleton.

– Elle a dit que sa fille avait été prénommée d'après cette ville, et elle a parlé un moment de sa fille.

– Qu'a-t-elle dit ?

– Que c'était quelqu'un de très bon, répondit Mme Wilson. Qu'elle avait de la chance d'avoir une fille comme elle. Que sa fille avait de belles qualités.

– De belles qualités ?

– De belles qualités humaines.

En me retournant, je vis qu'Alexandria était submergée par l'émotion. Je voulus lui montrer mon soutien en lui adressant un petit sourire compatissant, mais elle n'y répondit que par un signe de tête un peu sec avant de reporter son attention sur la salle d'audience.

– Mme Madison a-t-elle mentionné d'autres lieux en relation avec ses voyages précédents ? poursuivit Singleton.

– Elle a parlé d'une ville du sud de la France. Albi. C'est près de Toulouse, si j'ai bien compris. Elle a parlé de sa cathédrale, et dit que son mari et elle avaient terminé leur périple dans cette ville. Qu'ils étaient très heureux alors.

– Très heureux alors ? répéta le procureur d'un air entendu. Contrairement à aujourd'hui ?

Morty leva la main.

– Objection ! Demande d'interprétation par le témoin.

– Retenue, dit le juge Rutledge.

– Très bien, reprit Singleton. À part cela, Mme Madison a-t-elle évoqué, à un moment donné, quoi que ce soit concernant sa vie personnelle ?

– Oui, enchaîna Mme Wilson. Elle a parlé d'un auteur de pièces de théâtre. Un auteur latin, m'a-t-elle dit. Il s'appelait Térence. Elle m'a expliqué qu'il était mort à vingt-cinq ans, mais que toute son œuvre, toutes ses pièces, avaient survécu. Elle m'a dit qu'elle estimait avoir de la chance d'avoir vécu plus longtemps que ce Térence et qu'elle espérait qu'une part de son œuvre lui survivrait à elle aussi.

– Son œuvre ?

– D'enseignante et de mère.

– Et d'épouse ?

– Comme épouse, elle pensait avoir échoué.

– Échoué ? répéta le procureur Singleton pour faire un effet de manche. En quoi ?

– Elle ne l'a pas dit, répondit Mme Wilson. Mais j'ai vu que ça la bouleversait. Elle était au bord des larmes. Donc, elle a changé de sujet et a reparlé de ce premier voyage.

– Concernant ce premier voyage, Mme Madison a-t-elle mentionné un lieu en particulier ?

– Elle en a mentionné plusieurs.

– Mais ce qu'elle vous a dit au sujet de l'un d'eux vous a quelque peu troublée, est-ce exact, madame ?

– Oui.

– De quel lieu s'agissait-il ?

– Syracuse, en Sicile.

– Pourquoi le fait que Mme Madison vous parle de cette ville vous a-t-il troublée ?

Le témoin porta le regard sur moi, puis le détourna aussitôt.

– Parce que Mme Madison m'a dit que c'est à Syracuse que son mari avait pour la première fois menacé de la tuer.

– Menacé de la tuer… pour la première fois, répéta Singleton en avançant théâtralement d'un pas de plus vers le jury.

– Pour la première fois, oui.

– Mme Madison a-t-elle été plus explicite sur cette menace ?

– Non, elle n'a rien dit de plus, répondit Mme Wilson.

Nous voilà donc arrivés, songeai-je, au moment qui justifiait la comparution de Mme Wilson : Samuel Madison, un mari qui avait peut-être menacé à plusieurs reprises sa femme de la tuer, Syracuse n'ayant été que la « première » fois. Comment les jurés pourraient-ils ne pas penser que j'avais finalement décidé de passer à l'acte ?

Étant donné la forte impression que, c'était évident, Mme Wilson leur avait faite, je ne fus pas étonné que le procureur n'éprouve pas le besoin d'en rajouter.

– Pas d'autres questions, monsieur le juge, dit-il.

Morty se leva de sa chaise, marcha jusqu'au pupitre, adressa un sourire aimable à Mme Wilson, puis lui demanda :

– Lors de cette conversation, Mme Madison vous a-t-elle dit qu'elle avait l'intention de quitter son mari ?

– Non.

– Vous a-t-elle dit qu'elle avait des problèmes de couple ?

– Non.

– Vous a-t-elle dit qu'elle était malheureuse dans son foyer ?

– Non.

– Donc, vous n'aviez aucune raison de craindre pour la sécurité de Mme Madison, n'est-ce pas ?

– Non, aucune.

– Madame Wilson, êtes-vous mariée ?

– Oui.

– Moi aussi, dit Morty en accompagnant son propos d'un sourire taillé dans le train-train quotidien. Mais il y a des jours où je ne m'entends pas au mieux avec ma femme. Est-ce vrai pour vous et votre mari ?

– Oui, bien sûr.

– Avez-vous déjà été furieuse contre votre mari, madame ?

– Ça m'arrive.

– Donc votre réponse est oui, vous avez déjà été furieuse contre votre mari, c'est exact ?

– J'ai déjà été furieuse contre lui, oui.

Morty s'approcha des jurés pour mieux scruter leurs visages.

– D'après votre expérience, madame, diriez-vous que la plupart des gens mariés sont furieux contre leur conjoint de temps en temps ?

– Oui.

– Et dans ces cas-là, parfois, ils se disent des choses qu'ils ne pensent pas, n'est-ce pas exact ?

– Je le suppose.

Morty pivota lentement vers le témoin.

– Madame, avez-vous déjà pensé, dans les moments où vous étiez furieuse contre votre mari, avez-vous déjà pensé : « Ah, je vais le tuer celui-là ! » ?

Sur l'instant, Mme Wilson hésita, mais, finalement, elle répondit la vérité :

– Oui.

Morty lui sourit.

– Merci, madame Wilson, dit-il. Je n'ai plus de questions.

Pendant que Morty regagnait sa place, je jetai un coup derrière moi vers Alexandria, et, voyant son siège inoccupé, je regardai plus loin vers le fond de la salle d'audience, la cherchant du regard mais ne la trouvant pas.

Perdre

Nous regagnâmes notre salle de conférence habituelle où, je l'espérais, Alexandria m'attendait, mais elle n'y était pas. J'allai aussitôt à la fenêtre, regardai dehors et la vis dans le parking, adossée à la voiture, dos très droit, bras croisés sur la poitrine.

– Je vais perdre, murmurai-je.

– Perdre quoi ? blagua Morty. Singleton n'a rien de tangible contre toi et il le sait.

– Je vais perdre Alexandria.

Morty me rejoignit et l'observa par la fenêtre.

– Elle y survivra, m'assura-t-il.

Gentiment, il m'éloigna de la fenêtre jusqu'à la table où nous prîmes place, face à face comme deux joueurs de poker s'interrogeant encore sur la main de l'autre.

– Bah, je ne pense pas que les petites confidences de ta femme soient très compromettantes, continua-t-il. Mais qu'est-ce qui a bien pu lui passer par la tête pour aller dans cette agence de voyages ?

– Sandrine m'a proposé de faire un voyage avec elle, déclarai-je.

– Ah bon ? Quand ?

– Peu après avoir appris qu'elle était malade.

– Tu aurais dû m'en parler, dit Morty.

– Ça avait dû me sortir de la tête. Elle voulait que nous repartions sur les traces de celui que nous avions fait quand nous étions jeunes.

– Donc, c'était juste son idée ?

– Oui, et elle y a renoncé très vite, sans doute, car je n'en ai plus jamais entendu parler, avançai-je en haussant un peu les épaules d'un air désabusé. Il ne m'est jamais venu à l'esprit qu'elle continuait d'y penser.

– Elle espérait peut-être que ce soit toi qui lui en reparles.

– C'est possible, murmurai-je. J'aurais dû.

Morty hocha la tête de manière affirmative.

– L'ennui, c'est le fait que tu l'aies menacée dans cette ville étrangère, reprit-il. Je ne voyais pas comment contrer ça sinon en faisant prendre conscience aux jurés que les gens peuvent se quereller et avoir de mauvaises pensées sans pour autant les mettre à exécution.

Il semblait toujours chercher une meilleure stratégie.

– Mais je dois admettre que cette histoire a fait mauvais effet sur eux, ajouta-t-il. Je l'ai vu dans leurs yeux. Ce n'est pas une preuve à proprement parler, mais c'est tout comme car ça donne l'impression que ta femme appelait à l'aide, si tu vois ce que je veux dire.

– Je ne m'explique pas le comportement de Sandrine, dis-je en secouant la tête.

– Tu n'as pas menacé de la tuer quand vous étiez là-bas tous les deux ?

– Si, mais c'était une plaisanterie. Nous étions à l'Oreille de Dyonisos et j'ai chuchoté : « Je te tuerai. »

– Oh, c'est pas vrai ! gémit Morty.

– Ce n'était que ça, soupirai-je.

– On l'entend autrement, Sam, déclara Morty d'un ton de mauvais augure. Ta femme l'entendait autrement, vois-tu.

Je regardai de nouveau dehors où Alexandria était toujours à la même place, maintenant avachie contre la voiture, l'air vidé.

Morty ne tenta pas de détourner de nouveau mon attention, mais je savais qu'il m'observait attentivement. Il finit par dire :

– Sam, qu'est-ce qui te tracasse ?

Je secouai la tête.

– Je ne peux pas, Morty.

Il se pencha vers moi.

– Qu'est-ce que tu ne peux pas ?

– Te dire à quoi je pense.

– Je crois que ce serait préférable, répliqua-t-il d'un ton ferme. Parce que je sens que c'est important.

– Je ne peux pas.

Nous nous faisions face à présent.

– Tu ne dois rien me cacher, Sam, quoi que ce soit.

J'y réfléchis un moment, puis dis :

– Ça doit rester entre nous.

– D'accord.

– Non, je suis sérieux, Morty. Ce que je vais te dire, tu ne devras pas en faire état à l'audience, jamais.

– Tu as ma parole, affirma solennellement Morty.

Pendant les minutes qui suivirent, j'exposai les éléments à charge contre moi dans le dossier : la prétendue « lettre de suicide » de Sandrine, ses douleurs dorsales dont l'autopsie n'avait relevé aucune trace, le dernier coup de fil que j'avais passé au Dr Ortins, le fait que Sandrine avait toujours eu une bonne excuse pour ne pas aller chercher elle-même le Demerol prescrit par son médecin, les antihistaminiques, les sinistres recherches sur le Net, la lugubre allusion à Syracuse et, pour finir, la dernière visite à Malcolm Esterman, le tout s'assemblant pour tisser intelligemment de fibre en fibre, comme je le dis à Morty en guise de conclusion, « le chanvre de la corde du bourreau ».

Morty resta longtemps silencieux après cette énumération, mais je voyais qu'il raisonnait, lentement mais sûrement, qu'il affûtait ses idées pour trancher un dilemme.

– Si ce que tu dis est vrai, alors nous disputons un tout autre match, déclara-t-il gravement.

Il réfléchit un moment encore à tout ce que je venais de lui raconter, puis ajouta :

– Donc, en définitive, tu penses que Sandrine a pu chercher à te piéger ?

J'acquiesçai sans répondre.

– Pourquoi aurait-elle fait ça ?

– Pour se venger de mon aventure avec April.

– Une femme dédaignée, dit Morty.

Je secouai la tête.

– Une femme trahie.

– On serait quand même dans les fureurs de l'enfer[1], Sam, fit remarquer Morty, puis il ajouta, après avoir réfléchi à ce que je venais de lui confier : Bon, si je comprends bien, tu es en train de dire que ta femme avait d'une façon ou d'une autre appris pour toi et April et que, ne voulant pas mourir sans se venger, elle aurait mis au point un stratagème, se suicider, ce qu'elle voulait faire de toute façon en raison de ce qui l'attendait, mais en mettant en scène sa mort de manière à causer aussi ta perte.

1. « *Hell hath no fury like a woman scorned* » (Les fureurs de l'enfer n'égalent pas celles d'une femme dédaignée), réplique extraite de *The Mourning Bride*, de William Congreve.

Il se tut, me dévisagea puis continua :

– C'est bien ce que tu es train de dire, hein, Sam ?

– Oui. Et je sais que c'est digne d'un scénario de série B, Morty, mais, oui, c'est bien ce que je suis en train de dire.

Je me levai d'un bond et retournai à la fenêtre. Alexandria m'attendait toujours à la voiture. Je n'osais imaginer l'effet que le tout dernier témoignage avait produit sur elle, comme elle devait se sentir piégée entre son père vivant et sa mère morte, l'horreur de devoir choisir l'un ou l'autre et ne jamais savoir, sans jamais pouvoir le savoir un jour, si ce choix était le bon.

– Il n'y a aucune preuve de rien de tout cela, bien sûr, repris-je d'une voix posée. Et il se peut que ce soit uniquement le produit de ma paranoïa.

Je haussai les épaules.

– Aucune importance de toute façon, murmurai-je.

Je vis une main d'Alexandria se réfugier dans son autre main.

– C'est Alexandria qui m'inquiète, dis-je.

Morty, qui m'avait rejoint, me toucha l'épaule.

– Même si tu voulais l'exploiter, je doute que ça marche, déclara-t-il calmement. Très risqué, une défense pareille : faire de ta femme le véritable assassin. Pas facile de retourner la situation au détriment d'une morte. Tu me diras qu'elle l'aurait prévu, ça aussi, hein ?

– Oui.

Morty poussa un gros soupir.

– Tu connais une certaine Jane Forbes ?

Instantanément, je la revis en manteau rouge, m'observant du fond de la salle du tribunal.

– Elle enseigne dans le département de Sciences politiques, dis-je. Je l'ai vue au procès.

– Ici, pendant les audiences ?
– Oui.
– C'est tout ce que tu sais ?
– Oui. Pourquoi ?
– Singleton l'a ajoutée à sa liste de témoins. Tu as une idée de ce qu'elle pourrait avoir à dire ?
– Non.
Morty fit un clin d'œil.
– Peut-être une des petites bombes à retardement de ta femme ? plaisanta-t-il.
Je le foudroyai du regard.
– Je n'en ai pas la moindre idée, Morty.
Il eut un rire sinistre.
– Seigneur, si c'est une machination montée par Sandrine, je dois reconnaître que ta femme serait une fine mouche.
– Elle était brillante, dis-je, la revoyant assise sur la pelouse de l'université de Coburn entourée de quelques étudiants, leur donnant le meilleur d'elle-même à tout hasard. Et pleine de bonté, ajoutai-je.
J'eus l'impression qu'il n'y avait rien à dire de plus sur Sandrine, et je m'en tins là.
– Bien, soupira Morty au bout d'un moment. Espérons qu'il n'y aura pas d'autres tours dans le sac à malices.
– Oui. Espérons-le.
D'espoir, je n'en avais plus aucun et le savais. Parvenir un jour à surmonter sa mort, c'était là l'espoir auquel je renonçais désormais. J'avais perdu mon travail, ma liberté de mouvement dans cette petite ville, le respect de ses habitants et bientôt, je le devinais à la façon qu'avait Alexandria de redresser la tête et de porter son regard dans le lointain, j'allais aussi perdre ma fille. Si tout cela avait bel et bien été le noir des-

sein de Sandrine, alors elle avait gagné la partie haut la main.

Et c'est ainsi, résigné à mon sort, que j'allais affronter les derniers jours de mon procès.

CINQUIÈME PARTIE

Le procès intenté par le parquet contre M. Samuel Madison devrait se terminer cette semaine au tribunal de Coburn. Selon le procureur Harold Singleton, seulement trois témoins doivent encore être entendus, puis la défense sera assurée par maître Mordecai Salberg, avocat de M. Madison, ce professeur de l'université de Coburn accusé d'avoir assassiné sa femme, Sandrine Madison, le 14 novembre 2010. On ne sait pas encore si M. Madison témoignera pour sa propre défense.

Coburn Sentinel
22 janvier 2011

Nouveaux éléments

– Il m'est venu une affreuse pensée au tribunal aujourd'hui, papa, dit Alexandria après le dîner, alors que nous étions installés au salon autour d'un dernier verre de vin. C'était pendant le témoignage de la femme qui tient l'agence de voyages.

Elle semblait répugner à me confier quelle avait été cette pensée tout en se sentant tenue de le faire.

– J'étais assise là et ça m'est venu. Je suppose que désormais il en sera ainsi pour moi.

Au ton de sa voix, grave, celui de la confidence, je compris qu'elle s'apprêtait à me faire une triste révélation.

– J'ai compris tout d'un coup que, après ça, je ne pourrai jamais tomber amoureuse.

Je bus une gorgée de vin.

– Tu m'en vois désolé, dis-je sans montrer à quel point j'étais accablé par cette autre conséquence à laquelle je ne m'étais pas attendu. Et j'espère que ça te passera.

Je ne voyais pas quoi dire d'autre, un long silence s'installa entre nous qui buvions nos verres en évitant que nos regards se croisent. C'était comme si Sandrine me laissait, finalement, sans voix.

– Une certaine Jane Forbes a été ajoutée à la liste de témoins de Singleton, finis-je par dire.

– Qui est-ce ?

– Elle travaille à la fac. Au département de Sciences politiques.

– Tu as couché avec ? demanda-t-elle comme si sa question allait de soi.

– Non, dis-je.

Alexandria hocha la tête et je pris conscience qu'elle pouvait, désormais, tout entendre. Elle avait affronté la terrible nouvelle de la maladie de sa mère, celle de sa mort, la possibilité que je l'aie assassinée, puis ma liaison avec April. N'importe quelle autre révélation serait trois fois rien par comparaison.

– Pourquoi est-elle citée comme témoin ?

– Je n'en sais rien, répondis-je. Bon, Sandrine la rencontrait de temps à autre quand elle faisait son jogging autour du plan d'eau. Je les ai vues courir ensemble, mais ça s'arrête là.

– Donc, tu ne connais pas cette femme ?

– Pas vraiment, dis-je en haussant les épaules. Je ne vois pas pourquoi Sandrine lui aurait fait des confidences, mais je suppose que ce doit être le cas.

– Elle était mourante, papa. On a envie de sentir quelqu'un proche de soi quand on va mourir.

Elle réfléchit un moment, puis ajouta :

– Peut-être que c'est pour ça que les gens mariés font tout pour que ça marche entre eux. Non pas qu'ils s'aiment chaque jour que Dieu fait, hein ? Mais ils s'aiment suffisamment pour surmonter les jours où ils s'aiment moins.

Elle se tut un bref instant.

– Disons qu'ils s'accommodent l'un de l'autre pour finir leur vie ensemble. Ça fait partie, comme disait maman, des « fondamentaux », acheva-t-elle avec un sourire.

Elle attendit une réaction de ma part, mais devant cette entière vérité, je ne trouvai rien à ajouter, ni citation littéraire, ni savante note lue dans une marge.

– En tout cas, maman devait en être arrivée à connaître cette femme assez intimement, reprit Alexandria. Sinon, elle n'apporterait pas d'éléments nouveaux.

– Sans doute, répliquai-je sèchement. Ce qui est sûr, c'est qu'elle vient de se manifester, cette Jane Forbes. Morty ne l'a appris qu'à la fin de l'audience d'aujourd'hui.

Avant ce dernier rebondissement, seuls deux autres témoins devaient venir à la barre : April Blankenship et Malcolm Esterman. Je savais pourquoi eux figuraient sur la liste, bien entendu, mais Jane Forbes, mystère.

– Que sais-tu d'elle ? demanda Alexandria.

– Pas grand-chose. Je pense qu'elle a assisté au procès. Je l'y ai vue une fois, au début.

Je l'avais quelquefois aperçue avec Sandrine, c'est vrai, toutes deux courant à petites foulées autour du plan d'eau, et, plus tard, assises sur un des bancs en ciment de ses berges, quand Sandrine ne sortait plus en survêtement.

– Maman t'en avait parlé ?

– Non. Tout ce que je sais, c'est que je les voyais parfois bavarder au bord du plan d'eau.

À présent, tout ce que je pouvais imaginer, c'était que ces conversations avaient été farouchement révélatrices, et que sûrement, au cours de l'une d'elles, Sandrine avait placé une bombe soigneusement programmée pour qu'elle explose vers la fin de mon procès.

En prévision de cette explosion, je posai mon verre, penchai le buste vers l'avant, mais me retins de prononcer les paroles qui me brûlaient les lèvres.

Que lui aurais-je dit ?

Tout ce dont je m'étais ouvert à Morty un peu plus tôt, tous les éléments de la machination.

J'avais failli m'épancher, mais avais réfréné mon impulsion car je n'imaginais que trop bien la réaction d'Alexandria. Je la voyais d'ici me regardant avec froideur. *Qu'est-ce que tu me chantes, papa ? Que maman a monté un coup contre toi ? Que c'est elle le génie du mal qui a tout manigancé ? Que depuis le début de toute cette lamentable affaire, c'est maman la sociopathe ?*

Je ne pourrais pas me défendre contre ses questions et, sur ce constat, me résignai à la triste réalité que nous sommes mal partis, très mal partis, quand nous ne pouvons révéler nos peurs les plus profondes à ceux à qui nous voudrions le plus les confier.

– Qu'y a-t-il, papa ? On dirait que quelque chose te préoccupe ?

– Non, rien, dis-je, me renfonçant dans mon fauteuil.

Puis nous échangeâmes des banalités, une conversation qui sonnait d'autant plus creux qu'elle se substituait à tout ce que j'avais eu envie de dire de vital à Alexandria tout en sachant que je ne le pourrais jamais. En pensant cela, je compris la position intenable, dure comme le diamant, dans laquelle je me trouvais : si je voulais me sauver, je devrais détruire Sandrine aux yeux de notre fille, retourner contre elle son accusation d'être sociopathe, en faire une femme assez impulsive pour me mettre en danger non seulement moi, mais aussi toutes les personnes qui me sont liées – la pauvre

April et son mari méritant, la réputation de l'université de Coburn –, ayant organisé tout cela dans le but de m'anéantir en m'enlevant tout ce qui avait le plus de valeur à mes yeux : mon métier, ma fille, ma liberté, voire peut-être ma vie.

– À quoi penses-tu, papa ?

Pris au dépourvu, je répondis :

– À Albi. C'est très joli. Ta mère et moi y étions passés lors de notre premier grand voyage. C'est là qu'elle m'a fait sa demande en mariage.

– C'est maman qui t'a demandé en mariage ?

J'acquiesçai.

– Ce fut un moment très romantique. Nous venions de sortir de la cathédrale. Le soir tombait. Il y avait un beau crépuscule, des rouges, des violets et des touches d'or incroyables. Nous regardions le soleil descendre à l'horizon et, soudain, elle s'est tournée vers moi et m'a dit de sa voix douce et intense bien à elle : « C'est toi. »

Comment, de cet instant-là, me demandai-je avec tristesse, en étais-je arrivé à celui-ci ?

À mon grand étonnement, je fus brutalement submergé par l'émotion que je pus maîtriser et écraser en m'empressant de poursuivre mon récit :

– Elle m'a murmuré : « Officialisons la chose », autrement dit marions-nous. À notre retour aux États-Unis, c'est ce que nous avons fait.

Je souris, avant d'ajouter :

– Et comme on dit, le reste appartient à l'histoire.

Une histoire amère, s'il en est, songeai-je, une succession de choix qui se révélèrent catastrophiques : Coburn, April, puis le tout dernier, que Sandrine meure.

Alexandria m'observait en silence, et c'était tout juste si je ne sentais pas les rouages de sa pensée tourner encore et encore, s'employant à mettre toutes les pièces du puzzle de la vie à la bonne place. Elle faisait un effort pour la comprendre, plus exigeant que tous ceux que j'avais faits, au point que, tout à coup, je me rendis compte que, foncièrement, Alexandria avait, ma foi, plus de discernement que moi et était plus sage lorsqu'il s'agissait de ce qui compte réellement.

J'eus un sourire.

– Tout ira bien pour toi, dis-je. Tu as de mauvaises pensées pour le moment, mais tout ira bien pour toi, Alexandria.

Je n'aurais su dire si elle me croyait, ni même si l'assurance que je lui en donnais pesait dans la balance. J'avais vécu si imprudemment, après tout, sans jamais vraiment prendre en considération les réalités de la vie, qu'il serait parfaitement compréhensible que mon avis soit le dernier qu'elle veuille écouter.

Elle me servit son sempiternel petit hochement de tête d'assentiment, une réponse à la « bien sûr, papa » qui ne fit que me confirmer mes craintes de déchéance paternelle. Puis elle se leva et alla à la cuisine, se servir un autre verre supposai-je, mais, ne la voyant pas revenir, je bondis sur mes pieds et la rejoignis.

Elle était assise à la table où nous prenions nos petits déjeuners et regardait la pelouse derrière la maison. La nuit était tombée depuis longtemps, mais je vis que son regard était braqué sur la gloriette, la forteresse de Sandrine, là où elle s'isolait pour réfléchir et où elle avait reçu les quelques personnes à qui elle avait souhaité parler les derniers jours de sa vie, dont l'une était Alexandria.

Je m'attendais presque à ce qu'elle m'arrête du geste quand je m'approchai d'elle, mais elle ne réagit pas jusqu'au moment où je me joignis à elle à la table. Alors, elle se tourna vers moi et eut un sourire plein de tendresse.

– Quand j'étais petite, maman me lisait des histoires. Tu sais, les habituels contes de fées. Alors forcément, il y avait un héros genre chevalier à l'armure étincelante, très beau sur son destrier blanc. Et moi, je montrais cet homme et je demandais à maman : « C'est qui ? », et toujours, toujours, papa, elle me disait que c'était toi.

Je la revis à Albi, resplendissante dans le rouge du couchant, ressentis à nouveau la caresse de son regard. Jamais nul homme n'avait été autant aimé par une femme aussi remarquable.

– C'est toi, dis-je tout bas pour moi-même, me souvenant de ce que Sandrine m'avait dit là-bas.

Mais quelles étaient mon épée et mon armure alors ? Qu'avait donc vu Sandrine à Albi, ou avant, qui l'avait décidée à jeter son dévolu sur moi dans le flamboiement de cette fin d'après-midi, à me choisir moi parmi des dizaines d'autres qu'elle aurait pu choisir, d'autres tellement plus beaux que moi, tellement plus talentueux que moi, tellement plus riches que moi et forts de tellement plus belles perspectives d'avenir.

– Pourquoi moi, je me le demande, dis-je. Qu'est-ce qui l'a attirée chez moi ? Je n'étais pas bête, mais c'était le cas de beaucoup d'autres. Je venais de décrocher mon diplôme, j'étais fauché, je travaillais dans une école pour handicapés mentaux.

– Tu as travaillé auprès d'handicapés mentaux ? s'étonna Alexandria. Tu ne me l'avais jamais dit.

– Oh, seulement quelques mois. Ta mère venait souvent me rejoindre et, deux ou trois fois, nous avons emmené quelques enfants dans un petit parc et elle me regardait travailler avec eux.

Alexandria tourna les yeux vers la gloriette, si vide sans Sandrine.

– C'est peut-être ça qu'elle a vu, dit-elle. Que tu étais un bon professeur.

Elle se tourna vers moi.

– Tu aurais dû parler avec elle, papa. Elle n'aurait pas dû avoir besoin de cette femme au bord du plan d'eau.

– Je sais, lui dis-je, puis je repensai de nouveau au témoin suivant, une femme que je connaissais à peine. Mais elle en a eu besoin.

Huitième jour

Mme Jane Forbes est appelée à la barre

Cheveux mi-longs, très élégante en tailleur-pantalon bleu marine, souliers à talons plats et long collier en lapis-lazuli, elle s'avança jusqu'à la barre un peu à la manière d'un soldat qui défile, d'un air résolu, sans peur, une guerrière. Son maintien laissait penser que si on la retrouvait un beau jour naufragée sur une île déserte depuis vingt ans, elle n'aurait toujours pas oublié comment elle s'appelait.

Oui, songeai-je, aussi douloureuse et pénible que me soit cette idée, il était fort possible que Sandrine se soit confiée à une telle femme.

– Jane Wiley Forbes, répondit-elle quand il lui fut demandé de décliner son identité.

Pendant quelques minutes, le procureur Singleton interrogea son témoin sur les éléments biographiques usuels. Âgée de quarante-sept ans, elle avait grandi à Newton, Massachusetts, fait ses études à l'université Sarah Lawrence où elle avait soutenu sa thèse en sciences politiques. Avant de venir à Coburn, elle avait enseigné dans plusieurs établissements, tous de modeste envergure, un junior college[1] de Boston, un

1. Établissement d'enseignement supérieur qui propose une formation sur deux ans.

lycée de jeunes filles à Atlanta. À Coburn, elle ne donnait des cours qu'aux étudiants de première et deuxième année. Ce parcours n'avait rien d'exceptionnel, mais il n'empêche que Jane Forbes en imposait, ce qui m'incitait tout autant à croire qu'à redouter ce qu'elle était venue révéler ici.

– Bien, madame Forbes, poursuivit Singleton. Depuis combien de temps connaissiez-vous Sandrine Madison ?

– Je l'ai rencontrée il y a neuf ans. L'université de Coburn organise toujours un pot pour accueillir un nouveau professeur. Sandrine est venue et s'est présentée.

Cela faisait longtemps que je n'avais plus entendu quelqu'un appeler Sandrine par son prénom. Pour Morty, c'était « votre femme ». Pour Singleton, c'était « Mme Madison ». Pour Jenna, c'était « ma sœur ». Mais pour Jane Forbes, c'était « Sandrine », et d'entendre ce prénom franchir ses lèvres, prononcé tout bas avec un zeste de chagrin dans la voix, éveilla chez moi une émotion si intense que j'en ployai le buste vers l'avant, mouvement qui n'échappa pas à l'un des jurés dont le regard me cloua sur place. Car qu'avait-il bien pu lire dans cette réaction subite et indéniable de ma part ? À cette question, je n'avais pas de réponse mais j'y réagis en me renfonçant dans mon siège et, en bon acteur, me composai un visage à opposer à ceux des jurés.

– Madame Forbes, continua Singleton, avez-vous eu l'occasion de bavarder à plusieurs reprises avec Mme Madison pendant les semaines qui ont précédé sa mort ?

C'était le cas, et elle s'en expliqua.

– Je ne connaissais pas très bien Sandrine, mais en avril dernier, vers la fin du mois, on s'est retrouvées par hasard au même moment au bord du plan d'eau. Sandrine paraissait très fatiguée. Elle qui, aux réunions à l'université, était toujours si animée, si dynamique, c'était inhabituel de la voir si exténuée.

– Auriez-vous parlé de son apparence physique à Mme Madison ?

– Non, c'est elle qui a abordé le sujet. Elle m'a dit qu'elle se sentait diminuée. C'est le mot qu'elle a employé. « Diminuée ». Puis elle m'a parlé de sa maladie, très vite, nous ne bavardions que depuis quelques minutes. Elle se demandait si elle devait en parler à ses étudiants. Elle ne voulait pas qu'ils la prennent en pitié et souhaitait enseigner le plus longtemps possible. Elle en avait longuement discuté avec Malcolm Esterman, et ce jour-là, elle voulait avoir aussi mon opinion.

Donc, Sandrine avait examiné une des décisions qui la troublaient le plus avec deux autres personnes que moi.

– Mme Madison vous a-t-elle parlé de son mari pendant tout ce temps ?

– Si par « pendant tout ce temps », vous entendez cette conversation, alors non, elle ne m'a pas parlé de son mari, répondit Jane Forbes.

– Et lors de conversations ultérieures ?

– Lors de conversations ultérieures, elle m'a parlé de lui, effectivement.

– Pourriez-vous nous dire la teneur de ces révélations ?

Elles n'avaient rien d'extraordinaire, trouvais-je, tandis que Jane Forbes poursuivait son témoignage. Durant leurs joggings autour du plan d'eau et leurs conversations sur le banc, Sandrine avait évoqué les débuts de notre relation, le voyage que nous avions fait, qu'elle avait tant aimé parcourir le monde et que nous l'avions fait si peu souvent depuis lors. Elle avait qualifié notre rencontre d'« intéressante », encore qu'elle ne m'ait pas trouvé très attirant : j'étais trop grand et trop maigre. Puis, par la suite, elle avait remarqué non pas que je lisais beaucoup, mais la manière dont je lisais, « avec le cœur », avait-elle dit, expression qui me parut sentimentale, presque fleur bleue, mais qui correspondait sans doute à la réalité à l'époque.

– Elle m'a raconté qu'un jour, elle l'avait trouvé en train de lire dans un coin de la bibliothèque, poursuivit Jane Forbes, et que lorsqu'il l'avait regardée, il avait le visage tellement triste, noyé par le chagrin, qu'elle en avait eu le souffle coupé.

Elle se tut un instant, silence pesant qui m'alerta sur le fait que je devais me méfier de la suite et me projeta en avant sur mon siège en un élan tout en retenue et sobriété mais qui me fit perdre ma pose étudiée.

– Elle m'a dit que c'était une expression qu'elle ne lui voyait plus quelques années plus tard, ajouta Jane Forbes. Et qu'elle ne la lui avait plus jamais revue par la suite.

– Mais elle la guettait, n'est-ce pas ? releva Singleton.

– C'est ce qu'elle m'a dit, oui.

– Et il est une occasion particulière où elle s'était attendue à la lui voir, c'est ça ?

– Oui, c'est ça.

– Son chagrin, j'entends, ce visage noyé par le chagrin, précisa Singleton pour enfoncer le clou.

– Son chagrin, oui.

– Mme Madison vous a-t-elle dit en quelle occasion elle se serait attendue à voir du chagrin sur le visage de son mari ?

– Oui, elle me l'a dit.

– Et de quelle occasion s'agissait-il, madame Forbes ?

– Quand elle lui a appris qu'elle était perdue, répondit le témoin. Elle m'a dit qu'elle avait repoussé le moment de lui dire la vérité sur son état car, au fond, elle craignait de ne voir aucune tristesse sur son visage. Mais elle avait fini par la lui dire, justifiant ses craintes.

Ce fut plus fort que moi. J'eus beau faire tous mes efforts pour ne pas réagir du tout à une réponse aussi dévastatrice, je ne pus m'en empêcher et fermai les yeux en basculant en arrière comme sous la poussée d'une main invisible.

Ensuite, il n'y eut plus que des voix me parvenant depuis ce qui me paraissait être un immense vide.

– Et au cours de ces conversations, Mme Madison vous a-t-elle parlé de sa vie en général ? poursuivit Singleton.

– Oui, en effet. Elle m'a parlé d'un article qu'elle avait écrit quand elle étudiait à la Sorbonne. C'était sur l'affaire d'une certaine Blanche Monnier. Elle m'a expliqué que cette femme avait été retenue prisonnière de nombreuses années par sa famille. On l'avait trouvée enfermée sous les combles. Plus ou moins privée de nourriture, selon Sandrine, vivant dans un état de saleté épouvantable. De plus, les volets étaient fermés et cloués si bien que cette femme avait vécu dans une obscurité quasi totale. Pourtant, le jour où Blanche Monnier a été libérée par les autorités, elle avait décrit ces combles comme étant sa « chère petite grotte ».

– Sa « chère petite grotte » ? répéta le procureur.

– C'est l'expression employée par Sandrine, oui.

– Mme Madison a-t-elle ajouté autre chose en rapport avec cette histoire ?

– Elle m'a dit que, en un sens, c'était son histoire.

– Son histoire ?

– Elle m'a dit que, longtemps, elle avait vécu dans sa « chère petite grotte » qui, en réalité, était un endroit sombre et glacial. Elle m'a dit que beaucoup de femmes vivaient dans leur « chère petite grotte ». Elle m'a dit que c'était là qu'une femme vivait immanquablement quand la raison première pour laquelle elle avait aimé un homme n'existait plus.

– La raison première ? répéta Singleton. Vous a-t-elle dit quelle était la raison première pour laquelle elle avait aimé son mari ?

– Oui, répondit le témoin. Sa bonté. Il avait perdu sa bonté. Sa compassion. Sa capacité d'empathie. Elle m'a dit qu'il n'était plus capable d'éprouver de tendresse.

Mes yeux restaient fermés mais maintenant, c'était parce que je sentais que mes paupières baissées étaient maintenues en place par de gros poids, des yeux que je ne pouvais ouvrir.

Coincé dans ces ténèbres, je reconnus que j'avais appris la maladie de Sandrine en manifestant peu d'émotion, même si, par la suite, j'avais eu pour elle toutes les petites attentions, toutes les petites douceurs requises pour lui démontrer ma sollicitude, dont aucune n'avait été sincère. Avait-elle percé à jour l'indifférence de tous mes gestes, leur faux-semblant ?

– Elle m'a dit qu'elle s'était rendu compte qu'il avait perdu tout cela à cause d'une chose qu'elle avait vécue environ une semaine avant qu'elle n'apprenne sa maladie, ajouta le témoin.

La voix de Jane Forbes prit alors des accents dramatiques que j'entendais très clairement du fond de ma chambre noire. Je sentais aussi qu'elle s'efforçait de maîtriser son débit, comme si elle savait que ce qu'elle s'apprêtait à dire mettrait à mal ce self-control, toucherait sa corde sensible, briserait cette voix qu'elle avait déjà toutes les peines du monde à dominer.

– Elle s'était rendue chez une connaissance qui avait eu un cancer du sein l'année précédente, venait de passer une mammographie et attendait les résultats. Son mari est rentré alors que Sandrine était encore là. Il avait pris le courrier, donc il avait les résultats de l'examen sur lui. Il a ouvert l'enveloppe et ils les ont lus ensemble, le mari et la femme. Aucun d'eux ne disait quoi que ce soit en lisant, mais tout à coup, les yeux de l'homme se sont remplis de larmes, il a passé le bras autour de sa femme, l'a serrée contre lui et a dit : « Pas de cancer, pas de cancer. »

– Et qu'est-ce que Mme Madison a conclu de cette expérience ? demanda Singleton.

– Que c'était ça l'amour, répondit Jane Forbes, que c'était ça le véritable amour. Qu'en apprenant que sa femme n'avait rien, son mari avait pleuré de joie, de soulagement et de ce qu'elle appelait – l'expression m'est restée – « la gratitude venue du fond du cœur ».

J'ouvris les yeux car je me disais qu'elle en terminerait sans doute là-dessus. Mais je me trompais.

– Elle a ajouté autre chose, reprit Jane Forbes. Elle m'a dit qu'elle pouvait supporter que son mari ne soit plus sensible à ce qu'elle appelait « la tendresse universelle ». Beaucoup de femmes, après tout, se font à cette idée. Le problème, me disait Sandrine, c'est qu'elle ne voyait pas comment le rendre à lui-même. Elle désirait cela plus que tout, mais le temps lui manquait.

– Très bien, et quand avez-vous parlé pour la dernière fois à Mme Madison ?

– Environ une semaine avant sa mort.

– S'est-elle confiée sur son état de santé à cette occasion ?

– Non. Elle a évoqué sa fille, tout l'amour qu'elle portait à sa fille.

– A-t-elle mentionné M. Madison ?

– Non, pas du tout.

– A-t-elle fait allusion d'une manière ou d'une autre au suicide ?

– Non. Nous avons bavardé près d'une heure, puis Sandrine m'a dit qu'elle avait une chose à terminer, un petit texte sur Cléopâtre.

– Un petit texte ?

– Oui.

– Pas une lettre ayant à voir avec le suicide ?

– Non, il s'agissait seulement de quelques idées qu'elle avait eues sur Cléopâtre, répondit Jane Forbes. Elle m'a dit qu'elle en avait déjà rédigé la première partie, environ une page. Mais il lui restait un dernier paragraphe à écrire. Je m'attendais vraiment à la revoir, sans doute le lendemain, mais elle n'est jamais revenue au bord du plan d'eau et, bien entendu, une semaine plus tard, j'apprenais sa mort.

– C'est donc, cet après-midi-là, au bord du plan d'eau, que vous avez vu Mme Madison pour la dernière fois ?

– Oui.

– Mais cette conversation sur Cléopâtre, ce n'est pas le dernier contact que vous ayez eu avec elle ?

– Pas exactement, non.

Mais Sandrine était morte la semaine suivante et elles ne s'étaient plus jamais revues après cette dernière rencontre au plan d'eau. Comment se pouvait-il que ça n'ait pas été leur dernier contact ?

– Deux jours après sa mort, j'ai reçu une lettre de Sandrine, déclara Jane Forbes. Elle l'avait postée l'après-midi avant sa mort.

Le procureur Singleton marcha alors jusqu'à sa table, y prit une feuille de papier et la tendit au témoin.

– Est-ce cette lettre que vous avez reçue ? lui demanda-t-il.

– Oui, c'est cette lettre.

– Pourriez-vous nous en livrer le contenu ?

– Il semble que ce soit le dernier paragraphe de son texte sur Cléopâtre, répondit Jane Forbes. Je ne pensais pas que ça ait le moindre rapport avec cette affaire, mais quand j'ai entendu l'inspecteur Alabrandi lire le mot que Sandrine avait laissé près de son lit en le présentant comme ses dernières pensées, je savais que ça ne l'était pas, et donc, je vous ai contacté.

Le procureur Singleton fit un signe de tête en direction de la lettre.

– Auriez-vous l'obligeance de nous la lire, je vous prie ?

Et elle le fit.

César était un matérialiste qui dut se délecter de plus d'un éclat de rire cynique devant l'obscurantisme des pauvres mortels qui avaient institué les classes inférieures du monde. Mais il est tout à fait possible qu'aux derniers jours de sa vie, Cléopâtre en soit venue à admettre le corollaire de pareille vanité : que c'est un poison qui engourdit le cœur. Auquel cas, si elle a laissé l'aspic enfoncer ses crocs dans sa chair, c'est qu'elle devait craindre que César ne s'enfonce dans cette folie, que sans cette initiative désespérée, il meure étranger à la tendresse en homme le plus cruel qui soit jamais mort, et qu'elle devait penser que lui épargner un aussi triste sort serait le but et le triomphe de l'amour qu'elle lui portait, que sa rédemption serait le dernier cadeau qu'elle lui ferait.

D'autres, entendant cela, n'entendaient peut-être que ce que Sandrine pensait de Cléopâtre, me dis-je tandis que Jane Forbes rendait la lettre au procureur Singleton et s'apprêtait à être contre-interrogée par Morty, mais moi, je lisais entre ces lignes qui me déchiraient le cœur, je comprenais leur message dévastateur et mesurais l'esprit de sacrifice qui l'avait inspiré.

Oh, chère Sandrine, pensai-je en regardant Morty se lever pour interroger ce témoin inattendu à mon procès. *Mon Dieu, qu'ai-je perdu…*

Mon dîner avec Morty

Mon dîner avec André[1] était un des films préférés de Sandrine, me rappelai-je en roulant en direction de Pappy's Steak & Brew où je devais partager mon dîner avec Morty. Elle aimait la façon dont le rapport s'inversait au milieu de la conversation au moment où Wallace Shawn, ce petit homme trapu et terne, défendait soudain avec beaucoup d'éloquence la vie qu'il avait choisi de mener, une vie qui, au cours de la discussion, se révélait mine de rien plus riche et plus pleine de sens que celle du beaucoup plus matérialiste André.

J'en étais encore à m'interroger sur l'affection que Sandrine portait à cet étrange petit film, dont je trouvais l'action sans surprise et le message sans grande portée, au moment où je m'assis face à Morty en lançant des coups d'œil à la ronde, englobant du regard les cornes de longhorns accrochées au-dessus du bar, les tables en bois brut recouvertes de nappes à carreaux rouges.

– Ça ne doit pas être ton genre de restau, dit Morty. Mais je l'ai choisi car il y a peu de chances que nous tombions sur quelqu'un de l'université de Coburn.

1. Film semi-documentaire de Louis Malle tourné en 1981 aux États-Unis : un dîner met en présence, après plusieurs années de séparation, deux metteurs en scène, l'un peu connu, l'autre célèbre.

Je haussai les épaules.

– Je n'en suis plus à me soucier de l'endroit où je dîne, Morty.

Il me regarda attentivement.

– Je t'avais prévenu que tu serais lessivé à la fin de la présentation du dossier d'accusation.

– Ouais, ça au moins, c'est vrai, acquiesçai-je.

Il but une grande gorgée de bière dans l'énorme chope posée devant lui.

– Que penses-tu de cette Jane Forbes ? demanda-t-il.

Avant que je puisse répondre, la serveuse se présenta à notre table. Morty commanda un steak avec des petits légumes et une deuxième bière. Je me contentai d'une salade.

– Bah, je n'ai rien entendu dans son témoignage qui te soit très préjudiciable, continua-t-il. Tu n'étais pas le type le plus accessible qui soit. La belle affaire. Parfois, ta femme n'avait pas le moral, parfois elle se sentait seule. On devrait te pendre pour ça ?

Il agita la main.

– Foutaises ! décréta-t-il.

Son contre-interrogatoire de Jane Forbes avait été courtois mais efficace. Il était revenu sur chacune des déclarations qu'elle avait faites en réponse aux questions du procureur, puis, pas à pas, il lui avait fait admettre qu'elle n'avait perçu aucune peur chez Sandrine, laquelle ne lui avait jamais laissé entendre qu'elle soupçonnait son mari de vouloir la tuer. Puis il lui avait demandé si, au cours de leurs conversations, il lui était arrivé d'entendre quoi que ce soit qui l'ait inquiétée au point d'avertir son amie de se tenir sur ses gardes ou bien de contacter les autorités locales. Autrement dit, la police. À cela, Jane Forbes avait répondu catégoriquement « non ».

– Ce texte sur Cléopâtre, reprit-il après avoir bu une gorgée de son énorme chope de bière. On devrait pouvoir le retourner contre Singleton, faire passer ta femme pour l'intello de service. En tout état de cause, comme nous arrivons au terme des dépositions, je voulais qu'on revoie une fois encore la stratégie de la défense.

On nous servit les plats et Morty s'attaqua au sien. Je picorai ma salade, et mon manque d'appétit ne lui échappa pas.

– Tu te laisses dépérir, dit-il. C'est quoi, le problème ?

Je haussai les épaules.

– Un manque de volonté.

– De faire quoi ?

– De continuer.

– Oh, je t'en prie, soupira Morty en coupant court d'un geste de la main.

Puis il me regarda attentivement et dit :

– Tu es sérieux, n'est-ce pas ? C'est parce que tu te dis que tu as autre chose à craindre ? De la part de Sandrine, je veux dire.

Comme je ne répondais pas, il se pencha vers moi en me servant son meilleur air d'avocat paternaliste.

– Elle veut ta peau, Sam. Tu avais raison sur ce point.

Là encore, je ne dis rien.

– Ce dont je voulais te parler, justement, en rapport avec notre ligne de défense, ajouta-t-il. En fait, je pense que tu devrais reconsidérer ta décision de ne pas, eh bien, aborder certaines possibilités concernant ta femme.

Mon silence l'incita à poursuivre de plus belle.

– C'est une veuve noire, voilà la vérité. La veuve noire classique qui creuse ta tombe depuis les profondeurs moisies de la sienne et…

– Tu arrêtes, dis-je tout bas. Tu arrêtes là, Morty.

Puis je me levai.

– Merci pour ce dîner, murmurai-je. À demain.

Je n'avais pas envie de rentrer chez moi. Alexandria s'y trouverait, et je voulais être seul pour faire le point sur les nombreuses idées contradictoires qui m'assaillaient, toutes concernant Sandrine, ce qu'elle me faisait ou non, et pourquoi.

Mais je n'avais nulle part où aller m'asseoir pour réfléchir, pas même la bibliothèque, dernier endroit que j'avais essayé, tout ça pour apercevoir, un peu plus loin, Mme Crenshaw qui me lorgnait du coin de l'œil depuis une rangée d'étagères. C'était la veuve de l'homme qui nous avait recrutés, Sandrine et moi, à l'université – un très gentil monsieur qui avait redoublé d'efforts pour nous attirer à Coburn. Elle avait tout de suite détourné la tête quand mon regard avait croisé le sien, si bien que j'avais su très précisément ce qu'elle pensait : que je faisais honte à la réputation de son époux ainsi qu'à celle de l'université au bénéfice de laquelle il s'était investi sans relâche, que je jetais le discrédit sur ce qui faisait l'honneur de cette ville universitaire fidèle à ses traditions et à sa morale.

Ainsi la bibliothèque m'était interdite, tout autant que le marché et le magasin d'alimentation générale, des lieux qui ne m'ouvriraient plus jamais leurs portes comme autrefois. J'avais déclenché une affreuse clameur dont j'entendrais les échos jusqu'à mon dernier souffle. La question ne se posait pas, me dis-je : je devrais partir. Le gros A[1] rouge était peint sur ma poitrine. Il y avait beaucoup d'autres habitants de Coburn sur qui une justice équitable aurait pu le peindre aussi, bien sûr, mais mon insipide liaison avait éclaté au grand jour de la manière la plus spectaculaire qui soit, une explosion qui résonnerait à chaque pas que je ferais dans le parc de la ville ou sur ses trottoirs joliment ombragés.

Et donc, je roulais sans but dans les différents quartiers. À un moment, je repensai à un souvenir de guerre d'un de mes oncles : comment l'aviation de combat américaine avait coulé la fine fleur de la flotte japonaise lors de la bataille de Midway. Il trouvait assez amusant le fait que les pilotes japonais qui avaient tenté de regagner leurs porte-avions ne trouvent, à la place, que de la fumée noire et des nappes de mazout en feu. J'imagine que j'ai ri cyniquement à leurs dépens, moi aussi, mais à présent, je me sentais tellement proche de ces pilotes voués à une mort certaine, cherchant éperdument un refuge qui avait sombré par le fond.

Bientôt, il fut minuit passé. Sur le coup d'une heure, je me dis qu'Alexandria devait sûrement dormir et que je pouvais donc reprendre le chemin du 237 Crescent Road, m'engager dans l'allée, m'introduire sans bruit dans ma propre maison, marcher à pas de loup dans le couloir, enfin me mettre au lit et me débattre avec une nouvelle nuit d'insomnie. Maintenant, au moins, me dis-je, tu peux aller te coucher sans autre incident.

Je me trompais.

Elle surgit derrière moi au moment où je descendis de voiture, elle sortit de l'ombre telle une créature montant des profondeurs, le requin dont on craindra

1. Adultère, la faute pour laquelle est stigmatisée Hester Prynne, l'héroïne de *La Lettre écarlate* de Nathaniel Hawthorne.

toujours la présence sous les vagues. Il y eut un petit bruit qui m'alerta, comme des feuilles sur des feuilles et, quand je me retournai, je la vis venir, aux deux sens du terme, de derrière le mur d'arbustes non entretenus qui bordaient la maison.

– Je me suis garée à plusieurs rues d'ici, dit-elle.

– April, murmurai-je.

– Il fallait que je te voie.

Son corps fluet était enveloppé d'un manteau noir noué à la taille, au col relevé qui donnait l'impression de jaillir de sa gorge comme de petites ailes pointues. Elle avait à son cou une écharpe en cachemire dont elle avait coincé les extrémités sous le manteau et, pour une raison inexplicable, portait des gants de cuir noir comme si nous nous trouvions sur une scène de crime où elle voulait éviter de laisser ses empreintes. Mais, fidèle à elle-même, April avait incongrûment complété sa tenue par une paire de tennis blanches.

Elle s'arrangea pour rester un moment à quelques mètres de moi, comme quelqu'un évaluant la distance d'une cible à un stand de tir.

– Je sais que je n'aurais pas dû venir, chuchota-t-elle tandis que son regard obliquait vers la maison. Ta fille est là, hein ?

– Elle dort, c'est sûr.

– Il n'y avait pas d'autre endroit où aller. Pas d'endroit où se voir.

– Je sais, lui dis-je, attendant qu'elle parle, puis, comme elle restait là, frigorifiée, à me dévisager, j'ajoutai sur le ton impersonnel d'un vendeur s'adressant à quelqu'un qui vient d'entrer dans sa boutique : Que puis-je faire pour toi, April ?

La suprême bêtise et indélicatesse de ce que je venais de dire lui arracha un rire sardonique.

– Ce que tu peux faire pour moi ? s'écria-t-elle avec hargne, en une rage contenue dont je ne l'aurais pas crue capable et qui, à mon grand soulagement, fut vite réprimée. Dieu ! dit-elle dans un souffle. Quel gâchis. Quel gâchis.

– Ce que je veux dire, c'est que… April, bafouillai-je. Ce que je veux dire, c'est que s'il y a quelque chose dont tu…

– Il ne s'agit plus de moi, m'interrompit-elle d'une voix très douce et un peu brisée. Mais de Clayton. Il ne le supporte pas, Sam. Il ne supporte pas que je sois appelée à la barre.

Elle me regarda de son petit air implorant, sa vie intérieure déchiquetée pendillant sur elle comme des lambeaux de peau.

– Il ne méritait pas ça, reprit-elle. C'est à cause de ce que j'ai fait. De ce que toi et moi avons fait.

– Ce que nous avons fait n'a aucun rapport avec mon procès, dis-je sans conviction. Ça n'aurait jamais dû…

– À qui la faute, alors ? me coupa-t-elle, un peu de sa rage précédente refaisant surface. Au chien ? Au chat ?

– Tu m'as très bien compris, April.

– À qui la faute de ce qui arrive à Clayton ? exigea de savoir April. Parce qu'une chose est sûre : il n'a rien à voir avec ce que nous avons fait, Sam. Ni avec ce qui s'est passé ensuite.

Elle parlait de la mort de Sandrine, naturellement, et sa répugnance à en parler ouvertement laissait sous-entendre qu'elle envisageait qu'il puisse s'agir d'un meurtre.

– Ils diront des horreurs, Sam, continua-t-elle en sanglotant à présent. Ils diront qu'on s'est bien fichus de Clayton et de Sandrine.

Elle me regardait d'un air plaintif.

– Les noms qu'on s'était choisis, tu te rappelles ? Et la nouvelle que tu as écrite. Ils vont me demander d'en lire un passage, Sam !

Elle baissa la tête, sanglota de plus belle.

– Nous sommes des monstres, hoqueta-t-elle. Tout le monde va penser que nous sommes des monstres.

– Que veux-tu que je fasse, April ? demandai-je. Non, la question, c'est : à ton avis, que puis-je faire ? Parce que je n'y peux rien. Ça fait longtemps que je n'y peux plus rien.

Je me sentis frappé par une vague, rouge et bouillonnante, qui me souleva, m'emporta et me rejeta avec une force écrasante.

– Je ne suis plus rien ! criai-je avec véhémence. Je n'ai plus rien !

Elle redressa la tête et me regarda d'un air éberlué comme si je venais de me disloquer sous ses yeux, que mes bras étaient tombés, que mes jambes s'étaient dérobées sous moi et que je m'étais effondré tel un immeuble détruit dans un nuage de poussière. C'était comme si elle avait vu la manifestation extérieure de ce qui s'était produit très précisément dans mon âme et ne savait pas du tout comment réagir, ni même s'il existait une réaction possible.

Finalement, elle dit :

– Parfois, je me demande si tu l'as fait.

– Ne te pose pas la question. Parce que je ne l'ai pas fait.

– Si tu l'as fait, ajouta-t-elle sur un ton qui m'impressionna à la fois par sa franchise et sa sincérité, j'espère qu'on te jugera coupable.

– Je veux bien te croire, April.

Je me souvins d'une chose que Morty m'avait dite un peu plus tôt dans la soirée, à savoir que, dans le Sud, la méthode classique pour défendre un assassin était de démontrer que sa victime méritait d'être assassinée et que son client – abusé, mystifié, humilié – était la personne tout indiquée pour le faire.

– Je veux bien te croire, répétai-je.

Après un bref silence, elle ajouta :

– Je témoigne demain.

– Je sais.

– Clayton va venir, ajouta-t-elle, les yeux larmoyants tout à coup. Il ne veut pas me laisser affronter ça toute seule. C'est ce qu'il m'a dit. C'est affaire de galanterie pour lui. C'est le mot qu'il a employé. Galanterie. Et c'est une valeur à laquelle il croit. Il appartient à ce genre d'hommes.

– Retourne auprès de lui, dis-je.

Elle secoua la tête.

– Il mérite mieux que moi.

Elle me regarda un moment puis, sans un mot de plus, se détourna lentement et disparut dans l'obscurité au-delà de mon jardin éclairé.

Je restai dehors sous les étoiles, à écouter le petit bruit des tennis blanches d'April sur le trottoir jusqu'à ce qu'eux non plus ne soient plus audibles. Puis je me tournai vers la maison et vis Alexandria à la fenêtre, immobile sans l'être tout à fait, comme l'image vacillante de l'hologramme d'un fantôme.

Le temps que j'atteigne la porte, elle m'y attendait.

– Alors, c'est elle, dit-elle.

Elle avait vu des photos d'April dans le journal et à la télévision locale.

– Elle fait plus vieille, ajouta-t-elle.

– Les ennuis, ça vous vieillit.

– Et elle n'est pas très jolie.

– Non, elle n'est pas très jolie, convins-je.

Je passai à côté d'elle et m'enfonçai dans la maison en ayant l'intention d'aller directement me coucher. D'ailleurs, j'étais déjà arrivé au milieu du couloir quand la question d'Alexandria m'arrêta.

– Qu'est-ce que tu lui trouvais, papa ?

Je me retournai vers ma fille.

– Ce n'était pas April qui était en cause, répondis-je. C'était moi.

– Quoi, toi ?

– Mon échec, je suppose.

Le regard d'Alexandria se teinta d'une curieuse tendresse.

– Un échec si grand que, ne pouvant l'admettre, je vous l'ai imputé à vous tous, ajoutai-je.

Sous le choc de cette prise de conscience, je sentis quelque chose se dénouer en moi et jetai au vent mes toutes dernières particules encore cohérentes.

– Maintenant, tu sais, Alexandria, dis-je carrément pour finir. Et moi aussi.

Neuvième jour

Mme April Blankenship est appelée à la barre

Elle avait pris place sur le devant de la salle d'audience, où, fidèle à sa noble parole, Clayton était assis à ses côtés, vêtu d'un élégant costume noir, œillet rouge à la boutonnière, un gentleman de vieille souche, un homme que Sandrine avait comparé à un *chevalier*[1] et tenu en profonde estime.

Ils étaient déjà là à mon arrivée, mais ni l'un ni l'autre ne me regarda pendant que je m'installais à la table de la défense. Par réaction, je ne leur prêtai aucune attention et feignis plutôt de m'intéresser à des documents que Morty m'avait procurés et qui n'étaient ni plus ni moins que des accessoires destinés à m'occuper dès que je sentais poindre l'angoisse ou l'ennui.

– Tu n'auras qu'à faire semblant de lire, m'avait-il conseillé au début du procès. Ça ne devrait pas être trop difficile pour toi.

Pourtant, en ce neuvième jour de mon procès, cette petite comédie n'était plus à mon goût, si bien que je me contentai de redresser les feuilles puis la tête et de regarder droit devant moi jusqu'à ce que son nom résonne aux quatre coins de la salle d'audience pleine à craquer.

1. En français dans le texte original.

– Madame April Blankenship est appelée à la barre.

Je ne pus me retenir de l'observer du coin de l'œil quand elle se leva de son siège, flageolant sur ses jambes. Elle baissa le regard sur Clayton qui tendit le bras vers elle et lui caressa tendrement la main, geste qui me fit penser à l'horrible moment de la vie d'Oscar Wilde où il fut condamné à la geôle. Un seul de ses amis s'était frayé un chemin parmi la foule qui s'était rassemblée pour conspuer l'écrivain déchu, un ami qui, au moment où Wilde passa devant lui, en y mettant le plus profond respect, lui avait tiré son chapeau. Oh, de méchants, méchants hommes passent l'éternité au paradis, écrirait Wilde, pour avoir fait moins que ça. Où les rejoindrait, pensais-je, Clayton Blankenship.

À la barre, April semblait différente de la veille au soir quand elle s'était présentée chez moi. Elle portait une jupe bleu marine et un chemisier blanc, des couleurs qui lui donnaient l'étoffe d'un nuage de passage. Ses mains pâles restaient posées sur ses genoux comme deux oiseaux morts. Enfin, pas tout à fait morts car toutes deux tremblaient. Elle avait verni ses ongles en rose pâle et coiffé ses cheveux en arrière, les nouant sur sa nuque en un chignon très comme il faut qui lui donnait l'air d'une vieille fille. C'était difficile de voir en elle « l'autre femme », et je me rendis compte qu'en fait, je n'avais presque aucun souvenir d'elle dans ce rôle tant elle l'avait chargé d'indolence, d'indifférence, d'insignifiance et de tant d'autres sentiments incompatibles avec ce statut.

Elle serait une proie facile pour le procureur Singleton, je le savais, une feuille de papier fin qu'il déchirerait facilement en mille morceaux avant de les éparpiller au vent.

– Madame Blankenship ! l'interpella-t-il pour bien souligner qu'April était une femme mariée. Depuis combien de temps habitez-vous à Coburn ?

Elle y vivait depuis dix-sept ans.

– Dans quoi travaillez-vous, madame ?

Elle ne travaillait pas, ce qui devait conduire les jurés à en conclure qu'elle vivait entièrement aux crochets du bon mari travailleur qu'elle avait ignominieusement trompé.

– Depuis combien de temps êtes-vous mariée, madame ?

– Douze ans.

– Et vous êtes mariée à M. Clayton Blankenship, professeur d'histoire du sud des États-Unis à l'université de Coburn, c'est bien ça ?

– Oui.

– Où avez-vous rencontré M. Blankenship ?

– J'étais secrétaire dans un département de l'université.

– Quel département ?

– Le département d'Histoire.

Ah, c'était donc une petite employée de bureau qui avait attiré l'attention d'un veuf esseulé plus âgé qu'elle, sans doute en relevant sa jupe plus haut que nécessaire, en le rejoignant à la fontaine à eau ou en faisant le trafic de ses charmes au moyen d'une quelconque ruse de même nature.

Je jetai un regard furtif sur ma droite et vis que tout cela passait aussi par la tête de Clayton Blankenship, lequel affichait un visage grave, peiné, éperdu, un gentleman de la vieille école ayant d'abord dû affronter l'infidélité de sa femme et assistant maintenant à son humiliation entre les mains peu galantes d'un procureur du ministère public.

– Vous n'avez pas de diplômes de troisième cycle, n'est-ce pas, madame Blankenship ?

– Non.

– Aucun diplôme universitaire, d'ailleurs ?

– Non.

– Je vois. Mais alors, jusqu'où exactement avez-vous fait des études, madame ?

– J'ai arrêté après le lycée.

– Le lycée, marmonna Singleton dans sa barbe en un aparté destiné à renforcer l'idée qu'un homme aussi érudit que Clayton Blankenship ne pouvait s'être intéressé à cette pauvre April qui n'était pas très cultivée que pour les raisons les plus évidentes et les plus scabreuses qui soient.

Clayton en tressaillit, moment si pathétique avec son côté « Ange Bleu » que je détournai aussitôt la tête, reportant mon attention sur April.

Elle avait sorti un mouchoir blanc d'une de ses poches et le triturait fébrilement entre ses doigts d'oiseau.

– Mais pendant la période où vous avez travaillé à l'université de Coburn, vous avez lié connaissance avec un autre professeur, n'est-ce pas ? reprit Singleton. Un professeur du département de Littérature, cette fois, M. Samuel Joseph Madison ?

April fit oui de la tête.

– Nous avons besoin d'entendre votre réponse, madame, lui indiqua Singleton d'un ton ferme. Les mouvements de tête ne suffiront pas.

– Oui, répondit April d'une petite voix.

– Quand avez-vous rencontré M. Madison ?

– Je ne sais pas exactement, ç'a pu être…

– Je ne vous demande pas une date précise, l'interrompit Singleton. Pour le dire autrement : est-il arrivé un moment où vous avez noué une relation avec

M. Madison ? Vous comprenez ce que j'entends par « relation », n'est-ce pas, madame Blankenship ?

– Oui, nous sommes devenus… nous… avons…

– Vous aviez une liaison, exact ?

– Oui.

– Alors, comment cette liaison a-t-elle commencé ?

Pendant les minutes qui suivirent, Singleton fit revivre à April, qui devenait de plus en plus tendue, les tristes étapes au terme desquelles nous avions fini par arriver au Shady Arms Motel à la périphérie de Raylesford, sinistre petite ville avec ses anciennes boutiques reconverties en lieux de culte et ses usines textile abandonnées qui ne risquait pas de recevoir la visite de nos concitoyens de Coburn. C'était là, racontait April qui maintenant se tamponnait le coin des yeux avec son mouchoir, que nous avions trouvé ce qu'elle appelait, en toute simplicité, « un endroit où nous voir », puis, répondant à la question suivante, en murmura le nom dans un souffle :

– Au Shady Arms.

– Au Shady Arms, avez-vous dit ? demanda Singleton en donnant de la puissance à sa voix.

– Oui.

– Le Shady Arms est un motel, non ?

– Oui.

– Pourriez-vous parler plus fort, madame Blankenship ! lui cria Singleton. Vos réponses sont enregistrées.

Il lança un regard aux jurés comme pour dire : *Quelle sale petite traînée*, puis reporta toute sa brûlante attention sur April.

– Vous souvenez-vous de la date ?

– Non.

– Bon, vous souvenez-vous du prénom que vous avez utilisé pour signer le registre du Shady Arms ?

– Oui.
– Plus fort, je vous prie !
– Oui.
– Quel prénom était-ce ?
Mon corps se crispa. Rien, songeai-je, rien ne l'obligeait à aller jusque-là.
– Rose, répondit April.
– Pourtant vous ne vous prénommez pas Rose, madame Blankenship, si ?
– Non.
– Aviez-vous choisi un faux nom aussi ?
– Oui.
– Quel était-il ?
Les mains d'April étaient maintenant deux oiseaux affolés, palpitants, tressautant comme retournés sur le dos, une ficelle se resserrant autour de leur cou.
– Loomis.
– Rose Loomis ! répéta Singleton d'une voix tonitruante. C'est le nom sous lequel vous signiez votre réservation au Shady Arms Motel chaque fois que vous alliez y retrouver l'accusé ?
– Oui.
– Mais vous ne vous appelez pas Rose Loomis, si ?
– Non.
– Et d'où teniez-vous ce nom, madame Blankenship ?
April baissa la tête.
– Madame Blankenship ?
Elle garda la tête baissée.
– D'un film, répondit-elle. C'est le nom de Marilyn Monroe dans un film.
Ce nom, c'était mon idée, et ce choix nous avait bien fait rire car le personnage était aux antipodes d'April. Ce fut notre seul fou rire.
– Quel film ? insista Singleton.

– *Niagara.*

– Film dans lequel cette « Rose Loomis » est une femme adultère, c'est ça ?

– Oui.

– En fait, elle veut assassiner son mari, n'est-ce pas ?

April éclata en sanglots, mais à travers ses larmes parvint à faiblement articuler :

– Oui.

– Parce que son mari est vieux et affaibli, c'est exact ?

– Oui.

– Vieux et affaibli et il est assez clair, dans le film, qu'il est impuissant, exact ?

April fit oui de la tête.

– Répondez à la question, je vous prie, aboya Singleton. Le mari, dans ce film, le mari de « Rose Loomis », ce personnage incarné par Marilyn Monroe dont vous avez choisi le nom pour signer le registre du Shady Arms Motel, son mari est vieux, affaibli et impuissant, elle a un jeune amant et elle veut la mort de son mari, c'est bien cela, madame Blankenship ?

– Oui, dit April d'une voix faible.

J'observai Clayton Blankenship qui gardait la tête haute, même si quelque chose s'était brisé dans ses yeux.

– Donc cette femme, cette « Rose Loomis », cette femme adultère dont vous vous affubliez du nom lors de vos rendez-vous clandestins avec M. Madison, cette femme voulait la mort de son mari, c'est bien cela ? Voulait se débarrasser de lui car elle ne supportait plus d'entendre sa voix, ni de voir son visage, ni qu'il la touche ?

– Oui.

– Madame Blankenship, lors de ces rencontres avec M. Madison, avez-vous parlé de tuer votre mari ?

April écarquilla les yeux.

– Non ! s'écria-t-elle.

Elle lança à Clayton un regard éperdu qui l'implorait à la fois de la croire et de lui pardonner.

Singleton pivota sur lui-même, marcha droit sur la table de l'accusation, y prit un manuscrit d'un geste vif, puis rebroussa chemin à grandes enjambées et le plaça dans les mains tremblantes d'April.

– Reconnaissez-vous ce texte, madame Blankenship ?

April fit faiblement oui de la tête.

– Il nous faut une réponse audible, s'il vous plaît, dit Singleton avec irritation.

– Oui.

– C'est une histoire, une histoire spécialement écrite pour vous, n'est-ce pas ?

– Oui.

– Pour vos yeux seuls.

– Oui, mais ce n'était qu'un… un… il appelait ça une parodie.

– Lisez-nous-en le titre, s'il vous plaît, ordonna le procureur d'une voix aussi métallique qu'un marteau frappant de l'acier.

April abaissa le regard sur la première page.

– *Les Manœuvres d'un amant*.

Pourtant quelle splendide tentative littéraire n'avait-ce pas été, songeai-je en revoyant April sous mon bras, me suppliant gentiment d'écrire quelque chose pour elle. Mais que pourrais-je bien écrire pour April Blankenship, m'étais-je demandé à l'époque. En tout cas, rien d'aussi complexe, d'aussi ambitieux que mes nombreuses tentatives avortées relatives à *Attractions terrestres*. Les subtilités, les nuances auraient été évidentes pour Sandrine, comme l'était toute œuvre truffée d'obscures références littéraires ou historiques. April, c'était une autre paire de manches. Si bien que je m'étais fendu d'un pastiche d'une fiction sortie tout droit d'un magazine pulp, pleine de dialogues musclés balancés la bouche en coin, d'une imagerie crue et violente, de noms de personnages empruntés aux films noirs, mon narrateur étant un vendeur de bibles à domicile nommé Johnny O'Clock[1], accro aux barbituriques, en particulier au Nembutal, car, comme il dit : « Si je fais une overdose avec ça, au moins, à la morgue, ça sentira la poire. » Tout était de cette eau-là dans ma dernière tentative d'écrire une fiction : froid et mordant, railleur et cruel, chaque mot écrit par un auteur dont la vision de la vie se réduisait à un rictus narquois.

Bon Dieu, me dis-je tandis que le témoignage d'April se poursuivait, que *Les Manœuvres d'un amant* était éloigné des vraies attractions terrestres, de la bonté, de l'éternelle tendresse universelle.

– Dites-moi, « manœuvres », ça signifie plan secret, non ? demanda Singleton.

– Oui, répondit April qui, d'elle-même, se mit à expliquer : Mais c'était pour jouer sur les mots, disait Sam, parce qu'on croit que les manœuvres, c'est le complot dans l'intrigue, oui, mais c'est aussi les manœuvres qu'il effectue à la fin pour garer leur véhicule. Les fausses manœuvres… alors… voilà… c'était pour jouer sur les mots.

Un soupir de lassitude échappa à Singleton.

1. Personnage de voyou interprété par Dick Powell dans *L'Heure du crime* de Robert Rossen.

– Dans le cas qui nous occupe, nous ne nous intéressons qu'à l'une des significations du mot « manœuvres », dit-il, allant chercher un dictionnaire sur sa table et le tendant d'un geste brusque au témoin. Lisez-nous cette définition du mot « manœuvres », madame, exigea Singleton le doigt pointé sur une ligne.

April, d'une voix qui se brisait déjà, lut ladite définition :

– « Machinations secrètes à des fins souvent malveillantes et illicites. »

Le procureur reprit d'un geste vif le dictionnaire à April qui le serrait entre ses mains tremblantes et alla le remettre sur la table de l'accusation. Puis il se retourna vers le témoin.

– Bon, reprit-il, dans le titre de cette histoire, ce mot se réfère aux manœuvres mises en place par deux amants, n'est-ce pas exact ?

– Si, répondit April d'une petite voix.

– Et le « plan diabolique » de ceux-ci est d'assassiner leurs conjoints respectifs, exact ? La femme de l'homme et le mari de la femme, c'est bien cela ?

– Oui, marmonna April.

Un sourire s'insinua sur les lèvres de Singleton.

– Aviez-vous projeté d'assassiner votre mari, madame Blankenship ?

– Non, répondit April d'une voix douce avant de baisser de nouveau la tête, la question ayant exactement l'effet escompté par le procureur car elle se mit soudain à trembler de tout son corps. Oh, Clayton, dit-elle la voix entrecoupée de sanglots. Clayton, je te demande pardon.

Comme sous le poids du nom jadis respectable mais à présent souillé de son époux, April se recroquevilla en avant, laissant pendre la tête.

Comme mû par un ressort, Singleton s'élança aussitôt vers le box des témoins.

– Qui est l'auteur de cette histoire, madame Blankenship ? demanda-t-il d'un ton sec. Le nom de l'auteur figure sur la page du titre. Lisez-nous ce nom, je vous prie.

April se redressa légèrement pour ajuster son regard sur la page.

– Samuel Madison.

Les traits de Singleton se durcirent et, l'espace d'un instant, il parut, au sens propre du terme, avoir été pétrifié.

– Donc, ces deux amants vont tuer leurs conjoints, c'est bien cela, madame Blankenship ?

– Oui, murmura April.

– Quel est le mobile de ces meurtres ?

– Pour se débarrasser d'eux, répondit April.

– Pour qu'ils puissent être ensemble, exact ?

– Oui.

– Ces meurtres, au départ, c'est l'idée de l'amant, c'est cela ?

– Oui.

– Et cet amant, sa femme est invalide, n'est-ce pas ?

– Oui.

– Elle est alitée la plupart du temps, ou clouée dans un fauteuil roulant, c'est bien cela ?

– Oui.

– Cette épouse est « gênante ». C'est bien le mot employé par l'homme pour la décrire ? Elle est gênante, donc il faut se débarrasser d'elle, exact ?

– Oui.

– Maintenant, madame Blankenship, expliquez-nous comment l'amant des *Manœuvres d'un amant* compte s'y prendre pour liquider sa femme ?

– Il compte l'empoisonner.

– Et comment espère-t-il ne pas être inquiété pour ce meurtre ?

– En faisant passer sa mort pour un suicide.

Singleton bondit soudain de derrière le pupitre et ce fut tout juste s'il ne se jeta pas vers le témoin.

– Madame Blankenship, avez-vous avec Samuel Madison organisé l'assassinat de Sandrine Allegra Madison ? assena-t-il.

– Non, répondit April. Non.

Elle baissa de nouveau la tête et, de nouveau, trembla de tous ses membres mais, cette fois, plus violemment.

– Parce qu'elle était « gênante », n'ai-je pas raison ? cria Singleton.

April enfouit son visage dans son mouchoir comme pour le cacher à la face du monde.

– Je n'ai jamais fait une chose pareille. Jamais.

– Ce n'était donc qu'un jeu pour vous ? glapit Singleton.

– Ce n'était que… pour rire.

– Pour rire ? tonna le procureur. Pour rire ? Eh bien, ça ne s'est pas révélé très drôle, si ?

– C'était juste un…

April leva les yeux vers le plafond comme si elle demandait désespérément l'aide du Ciel.

– C'était juste comme…, reprit-elle, … comme si nous étions dans un film.

– Mais ce n'était pas un film ! la rembarra Singleton en donnant de la voix et en lançant un regard fulminant aux jurés. C'était réel.

April enfouit de nouveau son visage dans son mouchoir, sa main tremblait si violemment que c'était tout juste si je ne m'attendais pas à ce qu'elle se détache de son bras.

– C'était réel pour Samuel Madison, n'est-ce pas ? hurla Singleton. De réelles manœuvres d'un amant.

– Non ! cria April. Non !

Elle fut prise de sanglots incontrôlables suivis de hoquets haletants chaque fois qu'elle reprenait son souffle, puis d'un son inhumain, la plainte d'un animal blessé.

– Naaaoooon !

Tout son corps était secoué de tremblements d'une violence inouïe. Ses muscles semblaient sur le point de se détacher de son squelette, tout son être fléchissant, s'avachissant jusqu'à s'effondrer soudain en un tas de chair agité de soubresauts, ses pleurs assourdis à présent, ceux d'une enfant, des larmes de petite malheureuse.

Singleton laissa passer l'orage, restant sans bouger, la fixant impitoyablement d'un air exaspéré.

Puis, tel un bourreau chargé de porter le coup de grâce, il dit :

– Le témoin est à vous, maître Salberg.

– Seigneur, murmura Morty pour lui-même.

Et, se tournant vers moi :

– Je vais faire vite, chuchota-t-il.

Il se leva et marcha jusqu'au pupitre. Il laissa le silence se prolonger un peu, comme pour permettre à sa forte corpulence de prendre ses marques, puis dit très gentiment :

– Bonjour, madame.

April répondit par un léger signe de tête.

– Ça va aller ? commença Morty avec douceur. Nous pouvons vous accorder une minute sinon.

– Non, murmura April. Je vous en prie… continuons.

– Madame Blankenship, lorsque vous avez été contactée par la police, vous n'avez pas tenté de nier que vous aviez eu une brève liaison avec l'accusé, c'est exact ?

– Non, je ne l'ai pas nié, dit April d'une petite voix.

Ses yeux gonflés, rougis par les larmes, se portèrent alors sur moi.

– J'ai commis une erreur, dit-elle.

Par cette réponse, elle semblait reconnaître deux erreurs en une : qu'elle avait trompé son mari et que j'étais cet être aride qu'elle avait eu tort de choisir pour amant, un homme qu'elle avait percé à jour à présent, qui ne s'était jamais soucié d'elle, qui s'était à moitié moqué d'elle tout en l'utilisant… un sociopathe.

– À quand remonte la dernière fois que vous avez vu M. Madison… de la sorte ? demanda Morty. C'était trois mois avant que la maladie de Mme Madison ait été diagnostiquée, c'est exact ?

– Oui.

– À ce moment-là, vous-même et M. Madison n'étiez pas au courant de l'état de santé de Mme Madison ?

– Nous ne savions pas, non.

– Cette histoire que M. Madison a écrite, vous disiez que c'était une parodie ?

– Oui.

– Eh bien, puisque nous en sommes à donner quelques définitions ici aujourd'hui, qu'est-ce qu'une parodie ?

April regarda Morty, un peu perdue.

– Une parodie est une représentation ironique, c'est bien ça ? l'aida Morty.

– Je crois, oui.

– Une parodie n'est pas faite pour être prise au sérieux, n'est-ce pas, madame ?

– Ce n'était pas sérieux, non, répondit April.

– Donc, rien dans cette histoire n'avait le moindre rapport avec la femme d'Untel ou le mari d'Unetelle dans la réalité, ni avec de réelles manœuvres pour tuer quiconque, si ?

– Non, dit April.

Morty s'approcha d'elle.

– Madame Blankenship, M. Madison a-t-il, en votre présence, ne serait-ce qu'une fois, critiqué sa femme ?

– Non.

– A-t-il, ne serait-ce qu'une fois, dit qu'elle ne le comprenait pas ou exprimé tout autre reproche que les hommes font parfois à leur femme dans ce genre de situation ?

– Non, jamais.

– Vous a-t-il, ne serait-ce qu'une fois, fait part de quelque mécontentement que ce soit envers sa femme ?

– Non.

– A-t-il, ne serait-ce qu'une fois, laissé entendre qu'il pourrait vouloir lui nuire ?

– Non.

– Pas même en plaisantant ?

– Non, il n'a jamais fait de remarque désagréable au sujet de Mme Madison, ni dit qu'il s'en prendrait à elle.

Morty se pencha légèrement vers elle.

– Madame Blankenship, vous n'avez aucune raison de protéger M. Madison, n'est-ce pas ?

– Non.

– Vous n'êtes pas amoureuse de lui, si ?

April me transperça du regard, et je vis dans sa candeur blessée tout le malheur que j'avais apporté dans sa vie.

– Non, répondit-elle.

– Y a-t-il quoi que ce soit – quelque chose que M. Madison aurait pu vous dire ou n'importe quoi d'autre – qui vous ait donné à penser qu'il porterait un jour atteinte à la vie de sa femme ?

C'était maintenant ou jamais, je le savais, qu'April pouvait causer ma perte si elle le voulait, me faire payer au prix fort, voire de ma vie, d'avoir brisé la seule promesse que je lui avais faite, manquement à ma parole qui lui valait cette flagellation en place publique.

– Non, répondit-elle, et sur ce mot, elle laissa retomber sa tête et pleura.

Morty la laissa dans cette pose suffisamment longtemps pour qu'elle gagne un peu la sympathie des jurés, puis il recula d'un pas, comme un homme le ferait devant le cercueil d'un grand ami.

– Plus de questions, dit-il.

La saga du Shady Arms

Je regardai April prendre sur elle, s'efforcer de se ressaisir, lisser lentement sa jupe en un geste machinal puis se lever, toujours tremblante et descendre du box des témoins. Clayton avait déjà fait quelques pas dans sa direction. Quand elle l'eut rejoint, il lui offrit son bras comme pour conduire une élégante hors de la piste de danse et tous deux prirent très dignement l'allée centrale sous le regard d'une foule d'autochtones devant qui, après une telle éviscération publique, ils devaient avoir l'impression d'être nus.

– Et maintenant ? demandai-je d'une voix lasse.

– Même chose, mais en moins dramatique, me répondit Morty.

Par même chose, il entendait des preuves sous diverses formes étayant ma liaison avec April. Fut donc ensuite appelé à la barre Bart Lowell, le propriétaire du motel miteux aux chambres sordides où April et moi nous retrouvions en ces rares occasions, et qui, par les réponses qu'il apporta aux questions de Singleton, continua la triste saga du Shady Arms.

Oui, il nous avait vus souvent, sept fois, en fait – chiffre dont l'exactitude fut confirmée par le registre de réservation aux pages tachées de café qu'il avait transmis au procureur.

Oui, nous nous étions inscrits sous de fausses identités dans ce registre.

D'une question à l'autre, toutes les réponses abondaient dans le même sens. J'étais un menteur, un mari adultère et un idiot. Je me moquais des conventions et foulais aux pieds les valeurs sacrées de l'existence. J'étais infidèle en amour, arrogant dans la vie et j'avais sans réfléchir, sans raison et sans vergogne déchiré en lambeaux le vénérable tissu de l'ordre social.

Lors du contre-interrogatoire, Morty parvint à faire admettre au témoin qu'il avait un casier judiciaire : deux condamnations pour trafic de marijuana et une troisième pour fraude postale. Il avait purgé deux courtes peines de prison dans deux des cas et écopé de sursis avec mise à l'épreuve pour l'autre. Mais rien de tout cela ne changerait quoi que ce soit à ses précédentes déclarations, ainsi que Morty s'en doutait. Comme il me l'avait dit un peu plus tôt, son intention en faisant cela était de montrer que Singleton avait dû racler la lie du grand tonneau de l'humanité pour rassembler des témoins à charge. Le but n'était pas de mettre en doute leurs témoignages, mais de donner d'eux l'impression que c'était l'hôpital qui se moquait de la charité. Si les jurés n'aimaient pas un témoin, ils avaient tendance à douter de sa parole, d'après les règles de Morty.

Un certain Willy Myers fut le suivant. Il avait livré une pizza dans notre chambre du Shady Arms, laps de temps au cours duquel il avait vu une bouteille de vin débouchée sur une des tables de chevet, ainsi que deux verres dont un portait des traces de rouge à lèvres. Il ne lui avait pas non plus échappé qu'une petite culotte de femme était accrochée à la poignée de la porte de la salle de bains et deux jeux de clés de voiture posés dans un cendrier en verre. Le tout étant savamment présenté par le procureur Singleton comme autant de métaphores visuelles du genre d'amours clandestines que j'associais plus aux relations de bas étage de *L'Enfer commence avec elle*[1] qu'à l'infidélité de haut vol de, disons, Anna Karénine, encore que maintenant je me rendais compte que, par essence, les adultères, comme les familles heureuses chez Tolstoï, se ressemblent tous.

Par son contre-interrogatoire, Morty s'efforça de dépeindre Myers en fouille-merde patenté et, une chance, il avait été arrêté une fois pour voyeurisme, encore qu'il apparût qu'il matait par la fenêtre des douches pour garçons de son ancien lycée et non par celle de la chambre de motel d'un couple adultère.

Puis d'autres témoins lui succédèrent, offrant, par leurs dépositions, toujours plus de preuves abjectes de mon crime. Des relevés téléphoniques furent présentés, révélant tout un tas d'appels passés de mon portable à celui d'April. Il y avait aussi des mails dont les copies furent agitées sous les yeux des jurés comme si c'étaient des préservatifs usagés même s'ils faisaient plus penser à des listes de courses qu'à des échanges torrides d'amants vivant une histoire d'amour clandestine.

La séance fut levée à quatre heures de l'après-midi et, après m'être entretenu brièvement avec Morty du fait qu'il y avait de fortes probabilités que Singleton boucle son argumentation le lendemain, je gagnai le parking où Alexandria m'attendait, déjà assise au volant.

1. *Butterfield 8*, roman de John O'Hara de 1935.

– Morty me dit que le procureur en a presque terminé, lui annonçai-je en m'installant sur le siège passager.

– Tant mieux, répondit-elle sèchement.

Elle manœuvra pour sortir de la place de parking avant de se couler dans le trafic indolent de Coburn.

Elle restait silencieuse, mais je savais qu'un oiseau noir tournoyait dans sa tête.

– Qu'y a-t-il ? finis-je par demander au moment où elle engageait la voiture dans l'allée du 237 Crescent Road. Qu'est-ce qu'il y a ? insistai-je comme elle ne répondait pas.

Elle coupa le moteur et se tourna vers moi.

– C'est encore une de ces idées noires, dit-elle.

– Tu veux la partager avec moi ?

– Pas vraiment.

– Je pense que tu devrais.

– Pourquoi ?

– Ça t'apaiserait peut-être.

Un rire sec jaillit de sa gorge.

– Tu te prends pour un prêtre, papa ?

– Un peu, peut-être, admis-je. Quelle est cette idée noire ?

Elle hésita, puis se décida.

– Que maman devait être une sorte de sainte…

Elle hésita de nouveau, avant d'ajouter :

– … pour avoir partagé ta vie.

Je ne trouvai rien à lui répondre, mais Alexandria vit à quel point elle avait profondément enfoncé le couteau.

– Excuse-moi, papa, me dit-elle, mais tu l'as cherché.

J'acquiesçai en silence et, dans cette absence de réponse, je sentis un engourdissement m'envahir, la sensation que je n'avais plus rien à offrir à personne, ni à mes étudiants, à supposer que j'en aie d'autres un jour, ni à des amis, à supposer qu'en j'en aie jamais un jour, et encore moins à Alexandria : pas une seule parole d'aide, pas même un conseil pratique sur la manière dont elle devrait mener sa vie.

– Papa ? chuchota-t-elle, puis n'obtenant toujours pas de réponse, elle tendit la main vers moi et effleura la mienne. Rentrons, dit-elle.

Je descendis de voiture mais n'avais nul désir de pénétrer dans une maison qui ne recelait plus aucun charme pour moi. Alors, cherchant une échappatoire, je lançai un coup d'œil à la boîte aux lettres au bout de l'allée.

– Je vais voir s'il y a du courrier, dis-je à Alexandria en m'éloignant.

Arrivé devant la boîte, je l'ouvris en m'attendant à voir le tas de factures et de prospectus habituel, et ce fut précisément ce que j'y trouvai. Courrier ordinaire d'une vie ordinaire, mais parmi lequel il y avait le catalogue de chocolats français que Sandrine appelait « le péché originel » et qui avaient été le seul cadeau qu'elle se faisait chaque mois. Ils étaient expédiés dans une jolie boîte rouge nouée par un ruban noir, et à sa réception, chaque mois, le visage de Sandrine s'illuminait de joie.

J'avais annulé la commande peu après sa mort, si bien que plus aucune petite boîte rouge n'était arrivée par la suite. Mais avec ce beau et élégant catalogue, ils faisaient un dernier tour de piste, leur ultime manière de me rappeler Sandrine.

Jusqu'alors, mon souvenir le plus vivace restait notre atroce et dernier face-à-face le soir où elle m'avait jeté cette tasse à la figure et, de reproche en reproche, lancé son brûlant *J'accuse*[1].

Mais maintenant ce moment semblait se désagréger, comme un morceau de braise se refroidissant dans le lointain qui, en disparaissant, laissait resurgir un souvenir plus doux que tous ceux qui m'étaient revenus depuis cette déchirante soirée. Nous n'étions installés à Coburn que depuis quelques années. En rentrant, j'avais trouvé Sandrine sous la véranda côté jardin, travaillant avec un de ses étudiants, comme souvent, et j'étais donc allé à la cuisine où j'étais tombé sur un livre entouré d'un ruban rouge sous lequel était glissée une carte portant cette simple inscription : *Pour toi de ma part.* C'était le recueil en un volume des poèmes de Yeats, mon poète préféré quand j'étais jeune, dont j'avais emporté un exemplaire lors de ce fameux voyage dans les pays méditerranéens mais il s'était tellement abîmé avec le temps qu'il avait fini par tomber en morceaux. Sandrine l'avait déniché dans la même édition, et il était là, noué par un ruban rouge et offert indépendamment de toute occasion particulière car ce n'était ni mon anniversaire, ni celui de notre mariage ni d'aucun autre événement de même nature. Quand j'ouvris la carte, je vis le message de Sandrine.

Dans l'espoir que cela puisse réveiller tes désirs.
(Soit dit sans sous-entendu.)

Porté par la vague de ce souvenir, je laissai échapper un mi-rire mi-sanglot.

(Soit dit sans sous-entendu.)

1. En français dans le texte original.

Cette petite pointe d'humour glissée entre parenthèses était typique de Sandrine et j'aurais tout de suite deviné que ce mot venait d'elle, même si elle ne l'avait pas signé de son écriture serrée.

(Soit dit sans sous-entendu.)

Plongé dans ce souvenir, j'eus tout à coup terriblement envie de voir Sandrine. Jamais elle ne m'avait autant manqué qu'en cet instant où je me tenais, tremblant, devant la boîte aux lettres. Jamais je n'avais autant pleuré sa perte ni, dans ma profonde faiblesse du moment, eu autant besoin d'elle.

Je me serais peut-être effondré, roulé en position fœtale au pied de la boîte aux lettres et mis à brailler comme un bébé ou gémir comme un animal, si je n'avais alors aperçu Alexandria dans l'embrasure de la porte.

– Tu comptes rester là-dehors toute la nuit, papa ?

Elle avisa l'élégant catalogue qui pendait toujours dans ma main et vit clairement que j'étais dans la détresse.

– Tu rentres ? insista-t-elle.

– Oui, dis-je avant de glisser le catalogue dans ma poche.

Au dîner, Alexandria parla de tout sauf du procès. Elle évoqua son métier, le peu de satisfaction qu'elle en tirait même si, au moins, elle avait du travail.

Je restai silencieux, silhouette coincée en bout de table, regardant souvent dans le jardin où la gloriette de Sandrine reposait dans le demi-jour qui filtrait de l'intérieur de la maison.

À un moment, je me rendis compte qu'Alexandria ne parlait plus et, tournant la tête vers elle, je vis qu'elle m'observait en silence.

– À quoi penses-tu, papa ?

Je n'en pris conscience qu'avec cette question, ce qui donna à ma pensée encore plus de relief.

– À ta mère.

– Quoi, ma mère ? demanda Alexandria du bout des lèvres, comme si elle craignait de faire exploser une bombe au lieu de la désamorcer.

– Elle aimait beaucoup Térence, ce poète latin dont elle a parlé à la dame de l'agence de voyages. Il y a une phrase de lui qu'elle citait souvent.

– Laquelle ?

– Térence disait de lui-même qu'il était ébréché. Comme homme, il était ébréché et fuyait de toutes parts.

Un long silence s'installa, Alexandria me dévisageant avec une expression indéchiffrable, mais qui n'avait rien d'hostile.

– Tu as changé, finit-elle par dire d'une voix douce comme une ornithologue qui serait face à un oiseau d'une espèce inconnue ou curieusement bagué.

Peu après, nous passâmes au salon et nous servîmes le restant de vin, juste un demi-verre chacun mais suffisamment pour prendre le temps de le déguster.

– Où aimerais-tu vivre si tu pouvais aller n'importe où ? demanda-t-elle au bout d'un moment.

Je réfléchis à la question puis un long moment à ma réponse.

– Ici, finis-je par dire. À Coburn.

– Mais je croyais que tu avais toujours détesté cette ville.

– Je ne lui ai jamais donné sa chance. Toute chose mérite sa chance.

Alexandria m'observa en silence et un peu craintivement, si bien que je sus que je m'ébréchais et m'écoulais.

– Tu ferais mieux d'aller te coucher, dit-elle, signe évident que ma fille n'avait pas la moindre idée de la manière dont elle pourrait s'y prendre pour colmater les brèches ou boucher les trous dans ce qui restait du vaisseau salement endommagé que j'étais devenu.

– Oui, sans doute, lui dis-je.

Quelques minutes plus tard, j'étais dans ma chambre, dans le noir, pensant à Sandrine, au livre qu'elle m'avait offert tant d'années plus tôt, au message qu'il contenait et, de fil en aiguille, j'en vins à me demander quelle était la chose que je possédais à Albi qui lui avait fait dire, avec sa façon adorable et passionnée de porter un jugement : « C'est toi. »

Nous étions arrivés en ville en fin d'après-midi, ça, je m'en souvenais. Nous avions marché un moment puis nous étions rendus à la cathédrale et, une fois à l'intérieur, nous étions séparés. Sandrine avait longé la nef latérale droite vers le gisant de la malheureuse sainte Cécile, les trois entailles ensanglantées faites par la hache de son bourreau clairement visibles, rouges, béantes, sur sa nuque.

Je m'étais engagé dans la nef latérale opposée en direction de l'autel où je m'étais arrêté pour admirer l'immense fresque murale. Sandrine m'avait rejoint un peu plus tard, puis nous avions fait demi-tour et étions ressortis de la cathédrale. Dans le soleil couchant, nous avions marché le long des remparts en regardant la vallée, le Tarn en contrebas y traçant une veine dorée, tout comme l'était la lumière autour de nous, d'une éclatante douceur que je n'avais encore jamais vue. C'est alors que Sandrine m'avait dit : « Tu es celui-là », avec un air de surprise dans le regard. « C'est toi. »

C'est ainsi que s'était déroulée la seule journée que nous avions passée à Albi, du moins c'était tout ce que je me rappelais. Le lendemain matin, nous partîmes pour Toulouse d'où nous prîmes le train pour Paris, et de Paris, retour au pays où nous attendaient les propositions d'embauche de l'université de Coburn que, finalement, nous décidâmes d'accepter. Après quoi j'avais perdu ce je ne sais quoi que Sandrine avait perçu chez moi à Albi, mais que je ne parvenais toujours pas à définir ni à localiser malgré le nombre de fois où j'avais repassé dans ma tête les quelques souvenirs qu'il me restait de cet endroit. Combien de fois, d'ailleurs, l'avais-je fait depuis le début de la soirée ? Cinquante, cent fois ? Peut-être encore plus à mesure que la nuit s'épaississait avant d'être peu à peu éclaircie par le jour qui me trouva toujours éveillé et regardant le plafond quand Alexandria frappa à ma porte.

– Papa, murmura-t-elle. C'est l'heure de se lever.

– Le faut-il vraiment ? maugréai-je en regrettant de devoir le faire du plus profond de mon âme.

La réponse de ma fille lui ressemblait bien : frappée au coin du bon sens et profondément ancrée dans les fondamentaux.

– La vie continue, dit-elle.

Dixième jour

M. Malcolm Esterman est appelé à la barre

Il me regarda de haut en s'avançant à la barre avec une expression indéfinissable, Malcolm à la fois égal à lui-même, c'est-à-dire plutôt intimidé, mais aussi un peu terrifié, comme un messager porteur malgré lui d'une mauvaise nouvelle.

Je le saluai d'un signe de tête tout naturellement, comme je l'aurais fait si je l'avais croisé dans la rue, geste amical envers celui vers qui Sandrine s'était tournée à l'heure où elle en avait eu le plus besoin et avec qui elle avait certainement partagé de douloureux moments d'intimité.

À la barre, Malcolm leva la main droite avec la même lenteur que ses petites jambes l'y avaient porté. Il mesurait à peine plus d'un mètre soixante, avait de petites épaules légèrement voûtées et portait des lunettes rondes à verres épais qui lui donnaient tout à fait cet air de hibou dont les étudiants de l'université de Coburn aimaient à se moquer. Je ne doutais guère qu'il ait encaissé son lot de sarcasmes, aussi bien dans l'enfance que plus tard. Le monde n'est pas tendre pour les amoureux des livres, surtout si ces garçons n'ont pas un physique de poète guerrier au corps d'athlète. Il n'aurait plus manqué qu'une pipe à l'embout tout mordillé pour compléter le tableau mais, heureusement, Malcolm ne fumait pas.

– Je suis professeur associé au département d'Histoire de l'université de Coburn, dit-il en réponse à la première question que lui posa Singleton.

Ce qu'il était depuis plus de vingt ans, en effet, enseignant l'histoire antique à des étudiants qui ne cessaient de tweeter leur localisation ou leurs changements d'humeur en rapides rafales de cent quarante signes maximum. N'ayant pas achevé sa thèse de doctorat, il avait pataugé toute sa vie dans le marigot du « niveau doctorat » de l'éternel purgatoire universitaire. Je n'avais jamais trop prêté attention à lui, ne serait-ce que parce qu'il signalait rarement sa présence. Il s'asseyait au fond de la salle lors des réunions des professeurs et ne prenait quasiment jamais la parole. Il m'était souvent arrivé de le voir assis, seul, dans la cour, en général avec un livre mais, le plus souvent, il ne le lisait pas mais regardait dans le lointain, ses grands yeux marron clignant lentement, son expression figée dans ce que Sandrine avait un jour appelé « contemplation tragique », mais en parlant d'un buste de Marc Aurèle et non de Malcolm Esterman.

– Au cours de votre carrière à Coburn, avez-vous eu l'occasion de rencontrer Sandrine Allegra Madison ? commença le procureur.

– Oui, répondit Malcolm.

– Et vous êtes devenus amis, c'est bien cela ?

– Amis, oui, dit-il avec un coup d'œil dans ma direction. Seulement amis, ajouta-t-il.

À ces mots, les visions érotiques qui me tourmentaient parfois concernant Malcolm et Sandrine se dissipèrent aussitôt. Malcolm, décidai-je, pouvait ne dire que la vérité et rien que la vérité, en homme sans complications qui jamais n'évoquait, pas même indirectement, une expérience qu'il n'aurait pas vécue lui-même. À Coburn, il s'était sûrement senti comme un moineau dans le nid d'un aigle, songeai-je, homme tranquille et réservé, aspirant seulement à préserver les quelques trésors qu'il possédait, un homme sans mondes à conquérir, sans rivaux à surpasser et sans rien à prouver à personne d'autre que lui-même, et donc un homme ayant tellement les pieds sur terre que Sandrine, ma flamboyante épouse, avait dû être séduite par sa paisible attraction terrestre.

– Elle s'intéressait aux femmes de l'Antiquité. Cléopâtre et Hypathie, dit-il en souriant à demi avant d'ajouter : Elle avait installé ces femmes à demeure dans son esprit.

Le procureur Singleton n'avait que faire de cette manière charmante et un brin poétique de décrire les préoccupations intellectuelles de Sandrine.

– Dites-moi, depuis un an, vous avez eu l'occasion de voir Mme Madison assez souvent, c'est exact ?

– Oui, répondit Malcolm. Nous nous retrouvions parfois dans la salle des profs ou à la bibliothèque de l'université.

– De quoi parliez-vous en ces occasions ?

Malcolm se fendit de son petit sourire complexé.

– Eh bien, pour employer les grands mots, je dirais que nous parlions de la sagesse des Anciens.

Sagesse sacrée qui, à l'évidence, n'intéressait absolument pas le procureur Singleton.

– Mais il est arrivé un moment où vous avez parlé de choses un peu plus terre à terre que ces échanges de point de vue de docteurs ès histoire, je me trompe ?

– Je n'ai pas soutenu de thèse, rectifia Malcolm avant de répondre : Oui, mais il a fallu du temps pour que nous abordions ces autres sujets. Au début, il n'y avait que l'histoire antique entre nous. Elle était douée pour encourager quelqu'un à approfondir son raisonnement, en extraire de l'or.

Il était manifeste que Singleton voulait aller trop vite pour Malcolm, et tout aussi évident que le témoin ne se laisserait pas bousculer.

– Sandrine était une femme portée sur la réflexion, poursuivit Malcolm en martelant ses mots. Mais pas de manière abstraite. Elle pensait que le but de la philosophie était avant tout de nous apprendre à vivre et nous apprendre, ensuite, à mourir.

Ce qui, sans conteste, faisait partie des fondamentaux, songeai-je.

– C'est très bien, mais un jour, Mme Madison vous a parlé d'un diagnostic récent, n'est-ce pas ? demanda Singleton avec un brin d'impatience.

– Oui. Elle m'a dit qu'elle avait la maladie de Charcot. J'en ai été très affecté, évidemment.

– En fait, après l'avoir appris, elle est allée tout de suite vers vous, c'est cela ?

– Apparemment, oui. Elle revenait de voir son médecin quand elle est passée chez moi ce jour-là.

J'en fus quitte pour imaginer le trajet solitaire de Sandrine en voiture cet après-midi-là, sous la pluie. En partant de chez le Dr Ortins, elle aurait emprunté la rue principale de Coburn, qui bordait le campus universitaire, puis la tranquille petite route de campagne qui menait à la résidence vaguement arborée de Malcolm. Elle aurait jeté un coup d'œil à la cour de l'école en passant, à la bibliothèque et au petit restaurant où nous allions parfois dîner. Elle aurait vu la maison du président de l'université où nous avions été reçus si chaleureusement le jour de notre arrivée. L'hôpital où était née Alexandria lui serait apparu à la sortie de la ville et plus loin, le plan d'eau où elle faisait son jogging, la piscine où elle nageait, l'étang autour duquel nous nous promenions quelquefois pendant nos premiers mois à Coburn et où elle m'avait pris par la main en me disant, je m'en souvenais à présent : « Tu pourras être heureux ici, Sam, si tu t'en donnes le droit. »

Mais je n'en avais rien fait, ce que la question suivante de Singleton commença de révéler.

– Donc, en arrivant chez vous, Mme Madison vous a informé de son état de santé, puis elle a exprimé certaines inquiétudes concernant son mari, est-ce exact ?

– Oui, répondit Malcolm. Elle pensait que son mari estimait qu'elle avait raté sa vie.

Raté sa vie ?

Jamais Sandrine ne s'en était ouverte à moi. Certes, j'avais été surpris que sa carrière ait été ni plus ni moins que météorique, qu'elle n'ait jamais écrit de grand livre, ni aucun autre d'ailleurs, qu'elle n'ait jamais fait beaucoup d'effort pour s'élever au-dessus du firmament universitaire. Mais c'est sur Coburn que j'en avais rejeté la faute, sur l'effet soporifique que cette ville avait eu sur nous deux.

– Raté sa carrière professionnelle ? relança Singleton.

– Non, répondit Malcolm, raté sa vie de femme. En n'ayant pas réussi à donner à son mari ce dont il avait le plus besoin.

Elle savait donc, me dis-je, elle savait et s'en voulait pour ma passade avec April, s'en voulait pour Dieu sait combien de folles raisons pour ma folie : qu'elle donnait trop souvent des cours du soir, qu'elle passait trop de temps dans le scriptorium ou avec ses étudiants. Telle que je connaissais Sandrine, elle avait pu trouver mille raisons à ces cinq à sept au Shady Arms. C'est pourquoi je réalisai soudain que Sandrine n'avait raté qu'une seule chose : de ne pas m'avoir mis face à ce qu'elle savait sur April et moi, raison pour laquelle sa fureur était devenue de plus en plus violente jusqu'à finir par exploser le dernier soir.

Mais là encore, la suite, comme en tant d'autres choses, me donna tort.

– Selon elle, de quoi son mari avait-il le plus besoin ?

– D'un changement, répondit Malcolm d'une voix posée.

– D'un changement ? Qu'entendait-elle par là ?

– D'un changement de ligne de conduite. De trajectoire. Elle n'avait pas réussi à lui rappeler ce qu'il était autrefois.

– C'est-à-dire ?

Malcolm porta le regard sur moi avant de répondre.

– Un homme bon, dit-il. Elle disait qu'autrefois, il avait du cœur. Qu'il lisait avec son cœur et elle avait cru qu'il enseignerait avec son cœur. Qu'autrefois, ils avaient eu le projet de fonder une école ensemble, voilà ce qu'elle m'a dit.

Il reporta son attention sur le procureur Singleton.

– Je pense que devoir laisser son mari était son plus grand regret, ajouta-t-il. Le laisser tel qu'il était, je veux dire.

Singleton commençait manifestement à se lasser de ce qu'il considérait être un testament moral sans aucun rapport avec le message qu'il voulait faire passer.

– Mme Madison vous a-t-elle indiqué si elle pensait que son mari saurait prendre soin d'elle quand sa maladie se serait déclarée ?

– Elle m'a dit qu'il ne le saurait sans doute pas.

– Pourquoi cela ?

Malcolm reporta alors son attention sur moi, un peu comme s'il avait calculé son coup, avec un regard aussi tranquille, mais tout aussi intense, que celui de Sandrine.

– Elle disait qu'il s'était desséché avec les années, répondit-il. Que les déceptions l'avaient meurtri et lui avaient laissé beaucoup de cicatrices.

Il ménagea un silence avant d'ajouter d'un air entendu :

– Les cicatrices sont insensibles.

– Des cicatrices ? reprit Singleton, saisissant ce mot au vol comme une balle de pistolet avec laquelle il pouvait à présent charger son arme. Elle trouvait que son mari était insensible, c'est cela ?

– Oui.

– Mme Madison vous a-t-elle laissé entendre qu'elle pensait que son mari pourrait perdre patience ?

– Perdre patience ? s'enquit Malcolm, reportant son attention sur Singleton qui, à présent, marchait de long en large devant le box des témoins.

– Perdre patience, oui, répliqua Singleton. Perdre patience avec sa maladie, le fait qu'elle mettrait peut-être plusieurs années à mourir. Avait-elle le sentiment qu'il ne l'aimait pas, qu'il n'avait pas envie qu'elle vive, qu'il espérait qu'elle meure le plus rapidement possible ? Pensait-elle cela de son mari ?

Je me penchai en avant, car forcément, oui, forcément, à cette question, Malcolm, cet homme probe et circonspect, qui n'avait rien contre moi, pouvait, en toute honnêteté, dire non.

– Oui, répondit-il. Oui, elle croyait tout cela.

Ainsi donc, ce n'était pas du tout ma liaison avec April que Sandrine – à condition qu'elle l'ait su –

m'avait reprochée au soir de sa vie. C'était une trahison bien plus profonde, une dureté s'accroissant d'année en année jusqu'à finir par devenir un épais mur intérieur, une cicatrice de nerfs morts qui m'avait même séparé de Sandrine et ses angoisses, Sandrine et ses terreurs, Sandrine mourante.

Je pensai aux peurs et aux tristesses qui l'avaient assaillie. À aucun moment, je ne lui avais permis de se décharger sur mon épaule d'une part de ce poids écrasant. J'aurais dû ne me donner qu'une seule mission après cette consultation chez le Dr Ortins : aimer et réconforter cette femme à la mort programmée, elle qui, jusque dans sa dernière communication avec notre monde, avait démontré l'esprit, l'intelligence et le discernement qui avaient fait d'elle aussi une reine du Nil.

– Elle ne voulait pas le quitter et qu'il continue de vivre ainsi, ajouta Malcolm. Vivant, mais mort. Elle voulait le changer avant de mourir.

Singleton lança un coup d'œil aux jurés, cessa ses allées et venues.

– Elle avait besoin de découvrir qui il était, alors elle a eu une idée.

Singleton s'avança d'un pas vers le box des témoins.

– Quelle idée ? s'enquit-il.

– Le mettre face à lui-même, répondit Malcolm. Pour voir s'il était possible qu'il se voie tel qu'il était.

– Mme Madison vous a-t-elle donné une idée de la manière dont elle comptait s'y prendre ?

– Elle essaierait de le toucher. Elle tenterait de le faire tendrement.

Je repensai à toutes les fois au cours des six derniers mois de la vie de Sandrine où, rentrant à la maison, je la trouvai en train de lire ou d'écouter de la musique, mais s'interrompant toujours, relevant la tête de la page ou baissant le volume de son iPod, pour me citer tantôt une petite pépite du texte tantôt le titre d'une chanson, une invite, je le comprenais à présent, à m'aider à accoucher de mes pensées et à ce que je l'aide à accoucher des siennes, à la manière socratique, pourrait-on dire, et que j'avais toujours négligemment dédaignée.

– Mme Madison vous a-t-elle indiqué si elle avait réussi ou échoué en cela ? demanda Singleton.

Bien sûr qu'elle le lui avait indiqué.

– Et avait-elle un tant soit peu réussi ?

Je connaissais d'avance la réponse de Malcolm.

– Non.

– Mme Madison a-t-elle discuté de cet échec avec vous, monsieur Esterman ?

– Oui, en effet.

– Que vous a-t-elle dit ?

– Elle m'a dit qu'elle allait mettre la barre plus haut.

– De quelle façon ?

– Il n'y aurait plus de « tendres pièges », comme elle les appelait.

Tendres pièges, je reconnaissais bien là Sandrine : d'abord les essayer, puis y renoncer en voyant qu'ils ne fonctionnaient pas, sans jamais perdre de vue les fondamentaux.

– Vous a-t-elle dit en quoi allaient consister ces prochaines tentatives ? demanda Singleton.

Malcolm secoua la tête.

– J'ignore en quoi elles devaient consister, répondit-il, mais elle m'a dit qu'elle en serait quitte pour s'éloigner de lui.

Et c'était bien ce qu'elle avait fait, pensai-je en songeant aux jours et aux nuits où Sandrine m'avait ignoré, m'adressant à peine la parole, n'écoutant pas ce que je disais, ces jours et ces nuits où elle était distante, où, comme je l'avais décrit à Alexandria, Sandrine « coulait comme le ruisseau ».

– Très bien, mais même si Mme Madison ne vous a jamais dit si ces nouvelles méthodes avaient réussi ou pas, elle vous a parlé d'une ultime tentative, n'est-ce pas ?

– Oui.

– Et selon Mme Madison, en quoi allait consister cette ultime tentative ?

– La fureur, répondit Malcolm. Elle s'emploierait à rendre son mari furieux.

– Comment comptait-elle s'y prendre ?

– En disant la vérité. En lui disant en face ce qu'il était devenu.

– À savoir ?

Un sociopathe, songeai-je.

– Elle n'a pas voulu me le dire, répondit Malcolm.

Singleton ménagea un silence, braquant son regard sur les jurés un bref instant avant de le reporter sur le témoin.

– Quand Mme Madison vous a-t-elle fait part de son projet de « dire la vérité à son mari » ? insista-t-il.

– Le soir du 14 novembre.

– Le 14 novembre, répéta Singleton. Autrement dit, le soir de… sa mort.

Malcolm hocha affirmativement la tête.

– Oui.

– Elle n'aurait plus d'autres projets, ajouta Singleton d'une voix douce, mains jointes devant lui, un peu comme s'il était en prière, restant ainsi un moment avant de poursuivre : Monsieur Esterman,

Sandrine vous a-t-elle, à un moment ou à un autre, indiqué ce qu'elle souhaitait à la fin de sa vie ?

Ah, me dis-je, le moment était enfin venu pour le procureur de démontrer qu'il était maintenant à tu et à toi avec ma femme, autorisé à l'appeler par son prénom.

– Ce qu'elle souhaitait ?

– Oui.

– Elle souhaitait que son mari et que sa fille mènent une bonne vie, répondit Malcolm. C'était aussi simple que cela. Elle aurait aimé pouvoir regarder dans l'avenir et voir qu'ils mèneraient une bonne vie. Mais seule la fiction permet de regarder dans l'avenir. Seule la fiction aurait permis, comme elle disait, « d'ouvrir une brèche dans nos vieilles certitudes sur le temps et l'espace » et de dévoiler ce qu'il y a devant.

Il se tut un instant, puis ajouta :

– Mais si Sandrine avait pu entrevoir un bon avenir pour son mari et pour sa fille, alors je pense qu'elle aurait trouvé le repos.

Il eut un léger sourire.

– Il y avait même un tableau qui, à ses yeux, était la représentation de ce que serait ce repos.

– Vous a-t-elle montré ce tableau ?

– Oui, elle me l'a montré, répondit Malcolm.

Singleton marcha jusqu'à la table de l'accusation, prit un livre d'art et le remit au témoin.

– Pourriez-vous l'ouvrir au marque-page, s'il vous plaît ?

Malcolm obtempéra.

– Est-ce le tableau que Sandrine vous a montré ?

– Oui, c'est celui-là.

– Qu'est-ce que Sandrine vous a dit à propos de ce tableau ?

– Que la première fois qu'elle l'avait vu, elle était avec son mari, expliqua Malcolm à la Cour. Dans une petite ville française : Albi. Il s'appelle « Le Repos ».

Alors, tout à coup, je sus.

Ça ne s'était pas passé dans la cathédrale, le moment qui avait marqué au fer rouge le cœur de Sandrine, mais dans une petite galerie de la vieille ville. Pas même une galerie, en réalité, mais une simple boutique vendant des reproductions de tableaux célèbres qui en tapissaient les murs. On y trouvait de tout, des maîtres flamands à Picasso pêle-mêle, sans souci d'époque ou de style, ou de quoi que ce soit qui aurait pu laisser penser que le propriétaire des lieux s'y connaisse un tant soit peu en histoire de l'art.

Pourtant dans ce fatras, le regard de Sandrine avait été attiré par *Le Repos* et elle s'était arrêtée devant et l'avait contemplé un long moment, tout comme moi, tous deux cloués sur place, fascinés non pas par la virtuosité technique du peintre, nous n'avions jamais entendu parler ni de lui ni de l'école à laquelle il appartenait, mais simplement par la représentation que nous avions devant nous sur cet ersatz de toile : une femme allongée dans son lit, en partie recouverte de draps blancs, les yeux ouverts, la bouche entrouverte, une table de chevet à côté de la tête du lit, et sur cette table plusieurs flacons en verre dans lesquels se reflète la lueur d'une bougie qui, seule, éclaire le visage de la femme, sa chevelure et le haut de son corps d'une blancheur de porcelaine et, enfin, la rose qu'elle tient juste au-dessous de son sein dénudé.

Nous restâmes longtemps devant ce tableau. Puis, toujours submergé par une émotion indicible, je dis :

– Curieux comme j'ai envie de veiller sur cette femme.

Sandrine hocha la tête.

– Je te comprends, Sam.

– Ça me donne envie de me précipiter dans sa chambre, de me coucher à ses côtés et de… la prendre dans mes bras, tout simplement.

– Oui, dit Sandrine.

Puis elle me regarda et me sourit.

– En vrai chevalier dans son armure étincelante, murmura-t-elle.

Et c'était exactement ce que je n'avais pas réussi à être aux heures les plus sombres de Sandrine, au moment où ma noble et gente épouse avait le plus besoin de moi.

J'en pris conscience, et il s'imposa à moi que si, à un moment de sa vie, un homme se rend soudain compte à quel point il est en dessous de tout, égoïste et, oui, sociopathe, alors, le cœur déchiré et pétri d'une angoisse muette, il acceptera une juste sentence de mort.

Il y eut d'autres questions, d'autres réponses, le ronron de voix, fantomatiques, lointaines, mais je n'écoutais plus depuis longtemps quand, brusquement, elles se turent.

– Le ministère public en a terminé, monsieur le juge, déclara Singleton.

Morty s'apprêta à se lever, mais je le saisis par le bras.

– La défense aussi, lui dis-je.

Morty me regarda, incrédule mais ne doutant pas le moins du monde que j'étais sérieux.

– Ne plaide pas, lui dis-je résolument. Ne plaide pas ou je te récuse.

– Sam, je t'en prie.

Je fis non de la tête.

– Fais-le ou c'est moi qui le fais.

– Sam…

– Non !

Morty acquiesça, puis se leva de sa chaise.

– Monsieur le juge, mon client a pris une décision, dit-il.

Il se tut et, sur le moment, je crus qu'il allait ne pas continuer, se tourner vers moi, essayer de me faire changer d'avis. D'ailleurs il me lança un coup d'œil, vit que j'étais décidé à aller jusqu'au bout, puis reporta son attention sur le juge.

– La défense ne plaide pas, déclara-t-il.

Enfin le repos aussi, me semblait-il, pour l'accusé clairement coupable dans l'affaire Sandrine Madison.

Verdict

– Prêt ? demanda Alexandria alors que je marchais vers elle au matin de ce qui devait être le dernier jour de mon procès.

– Oh oui, acquiesçai-je.

– Sache une chose, papa, ajouta-t-elle. Quoi qu'il arrive, nous tiendrons le coup.

Je lui souris.

– Oui, c'est sûr.

Depuis deux jours que nous attendions le verdict populaire, il était devenu clair pour moi qu'Alexandria en était arrivée à la conclusion que je n'étais pas coupable des charges retenues contre moi, que la mort de Sandrine avait été son ultime effort désespéré pour sauver ma vie en m'éveillant à ce que j'étais et ne cesserais d'être si aucun électrochoc ne me faisait changer.

Telle une guerrière prête à donner l'assaut, Alexandria me dit alors :

– C'est maintenant.

Pour nous rendre au tribunal, nous traversâmes la ville – commerçants ouvrant leurs boutiques, circulation habituelle – dont les rues tranquilles et la modeste université avaient été acceptées par Sandrine à la place de ce rêve plus idéaliste de fonder une école en quelque coin reculé du monde, rien de jamais précis mais une vision de nous, de notre vie à laquelle elle n'avait jamais entièrement renoncé.

– À quoi penses-tu, papa ?

– Toujours à ta mère. Cette fois, combien elle était intransigeante sur la grammaire et l'élégance du style, sa façon d'insister sur le fait qu'on devait utiliser des locutions comme « dans lesquels », « à propos desquels » ou « selon laquelle » car alors les pensées s'enchaînent si joliment et sans accrocs, l'une après l'autre. Elle m'a appris tout cela.

– À moi aussi, dit Alexandria. Et j'ai tenté de le transmettre à ceux qui écrivent pour *sleeplesseye.com*, mais on dirait que ça ne les intéresse pas plus que ça d'apprendre les anciennes règles.

Morty attendait en haut des marches du tribunal, toujours mécontent que je lui aie enjoint de ne pas plaider et me scrutant à présent de cet œil sévère qui pouvait, comme disait P. G. Wodehouse, ouvrir une huître à vingt mètres.

– Tu es sûr ? me lança-t-il quand je l'eus rejoint. J'aurais peut-être encore le moyen de…

Je fis non de la tête.

– Bon, très bien, dit-il. Allons-y.

Les jurés affichaient un air sombre en entrant à la file dans le prétoire, regardant loin devant eux pour certains, vers le juge pour d'autres ou bien dans la direction où le procureur Singleton était assis dans le même costume qu'à l'ouverture de mon procès dont le faux pli qui serpentait sur sa nuque était moins visible que lorsqu'il était debout.

Après avoir regagné leurs places, les jurés continuèrent soit de regarder solennellement droit devant eux, soit de jeter des coups d'œil à leurs mains ou de suivre la danse d'une hypothétique lumière aux quatre coins de la salle, douze citoyens qui, soudain, furent exactement cela à mes yeux, non pas les provinciaux haineux de l'imagination débridée de Morty, mais des braves gens qui avaient une chose à faire et l'avaient faite de leur mieux.

– Premier juré, le jury est-il parvenu à un verdict ? demanda le juge Rutledge.

– Oui, monsieur le juge.

Les gonds qui, en tournant, ouvrent la porte aux calamités grincent rarement, songeai-je tandis que le premier juré se levait pour énoncer le verdict rendu contre moi. *La vie devrait nous rebattre les oreilles de mises en garde, mais elle reste sourde à nos cris de nouveau-nés.*

– Voulez-vous bien le donner à l'huissier, dit le juge Rutledge.

Ce qu'il fit, avant de se rasseoir et de regarder l'huissier aller remettre leur verdict au greffier.

– Voulez-vous bien lire le verdict, signifia le juge à ce dernier.

Le greffier se leva et lut.

– « Nous, jurés en cette action judiciaire susmentionnée, déclarons l'accusé Samuel Joseph Madison non coupable. »

À mon étonnement, il n'y eut pas de réaction dans la salle, pas de murmure de mécontentement. Quelques journalistes jetèrent des notes dans leur calepin mais, à part ces petits mouvements, le monde semblait s'être arrêté

Le juge se tourna vers le jury.

– Mesdames et messieurs les jurés, la Cour vous remercie d'avoir rendu le service exigé par la démocratie, dit-il. Les débats sont clos !

Morty me lança un coup d'œil.

– On peut dire que tu es verni, Sam.

Peut-être, me dis-je, ou peut-être que ces douze hommes et femmes avaient tout simplement décidé que, même si j'avais assassiné ma femme, il n'y avait pas assez d'éléments pour le prouver. Le juge avait exigé d'eux qu'ils me jugent en se montrant impartiaux, scrupuleux et en respectant les lois en matière de preuves, et c'était exactement ce qu'ils avaient fait, en conséquence de quoi ces habitants de Coburn qui, sans doute, méprisaient toujours tout ce en quoi je croyais et tout ce que j'étais, me permettaient de ressortir libre.

À présent, tandis qu'ils se levaient, je fis pareil pour, avec ce geste de respect, en prendre acte de mon mieux.

Singleton s'approcha de Morty au moment où le dernier juré quittait la salle. Il sourit et lui tendit la main. Morty la serra en lui rendant son sourire, puis ils échangèrent un regard qui disait : *Ça y est, les jurés ont tranché, une bonne chose de faite*. Puis, à ma grande surprise, Singleton me tendit la main et je vis qu'il avait sincèrement pensé que j'avais tué Sandrine, même si, à présent, il semblait en être moins convaincu.

– Au vu de l'ensemble des éléments, je me suis senti obligé d'intenter cette action contre vous, m'expliqua-t-il. Mais je savais que le dossier présentait quelques faiblesses.

Sur ce, il me salua poliment de la tête et partit.

– Quel salaud ! marmonna Morty.

L'était-il ? Je ne savais plus. Sandrine pensait que Montaigne était l'âme même de la sagesse pour la simple raison que la réponse qu'il opposait à l'incertitude était : « Je suspends mon jugement. »

Ce que je fis envers le procureur Singleton, envers tous les témoins à charge contre moi, envers tous mes collègues de l'université et envers tous les gens de Coburn de par le monde.

– Bon, et maintenant ? demanda Morty tandis que nous nous dirigions vers la sortie du tribunal.

– Je ne sais pas, admis-je, ce qui était la vérité.

En haut des marches, il me serra la main.

– On reste en contact, proposa-t-il, mais je voyais bien qu'il n'en pensait pas un mot.

– Bien sûr, répondis-je dans la même disposition d'esprit.

Alexandria me prit le bras, souriante.

– Tu peux nous reconduire chez nous, papa.

Ce que je fis, repassant par le centre-ville, par la vie que j'avais partagée avec Sandrine, par tous ces souvenirs que je voyais refleurir à chaque coin de rue.

À la maison, Alexandria se précipita à l'intérieur pour appeler Jenna et lui annoncer le verdict. J'allai à la boîte aux lettres mais n'y trouvai que les factures et les publicités habituelles. Je fis demi-tour et avais déjà parcouru la moitié de l'allée quand j'entendis des pas derrière moi mais cette fois, quand je me retournai, ce ne fut pas face à April que je me retrouvai.

– Clayton, dis-je.

Il sortit un pistolet de sa veste, le pistolet de duel de son grand-père, je le vis tout de suite, sans doute celui dont il m'avait parlé l'après-midi où j'étais passé chez lui.

Quelle arme bien choisie, me dis-je, pour tuer un vaurien.

– Mon grand-père a défendu l'honneur de sa femme avec ce pistolet. Je vais faire comme lui.

J'acquiesçai sans dire un mot et en me demandant pourquoi je n'avais pas peur, pourquoi je trouvais somme toute assez logique de mourir ainsi, tué par

Clayton Blankenship après avoir été innocenté par le jury du tribunal de Coburn, et estimant que bon nombre de mes concitoyens penseraient sûrement, même s'ils désapprouvaient fermement ce genre de geste, que, finalement, justice avait été rendue et que Clayton avait été l'homme idéal pour ce faire. Morty le tirerait sans doute de là.

– Elle n'était qu'une parfaite idiote pour toi, murmura Clayton. C'est ce que tu pensais d'April, j'en suis sûr : qu'elle n'était qu'une parfaite idiote de qui tu pouvais te jouer.

– Oui, dis-je en hochant la tête, c'est exactement comme ça que je la voyais.

Clayton pointa légèrement le pistolet sur moi.

– Ne bouge pas.

– Je ne bougerai pas, lui assurai-je, fort d'une certitude comme je n'en avais jamais éprouvé de ma vie.

– Je tiens à ce que tu saches que j'ai l'intention d'en finir moi aussi. Dès que j'en aurai terminé avec toi.

– Ce n'est pas nécessaire, poursuivis-je avant d'ajouter, avec un petit sourire forcé : Tu seras acquitté, Clayton. Moi-même je ne te jugerais pas coupable.

Son regard bon et noble s'adoucit quelque peu.

– Je regrette tellement de devoir en arriver là, dit-il en armant le chien sur un clic fatal. Bon, ajouta-t-il tout bas, voilà.

Il hésita, et je ne peux pas dire s'il aurait vraiment pressé la détente. Tout ce que je sais, c'est qu'une voix jaillit de l'obscurité.

– Papa ?

Alexandria se tenait dans l'embrasure de la porte, regardant ce qui devait constituer un étrange tableau : Clayton et moi nous faisant face.

– Bonsoir, monsieur Blankenship, l'interpella-t-elle d'une voix douce, avec… oui… avec bonté, d'un ton qui me fit venir les larmes aux yeux.

Oh, comme elle tient de Sandrine, pensai-je, oh comme elle tient de sa si clairvoyante mère.

Clayton désarma aussitôt le chien et remit le pistolet dans sa poche.

– Entrez, je vous en prie, lui proposa Alexandria.

Il y avait de la peur dans sa voix, mais elle la surmonta et, avec un courage incroyable, fit un pas dehors sur la pelouse.

– Bonsoir, Alexandria, murmura Clayton en se tournant vers elle avec un sourire vacillant. Je venais juste dire à ton père…

Il s'interrompit et ses grands yeux s'arrêtèrent sur moi.

– … que j'approuve la décision du jury.

Alexandria fit un pas de plus vers nous, puis un autre, jusqu'à ce que nous formions un tragique petit cercle sous le froid clair de lune.

– J'avais vraiment beaucoup d'admiration pour ta mère, dit Clayton à Alexandria.

Puis il me regarda et, avec une délicatesse inimaginable, me dit, tout simplement :

– J'espère que tu mèneras une bonne vie, Sam, jusqu'au bout.

Et, lançant un coup d'œil à Alexandria, il ajouta :

– Avec ta loyale, si loyale fille.

– Je te remercie, lui répondis-je en le pensant du fond du cœur.

Il se détourna et s'éloigna dans l'obscurité, en chevalier à l'armure étincelante qu'il était.

– Qu'est-ce que tu veux manger ce soir ? me demanda Alexandria.

– Du pop-corn.

Elle me regarda, ne sachant sur quel pied danser.

– Tu te rappelles, quand tu étais petite ? Ta mère et moi décrétions « soirée cochonneries » et nous ne dînions que de pop-corn, de chips ou de trempettes à l'oignon.

– En regardant un film, me rappela-t-elle en riant. Toujours en regardant un film.

– C'est vrai, un film.

– Je vais en louer un.

– Je vais préparer du pop-corn.

J'en avais fait éclater tout un saladier à son retour. J'avais aussi fait fondre du beurre et généreusement rehaussé le goût de toute cette mixture en y ajoutant du sel.

– Ça sent bon, dit Alexandria en entrant dans la cuisine.

Elle tenait une boîte de DVD sans bandeau, je ne pouvais voir ce qu'elle avait choisi.

– C'est un vieux film, dit-elle, entretenant le mystère. Un des préférés de maman. Je me rappelle qu'on l'avait regardé ensemble.

– Parfait, répondis-je, prenant le saladier de pop-corn et le posant sur le plateau où se trouvaient déjà deux verres de soda. Alors, on est prêts.

Le film, c'était *L'Élu*, et Alexandria avait raison, un des préférés de Sandrine. Il s'agissait de l'adaptation du roman de Chaim Potok que j'étais à peu près sûr que Sandrine n'avait pas lu et pourtant quelque chose dans ce film l'avait toujours touchée, probablement parce qu'il racontait l'histoire de deux personnes que tout séparait mais qui tentaient sans cesse de renouer leurs liens. Je l'avais trouvé un peu trop sentimental à mon goût, et c'était encore le cas, sauf pour la voix off qui, à la toute fin du film, cite un passage du Talmud.

Assis dans le noir avec ma fille, les miettes de notre soirée cochonneries éparpillées autour de nous, j'écoutai de nouveau cette voix raconter l'histoire de deux êtres qui s'étaient aimés mais dont la relation s'était distendue au point qu'ils vivaient à présent dans des lieux différents. L'un fait porter un message chez l'autre. « Parcours la moitié de la distance qui nous sépare et je t'y retrouverai. » L'autre refuse. « Excuse-moi, répond-il, mais je ne peux pas te retrouver à mi-chemin. » Le premier réfléchit à cette réponse, pense aux conséquences qu'il y aurait à ne jamais revoir ni côtoyer cet être qu'il aime. Donc, il lui envoie un autre message : « Alors dis-moi jusqu'où tu peux venir vers moi, et je t'y retrouverai. »

Je me rappelai que les yeux de Sandrine brillaient de larmes à ce moment-là.

Les miens, non, pas plus que ce soir-là. Pourtant, je me surpris à être très ému par cette vieille histoire, à être ému et à me demander où il pouvait bien se trouver, cet endroit où je pourrais encore retrouver Sandrine, cette femme qui aimait tant le langage et pensait que les phrases devaient être liées les unes aux autres par des « à l'instar de » et autres « selon laquelle », être liées comme les doigts de la main, ainsi qu'elle le disait à ses étudiants, afin qu'elles puissent porter le poids de la sagesse.

– Qu'allons-nous faire maintenant, papa ? demanda Alexandria pendant que défilait le générique de fin.

Soudain, je le sus.

– Ça, répondis-je.

Samuel Joseph Madison, le bien-aimé fondateur de l'école Sandrine Madison de Kumasi, s'est éteint à l'âge de soixante-quatorze ans. M. Madison a fondé cette école en 2014 à la mémoire de son épouse, Sandrine Allegra Madison, et lui a donné son nom. Vingt-cinq années durant, M. Madison a enseigné aux enfants de Kumasi et des villages environnants. Beaucoup de ses élèves ont pu obtenir des diplômes d'études supérieures en Angleterre, en Australie ou aux États-Unis, dont moi-même qui suis devenu journaliste. M. Madison laisse dans le deuil sa fille, Ali, elle-même enseignante dans cette école, et selon laquelle les portes de l'établissement resteront ouvertes pour une durée indéterminée.

Agence de presse ouest-africaine
Accra, Ghana, 12 juillet 2042

DU MÊME AUTEUR

Safari dans la 5e avenue
Gallimard, « Série noire », 1981

Du sang sur l'autel
Gallimard, « Série noire », 1985
et « Points », nº P2869

Haute couture et basses besognes
Gallimard, « Série noire », 1989

Qu'est-ce que tu t'imagines ?
Gallimard, « Série noire », 1989

Les Rues de feu
Gallimard, « Série noire », 1992 et 2004
et « Folio Policier », nº 533

Les Instruments de la nuit
L'Archipel, 1999
et Point Deux, 2012

Les Ombres de la nuit
L'Archipel, 2002
et « Le Livre de poche », nº 37067

Interrogatoire
L'Archipel, 2003
et « Le Livre de poche », nº 37167

Disparition
L'Archipel, 2003

La Preuve de sang
Gallimard, « Série noire », 2006
et « Folio Policier », nº 666

Les Ombres du passé
Gallimard, « Série noire », 2007
et « Folio Policier », nº 568

Les Feuilles mortes
Barry Award
Gallimard, « Série noire », 2008
et « Folio Policier », n° 593

Les Liens du sang
Gallimard, « Série noire », 2009
et « Folio Policier », n° 619

Les Leçons du Mal
Seuil Policiers, 2011
et « Points », n° P2754

Mémoire assassine
Point Deux, 2011
et « Points », n° P3169

Au lieu-dit Noir-Étang…
Edgar Award
Seuil Policiers, 2012
et « Points », n° P2945

L'Étrange Destin de Katherine Carr
Seuil Policiers, 2013
et « Points », n° P4009

Dernière Conversation avec Lola Faye
« Points », n° P3297, 2014

Le Secret des tranchées
Ombres noires, 2014

RÉALISATION : IGS-CP À L'ISLE-D'ESPAGNAC
IMPRESSION : CPI BRODARD ET TAUPIN À LA FLÈCHE
DÉPÔT LÉGAL : MAI 2015. N° 122541 (3010124)
IMPRIMÉ EN FRANCE